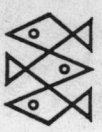

Über dieses Buch Im Frankreich des 14. Jahrhunderts erlebt das Haus der Kapetinger unter Philipp dem Schönen den Höhepunkt seiner Macht. Der Widerstand der Barone ist gebrochen, und in Avignon residiert ein willfähriger Papst. Nur der unabhängige und reiche Templerorden hat sich dem Zugriff des Königs entzogen. Seine 15 000 Anhänger stehen unter der Anklage der Ketzerei. Nach langem Prozeß fällen bestochene Richter das Urteil: der Orden wird aufgelöst, seine Reichtümer verfallen der Krone, seine geistlichen Führer werden verbrannt. Umlodert von den Flammen seines Scheiterhaufens, verflucht der Großmeister des Templerordens, Jacques de Molay, 1314 die Schuldigen an seiner Hinrichtung, Papst Klemens, König Philipp den Schönen und das Haus Capet.

›Der Fluch aus den Flammen‹ ist der erste, in sich abgeschlossene Band der Romanserie ›Die unseligen Könige‹, die, in viele Sprachen übersetzt, zu einem der erfolgreichsten historischen Romanwerke geworden ist – ein farbiges Monumentalgemälde über Frankreich im 14. Jahrhundert. Ergänzt wird dieser Band durch einen Anhang mit ausführlichen Anmerkungen zu den historischen Hintergründen.

Der Autor Maurice Druon wurde 1918 in Paris geboren. Während des Zweiten Weltkriegs gehörte er der Widerstandsbewegung an, nach Kriegsende wurde er Journalist. Mit 21 Jahren veröffentlichte er sein erstes Theaterstück. Für den Roman ›Die großen Familien‹ erhielt er 1948 den ›Prix Goncourt‹.
Im Fischer Taschenbuch Verlag erschienen außerdem aus der Serie ›Die unseligen Könige‹ seine Romane ›Der Mord an der Königin‹ (Bd. 8146), ›Das Schicksal der Schwachen‹ (Bd. 8147), ›Die Macht des Gesetzes‹ (Bd. 8148).

Maurice Druon

Der Fluch aus den Flammen

Roman

Aus dem Französischen
von Emma Biber und Liselotte Julius

Fischer Taschenbuch Verlag

Ungekürzte Ausgabe
Veröffentlicht im Fischer Taschenbuch Verlag GmbH,
Frankfurt am Main, Dezember 1984
Lizenzausgabe mit freundlicher Genehmigung der
S. Fischer Verlag GmbH, Frankfurt am Main
Titel der Originalausgabe: ›Les rois maudits‹
© 1957 Editions Mondiales, Paris
Die deutsche Neuausgabe erschien unter dem Titel
›Der Fluch aus den Flammen‹ als Band 1, Teil 1, der Romanfolge
›Die unseligen Könige‹
© 1977 Wolfgang Krüger Verlag GmbH, Frankfurt am Main
Umschlaggestaltung: Rambow, Lienemeyer, van de Sand
Umschlagabbildung: Bildarchiv Preußischer Kulturbesitz, Berlin
Druck und Bindung: Clausen & Bosse, Leck
Printed in Germany
780-ISBN 3-596-28145-8

Inhalt

>>Die Geschichte ist ein Roman,
den das Leben geschrieben hat.<<
Ed. und J. de Goncourt

>>Man erschauert bei dem Gedanken,
wie viele Nachforschungen nötig sind,
um die Wahrheit selbst des
geringfügigsten Details zu ergründen.<<
Stendhal

1314

Prolog

Zu Beginn des vierzehnten Jahrhunderts herrschte Philipp IV., ein König von legendärer Schönheit, als absoluter Monarch über Frankreich. Er hatte den kriegerischen Hochmut der großen Barone besiegt, die aufständischen Flamen niedergezwungen, den Engländern die Landschaft Guyenne entrissen und selbst das Papsttum unterworfen und die Übersiedelung des Heiligen Stuhls nach Avignon erzwungen. Die Parlamente fügten sich seinen Befehlen, und die Konzilien standen in seinem Sold.

Er hatte drei erwachsene Söhne, die seine Nachfolge sicherten. Seine Tochter war mit König Eduard von England vermählt. Sechs Könige zählten zu seinen Vasallen, und das Netz seiner Bündnisse spannte sich bis nach Rußland.

Kein Besitz war vor seinem Zugriff sicher. Zug um Zug hatte er die Kirchengüter besteuert, die Juden enteignet, die Organisation der lombardischen Bankiers schwer zur Ader gelassen. Um seinen Geldverlegenheiten abzuhelfen, führte er wiederholt Münzoperationen durch. Von heute auf morgen wogen die Goldstücke weniger und kosteten mehr. Die Steuerlast war erdrückend, der Polizeiapparat gewaltig aufgebläht. Wirtschaftliche Krisen verursachten Zusammenbrüche und Hungersnöte, die ihrerseits wieder zu Aufständen führten, die im Blute erstickt wurden. Der letzte Akt der Revolten spielte am Galgen. Alles mußte sich beugen, alles biegen oder brechen unter der Macht des Königs.

Die Idee des Nationalstaates bestimmte das Denken dieses leidenschaftslosen und grausamen Fürsten. Unter seiner Regierung war Frankreich groß, und die Franzosen waren unglücklich.

Nur *eine* Macht hatte gewagt, ihm Trotz zu bieten: der souveräne Orden der Tempelherren. Diese gewaltige Organisation, die zugleich militärischen, religiösen und finanziellen Charakter trug, hatte ihren Ruhm und ihren Reichtum in den Kreuzzügen erworben.

Die Unabhängigkeit der Templer war Philipp dem Schönen ein Dorn im Auge, und ihre ungeheuren Besitztümer reizten seine Begehrlichkeit. Er leitete gegen den Orden den größten Prozeß ein, von dem die Geschichte zu berichten weiß, einen Prozeß gegen fast fünfzehntausend Angeklagte. Jede erdenkliche Niederträchtigkeit kam darin zur Anwendung, und das Verfahren zog sich über sieben Jahre hin. Am Ende dieses siebenten Jahres setzt unsere Erzählung ein.

1
Das Urteil

Die ungeliebte Königin

Ein ganzer Baumstamm loderte auf einer Unterlage von Kohlenglut im offenen Kamin. Durch die grünlichen, bleigefaßten Fensterscheiben sickerte das spärliche Licht eines Märztages.

Königin Isabella, die Gemahlin Eduards II. von England, saß auf einem hohen Eichenstuhl, über dessen Rückenlehne die drei englischen Löwen emporragten. Das Kinn hatte sie in die Hand gestützt, ihre Füße ruhten auf einem roten Kissen. Versonnen blickte sie in die tanzenden Flammen, ohne gewahr zu werden, was sie sah.

Isabella war zweiundzwanzig Jahre alt. Ihre Haut schimmerte in makellos durchsichtiger Glätte; das goldene Haar, in zwei lange Zöpfe geflochten, war zu beiden Seiten ihres Gesichtes wie die Henkel einer Vase aufgesteckt.

Sie lauschte einer ihrer französischen Damen, die ihr ein Gedicht Herzog Wilhelms von Aquitanien vorlas:

»D'amour ne dois-je plus dire de bien
Car je n'en ai ni peu ni rien,
Car je n'en ai qui me convient . . .«

»Von der Liebe kann ich nichts Gutes mehr singen,
Denn niemand mehr will mir Liebe entgegenbringen,
Niemand, an dem mir gelegen ist . . .«

Die singende Stimme der Lesenden verlor sich in dem großen Saal, der viel zu riesig war, als daß sich eine Frau darin hätte glücklich fühlen können.

»Bientôt m'en irai en exil,
En grande peur, en grand péril . . .«

»Bald werde ich in der Fremde sein,
In großer Angst, in großer Pein . . .«

Die ungeliebte Königin seufzte.

»Welch schöne Worte«, sagte sie, »und man könnte glauben, daß sie eigens für mich gefunden wurden. Ach! Die Zeit ist dahin, da große

Herren wie Herzog Wilhelm in der Dichtkunst ebenso geübt waren wie im Kriegshandwerk. Wann, habt Ihr gesagt, hat er gelebt? Vor zweihundert Jahren? Man möchte schwören, es sei gestern geschrieben worden.«

Und sie wiederholte leise:
»D'amour ne dois-je plus dire de bien
Car je n'en ai ni peu ni rien . . .«
Eine Weile verharrte sie in Nachdenken.

»Darf ich fortfahren, Madame?« fragte die Vorleserin, deren Finger auf dem beleuchteten Blatt ruhte.

»Nein, liebe Freundin«, erwiderte die Königin. »Für heute hat meine Seele Tränen genug vergossen.«

Sie richtete sich auf und sprach in verändertem Ton:

»Mein Cousin, Robert von Artois, hat mir seine Ankunft melden lassen. Sorgt dafür, daß man ihn unverzüglich zu mir führt.«

»Er kommt aus Frankreich? Dann werdet Ihr Euch freuen, Madame?«

»Ich hoffe es . . . wenn die Nachrichten, die er bringt, günstig sind.«

Eine Tür öffnete sich, und eine zweite französische Dame trat ein. Sie war ganz außer Atem und hatte die Röcke hochgeschürzt, um besser laufen zu können. Sie war eine geborene de Joinville und die Gemahlin Sir Roger Mortimers.

»Madame, Madame!« rief sie. »Er hat gesprochen.«

»Wirklich?« erwiderte die Königin. »Und was hat er gesagt?«

»Er hat auf den Tisch geschlagen, Madame, und gesagt ›Will‹!«

Ein Anflug von Stolz zeigte sich auf Isabellas schönem Gesicht.

»Bringt ihn zu mir«, gebot sie.

Lady Mortimer entfernte sich, noch immer in höchster Eile, und kam wenig später wieder zurück. Auf den Armen trug sie ein fünfzehn Monate altes Kind, rund, rosig und fett, das sie zu Füßen der Königin niedersetzte. Das granatfarbene, goldgestickte Kleidchen war schwerer als das Kind.

»Nun, mein Herr Sohn, Ihr habt gesagt ›ich will‹«, sagte Isabella und neigte sich, um seine Wange zu streicheln. »Ich freue mich, daß dies Euer erstes Wort war: ein Königswort.«

Das Kind lächelte sie an und wiegte das Köpfchen.

»Und warum hat er das gesagt?« wollte die Königin wissen.

»Weil ich ihm nichts von dem Kuchen geben wollte, den wir gerade aßen«, erwiderte Lady Mortimer.

Über das Antlitz Isabellas huschte ein Lächeln, das sogleich wieder erlosch.

»Da er nun zu sprechen beginnt«, fuhr sie fort, »so wünsche ich, daß man ihn nicht länger zu kindischem Gestammel und dergleichen

Albernheiten ermutigt, wie man es gemeinhin bei Kindern macht. Ich lege wenig Wert darauf, daß er ›Papa‹ und ›Mama‹ zu sagen lernt. Die Worte ›König‹ und ›Königin‹ soll man ihn lehren.«

In ihrer Stimme schwang große, natürliche Autorität.

»Ihr wißt, meine Lieben«, fuhr sie fort, »warum ich Euch für die Erziehung meines Sohnes ausersehen habe. Ihr seid eine Großnichte des tapferen Joinville, der meinen Urgroßvater, Ludwig den Heiligen, auf den Kreuzzügen begleitete. Ihr werdet dieses Kind lehren können, daß Frankreich ebensogut seine Heimat ist wie England[1]*.«

Lady Mortimer verneigte sich. In diesem Augenblick kam die erste französische Dame zurück und meldete den Grafen Robert von Artois.

Die Königin richtete sich kerzengerade in ihrem Sessel auf, kreuzte die Hände über der Brust und saß reglos wie eine Statue. Doch selbst ihr Bemühen, sich stets in königlicher Haltung zu zeigen, vermochte der Jugendfrische ihrer Erscheinung keinen Abbruch zu tun.

Ein Schritt von zweihundert Pfund erschütterte die Dielen.

Der Eintretende war sechs Fuß groß, hatte Schenkel wie Eichenstämme und Hände wie Schmiedehämmer. Seine roten Stiefel aus Cordova-Leder zeigten noch deutliche Spuren von Schlamm und Staub. Der Mantel, der über seinen Schultern hing, wäre groß genug gewesen, um als Bettdecke zu dienen. Der Dolch, den er an der Seite trug, genügte, um ihm ein höchst kriegerisches Aussehen zu verleihen. Wo immer er erschien, nahm alles um ihn herum schwächliche, zerbrechliche, dürftige Proportionen an. Sein Kinn war rund, die Nase kurz, die Kiefer kräftig, sein Brustkasten gewaltig. Er brauchte mehr Luft zum Atmen als gewöhnliche Menschen. Dieser Riese war siebenundzwanzig Jahre alt, aber seine Jugend verschwand unter seinen Muskelpaketen, und man hätte ihn ebensogut für fünfunddreißig halten können. Während er auf die Königin zuschritt, zog er die Handschuhe aus, beugte dann ein Knie zur Erde mit einer Leichtigkeit, die bei einem solchen Koloß überraschte, und war wieder aufgestanden, ehe Zeit gewesen wäre, ihn dazu aufzufordern.

»Nun, lieber Cousin«, sagte Isabella, »habt Ihr eine gute Überfahrt gehabt?«

»Scheußlich, Madame, abscheulich«, erwiderte Robert von Artois. »Ein Sturm, daß man seinen Geist samt allen Eingeweiden hätte aufgeben mögen. Ich war überzeugt, daß mein letztes Stündchen geschlagen habe, und begann schon, meine Sünden zu beichten; glücklicherweise waren deren so viele, daß wir, bis ich die Hälfte davon aufgesagt hatte, die Küste erreichten. Nun habe ich noch einmal die gleiche Menge für die Rückreise.«

* Die hochgestellten Ziffern beziehen sich auf die Anmerkungen am Ende des Buches.

Er lachte so schallend, daß die Scheiben klirrten.

»Zum Henker! Ich bin für den festen Boden geschaffen, nicht für einen Ritt übers salzige Wasser. Und wenn es nicht aus Liebe zu Euch gewesen wäre, schöne Cousine, und wegen der dringenden Nachrichten, die ich Euch zu überbringen habe . . .«

»Erlaubt, daß ich erst dies zu Ende bringe, Cousin«, unterbrach ihn Isabella. Sie zeigte auf das Kind. »Mein Sohn hat heute zum erstenmal gesprochen.«

Dann, zu Lady Mortimer gewandt:

»Ich wünsche, daß die Namen seiner Verwandten ihm geläufig werden und er, sobald er dazu imstande ist, begreift, daß sein Großvater, Philipp der Schöne, König von Frankreich ist. Beginnt, ihm das Paternoster und das Ave vorzusagen und auch das Gebet des heiligen Ludwig. Diese Dinge müssen sich seinem Herzen einprägen, noch ehe sein Verstand sie zu erfassen vermag.«

Nicht ungern nahm sie die Gelegenheit wahr, einem ihrer französischen Verwandten, der selbst von einem Bruder Ludwigs des Heiligen abstammte, zu zeigen, wie sie über die Erziehung ihres Sohnes wachte.

»Eine schöne Unterweisung laßt Ihr diesem jungen Mann zuteil werden«, lobte Robert von Artois.

»Man lernt nie früh genug regieren«, erwiderte Isabella.

Ohne zu ahnen, daß von ihm die Rede war, vergnügte das Kind sich damit, mit vorsichtigen und schwankenden Schrittchen herumzumarschieren.

»Kann man sich vorstellen, daß wir auch einmal so klein waren?« sagte Robert von Artois.

»Wenn man Euch ansieht, lieber Cousin«, meinte die Königin lächelnd, »kann man es sich kaum vorstellen!«

Einen Augenblick lang überlegte sie, wie der Frau wohl zumute gewesen war, die diese menschliche Festung zur Welt gebracht hatte, und welche Gefühle sie selbst einmal bewegen mochten, wenn ihr Sohn ein Mann sein würde.

Das Kind ging mit ausgestreckten Händchen auf den Kamin zu, als wolle es in seiner winzigen Faust eine Flamme einfangen. Robert von Artois streckte seinen roten Stiefel vor und verstellte ihm den Weg. Unerschrocken packte der kleine Prinz dieses Bein, das seine Ärmchen kaum zu umfassen vermochten, und setzte sich rittlings auf den Fuß des Riesen, der ihn ein paarmal hoch in die Luft hob. Von diesem Spiel entzückt, lachte der Kleine.

»Ach, Messire Eduard«, sagte Robert von Artois, »werde ich später, wenn Ihr ein mächtiger Fürst sein werdet, Euch daran zu erinnern wagen, daß ich Euch einst auf meinem Stiefel reiten ließ?«

»Ihr werdet es wagen dürfen, Cousin«, erwiderte Isabella, »wenn Ihr Euch stets als unser treuer Freund erweist . . . Man soll uns jetzt allein lassen«, fügte sie hinzu.

Die französischen Damen entfernten sich mit dem Kind, das, wenn das Schicksal seinen normalen Verlauf nahm, eines Tages König Eduard III. von England werden sollte.

Robert von Artois wartete, bis die Tür sich geschlossen hatte.

»Nun, Madame«, begann er dann, »um die trefflichen Lehren, die Ihr Eurem Sohn erteilt, zu vervollständigen, mögt Ihr ihn bald wissen lassen, daß Margarete von Burgund, Königin von Navarra, zukünftige Königin von Frankreich und wie Ihr Enkelin Ludwigs des Heiligen, von ihrem Volk Margarete die Hure genannt werden wird!«

»Wirklich?« erwiderte Isabella. »Was wir vermuteten, stimmt also?«

»Ja, Frau Cousine; und es trifft nicht nur auf Margarete zu, sondern auch auf Eure beiden anderen Schwägerinnen.«

»Wie? Johanna und Blanche?«

»Bei Blanche bin ich sicher. Johanna dagegen . . .«

Robert von Artois beschrieb mit seiner riesigen Hand eine Bewegung, die seinen Zweifel ausdrücken sollte.

»Sie ist schlauer als die anderen«, fuhr er fort, »aber ich habe gute Gründe, zu glauben, daß sie ebenso verbuhlt ist wie Margarete und Johanna.«

Er machte drei Schritte, pflanzte sich vor der Königin auf und stieß hervor:

»Eure drei Brüder tragen Hörner, Madame, Hörner wie dumme Bauerntölpel!«

Die Königin hatte sich erhoben. Ihre Wangen waren jetzt leicht gerötet.

»Wenn das stimmt, was Ihr mir erzählt, so werde ich es nicht länger dulden«, sprach sie. »Ich werde diese Schmach nicht dulden, nicht zulassen, daß meine Familie zum Gespött wird.«

»Auch die Barone von Frankreich werden es nicht zulassen«, erwiderte Artois.

»Habt Ihr die Namen, die Beweise?«

Artois tat einen tiefen Atemzug:

»Als Ihr mit Eurem Gemahl im vergangenen Jahr zur Schwertleite Eurer Brüder in Frankreich wart – auch ich empfing auf diesem Fest zusammen mit den Prinzen den Ritterschlag –, Ihr wißt, daß man nicht mit Ehren geizt, die nichts kosten . . .«, fügte er spöttisch ein, »damals habe ich Euch meinen Verdacht anvertraut und Ihr mir den Euren. Ihr gabt mir den Auftrag, zu wachen und Euch auf dem laufen-

17

den zu halten. Ich bin Euer Verbündeter; ich habe das eine getan und für das zweite alles in die Wege geleitet.«

»Nun, und was habt Ihr erfahren?« fragte Isabella ungeduldig.

»Nun, hört zu! Zunächst, daß gewisse Schmuckstücke aus der Schatulle Eurer süßen, Eurer würdigen, Eurer tugendhaften Schwägerin Margarete verschwanden. Wenn jedoch eine Frau sich heimlich ihrer Juwelen entäußert, so entweder, um einen Galan damit zu überhäufen oder um sich Komplizen zu erkaufen. Das ist klar, findet Ihr nicht?«

»Sie kann vorgeben, sie für eine fromme Stiftung verwendet zu haben.«

»Nicht immer. Nicht, wenn zum Beispiel eine bestimmte Brosche bei einem lombardischen Händler gegen einen Damaszenerdolch getauscht wurde . . .«

»Und habt Ihr herausgefunden, an wessen Gürtel dieser Dolch jetzt hängt?«

»Noch nicht«, erwiderte Artois. »Ich habe gesucht, aber die Spur verloren. Diese Dirnen sind schlau, ich sagte es schon. Niemals habe ich in meinen Wäldern von Conches Hirsche gejagt, die sich besser darauf verstanden hätten, ihre Fährte zu verwischen und auf Schlupfwegen zu entfliehen.«

Isabella war über diese Antwort enttäuscht. Robert von Artois wußte im voraus, was sie nun sagen würde, als sie die Arme ausbreitete.

»Wartet, wartet!« rief er. »Das ist nicht alles. Die ehrenhafte, die reine, die keusche Margarete hat sich den alten Turm des Hôtel de Nesle als Wohngemach einrichten lassen, um sich, wie sie sagt, dorthin zum Gebet zurückzuziehen. Nur daß sie ausgerechnet in den Nächten betet, wenn Euer Bruder Ludwig abwesend ist. Und das Licht brennt dort bis zu später Stunde. Ihre Cousine Blanche, manchmal auch ihre Cousine Johanna besuchen sie dort. Abgefeimt, die Dämchen! Wenn man je die eine befragen würde, brauchte sie nur zu sagen: ›Wie? Was werft Ihr mir vor? Aber ich war doch mit der anderen beisammen!‹ *Eine* Ehebrecherin allein kann sich nur schlecht verteidigen. *Drei* ausgekochte Buhlerinnen bilden aber eine starke Festung. Nur eins: an den gleichen Abenden, an denen Ludwig abwesend ist, läßt sich an der Böschung zu Füßen des Turmes, an diesem sonst völlig verlassenen Ort, einige Bewegung wahrnehmen. Man hat dort Männer beobachtet, die nicht wie Mönche gekleidet waren und die, wenn sie von der Abendandacht gekommen wären, eine andere Türe benutzt hätten. Der Hof schweigt, aber das Volk beginnt bereits zu tuscheln, denn die Diener schwatzen eher als die Herren.«

Während dieser ganzen Rede war er in ständiger Bewegung, gestikulierte, schritt im Saal umher, daß der Fußboden zitterte, und schlug weitausholend mit seinem Mantel durch die Luft. Die Zurschaustellung seiner übermäßigen Kraft war bei Robert von Artois ein Mittel der Überredung. Er versuchte ebensosehr mit seinen Muskeln zu überzeugen wie mit seinen Worten; er zog den Gesprächspartner in einen Wirbel; die derbe Redeweise, die so gut zu seiner gesamten Erscheinung paßte, schien die Glaubwürdigkeit seiner Argumente noch zu verstärken. Dennoch mochte man sich bei genauerem Zusehen fragen, ob dieser ganze Aufwand nicht nur Spiegelfechterei und Komödie war. Haß, wacher, zäher Haß leuchtete in den grauen Augen des Riesen; und die junge Königin bemühte sich, Herrin ihrer selbst zu bleiben.

»Habt Ihr darüber mit meinem Vater gesprochen?« fragte sie.

»Meine teure Cousine, Ihr kennt König Philipp besser als ich. Er glaubt so fest an die Tugend der Frauen, daß man ihm Eure Schwägerinnen mit ihren Liebhabern im Bett zeigen müßte, damit er sich herabließe, mich anzuhören. Und ich bin nicht so gut angeschrieben bei Hofe, seit ich meinen Prozeß verloren habe . . .«

»Ich weiß, Cousin, daß man Euch Unrecht getan hat, und wenn es nur an mir läge, so würde dieses Unrecht gutgemacht.«

Robert von Artois stürzte sich auf die Hand der Königin, um in einer großen Aufwallung von Dankbarkeit seine Lippen darauf zu drücken.

»Aber eben wegen dieses Prozesses«, fuhr Isabella mit sanfter Stimme fort, »könnte man womöglich glauben, daß Ihr jetzt aus Rachsucht handeltet?«

Der Riese richtete sich mit einem Ruck auf.

»Aber gewiß, Madame, gewiß handle ich aus Rachsucht!«

Er war entwaffnend, dieser große Robert! Man glaubte, ihm eine Falle zu stellen, ihn bei einem Unrecht zu ertappen, und er öffnete sein Innerstes weit wie ein Fenster.

»Man hat mir das Erbe meiner Grafschaft Artois gestohlen«, polterte er, »um es meiner Tante Mahaut von Burgund zu geben . . . diese Hündin, dieses Aas, wenn sie doch krepierte! Daß doch die Pest ihr Maul zerfresse und ihr die Brust abfaule! Und warum hat man das getan? Weil sie so lange alle Schliche angewandt, intrigiert und die Räte Eures Vaters mit klingenden Livres bestochen hat, bis es ihr gelang, ihre beiden verbuhlten Töchter und ihre ebenso verbuhlte Cousine an Eure Brüder zu verheiraten.«

Er äffte seine Tante Mahaut nach, die Gräfin von Burgund und Artois, wie sie ein fingiertes Gespräch mit König Philipp dem Schönen führt:

»Mein liebster Herr, mein Vetter, mein Gevatter, wie, wenn Ihr meine liebe kleine Johanna mit Eurem Sohn Ludwig verheiratetet? Nein? Er will sie nicht? Er findet sie ein wenig dürftig? Nun, dann gebt ihm doch Margarete, und gebt Johanna mit Philipp und meine süße Blanchette mit Eurem schönen Karl zusammen. Eine wahre Freude, wie sie alle einander lieben werden! Und wenn man mir das Artois zuspräche, das meinem verstorbenen Bruder gehörte, so würde meine Freigrafschaft Burgund einmal diesen Vögelchen zufallen. Mein Neffe Robert? Werft diesem Hund einen Knochen hin! Das Schloß Conches, die Grafschaft Beaumont, das genügt vollauf für diesen Klotz!< Und ich blase Nogaret die Ohren voll mit allerlei Bosheiten, und ich schicke Marigny tausend Wunderdinge . . . und ich verheirate eine, und ich verheirate die zweite, und ich verheirate alle drei. Und kaum geschehen, fangen meine drei kleinen Luder an, die Köpfe zusammenzustecken, sich Botschaften zu schicken, einander mit Liebhabern zu versorgen und alles zu tun, um die Krone Frankreichs mit stattlichen Hörnern zu schmücken . . . Ah! Wenn sie ohne Fehl wären, Madame, so wüßte ich meine Wut zu zügeln. Aber da sie sich so gemein betragen, nachdem sie mir so sehr geschadet haben, sollen diese Metzen für alles bezahlen, was die Mutter mir angetan hat!«[2]

Während dieses ganzen Wortschwalls war Isabella nachdenklich geblieben. Robert von Artois näherte sich ihr und senkte nun die Stimme:

»Sie hassen Euch.«

»Auch ich habe sie von allem Anfang an kaum gemocht, ohne zu wissen warum«, erwiderte Isabella.

»Ihr liebt sie nicht, weil sie falsch sind, nur an ihr Vergnügen denken und keinen Sinn für ihre Pflichten haben. Aber sie, sie hassen Euch, weil sie Euch beneiden.«

»Dennoch ist mein Los nicht beneidenswert«, seufzte Isabella, »und ihr Leben erscheint mir angenehmer als das meine.«

»Ihr seid eine Königin, Madame. Ihr seid es der Seele und dem Blute nach. Eure Schwägerinnen mögen vielleicht Kronen tragen, Königinnen werden sie niemals sein. Das ist der wahre Grund, weshalb sie Euch immer als Feindin betrachten werden.«

Isabella hob die schönen, blauen Augen zu ihrem Cousin auf, und Artois fühlte, daß er diesmal ins Schwarze getroffen hatte. Isabella war endgültig auf seiner Seite.

»Habt Ihr die Namen der . . . nun, der Männer, mit denen meine Schwägerinnen . . .«, fragte sie.

Die ungehobelte Sprache ihres Vetters war ihr fremd, und es widerstrebte ihr, gewisse Worte auszusprechen.

»Ihr habt sie nicht?« fuhr sie fort. »Ohne sie kann ich nichts unternehmen. Seht zu, daß Ihr sie bekommt, und ich verspreche Euch, unter irgendeinem Vorwand unverzüglich nach Paris zu kommen und diesen Zuständen ein Ende zu machen. Wie kann ich Euch behilflich sein? Habt Ihr meinen Onkel Valois unterrichtet?«

Jetzt sprach sie wieder entschlossener, konzentriert, voller Autorität.

»Ich habe mich wohlweislich gehütet«, erwiderte Artois. »Monseigneur von Valois ist mein treuster Beschützer und mein bester Freund; aber er ist das genaue Gegenteil Eures Vaters. Er würde überall ausposaunen, was wir verschweigen wollen; er würde zu früh Alarm schlagen, und wenn wir dann die Metzen auf frischer Tat ertappen wollten, fänden wir sie rein wie Nonnen . . .«

»Was schlagt Ihr vor?«

»Zweierlei«, antwortete Artois. »Zunächst müßte für Madame Margarete eine neue Hofdame ernannt werden, die uns ganz ergeben ist und uns alles berichtet. Ich habe da an Madame de Comminges gedacht, die vor kurzem Witwe geworden ist und der man Unterstützung schuldet. Und dabei kann uns Euer Onkel Valois von Nutzen sein. Laßt ihm einen Brief zukommen, in dem Ihr euren Wunsch zum Ausdruck bringt und vorgebt, Euch dieser Witwe annehmen zu wollen. Monseigneur hat großen Einfluß auf Euren Bruder Ludwig und wird, sei es auch nur, um diesen Einfluß noch zu verstärken, unverzüglich dafür sorgen, daß Madame de Comminges in das Hôtel de Nesle einzieht. Auf diese Weise werden wir eine Person dort haben, die uns völlig ergeben ist, und, wie wir Kriegsleute sagen, ein Spion innerhalb der Mauern ist mehr wert als eine Armee davor.«

»Ich werde diesen Brief schreiben, und Ihr sollt ihn mitnehmen«, sagte Isabella. »Und was weiter?«

»Gleichzeitig müßtet Ihr das Mißtrauen einschläfern, das Eure Schwägerinnen gegen Euch hegen, Euch Ihnen geneigt erweisen, indem Ihr ihnen huldvoll Geschenke macht«, fuhr Artois fort. »Geschenke, die ein Mann ebensogut tragen kann wie eine Frau und die Ihr ihnen heimlich zukommen laßt, ohne Wissen des Gatten oder des Vaters, wie ein kleines, freundschaftliches Geheimnis zwischen Euch. Margarete plünderte ihre Schatulle für einen schönen Unbekannten; es müßte mit dem Teufel zugehen, wenn wir diesen Gegenstand, den sie als Geschenk erhielt und über den sie niemandem Rechenschaft abzulegen braucht, nicht bei dem betreffenden Laffen wiedersehen würden. Man muß sie zu Unvorsichtigkeiten verleiten.«

Isabella überlegte. Dann ging sie zur Tür und klatschte in die Hände. Die erste französische Dame erschien.

»Meine Liebe«, sagte die Königin, »bringt mir doch die goldene Börse, die der Händler Albizzi mir heute morgen zum Kauf angeboten hat.«

Während der kurzen Wartezeit ließ Robert von Artois endlich ab von seinem Lieblingsthema und seinen Komplotten und schaute sich im Saale um. Religiöse Fresken bedeckten die Wände, der ungeheure hölzerne Plafond wölbte sich wie der Kiel eines Schiffes. Alles war noch neu, düster und kalt. Das Mobiliar war schön, aber spärlich.

»Kein sehr lustiger Ort, an dem Ihr da lebt, Cousine«, sagte er. »Man glaubt in einer Kirche zu sein und nicht in einem Schloß.«

»Gebe Gott«, erwiderte Isabella leise, »daß es mir wenigstens nicht zum Gefängnis werde. Wie oft sehne ich mich nach Frankreich!«

Er war gerührt von ihrem Tonfall und von ihren Worten. Er begriff, daß zwei Wesen in ihr lebten: die junge Königin, die sich ihrer Rolle bewußt war und sich zu einer majestätischen Haltung zwang. Und dann, hinter dieser Maske, eine Frau, die litt.

Die französische Dame kam zurück; sie trug ein Täschchen, das aus Goldfäden gewirkt, mit Seide gefüttert war und als Verschluß drei Edelsteine von der Größe eines Daumennagels aufwies.

»Wundervoll!« rief Artois. »Genau das, was wir brauchen. Ein wenig schwer als Putz für eine Dame; und genau der Gegenstand, den ein Höfling sich nur zu gern an den Gürtel hängen würde, um damit zu prunken.«

»Ihr werdet noch zwei ähnliche Börsen beim Händler Albizzi bestellen«, gebot Isabella der Hofdame, »er soll sie auf der Stelle anfertigen lassen.«

Dann, nachdem die französische Dame gegangen war, fügte sie zu Robert von Artois gewandt hinzu:

»So könnt Ihr sie gleich nach Frankreich mitnehmen.«

»Niemand wird erfahren, daß sie durch meine Hände gegangen sind«, sagte er.

Draußen hörte man Lärm, Schreien und Lachen. Robert von Artois trat an ein Fenster. Im Hof war ein Trupp von Maurern dabei, einen Schmuckstein mit dem Löwenwappen von England zur Spitze eines Mauerbogens hochzuziehen. Einige Männer zogen an den Seilen einer Winde, andere, auf einem Gerüst kauernd, machten sich bereit, den Steinblock zu packen; die ganze Arbeit schien in äußerst guter Stimmung vor sich zu gehen.

»Nun«, sagte Robert von Artois, »wie es scheint, hat König Eduard noch immer eine Vorliebe für das Maurerhandwerk.«

Er hatte soeben zwischen den Maurern Eduard II., den Gemahl Isabellas, erkannt, einen schönen Mann von etwa dreißig Jahren, mit welligem Haar, breiten Schultern und starken Hüften. Seine Samtkleider waren mit Gips beschmutzt.[3]

»Vor mehr als fünfzehn Jahren ist mit dem Umbau von Westminster begonnen worden!« sagte Isabella zornig. (Sie sprach den Namen des Schlosses nach französischer Art »Westmoustiers« aus.) »Die sechs Jahre meiner Ehe habe ich zwischen Maurerkellen und Mörtel gehaust. Dauernd reißt man wieder ein, was man soeben gebaut hat. Er hat keine Vorliebe für das Maurerhandwerk, sondern für die Maurer! Glaubt Ihr, daß sie auch nur ›Sire‹ zu ihm sagen? Sie nennen ihn Eduard, sie necken ihn, und er ist ganz entzückt davon. Seht ihn Euch nur an!«

Im Hof erteilte Eduard II. seine Befehle und stützte sich dabei auf einen jungen Arbeiter, um den er seinen Arm gelegt hatte. Verdächtige Vertraulichkeit herrschte um ihn herum. Die Löwen von England waren wieder zu Boden gelassen worden, zweifellos war man zu der Ansicht gelangt, daß der Platz nicht richtig gewählt sei.

»Ich glaubte«, begann Isabella von neuem, »mit dem Chevalier de Gabaston das Schlimmste erlebt zu haben. Dieser unverschämte und prahlerische Béarner beherrschte meinen Gemahl so sehr, daß er sich anschickte, über den König auch das Reich zu beherrschen. Eduard hat ihm alles Geschmeide aus meiner Brautschatulle geschenkt. Es ist entschieden der Brauch in dieser Familie, daß man, auf die eine oder andere Weise, den Schmuck der Frauen am Ende bei den Männern wiederfindet.«

Einem Verwandten, einem Freunde gegenüber erleichterte Isabella endlich ihr Herz und klagte ihren Kummer und ihre Demütigungen. Die Neigungen Eduards II. waren in ganz Europa bekannt.

»Im vergangenen Jahr ist es den Baronen und mir endlich gelungen, Gabaston zu vernichten. Er wurde geköpft, und sein Leib ist jetzt wohl in der Erde verwest, in Oxford«, sagte die junge Königin voll Genugtuung.

Daß so viel Grausamkeit sich auf einem so schönen Antlitz spiegeln konnte, schien Robert von Artois nicht zu überraschen. Man muß wissen, daß derartige Vorkommnisse zu jener Zeit gang und gäbe waren. Die Reiche fielen oft Jugendlichen zu, die ihre Allmacht wie ein Spiel ergötzte. Kaum dem Alter entwachsen, wo sie sich damit vergnügt hatten, den Fliegen die Flügel auszureißen, konnten sie sich nun damit vergnügen, Menschen die Köpfe abzuschlagen. Und selbst zu jung, um an den Tod zu denken, hegten sie keine Bedenken, Tod und Verderben um sich zu verbreiten.

Isabella hatte mit sechzehn Jahren den Thron bestiegen; in sechs Jahren hatte sie einen weiten Weg zurückgelegt.

»Jetzt, mein Cousin, bin ich nahe daran, mir den Chevalier de Gabaston zurückzuwünschen«, fuhr sie fort. »Denn seither, wie um sich an mir zu rächen, zieht Eduard alles in den Palast, was es an Niedrigstem und Gemeinstem unter den Männern seines Volkes gibt. Man sieht ihn im Schmutz des Hafenviertels von London herumlaufen, sich zu Landstreichern setzen, sich im Ringkampf mit Lastträgern messen und beim Rennen mit Pferdeknechten. Schöne Turniere, wahrhaftig, die er uns da liefert! Inzwischen regiert, wer immer Lust hat, wenn nur der Betreffende für das Vergnügen des Königs sorgt und es teilt. Augenblicklich sind es die Barone Despenser; der Vater ist nicht mehr wert als der Sohn, der meinem Gemahl die Frau ersetzt. Mir nähert Eduard sich nicht mehr, und wenn es ihm dennoch zufällig einmal in den Sinn kommt, so empfinde ich solche Scham, daß ich völlig gefühllos bleibe.«

Sie hatte die Stirn gesenkt.

»Eine Königin ist die elendeste Untertanin im Reich, wenn ihr Gemahl sie nicht mehr liebt. Es genügt, daß sie die Nachfolge gesichert hat; ihr ferneres Leben zählt nicht mehr. Welche Frau eines Adeligen, welche Bürgersfrau oder Bäuerin würde ertragen, was ich dulden muß . . . weil ich Königin bin? Die armseligste Wäscherin im Königreich hat mehr Rechte als ich: Sie kann zu mir kommen und mich um Hilfe bitten . . .«

Robert von Artois wußte – denn wer wußte es nicht? –, daß Isabellas Ehe nicht glücklich war; aber er hatte nicht das Ausmaß der Tragödie geahnt noch wie sehr die Königin darunter litt.

»Cousine, schöne Cousine, ich will Euch in allem beistehen!« rief er mit Wärme.

Sie zuckte traurig die Schultern, als wolle sie sagen: »Was könnt Ihr wohl für mich tun?« Sie standen einander gegenüber. Er streckte die Hände aus, ergriff ihre Ellbogen, so zart er konnte, und murmelte: »Isabella . . .«

Sie legte die Hände auf die Arme des Riesen und erwiderte: »Robert . . .«

Sie sahen einander an und wurden unversehens von heftiger Verwirrung ergriffen. Artois war, als gehe von Isabella eine geheime Aufforderung aus. Er fühlte sich plötzlich sonderbar befangen, bedrückt, behindert durch seine übermäßige Kraft, die er ungeschickt anzuwenden fürchtete. Aus der Nähe gesehen waren Isabellas blaue Augen unter den blonden Bogen ihrer Brauen noch schöner, die Wangen noch samtiger, pfirsichzart. Ihr Mund war leicht geöffnet, die Spitzen ihrer weißen Zähne leuchteten zwischen den Lippen.

Artois befiel plötzlich der Wunsch, seine Zeit, sein Leben, seinen Leib und seine Seele diesem Mund, diesen Augen, dieser jungen Königin zu widmen, die in diesem Augenblick wieder das junge Mädchen von einst wurde. Er begehrte sie mit einem plötzlichen und derben Verlangen, das er nicht auszudrücken verstand. Gewöhnlich zogen ihn seine Neigungen nicht zu hochgestellten Frauen, und in den Feinheiten galanter Werbung war er wenig geübt.

»Warum habe ich Euch das alles anvertraut?« sprach Isabella.

Ihre Blicke ließen nicht voneinander.

»Was ein König verschmäht, weil er seine Vollkommenheit nicht zu schätzen weiß«, sagte Robert, »dafür würde manch anderer Mann dem Himmel auf Knien danken. Kann es sein, daß Ihr bei Eurer Jugend, so frisch, so schön, auf alle Freuden der Natur verzichten müßt? Ist es möglich, daß niemand diese süßen Lippen küßt? Daß diese Arme, dieser Leib ... Ah! Nehmt Euch einen richtigen Mann, Isabella, nehmt mich!«

Gewiß, er ging reichlich unbeholfen auf sein Ziel los, und seine Art, sich auszudrücken, hatte wenig mit der dichterischen Beredsamkeit Herzog Wilhelms von Aquitanien gemeinsam. Aber Isabella hörte ihn kaum. Er überragte sie, erdrückte sie mit seiner Gestalt. Er roch nach Wald, nach Leder, nach Pferd und Rüstung; er besaß weder die Stimme noch das Aussehen eines Verführers, und dennoch wurde sie verführt. Er war ein Mann, ein echter Mann von gewaltigem Atem, voll derber und zupackender Männlichkeit. Sie fühlte ihren Willen erlahmen und hatte nur noch den einen Wunsch: ihren Kopf an diese Büffelbrust zu legen und sich ganz ihren Gefühlen zu überlassen ... diesen großen Durst zu stillen ... Sie zitterte.

Mit einem Ruck riß sie sich los.

»Nein, Robert«, rief sie aus, »ich will nicht das gleiche tun, was ich meinen Schwägerinnen so sehr zum Vorwurf mache. Ich kann es nicht, ich darf es nicht. Aber wenn ich an all das denke, was ich auf mich nehme, was ich mir versage, während sie das Glück haben, von ihren Männern geliebt zu werden ... Oh! Sie sollen bestraft werden, bitter bestraft!«

Sie erhitzte sich beim Gedanken an die Schuldigen, da sie selbst sich nicht gestattete, schuldig zu werden. Sie setzte sich wieder auf den hochlehnigen Eichenstuhl. Robert von Artois kam zu ihr.

»Nein, Robert!« wiederholte sie und streckte die Arme aus. »Nützt meine Schwäche nicht aus; Ihr würdet mich erzürnen.«

Vollendete Schönheit flößt ebensoviel Respekt ein wie Hoheit, und der Riese gehorchte.

Beide sollten jedoch niemals vergessen, was sich soeben zugetragen hatte. Einen Herzschlag lang war jede Schranke zwischen ihnen gefallen. Nur mit Mühe lösten ihre Blicke sich voneinander. »Ich kann also doch geliebt werden«, sagte sich Isabella, und sie empfand beinahe Dankbarkeit für den Mann, der ihr diese Sicherheit gegeben hatte.

»War das alles, was Ihr mir zu berichten habt, Cousin, bringt Ihr keine weitere Botschaft?« sagte sie und bemühte sich, ihre Fassung wiederzugewinnen.

Robert von Artois, der sich fragte, ob er nicht doch seinen Vorteil hätte wahrnehmen sollen, ließ sich Zeit mit der Antwort. Er atmete tief und sah aus, als kehre er aus weiter Ferne zurück.

»Gewiß, Madame«, erwiderte er, »ich habe noch eine Botschaft von Eurem Onkel Valois.«

Ein neues Band war zwischen Ihnen geknüpft, und jedes Wort, das sie von jetzt an sprachen, hatte einen besonderen Klang.

»Die Würdenträger des Templerordens werden bald abgeurteilt werden«, fuhr Artois fort, »und man fürchtet sehr, daß Euer Pate, der Großmeister Jacques de Molay, zum Tode verurteilt wird. Euer Onkel Valois bittet Euch, an den König zu schreiben und ihm einen milderen Spruch nahezulegen.«

Isabella antwortete nicht. Sie hatte wieder das Kinn in die Hand gestützt.

»Wie sehr Ihr ihm ähnlich seid, wenn Ihr so dasitzt«, sagte Artois.

»Wem?«

»König Philipp. Eurem Vater.«

»Was der König, mein Vater, entscheidet, ist recht entschieden«, erwiderte Isabella langsam. »Ich kann eingreifen, wenn es sich um die Ehre der Familie handelt; ich habe kein Recht, in die Regierung des französischen Reiches einzugreifen.«

»Jacques de Molay ist ein alter Mann. Er war ein edler und großer Mensch. Wenn er gefehlt hat, so hat er inzwischen gebüßt. Bedenkt, daß er Euch über das Taufbecken hielt . . . Glaubt mir, hier wird großes Unrecht begangen, und wir verdanken es wieder einmal Nogaret und Marigny. Mit den Templern wollen diese Emporkömmlinge zugleich die gesamte Ritterschaft und den hohen Adel treffen.«

Die Königin war ratlos; die Entscheidung ging sichtlich über ihre Kraft.

»Ich kann nicht darüber urteilen«, sagte sie, »ich kann nicht darüber urteilen.«

»Ihr wißt, daß ich Eurem Onkel Valois zu großem Dank verpflichtet bin, und er wüßte es zu schätzen, wenn ich diesen Brief von Euch erhielte. Und bedenkt, Mitleid steht einer Königin immer wohl an; es ist ein weibliches Gefühl, und man kann Euch dafür nur loben. Manche werfen Euch vor, Ihr wäret hartherzig; Ihr würdet ihnen damit eine treffliche Antwort geben. Tut es Euch zuliebe, Isabella, und tut es mir zuliebe.«

Er hatte dieses »Isabella« im gleichen Ton gesprochen wie kurz vorher am Fenster.

Sie lächelte ihm zu.

»Ihr seid geschickt, Robert, unter Eurem Wolfshabit. Gut, ich werde den Brief schreiben, wie Ihr wünscht, und Ihr könnt alles zusammen mitnehmen. Ich werde sogar versuchen, den König von England zu einem Brief an den König von Frankreich zu bewegen. Wann reist Ihr zurück?«

»Wann Ihr befehlt, liebe Cousine.«

»Die Börsen werden wohl bis morgen fertig sein; schon bald also.«
Bedauern schwang in der Stimme der Königin. Er sah ihr in die
Augen, und von neuem wurde sie verwirrt.

»Ich erwarte Euren Boten, der mir mitteilen soll, ob ich mich nach
Frankreich begeben muß. Adieu, Cousin. Wir sehen uns beim Nachtmahl.«

Er verabschiedete sich, und nach seinem Fortgang schien der Königin
das Gemach sonderbar still wie ein Tal, über das ein Unwetter hin-
weggebraust war. Isabella schloß die Augen und blieb lange unbeweglich sitzen.

›Er ist ein Mann‹, dachte sie, ›den all das Unrecht, das man ihm antat,
bösartig gemacht hat. Aber wenn man ihm Liebe entgegenbringt, so
ist er wohl fähig, wiederzulieben.‹

Die Menschen, die berufen sind, entscheidend in die Geschichte der
Völker einzugreifen, wissen meist nicht, welche Rolle das Schicksal
ihnen zugeteilt hat. Die beiden Personen, die an jenem Märznachmit-
tag des Jahres 1314 im Schlosse von Westminster diese lange Unter-
redung gehabt hatten, konnten nicht ahnen, daß sie durch die Folgen
ihrer Handlungen die Urheber eines Krieges zwischen den Königrei-
chen von England und Frankreich wurden, der mehr als hundert Jahre
dauern sollte.

Die Gefangenen des Temple

Die Mauern waren mit Salpeter bedeckt. Dunstig und gelb kroch das
erste Licht des heraufziehenden Tages in das hochgewölbte, unterir-
dische Gelaß.

Der Gefangene, der, die Arme über der Brust gekreuzt, vor sich hin
dämmerte, fröstelte und richtete sich mit einem Ruck auf, verstört,
mit klopfendem Herzen. Einen Augenblick lang verharrte er unbeweglich und beobachtete, wie der Morgennebel durch die Kerkerluke
strömte. Er lauschte. Ganz deutlich, wenn auch gedämpft durch die
ungeheuer dicken Mauern, drang das Geläute der Glocken von Paris
zu ihm und kündigte die ersten Messen an: die Glocken von Saint-
Martin, Saint-Merry, Saint-Germain-l'Auxerrois, Saint-Eustache
und Notre-Dame; und die ländlichen Glocken der umliegenden Dörfer la Courtille, Clignancourt und Mont-Martre.

Der Gefangene vernahm keinen Laut, der ihn hätte beunruhigen können. Die Angst allein hatte ihn in die Höhe fahren lassen, diese Angst,
die sich bei jedem Erwachen einstellte wie der Alptraum in jedem
Schlummer.

Er zog einen groben Holznapf heran und nahm daraus einen großen Schluck Wasser, um das Fieber zu kühlen, das seit Tagen in ihm brannte. Nachdem er getrunken hatte, wartete er, bis das Wasser in der Schüssel wieder ganz glatt war, und beugte sich darüber wie über einen Spiegel oder ein Brunnenbecken. Das Bild, das ihm daraus entgegenblickte, verschwommen und düster, war das eines Hundertjährigen. Eine Zeitlang versuchte er, in diesen vagen Zügen, unter diesem verwilderten Bart, den Lippen, die fast in dem zahnlosen Mund verschwanden, der langen, abgemagerten Nase, den umschatteten Augenhöhlen die Reste seiner einstigen Erscheinung zu entdekken.

Er stieß den Napf weg, erhob sich und machte einige Schritte, bis er fühlte, wie die Kette sich spannte, die ihn an die Mauer schmiedete. Da schrie er plötzlich auf:

»Jacques de Molay! Jacques de Molay! Ich bin Jacques de Molay!«

Keine Antwort; er wußte, daß niemand und nichts ihm antworten konnte, nicht einmal ein Echo.

Aber er mußte seinen eigenen Namen herausschreien, ihn gegen die Steinpfeiler, die Gewölbe, die Eichentür schleudern, um sich dagegen zu wehren, daß sein Geist sich in Umnachtung auflöste, um sich zu erinnern, daß er zweiundsiebzig Jahre alt war, Armeen befehligt und Provinzen regiert, eine Macht innegehabt hatte, die der Macht der Könige gleichkam, und daß er, solange noch ein Atemzug in ihm war, solange er existierte, und sei es auch in diesem Kerker, Großmeister des Ordens der Tempelherren war.

Im Übermaß der Grausamkeit oder des Hohnes hatte man ihn und die höchsten Würdenträger in den unteren Gewölben des großen Turmes des Hôtel du Temple eingesperrt, also in ihrem eigenen Anwesen, in ihrem Mutterhaus.

»Und wenn ich bedenke, daß ich selbst diesen Turm wiederaufbauen ließ«, murmelte der Großmeister wütend und schlug mit der Faust gegen die Mauer. Diese Bewegung entriß ihm einen Schrei. Schneidender Schmerz durchfuhr seine Hand, deren zerschmetterter Daumen nur noch ein kleiner, schlecht vernarbter Fleischklumpen war. Welche Stelle seines Körpers indessen hätte keine Wunde oder keinen Herd schmerzhaften Leidens getragen? Der Blutkreislauf in seinen Beinen war gestört, und er hatte fürchterliche Krämpfe, seit er der Folter der Spanischen Stiefel unterworfen worden war. Seine Beine waren zwischen Bretter geschnürt worden, und immer tiefer waren die eichenen Keile eingedrungen, auf die seine Peiniger mit Schlegeln hämmerten, während Nogaret, der Großsiegelbewahrer von Frankreich, ihm Fragen stellte und ihn zu Geständnissen aufforderte. Was sollte er gestehen? Er war ohnmächtig geworden.

An diesem gemarterten, zerfetzten Fleisch hatten Schmutz, Feuchtigkeit und Nahrungsmangel ihr Werk getan.

Vor einiger Zeit war er dann der Streckfolter unterworfen worden, der grausamsten vielleicht von allen, die er erlitten hatte. Man hatte an seinem rechten Fuß ein Gewicht von hundertachtzig Pfund befestigt und ihn dann, einen Greis, mittels eines Seiles und einer Winde bis zur Decke hochgezogen. Und die ganze Zeit die hohle Stimme Guillaume de Nogarets: »Aber so gesteht doch, Messire . . .« Und als er standhaft leugnete, hatte man gezogen, immer stärker, immer schneller, vom Boden bis zur Deckenwölbung. Er hatte gefühlt, wie seine Glieder sich ausrenkten, seine Gelenke zerrissen, sein ganzer Körper zerbarst, und er schrie, daß er gestehen würde, ja, alles, ganz gleichgültig welche Verbrechen, alle Verbrechen der Welt. Ja, die Templer betrieben heimlich die Sodomie; ja, um in den Orden aufgenommen zu werden, mußten sie auf das Kreuz spucken; ja, sie verehrten ein Götzenbild in Gestalt eines Katzenkopfes; ja, sie waren der Magie, der Hexerei, dem Teufelskult ergeben; ja, sie veruntreuten die Gelder, die ihnen anvertraut waren; ja, sie hatten eine Verschwörung gegen den Papst und den König angezettelt . . . und was sonst noch?

Jacques de Molay fragte sich, wie er das alles hatte überstehen können. Wohl nur, weil die Foltern sorgfältig dosiert und niemals so weit getrieben wurden, daß sie hätten tödlich sein können, und auch, weil die Konstitution eines alten Ritters, der im Waffen- und Kriegshandwerk geübt war, mehr Widerstandskraft besaß, als er selbst erwartet hätte. Er kniete nieder, die Augen auf den Lichtstrahl geheftet, der durch die Luke fiel.

»Herr, mein Gott«, betete er, »warum hast Du meiner Seele weniger Kraft verliehen als meinem Leib? War ich würdig, den Orden zu regieren? Du hast mich nicht davor bewahrt, der Feigheit zu verfallen; bewahre mich, Herr, davor, dem Wahnsinn zu verfallen. Ich kann nicht mehr lange standhalten, nicht mehr lange.«

Seit sieben Jahren war er angekettet und kam nur aus seinem Kerker, um vor Untersuchungskommissionen geschleppt und allem Druck, allen Drohungen der Rechtsgelehrten und Theologen unterworfen zu werden. Unter derartigen Umständen konnte man wohl fürchten, wahnsinnig zu werden. Oft verlor der Großmeister jedes Zeitgefühl. Um sich zu zerstreuen, hatte er versucht, einige Ratten zu zähmen, die jede Nacht kamen, um die Reste seines Brotes zu fressen. Er fiel von Wutanfällen in Weinkrämpfe, von tiefster Frömmigkeit in Ausbrüche von Gewalttätigkeit, von Stumpfsinn in Raserei.

»Sie werden daran krepieren, sie werden daran krepieren«, sagte er immer wieder vor sich hin.

Wer würde krepieren? Klemens, Guillaume, Philipp . . . der Papst, der Großsiegelbewahrer und der König. Sie würden sterben, Molay wußte nicht wie, aber sicherlich unter grausamen Qualen, um ihre Verbrechen zu büßen.

Noch immer auf den Knien, das bärtige Gesicht zur Luke des Verlieses erhoben, flüsterte der Großmeister:

»Dank, Herr, mein Gott, daß Du mir den Haß gelassen hast. Er ist die einzige Kraft, die mich noch aufrecht hält.«

Mühsam erhob er sich und ging zu der Steinbank zurück, die in die Wand eingelassen war und ihm als Bett und Sitzplatz diente.

Wer hätte sich jemals einfallen lassen, daß er einmal so enden würde? Seine Gedanken schweiften beharrlich in die Zeit seiner Jugend zurück, zu dem jungen Mann, der vor fünfzig Jahren die Jurahänge, auf denen er geboren war, hinabgestiegen war, dem großen Abenteuer entgegen.

Wie alle jungen Adeligen jener Zeit hatte auch er davon geträumt, den langen weißen Mantel mit dem schwarzen Kreuz zu tragen, der das Ordenskleid der Tempelherren darstellte. Allein der Name »Templer« beschwor damals ferne Länder herauf, Heldenabenteuer, Schiffe, die mit schwellenden Segeln dem Orient zusteuerten, Länder, über denen der Himmel in ewiger Bläue leuchtete, Sturmangriffe im Galopp über den Wüstensand, die Schätze Arabiens, Gefangene, für die man Lösegeld bekommen konnte, eroberte und geplünderte Städte, Burgen mit gewaltigen Treppen, die an der Meeresküste aufragten. Man erzählte sich sogar, daß die Templer geheime Seehäfen hätten, wo sie sich nach unbekannten Kontinenten einschifften . . .[4]

Und der Traum des jungen Jacques de Molay hatte sich erfüllt; stolz war er durch fremde Städte geschritten, in seinen Mantel aus feinstem Tuch gehüllt, dessen Falten bis auf seine goldenen Sporen fielen.

Er war in der Hierarchie des Ordens höher gestiegen, als er jemals zu hoffen gewagt hatte, von einer Würde zur nächsten, bis ihn schließlich die Wahl seiner Brüder zum höchsten Amte, dem des Großmeisters von Frankreich und der überseeischen Gebiete, und zum Befehlshaber über fünfzehntausend Ritter berief.

All das, um in diesem Kerker, diesem Schmutz und dieser äußersten Not zu enden. Wenige Geschicke hatten einem so steilen Aufstieg einen so tiefen Sturz folgen lassen.

Mit einem Glied seiner Kette ritzte Jacques de Molay in den Salpeter des Mauerwerks undeutliche Striche, die den Plan zu einer Festung vorstellen sollten, als er schwere Schritte und Waffenlärm auf der Treppe zu seinem Keller hörte.

Von neuem würgte ihn die Angst, aber diesmal eine bestimmte und begründete Angst.

Die mächtige Tür öffnete sich knarrend, und hinter einem Wächter sah Molay vier Bogenschützen in ledernem Waffenrock, die Pike in der Hand. Vor ihren Gesichtern verdichtete sich ihr Atem zu leichtem Nebel.

»Wir kommen, Euch abzuholen, Messire«, sagte der Anführer.

Molay erhob sich wortlos.

Der Wächter trat heran. Mit gewaltigen Hammer- und Meißelschlägen sprengte er die Niete, mit der die Kette an den eisernen Armbändern befestigt war; jede der Spangen, die eng um die Gelenke des Ritters schlossen, wog vier Pfund.

Der alte Mann zog den weiten Mantel eng um die ausgemergelten Schultern, seinen berühmten Mantel, der jetzt nur noch ein grauer Lappen war, von dem das schwarze Kreuz in Fetzen herunterhing. Dann setzte er sich in Bewegung. Noch immer lebte in diesem erschöpften, schwankenden Greis, dessen eisenbeschwerte Füße mühsam die Treppe des Turms erklommen, etwas von jenem Kriegsherrn, der einst, zum letztenmal, Jerusalem den Händen der Sarazenen entrissen hatte.

›Herr, mein Gott, gib mir Kraft‹, sprach er in seinem Inneren, ›gib mir nur ein wenig Kraft.‹ Und um diese Kraft zu finden, wiederholte er sich die drei Namen seiner Feinde: Klemens, Guillaume, Philipp . . .

Nebel erfüllte den weiten Hofraum des Temple, zog sich wie ein Schleier um die Türmchen der Umfassungsmauer, quoll zwischen den Zinnen hindurch, saß wie ein Wattebausch auf der Turmspitze der großen Kirche zur Rechten.

Eine Hundertschaft von Soldaten stand, die Waffe bei Fuß, um einen großen, viereckigen Karren und unterhielt sich leise.

Von jenseits der Mauern hörte man den Lärm von Paris und manchmal ein Pferdewiehern von herzzerreißender Traurigkeit.

Inmitten des Hofes marschierte mit langsamen Schritten, unbewegten Gesichtes und gelangweilter Miene Messire Alain de Pareilles auf und ab, der Hauptmann der königlichen Bogenschützen, der Mann, der allen Hinrichtungen beiwohnte, der alle Verurteilten zur Urteilsverkündung und zum Strafvollzug geleitete. Er war etwa vierzig Jahre alt. Sein stahlgraues Haar fiel in kurzen Strähnen über die eckige Stirn. Er trug ein Panzerhemd, ein Schwert an der Seite und hielt seinen Helm in der Armbeuge.

Er drehte sich um, als er den Großmeister kommen hörte. Dieser fühlte, wie er erbleichte, wenn es ihm überhaupt möglich war, noch bleicher zu werden.

Gewöhnlich, das heißt für die Verhöre, entfaltete man keinen so großen Apparat; weder der Karren noch all diese Bewaffneten waren sonst dagewesen. Einige königliche Schergen holten die Angeklagten ab und brachten sie im Boot zum anderen Seineufer, meist bei sinkender Nacht.

Allein die Anwesenheit von Alain de Pareilles sagte genug.

»Nun, ist es entschieden?« fragte Molay den Hauptmann der Bogenschützen.

»Es ist entschieden, Messire«, erwiderte der.

»Und wißt Ihr, mein Sohn«, fragte Molay nach kurzem Zögern, »wie das Urteil lautet?«

»Ich weiß es nicht, Messire, ich habe Befehl, Euch zu Notre-Dame zu bringen, wo es verlesen wird.«

Stille trat ein, dann wollte Jacques de Molay wissen:

»Welchen Tag haben wir heute?«

»Donnerstag nach dem Tag des heiligen Gregor.«

Das hieß der 18. März, der 18. März 1314.[5]

›Wird man mich zum Tode führen?‹ fragte sich Molay.

Wieder öffnete sich das Tor zum Turm, und von Wachen begleitet erschienen drei weitere Würdenträger, der Generalvisitator, der Großpräzeptor der Normandie und der Befehlshaber von Aquitanien. Auch sie hatten weißes Haar, weiße, struppige Bärte, ihre Lider blinzelten tief in den Augenhöhlen, die zerlumpten Mäntel schlotterten ihnen um den Leib. Einen Augenblick standen sie unbeweglich, großen Nachtvögeln gleich, die das Tageslicht blendet. Der Befehlshaber von Aquitanien hatte dazu noch eine weiße Klappe über dem linken Auge, was ihm ein eulenartiges Aussehen verlieh. Er schien völlig stumpfsinnig. Der Generalvisitator, fast kahlköpfig, hatte schrecklich aufgeschwollene Hände und Füße.

Der Großpräzeptor der Normandie, Geoffroy de Charnay, stürzte, von seinen Ketten gehemmt, als erster auf den Großmeister zu und umarmte ihn. Eine lange Freundschaft verband die beiden Männer. Charnay hatte seine Karriere Jacques de Molay zu verdanken, der in dem um zehn Jahre Jüngeren seinen Nachfolger gesehen hatte.

Charnay trug eine tiefe Narbe quer über die Stirn, ein Andenken an einen früheren Kampf, wo ein einziger Schwertstreich ihm Stirn und Nase gespalten hatte. Dieser rauhe Mann, dessen Züge der Krieg geprägt hatte, vergrub das Gesicht an der Schulter des Großmeisters, um seine Tränen zu verbergen.

»Mut, mein Bruder, nur Mut«, sprach dieser und schloß ihn in die Arme. »Mut, liebe Brüder«, wiederholte er und umarmte die beiden anderen.

Sie brauchten einander nur anzusehen, um zu wissen, wie es mit jedem stand.

Ein Wächter näherte sich. »Ihr habt das Recht, Euch die Eisen abnehmen zu lassen, Messires«, sagte er.

Der Großmeister streckte mit bitterer, müder Geste die Hände aus.
»Ich habe keinen Heller mehr«, erwiderte er.

Damit man ihnen bei jedem Ausgang die Eisen abnahm und wieder anschmiedete, mußten die Templer nämlich einen Heller bezahlen, einen von den zwölf Hellern, die ihnen zugestanden wurden, damit sie ihre unwürdige Nahrung bezahlen konnten, das Stroh ihres Kerkers und das Waschen ihrer Hemden. Eine weitere Spitzfindigkeit, eine Grausamkeit Nogarets! . . . Sie waren angeklagt, nicht verurteilt. Sie hatten das Recht auf einen Zuschuß für ihren Unterhalt. Zwölf Heller, und dabei kostete schon das Viertel Fleisch mehr als vierzig! Das hieß, daß sie vier Tage in der Woche fasteten, auf dem nackten Stein schliefen und im Schmutz verfaulten.

Der Großpräzeptor der Normandie nahm aus einer alten Börse, die ihm vom Gürtel hing, die beiden Heller, die ihm verblieben waren, und warf sie zu Boden; einen für seine Fesseln, den anderen für die Fesseln des Großmeisters.

»Mein Bruder!« sagte Jacques de Molay mit abwehrender Geste.
»Wozu sollen sie mir wohl noch dienen . . .«, erwiderte Charnay.
»Nehmt ruhig an, mein Bruder, Ihr braucht mir nicht zu danken!«

Als man ihre eisernen Fesseln sprengte, spürten sie jeden Hammerschlag in den Knochen. Aber schmerzhafter noch spürten sie jeden Schlag ihrer Herzen in der Brust.

»Diesmal ist es mit uns zu Ende«, murmelte Molay.

Sie fragten sich, welche Todesart man für sie ausersehen habe und ob man sie den äußersten Qualen unterwerfen würde.

»Daß wir losgeschmiedet werden, ist vielleicht ein gutes Zeichen«, sagte der Generalvisitator und schüttelte seine geschwollenen Hände. »Vielleicht hat uns der Papst begnadigt.«

Ein paar abgebrochene Vorderzähne waren ihm verblieben, so daß er beim Sprechen lispelte, und die Kerkerhaft hatte ihn ein wenig kindisch gemacht.

Der Großmeister zuckte die Achseln und zeigte auf die hundert Bogenschützen, die in einer Reihe dastanden.

»Machen wir uns zum Sterben bereit«, erwiderte er.

»Schaut her, schaut her, was sie mir getan haben«, schrie der Visitator, schob seinen Ärmel hoch und zeigte einen verstümmelten Arm.

»Wir sind alle gefoltert worden«, erwiderte der Großmeister.

Er wandte die Augen ab wie jedesmal, wenn man von der Folter sprach. Er war schwach geworden, hatte ein falsches Geständnis unterschrieben und verzieh es sich nie.

Er ließ den Blick über die ungeheuren Mauern der Anlage schweifen, die Sitz und Symbol ihrer Macht gewesen war.

›Zum letztenmal‹, dachte er.

Zum letztenmal betrachtete er diese großartige Anlage mit ihrem Wehrturm, ihrer Kirche, den Palästen, den Häusern, den Höfen und Obstgärten, eine richtige befestigte Stadt mitten in Paris.[6]

Hier hatten die Templer zwei Jahrhunderte lang gelebt, gebetet, geschlafen, Recht gesprochen, gerechnet, ihre Züge in ferne Länder geplant. In diesem Turm war der Staatsschatz von Frankreich aufbewahrt gewesen, den man ihrer Obhut und Verwaltung anvertraut hatte.

Hierher hatten sie sich nach den unseligen Feldzügen Ludwigs des Heiligen und nach dem Verlust von Palästina und Zypern zurückgezogen. Ihre Knappen, ihre goldbeladenen Maultiere, ihre Reiterei mit den arabischen Pferden und ihre schwarzen Sklaven hatten sie in ihrem Gefolge mitgebracht.

Noch einmal sah Jacques de Molay diese Rückkehr der Besiegten vor sich, die noch immer etwas von einem Heldenepos an sich gehabt hatte.

›Wir waren überflüssig geworden‹ und wir wußten es nicht‹, dachte der Großmeister. ›Wir sprachen immer noch von neuen Kreuzzügen und Wiedereroberungen . . . Vielleicht haben wir in unserem Hochmut zu viele Vorrechte für uns behalten, ohne sie noch rechtfertigen zu können.‹

Von der stehenden Streitmacht der Christenheit waren sie zu den ständigen Bankiers der Kirche und der Könige geworden. Und wer viele Schuldner hat, hat bald auch viele Feinde.

Oh! Das Ganze war schlau eingefädelt worden! Das Drama hatte an jenem Tage seinen Anfang genommen, als Philipp der Schöne Aufnahme in den Orden und das Amt des Großmeisters verlangt hatte. Das Kapitel hatte mit einer kalten Ablehnung geantwortet, die unwiderruflich war.

›Habe ich unrecht gehabt?‹ fragte sich Jacques de Molay zum hundertstenmal. ›War ich nicht zu sehr darauf bedacht, mein Amt zu behalten? Nein. Ich konnte nicht anders; unsere Regel sagt ausdrücklich: Regierende Fürsten dürfen nicht Würdenträger des Ordens sein.‹

König Philipp hatte diese Abfuhr und diese Beleidigung niemals vergessen. Er fing an, seine Netze auszulegen, während er Jacques de Molay auch weiterhin mit Gunstbezeigungen überhäufte. War der Großmeister nicht der Pate seiner Tochter Isabella? War der Großmeister nicht die Stütze des Reiches?

Aber der Kronschatz war vom Temple in den Louvre überführt worden. Gleichzeitig wurde eine schleichende, giftige Stimmungskampagne gegen die Templer entfesselt. Es hieß, sie spekulierten mit Brotgetreide und trügen die Schuld an den Hungersnöten. Sie seien

mehr um die Vermehrung ihrer Schätze besorgt als um die Rücker-
oberung des Grabes Christi von den Heiden. Da sie sich des rauhen
Tons der Kriegsleute bedienten, bezichtigte man sie der Blasphemie.
Die Redensart »fluchen wie ein Templer« kam auf. Von Gottesläste-
rern zu Gottesleugnern war dann nur noch ein Schritt. Es wurde behauptet, daß sie sich widernatürlichen Ausschweifungen hingäben
und daß ihre schwarzen Sklaven Zauberer seien . . .
»Gewiß, unsere Brüder waren nicht lauter Heilige, und vielen hat
auch die Untätigkeit nicht gutgetan.«
Vor allem hieß es, daß die Novizen während der Aufnahmezeremonie
gezwungen würden, Christus zu verleugnen, auf das Kreuz zu spuk-
ken und daß man sie obszönen Prozeduren unterwerfe.
Unter dem Vorwand, diese Gerüchte zum Schweigen bringen zu wollen, hatte Philipp dem Großmeister vorgeschlagen, um der Ehre und
der Interessen des Ordens willen ein Verfahren einleiten zu lassen.
›Und ich bin darauf eingegangen . . .‹, dachte Molay, ›und furchtbar
mißbraucht und getäuscht worden.‹
Dann, an einem Oktobertag des Jahres 1307 . . . Oh! Wie gut erinnerte Molay sich dieses Datums . . . ›Tags zuvor noch hatte er mich
seinen Bruder genannt, mir den Ehrenplatz bei der Beisetzung seiner
Schwägerin, der Gräfin von Valois, angewiesen . . .‹
Genau an einem Freitag, dem Dreizehnten, zweifellos ein unheilbrin-
gendes Datum, ließ Philipp in einem einzigen Fischzug, den er durch
seine Polizei von langer Hand vorbereitet hatte, im Morgengrauen
alle Templer in ganz Frankreich verhaften und im Namen der Inquisition unter die Anklage der Ketzerei stellen. Und Nogaret war in eigener Person gekommen, um Jacques de Molay und die hunder Ritter
des Mutterhauses festzunehmen.
Ein Befehl wurde gebellt, der den Großmeister aus den Gedanken riß,
um die seine Erinnerung immer wieder kreiste. Messire Alain de
Pareilles ließ seine Bogenschützen antreten. Er hatte seinen Helm
aufgesetzt und ging auf sein Pferd zu. Ein Soldat hielt ihm den Steig-
bügel.
»Gehen wir«, sagte der Großmeister.
Die Gefangenen wurden zum Wagen gestoßen. Molay bestieg ihn als
erster. Der Befehlshaber von Aquitanien, der Mann mit der weißen
Augenklappe, der einst die Türken bei Saint-Jean-d'Acre geschlagen
hatte, war nicht aus seiner Stumpfheit erwacht. Er mußte hinaufge-
hoben werden. Der Bruder Visitator bewegte die Lippen und redete
ohne Unterlaß vor sich hin. Als Geoffroy de Charnay den Karren bestieg, fing irgendwo in den Ställen ein Hund zu heulen an, und die
Narbe auf der Stirn des Großpräzeptors zog sich schmerzlich zusammen.

Dann machte sich das schwerfällige Gefährt, von vier voreinandergespannten Pferden gezogen, auf den Weg. Das große Portal öffnete sich, und sogleich erscholl ungeheurer Lärm. Mehrere tausend Menschen, alle Bewohner des Viertels um den Temple und der angrenzenden Stadtteile, drängten sich um die Mauern. Die vorderste Reihe der Bogenschützen mußte sich mit Schlägen der umgedrehten Piken einen Weg durch die johlende Menge bahnen.

»Platz den Leuten des Königs!« schrien die Bogenschützen.

Kerzengerade auf seinem Pferd, mit unbewegtem und gelangweiltem Gesicht, beherrschte Alain de Pareilles den Tumult.

Aber als die Templer erschienen, legte der Aufruhr sich schlagartig. Vor diesen vier alten Männern, die das Rütteln der plumpen Räder gegeneinander taumeln ließ, waren die Pariser einen Augenblick stumm vor Betretenheit, vor plötzlichem Mitgefühl.

Dann erhoben sich Rufe: »Tötet sie! Tötet die Ketzer!« Diese Rufe kamen von den königlichen Bütteln, die sich unter die Gaffer gemischt hatten. Und jetzt begann die Menge, die alle Zeit bereit ist, mit den Mächtigen zu schreien und sich aufzuspielen, wenn sie nichts dabei riskiert, im Chor zu brüllen:

»Tötet sie!«

»Diebe!«

»Götzendiener!«

»Schaut sie an! Jetzt sind sie nicht mehr so stolz, diese Ungläubigen!«

Auf dem ganzen Weg schwirrten Schmähungen, Anzüglichkeiten und Drohungen hin und her. Aber diese Kundgebungen des Unwillens blieben spärlich. Ein großer Teil der Zuschauer verhielt sich schweigend, und dieses Schweigen war, wenngleich man es der Vorsicht zuschreiben mochte, nicht weniger aufschlußreich.

Denn in sieben Jahren hatte sich manches geändert. Die Methoden der Prozeßführung waren ruchbar geworden. Man hatte Templer gesehen, die den Leuten an den Kirchentüren die Knochen zeigten, die ihnen nach der Folter von den Füßen gefallen waren. In manchen Städten Frankreichs hatte man die Ritter zu Hunderten verbrennen sehen. Man wußte, daß gewisse kirchliche Kommissionen sich geweigert hatten, die Templer zu verurteilen, und daß eigens neue Bischöfe ernannt worden waren, die dieses Geschäft besorgten. Es hieß, selbst Papst Klemens habe nur widerwillig nachgegeben und nur, weil er ganz in der Hand des Königs war und fürchtete, das gleiche Schicksal zu erleiden wie sein Vorgänger Bonifaz. Und schließlich hatte es in den letzten sieben Jahren auch nicht mehr Getreide gegeben, der Brotpreis war erneut gestiegen, und man mußte wohl oder übel zugeben, daß daran nicht mehr die Templer die Schuld trugen . . .

Fünfundzwanzig Schützen, den Bogen quer über der Brust und die Pike auf der Schulter, marschierten vor dem Karren, fünfundzwanzig auf jeder Seite und ebenso viele beschlossen den Zug.

›Ach! Wenn nur noch ein Restchen Kraft in unseren Knochen stecken würde!‹ dachte der Großmeister. Mit zwanzig Jahren hätte er einen Bogenschützen angesprungen, ihm die Pike entrissen und versucht zu entfliehen oder sich wenigstens bis zum Letzten verteidigt. Jetzt wäre er kaum noch über die Karrenwand gekommen.

Hinter ihm brabbelte der Bruder Visitator zwischen seinen zerschlagenen Zähnen: »Sie werden uns nicht verurteilen. Ich kann nicht glauben, daß sie uns verurteilen. Wir sind niemandem mehr gefährlich . . .«

Und der alte Templer mit der Augenklappe erwachte endlich aus seiner Dumpfheit und murmelte: »Das tut gut, ins Freie zu kommen. Das tut gut, frische Luft zu atmen. Nicht wahr, mein Bruder?«

›Er begreift nicht einmal, wohin wir gebracht werden‹, dachte der Großmeister.

Der Großpräzeptor legte ihm die Hand auf den Arm.

»Mein Herr Bruder«, sagte er leise, »ich sehe Leute weinen in der Menge und andere sich bekreuzigen. Wir sind nicht ganz verlassen auf unserem Leidensweg.«

»Diese Leute mögen uns bedauern, aber sie können uns nicht retten«, erwiderte Jacques de Molay. »Ich suche ganz andere Gesichter.«

Der Präzeptor begriff, welche Gesichter der Großmeister meinte und an welche letzte, unsinnige Hoffnung er sich klammerte. Und unwillkürlich fing auch er an, die Menge genauer ins Auge zu fassen. Eine Anzahl Tempelherren waren dem großen Fang von 1307 entgangen. Einige hatten sich in Klöster geflüchtet, andere ihr Ordenskleid abgelegt und lebten in einem Versteck auf dem Land oder in der Stadt; wieder anderen war es gelungen, nach Spanien zu entkommen, wo der König von Aragonien, der sich weigerte, den Befehlen des Königs von Frankreich und des Papstes zu gehorchen, den Tempelherren ihre Komtureien belassen und einen neuen Orden für sie gegründet hatte. Und dann gab es noch diejenigen, die nach dem Urteil milderer Tribunale der Obhut der Hospitaliter übergeben worden waren. Alle diese ehemaligen Templer waren, so gut sie konnten, miteinander in Verbindung geblieben und hatten eine Art Geheimnetz geschaffen.

Und Jacques de Molay sagte sich, daß vielleicht . . .

Vielleicht hatte sich eine Verschwörung gebildet . . . vielleicht würde eine Handvoll Männer an einer Straßenecke auftauchen, in der Rue des Blanc-Manteaux, an der Ecke der Rue de la Bretonnerie, an der Ecke des Klosters Saint-Merry, und diese Männer würden unter ihren Umhängen Waffen hervorziehen, sich auf die Bogenschützen stürzen, während andere, die an Fenstern postiert waren, Wurfgeschosse schleudern würden. Mit einem Wagen, der im Galopp daherstürmte, könnte man den Weg blockieren und eine Panik hervorrufen ...

›Aber warum sollten unsere früheren Brüder das alles tun?‹ dachte Molay. ›Um ihren Großmeister zu befreien, der sie verraten hat, den Orden verleugnet, unter der Folter schwach geworden war ...‹

Und dennoch suchten seine Augen die Menge ab, so weit sie konnten, aber sie sahen nur Familienväter, die ihre Kinder auf die Schultern gehoben hatten, damit sie nichts von dem Schauspiel versäumten, Kinder, die sich später, wenn sie den Namen Templer hören würden, nur noch an vier bärtige, schlotternde Greise erinnern sollten, die wie gemeingefährliche Verbrecher von Bewaffneten umgeben waren.

Der Generalvisitator brabbelte unablässig weiter, und der Held von Saint-Jean-d'Acre wiederholte unermüdlich, wie schön solch eine Spazierfahrt am Morgen sei.

Der Großmeister fühlte, wie in ihm eine Welle jenes rasenden Zorns hochstieg, der ihn so oft in seinem Gefängnis ergriffen hatte, so daß er laut aufheulen und gegen die Wände hatte schlagen müssen. Er würde ganz bestimmt irgend etwas Gewaltsames und Schreckliches tun ... Er wußte nicht was ... aber er mußte es unausweichlich tun.

Er hatte sich mit dem Tod abgefunden, empfand ihn beinahe als eine Erlösung, aber er hatte sich nicht mit einem ungerechten und ehrlosen Tod abgefunden. Nach einem langen, kampfgewohnten Leben wallte sein müdes Blut noch einmal auf. Er wollte kämpfend untergehen.

Er suchte die Hand Geoffroy de Charnays, seines alten Gefährten und des letzten Menschen, der ihm noch zur Seite stand, und drückte diese Hand mit aller Kraft.

Der Präzeptor hob den Blick und sah, wie an den eingefallenen Schläfen des Großmeisters die Adern zuckten wie dicke, blaue Nattern.

Der Zug war an der Brücke von Notre-Dame angelangt.

Die Schwiegertöchter des Königs

Der köstliche Duft von heißem Mehl, Honig und Butter schwebte um den Verkaufsstand.

»Heiße Waffeln, heiße Waffeln! Wer nicht schnell zugreift, erwischt nichts mehr! Kommt her, Leute, eßt! Heiße Waffeln!« schrie der Händler, der im Freien hinter seinem Ofen hantierte.

Er besorgte alles gleichzeitig, stellte seine Ware zur Schau, nahm das fertige Gebäck vom Feuer, gab Geld zurück und paßte auf, daß die Gassenbuben nicht seinen Stand plünderten.

»Heiße Waffeln!«

Er war so beschäftigt, daß er den Kunden nicht bemerkte, dessen weiße Hand einen Heller hinlegte als Bezahlung für einen hauchdünnen Kuchen. Er sah nur, wie die linke Hand das Gebäck wieder zurücklegte, von dem nur ein Happen abgebissen war.

»So ein Ekel!« brummte er und schürte sein Feuer. »Was bildet der sich eigentlich ein! Reiner Weizen und Butter aus Vaugirard . . .« Dabei richtete er sich auf und stand mit offenem Mund. Das letzte Wort blieb ihm im Hals stecken, als er sah, mit welchem Kunden er da gesprochen hatte. Dieser hochgewachsene Mann mit den großen, starren Augen, der eine weiße Kopfbedeckung und einen halblangen Überwurf trug . . .

Ehe der Händler einen Bückling zustande bringen oder eine Entschuldigung stammeln konnte, war der Mann mit der weißen Kappe schon weitergegangen. Der Waffelbäcker sah ihm mit hängenden Armen nach, während die letzte Portion Waffeln langsam verkohlte.

Die Geschäftsstraßen der Hauptstadt ähnelten zu jener Zeit nach Aussage von Reisenden, die Afrika und den Orient kannten, stark den arabischen Märkten. Das gleiche Stimmengewirr, die gleichen winzigen Buden, die sich dicht aneinander drängten, der gleiche Geruch nach heißem Fett, Gewürzen und Leder, das gleiche schlendernde Hin und Her der Käufer und Gaffer, die sich nur mit Mühe einen Weg bahnen konnten. Jede Straße und jede Gasse hatte ihre Spezialität, ihren bestimmten Geschäftszweig; hier die Weber, deren Schiffchen man im Hintergrund des Ladens auf den Webstühlen hin und her flitzen sah, da die Flickschuster, die eifrig auf die Leisten hämmerten, dort drüben die Sattler, die ihre Ahle durch das Leder zogen, und wieder ein wenig weiter die Tischler, die Stuhlbeine drechselten.

Es gab eine Vogel-, eine Kräuter- und eine Gemüsestraße, ein Schmiedegäßchen, wo die Hämmer auf den Ambossen dröhnten und die Werkstätten von der Kohlenglut rot erleuchtet waren. Die Goldschmiede hausten am Quai, der nach ihnen benannt war, und arbeiteten über ihre kleinen Öfchen gebeugt.

Winzige Fleckchen Himmel nur zeigten sich zwischen den Holz- und Lehmhäusern, deren Giebel so nahe beieinander standen, daß man sich von einem Fenster zum gegenüberliegenden die Hand reichen konnte. Beinahe überall war der Boden mit übelriechendem Kot bedeckt, durch den die Passanten, je nach ihrem Stande, barfuß, in Holzpantinen oder in Lederschuhen stapften.

Der große Mann mit der weißen Kappe schob sich langsam mit der Menge weiter, die Hände auf dem Rücken. Das Gedränge schien ihn nicht zu stören. Allerdings machten viele ihm Platz und grüßten ihn. Er dankte mit kurzem Kopfnicken. Er war athletisch gebaut, sein blondes, leicht rötliches Haar, das in seidigen Locken beinahe bis auf seinen Kragen fiel, umrahmte ein regelmäßiges, unbewegtes Gesicht von seltener Schönheit.

Drei königliche Leibwächter in blauen Waffenhemden, die als Zeichen ihrer Würde den Stock mit dem Lilienwappen trugen, folgten dem Spaziergänger in einigem Abstand, ohne ihn jemals aus den Augen zu verlieren; sie blieben stehen, wenn er stehenblieb, und setzten sich zugleich mit ihm wieder in Bewegung.

Plötzlich schoß ein junger Mann in knappem Wams, von drei Windhunden, die er an der Leine führte, fortgerissen, aus einem Seitengäßchen hervor, geradewegs vor des Mannes Füße, und um ein Haar hätte er ihn umgerannt.

»So ein Schuft«, schrie der junge Mann mit deutlichem italienischen Akzent, »beinahe hättet Ihr meine Hunde getreten. Wenn sie Euch nur gebissen hätten!«

Höchstens achtzehn Jahre alt, von kleinem, aber hübschem Wuchs, mit schwarzen Augen und feinem Kinn, hatte er sich mitten im Weg aufgepflanzt und bemühte sich, seiner Stimme einen männlichen Ton zu geben. Jemand ergriff seinen Arm und flüsterte ihm etwas zu. Sogleich nahm der junge Mann seine Mütze ab und verbeugte sich respektvoll, aber ohne Unterwürfigkeit.

»Schöne Hunde, wem gehören sie?« fragte der Spaziergänger und musterte den jungen Mann mit großen, kalten Augen.

»Meinem Onkel, dem Bankier Tolomei . . . zu dienen«, erwiderte der junge Italiener.

Ohne ein weiteres Wort setzte der Mann mit der weißen Kappe seinen Weg fort. Als er und die ihm folgenden Wächter ein paar Schritte entfernt waren, brachen die Leute, die sich um den jungen Italiener geschart hatten, in schadenfrohes Gelächter aus. Dieser hatte sich nicht von der Stelle gerührt und schien über sein Versehen ziemlich bestürzt zu sein; selbst seine Hunde verhielten sich reglos.

»Na, jetzt ist er nicht mehr so keck!« wurde lachend bemerkt.

»Schaut ihn an! Er hätte beinahe den König umgerannt, und obendrein hat er ihn auch noch beschimpft!«

»Du kannst dich darauf gefaßt machen, heute im Gefängnis zu nächtigen, mein Junge, und auf dreißig Peitschenhiebe dazu.«

Der Italiener fuhr auf die Gaffer los.

»Wieso! Ich habe ihn noch nie gesehen; wie hätte ich ihn erkennen sollen? Und wisset, Bürger, daß ich aus einem Lande komme, wo es keinen König gibt, vor dem man sich an die Wand drücken müßte. In meiner Heimatstadt Siena kann jeder Bürger König sein. Wer es mit Guccio Baglioni aufnehmen will, braucht es bloß zu sagen!«

Er hatte ihnen seinen Namen wie eine Herausforderung entgegengeschleudert. Der empfindliche Stolz der Toskaner leuchtete in seinem

Blick. Niemand drängte sich vor. Der junge Mann schnalzte mit den Fingern, um seine Hunde anzutreiben, und ging seines Weges weiter, allerdings weniger selbstsicher, als er erscheinen wollte; er fragte sich, ob seine Torheit nicht unangenehme Folgen haben würde.

Denn es war tatsächlich König Philipp der Schöne gewesen, den er beinahe umgerannt hätte. Dieser Herrscher, der mächtigste seiner Zeit, ging gerne wie ein einfacher Bürger durch seine Hauptstadt, informierte sich über Preise, probierte von den Früchten, befühlte die Stoffe, hörte den Reden der Leute zu. Er fühlte seinem Volk den Puls. Fremde, die ihn nicht kannten, fragten ihn nach dem Weg. Eines Tages hatte ihn ein Soldat angehalten und seine Löhnung gefordert. Philipp, der mit Worten ebenso geizte wie mit Geld, sprach nie mehr als drei Sätze bei einem Ausgang und verbrauchte nie mehr als drei Sous.

Der König ging gerade über den Fleischmarkt, als die große Glocke von Notre-Dame zu dröhnen begann und ein gewaltiger Lärm sich erhob.

»Sie kommen! Sie kommen!« schrie die Menge.

Der Lärm kam näher; die Menge geriet in Bewegung, die Leute fingen zu laufen an.

Ein dicker Metzger kam hinter seinem Ladentisch hervor, das Fleischermesser in der Hand, und brüllte:

»Tod den Ketzern!«

Seine Frau packte ihn am Ärmel.

»Ketzer? So wenig wie du!« sagte sie. »Bleib hier und bediene die Kundschaft, das ist viel gescheiter, du fetter Nichtsnutz!«

Sie fingen an, sich zu zanken. Sogleich bildete sich ein Auflauf.

»Sie haben vor den Richtern ein Geständnis abgelegt!« beharrte der Metzger.

»Die Richter?« erwiderte jemand. »Hört mir auf mit den Richtern! Die urteilen, wie ihre Geldgeber es ihnen vorschreiben, schon aus Angst, sonst einen Tritt in den Hintern zu bekommen!«

Jetzt redeten alle durcheinander.

»Die Templer sind fromme Männer. Sie haben immer viele Wohltaten erwiesen.«

»Es war schon richtig, daß man ihnen ihr Geld weggenommen hat, aber man hätte sie nicht foltern dürfen.«

»Der König war ihnen am meisten schuldig, das ist der wahre Grund!«

»Der König hat richtig gehandelt!«

»Der König oder die Templer«, sagte ein Lehrling, »das ist Jacke wie Hose. Sollen sich die Wölfe untereinander auffressen. Solange lassen sie uns wenigstens ungeschoren.«

Eine Frau, die sich in diesem Augenblick zufällig umgedreht hatte, erbleichte und bedeutete den anderen durch eine Handbewegung, den Mund zu halten. Philipp der Schöne stand hinter ihnen und beobachtete sie mit seinem starren und eisigen Blick. Die Leibwächter hatten sich unbemerkt genähert und waren bereit einzugreifen. Im Handumdrehen hatte das Häuflein sich zerstreut, jeder einzelne gab Fersengeld und schrie im Davonlaufen:

»Es lebe der König! Tod den Ketzern!«

Der Gesichtsausdruck des Königs war unverändert geblieben, als habe er nichts von allem gehört. Wenn es ihm Vergnügen bereitete, die Leute zu belauschen, so ließ er sich dieses Vergnügen nicht ansehen.

Der Lärm schwoll noch immer an. Der Zug der Templer passierte das andere Ende der Straße, und zwischen den Häusern hindurch konnte der König einen Augenblick lang den Großmeister sehen, der in seinem Karren stand, umgeben von seinen drei Gefährten. Der Großmeister hielt sich kerzengerade; ein ärgerlicher Anblick für den König; der alte Ritter sah wie ein Märtyrer aus, nicht wie ein Besiegter.

Philipp der Schöne überließ es dem Mob, sich dem Schauspiel entgegenzustürzen, und kehrte mit seinen gewohnten, ruhigen Schritten durch die leer gewordenen Straßen in sein Schloß zurück.

Mochte das Volk auch murren, mochte der Großmeister seinen alten, mißhandelten Körper noch so gerade aufrichten, in einer Stunde würde alles vorüber sein, und das Urteil würde, davon war der König überzeugt, im großen und ganzen willig aufgenommen werden. In einer Stunde würde das Werk von sieben Jahren abgeschlossen, zu dem gewünschten Ende gebracht sein. Das Tribunal der Bischöfe hatte seinen Spruch gefällt; eine große Zahl Bogenschützen stand in Bereitschaft; die Büttel bewachten die Straßen. In einer Stunde würde der Fall der Tempelherren keinen Gegenstand der Beunruhigung mehr bilden; auf jeden Fall würde die Macht des Königs erweitert und gestärkt aus der ganzen Angelegenheit hervorgehen.

›Selbst meine Tochter Isabella wird zufrieden sein. Ich habe ihre Bitte berücksichtigt und auf diese Weise jedermann zufriedengestellt. Aber es war Zeit, zu einem Ende zu kommen‹, sagte sich Philipp der Schöne und dachte an die Worte, die er soeben gehört hatte.

Er betrat seinen Palast über die Galerie Mercière.

Philipp der Schöne hatte seine Residenz vollständig umbauen und teilweise neu errichten lassen. Von dem ursprünglichen Gebäude war nur die Kapelle stehengeblieben, die von seinem Großvater, Ludwig dem Heiligen, stammte. Die Zeit hatte eine Vorliebe für das Bauen und Verschönern. Die Fürsten wetteiferten darin untereinander. Was in Westminster vor sich ging, geschah in ähnlicher Weise auch in

Paris. Das völlig veränderte Bild der Innenstadt mit ihren großen, weißen Türmen, die über der Seine emporragten, war neu, ungewohnt, eindrucksvoll und trug manches Zeichen einer überstürzten Planung und Bauwut.

Philipp, der in kleinen Ausgaben äußerst sparsam war, knauserte nicht, wenn es galt, seine Macht zu demonstrieren. Dabei ließ er jedoch keine Gewinnmöglichkeit außer acht. So hatte er den Seidenhändlern gegen eine ansehnliche Gebühr das Privileg eingeräumt, ihre Waren auf der großen Galerie zu verkaufen, die das Schloß umlief und die man daher die Galerie der Seidenhändler und später einfach die Galerie der Händler nannte.[7]

Sie bestand aus einer ungeheuren Vorhalle, die wie eine zweischiffige Kathedrale aussah. Ihre Ausmaße erregten die Bewunderung aller auswärtigen Besucher. Über den Säulen waren die vierzig Statuen der Könige aufgestellt, die seit Pharamon und Merowech nacheinander das fränkische Königreich regiert hatten. Dem Standbild Philipps des Schönen gegenüber stand die Statue Enguerrand de Marignys, des Koadjutors und Ersten Ministers des Königreichs, des Mannes, der die Arbeiten angeregt und geleitet hatte.

Um die Säulen drängten sich Ladentische mit Toilettenartikeln, Stände mit allerlei Tand, Händler, die Zierat, Stickereien und Spitzen feilboten und die von den hübschen Pariserinnen und den Damen des Hofes umlagert wurden. Nach allen Seiten offen, war die Galerie eine Art Korso geworden, ein Treffpunkt für Geschäftsleute und galante Paare. Die ganze Anlage summte von Gelächter, Gesprächen, Geschwätz, und alles wurde übertönt von den Anpreisungen der Verkäufer. Viele fremde Akzente waren zu hören, besonders solche, die ans Italienische und Flämische anklangen.

Ein spindeldürrer Kerl, der fest entschlossen war, den Gebrauch von Taschentüchern einzuführen und ein Vermögen daran zu verdienen, pries einer Gruppe dicker Damen diesen Artikel an und schwenkte seine umhäkelten Leinenvierecke.

»Ah! Ist es nicht ein Jammer, schöne Damen«, schrie er, »sich in die Finger oder den Ärmel zu schneuzen, wenn es so hübsche Nastücher gibt, die eigens zu diesem Zweck erfunden wurden? Sind diese zierlichen Dinger nicht wie geschaffen für die Näschen von Euer Gnaden?«

Am nächsten Stand ließ sich ein alter Edelmann lange bitten, ehe er seiner Dame ein Stück Nähspitze aus England kaufte.

Philipp der Schöne durchschritt die Galerie. Die Mitglieder des Hofes verneigten sich bis zum Boden. Die Frauen, an denen er vorüberging, versanken in einem tiefen Knicks. Ohne daß er es zu erkennen gab, liebte Philipp dieses Treiben, das Gelächter und auch die Beweise der

43

Ehrerbietung, die ihn in seinem Machtbewußtsein bestärkten. Hier, in all dem Stimmengewirr, schien die große Glocke von Notre-Dame weit weg zu sein, leiser, freundlicher zu klingen.

Der König hatte eine Gruppe erblickt, deren Jugend und Frische die Aufmerksamkeit und die Blicke aller auf sich zogen; zwei sehr junge Frauen und ein großer, blonder und gutgewachsener junger Mann. Die jungen Frauen waren zwei Schwiegertöchter des Königs, man nannte sie »die burgundischen Schwestern«. Johanna, Gräfin von Poitiers, war mit dem zweitältesten Sohn des Königs verheiratet, und Blanche, ihre jüngere Schwester, mit dem jüngsten Sohn. Ihr junger Begleiter war wie ein Hofherr eines fürstlichen Hauses gekleidet.

Sie unterhielten sich halblaut mit unterdrückter Erregung. Philipp der Schöne verhielt den Schritt, um seine Schwiegertöchter besser beobachten zu können.

›Meine Söhne können sich nicht über mich beklagen‹, dachte er. ›Ich habe sie Verbindungen eingehen lassen, die von Vorteil für die Krone sind und ihnen gleichzeitig recht hübsche Frauen eingebracht haben.‹

Die beiden Schwestern hatten wenig Ähnlichkeit miteinander. Johanna, die ältere, die Gemahlin Philipps von Poitiers, war einundzwanzig Jahre alt. Sie war hochgewachsen und schlank und hatte rötlichblondes Haar. Ihre sehr selbstbewußte Haltung, die Linie ihres Nackens, der Blick aus den Augenwinkeln erinnerten den König an die schönen Windhunde seiner Meute. Sie kleidete sich mit einer Einfachheit, einer Nüchternheit, die beinahe gesucht wirkte. An diesem Tage trug sie ein langes Gewand aus hellgrauem Samt mit engen Ärmeln und dazu einen hermelingesäumten, hüftlangen Überwurf.

Ihre Schwester Blanche war kleiner, rundlicher, rosiger, impulsiver. Obgleich sie nur drei Jahre jünger war als Johanna, trugen ihre Wangen noch die Grübchen der Kindheit und würden sie auch zweifellos noch lange behalten. Sie hatte Haare von leuchtendem, warmem Blond und dazu, eine Seltenheit, hellbraune, glänzende Augen und kleine schimmernde Zähne. Sich anziehen war für sie mehr als ein Spiel, es war eine Leidenschaft. Sie gab sich ihr mit einer Extravaganz hin, die nicht immer den besten Geschmack bewies. Sie trug riesige, gefältelte Hauben und hängte an Kragen, Ärmel, Gürtel so viel Schmuck, wie sie irgend konnte. Ihre Kleider waren über und über mit Perlen und Goldfäden bestickt. Aber sie besaß so viel Anmut, daß man ihr alles verzieh, und schien sich selbst so gut zu gefallen, daß jeder sie gern ansah.

Die kleine Gesellschaft unterhielt sich über irgendeine Angelegenheit von fünf Tagen: ». . . es hat doch keinen Sinn, sich wegen fünf Tagen so sehr aufzuregen!« sagte die Gräfin von Poitiers gerade, als der König hinter einer Säule auftauchte, die sein Näherkommen bisher verborgen hatte.

»Guten Tag, meine Töchter«, sagte er.

Die drei jungen Leute schwiegen betreten. Der schöne junge Mann grüßte tief, trat einen Schritt zurück, wie es seinem Rang zukam, und hielt den Blick zu Boden gesenkt. Die beiden jungen Frauen hatten das Knie gebeugt und standen jetzt stumm, errötend und ein wenig verlegen da. Sie sahen aus, als wären sie bei einer Missetat ertappt worden.

»Nun, meine Töchter«, begann der König, »es sieht aus, als käme ich Euch ungelegen. Was erzählet Ihr Euch denn gerade?«

Dieser Empfang überraschte ihn nicht besonders. Er war es gewohnt, daß seine Gegenwart jedermann einschüchterte, sogar seine Vertrauten und nächsten Verwandten. Er wunderte sich selbst über diese Eiswand, die sich zwischen ihm und allen, die sich ihm näherten, aufrichtete – allen, außer Marigny, außer Nogaret –, wie er sich auch nicht recht erklären konnte, warum oft unbekannte Passanten ein Schrecken überfiel, wenn sie seinen Weg kreuzten. Er glaubte doch, alles zu tun, um entgegenkommend und freundlich zu wirken. Er wollte zugleich gefürchtet und geliebt sein. Das war zuviel verlangt . . .

Blanche gewann zuerst ihre Fassung wieder.

»Ihr müßt verzeihen, Sire, aber wir möchten es Euch nicht sagen.«

»Warum denn nicht?« fragte Philipp der Schöne.

»Weil . . . weil wir schlecht von Euch gesprochen haben«, erwiderte Blanche.

»Wirklich?« sagte Philipp, der nicht wußte, ob sie ihn necken wollte, und erstaunt darüber war, daß jemand ihn zu necken wagte.

Der König warf einen Blick auf den jungen Mann, der sich ein wenig abseits hielt und dem gar nicht wohl in seiner Haut zu sein schien, und deutete fragend mit dem Kinn auf ihn:

»Wer ist das?« wollte er wissen.

»Messire Philipp d'Aunay, Schildknappe unseres Onkels Valois, der ihn mir als Begleitung zur Verfügung gestellt hat«, erwiderte die Gräfin von Poitiers.

Der junge Mann verneigte sich von neuem.

Flüchtig streifte den König der Gedanke, daß seine Söhne vielleicht besser daran täten, ihre Frauen nicht mit so schönen Schildknappen ausgehen zu lassen. Der frühere Brauch, nach dem die Fürstinnen nur von ihren Hofdamen begleitet werden durften, hatte ohne Zweifel sein Gutes gehabt.

»Habt Ihr nicht einen Bruder?« fragte er den Schildknappen.

»Ja, Sire, einen Bruder, der in den Diensten Monseigneurs von Poitiers steht«, erwiderte der junge Aunay und hatte Mühe, dem Blick des Königs standzuhalten.

»Daher also. Ich verwechsle euch ständig«, sagte Philipp.

Dann wandte er sich wieder an Blanche.

»Also, was habt Ihr Schlechtes über mich gesprochen, meine Tochter?«

»Johanna und ich sind Euch beide böse, mein Vater, weil wir schon seit fünf aufeinanderfolgenden Nächten unsere Männer nicht mehr für uns haben, da Ihr sie so lange bei den Ratssitzungen behaltet oder sie in Staatsgeschäften auf Reisen schickt.«

»Aber, meine Töchter, wie könnt Ihr in aller Öffentlichkeit solche Reden führen!« tadelte der König.

Er war von Natur schamhaft, und es hieß, er lebe in völliger Enthaltsamkeit, seit er vor neun Jahren Witwer geworden war. Aber er konnte Blanche nicht böse sein. Ihre Lebhaftigkeit, ihr Frohsinn, die Freimütigkeit ihrer Reden entwaffnete ihn. Er war amüsiert und entrüstet zugleich. Er lächelte, was nicht jeden Monat vorkam.

»Und die dritte, was sagt sie dazu?« fuhr er fort.

Mit der dritten meinte er Margarete von Burgund, die Cousine von Blanche und Johanna, die mit seinem ältesten Sohn Ludwig, König von Navarra, verheiratet war.

»Margarete?« rief Blanche aus. »Die schließt sich ein, blickt düster vor sich hin und sagt, daß Ihr ebenso böse wie schön seid.«

Diesmal zögerte der König, er wußte nicht genau, wie er diesen letzten Satz verstehen sollte. Aber Blanches Blick war so klar, so unschuldig! Sie war die einzige, die ihn zu necken wagte, die nicht in seiner Gegenwart zitterte.

»Nun gut! Ihr könnt sie beruhigen und Euch selber auch, Blanche! Ludwig und Karl werden Euch heute abend Gesellschaft leisten. Heute ist ein guter Tag für Frankreich«, sagte Philipp der Schöne, »heute abend findet keine Ratssitzung statt. Und was Euren Gemahl betrifft, Johanna, so weiß ich, daß er morgen zurückkehren wird und daß er unsere Sache in Flandern gut geführt hat. Ich bin mit ihm zufrieden.«

»So werde ich mich doppelt freuen, ihn festlich zu empfangen«, sagte Johanna und neigte ihren hübschen Nacken.

Für König Philipp war dies bereits ein ungewöhnlich langes Gespräch gewesen. Er drehte sich unvermittelt um, ohne adieu zu sagen, und verschwand über die Treppe, die zu seinen Gemächern führte.

»Uff!« sagte Blanche und sah ihm nach, die Hand aufs Herz gepreßt. »Das ist gerade noch einmal gutgegangen.«

»Ich bin vor Angst beinahe ohnmächtig geworden«, sagte Johanna.

Philipp d'Aunay war rot bis unter die Haarwurzeln, nicht mehr aus Verwirrung wie noch vor wenigen Augenblicken, sondern jetzt vor Zorn.

»Danke«, sagte er trocken zu Blanche, »was Ihr soeben gesagt habt, war ganz besonders angenehm für mich zu hören.«

»Und was hätte ich sonst sagen sollen?« rief Blanche. »Ist Euch denn etwas Besseres eingefallen? Ihr habt doch nur gestammelt und gestottert. Er steht plötzlich neben uns, ohne daß wir ihn kommen sahen. Er hat das schärfste Ohr im ganzen Land. Wenn er unsere letzten Worte gehört hat, so war dies die einzige Möglichkeit, ihn abzulenken. Ihr solltet mich beglückwünschen, Philipp, anstatt mir Vorwürfe zu machen.«

»Fangt nicht noch einmal an«, sagte Johanna. »Gehen wir weiter zu den Läden hinüber, und weg mit den Verschwörermienen.«

Sie gingen weiter in scheinbarer Sorglosigkeit und dankten für die Ehrerbietung, die man ihnen entgegenbrachte.

»Messire«, begann Johanna mit gedämpfter Stimme, »ich möchte Euch darauf aufmerksam machen, daß nur Ihr und Eure törichte Eifersucht an allem schuld sind. Hättet Ihr nicht ausgerechnet hier zu greinen angefangen über die schlechte Behandlung, die die Königin von Navarra Euch angeblich zuteil werden läßt, so wären wir nicht Gefahr gelaufen, daß der König etwas gehört haben könnte, was nicht für seine Ohren bestimmt war.«

Philipps düstere Miene erhellte sich nicht.

»Wahrhaftig«, sagte Blanche, »Euer Bruder ist weit liebenswürdiger als Ihr.«

»Er hat auch allen Grund, denn er wird viel besser behandelt, und ich gönne es ihm«, erwiderte Philipp. »Ja, ich bin wirklich töricht, mich demütigen zu lassen von einer Frau, die mich wie einen Knecht behandelt, die mich in ihr Bett befiehlt, wann die Lust sie ankommt, und mich wieder fortschickt, wenn sie genug hat. Die mir tagelang kein Lebenszeichen zukommen läßt und so tut, als kenne sie mich nicht, wenn sie mir begegnet. Sie spielt mit mir, nichts weiter.«

Philipp d'Aunay, Schildknappe beim Grafen von Valois, dem Bruder des Königs, war seit drei Jahren der Geliebte Margaretes, der ältesten Schwiegertochter Philipps des Schönen. Wenn er es wagte, so zu Blanche von Burgund, der Gemahlin Karls, des dritten Sohnes Philipps des Schönen, zu sprechen, so deshalb, weil Blanche die Geliebte seines Bruders Gautier d'Aunay, Schildknappe beim Grafen von Poitiers, war. Und wenn er es wagte, vor Johanna, der Gräfin von Poitiers, so zu sprechen, so deshalb, weil Johanna, die zwar noch keinen Geliebten hatte, dennoch halb aus Nachgiebigkeit, halb zum Vergnügen die Machenschaften der beiden anderen königlichen Schwieger-

47

töchter begünstigte, Verabredungen vermittelte und Zusammenkünfte ermöglichte.

So trugen also in diesem Vorfrühling des Jahres 1314, an dem Tag, an dem das Urteil über die Templer gesprochen werden sollte und diese ernste Angelegenheit die Hauptsorge der Krone bildete, von den drei Königssöhnen Frankreichs Ludwig, der älteste, und Karl, der letztgeborene, Hörner, die sie den beiden Schildknappen verdankten, von denen einer der Hofhaltung ihres Onkels und der andere der ihres Bruders angehörte. Und das alles unter der Schirmherrschaft ihrer Schwägerin Johanna, die zwar selbst eine treue Gattin war, aber ein bittersüßes Vergnügen darin fand, als wohlwollende Kupplerin die Liebschaften der anderen mitzuerleben.

Der Bericht, der wenige Tage zuvor an die Königin von England gegangen war, beruhte demnach ganz und gar nicht auf Unwahrheit.

»Auf jeden Fall heute abend kein Rendezvous im Turm von Nesle«, sagte Blanche.

»Ich bin es ja von den vorhergegangenen Nächten nicht anders gewohnt«, erwiderte Philipp d'Aunay, »aber ich könnte rasend werden bei dem Gedanken, daß Margarete heute nacht in den Armen Ludwigs von Navarra zweifellos die gleichen Worte stammeln wird . . .«

»Aber, mein Freund, Ihr geht zu weit!« sprach Johanna mit Würde. »Soeben klagtet Ihr Margarete ohne jeden Grund an, andere Liebhaber zu haben. Und jetzt möchtet Ihr am liebsten den eigenen Ehemann von ihr fernhalten. Die Gunst, die sie Euch schenkt, hat Euch wohl gar zu sehr vergessen lassen, wer Ihr seid. Ich glaube, ich werde morgen unserem Onkel den Rat geben, Euch für einige Monate in seine Grafschaft Valois zu schicken, wo Ihr Eure Ländereien habt und Eure Nerven ausruhen könnt.«

Mit einem Schlag beruhigte sich der hübsche Philipp.

»Oh! Madame!« murmelte er. »Ich glaube, das wäre mein Tod.«

Jetzt war er viel einnehmender als in seinem Zorn. Man war in Versuchung, ihm mutwillig einen Schrecken einzujagen, nur um zu sehen, wie seine langen, seidigen Wimpern sich senkten und sein Kinn zu zittern begann. Plötzlich sah er so unglücklich aus, so mitleiderregend, daß die beiden jungen Frauen ihren Ärger vergaßen und lächelten.

»Sagt Eurem Bruder Gautier, daß ich mich heute nacht sehr nach ihm sehnen werde«, trug Blanche ihm im süßesten Ton der Welt auf.

Und wieder wußte man nicht, ob sie die Wahrheit sagte oder log.

»Muß man nicht Margarete mitteilen, was wir erfahren haben?« fragte d'Aunay zögernd. ». . . Für den Fall, daß sie heute abend gern . . .«

»Blanche kann tun, was sie für richtig hält, ich kümmere mich um nichts mehr«, erwiderte Johanna. »Ich habe zu große Angst. Ich will nichts mehr mit Euren Geschichten zu tun haben. Früher oder später wird alles an den Tag kommen, und ich wäre ohne jeden Grund ebenfalls kompromittiert.«

»Ja«, meinte Blanche, »du nützt die guten Gelegenheiten am wenigsten aus. Dabei ist von unseren Männern deiner am häufigsten abwesend. Wenn Margarete und ich dieses Glück hätten . . .«

»Aber ich finde keinen Geschmack daran«, gab Johanna zurück.

»Oder dir fehlt nur der Mut«, warf Blanche mit sanfter Stimme ein.

»Allerdings; selbst wenn ich wollte, hätte ich nicht deine Geschicklichkeit im Lügen, Schwesterchen; ich würde mich sofort verraten.«

Eine Zeitlang dachte Johanna über ihre eigenen Worte nach. Nein, sie wollte Philipp von Poitiers wirklich nicht betrügen; aber sie hatte es satt, als prüde zu gelten.

»Madame«, bat Philipp, »wollt Ihr mir nicht eine Botschaft für Eure Cousine auftragen?«

Johanna betrachtete den jungen Mann erst forschend, dann mit gerührter Nachsicht.

»Ihr könnt also keinen Tag mehr leben, ohne die schöne Margarete wiederzusehen?« neckte sie ihn. »Gut, ich werde Euren Wunsch erfüllen. Ich werde für Margarete ein Schmuckstück kaufen, das Ihr in meinem Namen bei ihr abgeben sollt. Aber das ist das letzte Mal.«

Sie näherten sich einem Ladentisch. Während die beiden jungen Frauen die Waren musterten und Blanche sogleich unter den teuersten Artikeln zu suchen anfing, grübelte Philipp d'Aunay über das Zusammentreffen mit dem König nach.

›Sooft er mich sieht, fragt er nach meinem Namen‹, dachte er, ›und jedesmal spielt er auf meinen Bruder an.‹

Unbestimmte Besorgnis ergriff ihn, und er fragte sich, was ihm an dem König solche Furcht einflößte. Es war wohl der Blick der großen, starren Augen mit ihrer sonderbar unbestimmten Farbe, die, zwischen grau und blaßgrau wechselnd, gefrorenen Teichen an einem Wintermorgen glichen; Augen, die einen, wenn man ihnen begegnet war, noch stundenlang verfolgten.

Keiner der jungen Menschen hatte einen hochgewachsenen Mann in Jägerkleidung bemerkt, der sie seit geraumer Zeit beobachtete, während er so tat, als feilsche er um eine Agraffe. Dieser Mann war Robert, Graf von Artois.

»Philipp, ich habe nicht genügend Geld bei mir, bezahlt doch bitte.«

Mit diesen Worten riß Johanna Philipp aus seinen Überlegungen. Und Philipp biß voll Eifer in den sauren Apfel. Johanna hatte für Margarete einen aus Goldfäden geflochtenen Gürtel ausgesucht.

»Oh! Ich möchte auch einen!« rief Blanche.

Aber auch sie hatte kein Geld bei sich, und wieder bezahlte Philipp. Das war immer so, wenn er die Damen begleitete. Sie versicherten ihm, den Betrag sogleich zurückzugeben, aber sie vergaßen es stets, und er war zu galant, um jemals eine Andeutung zu machen.

»Nimm dich in acht, mein Sohn«, hatte ihn eines Tages Messire Gautier d'Aunay, sein Vater, gewarnt, »die reichsten Frauen kommen dich am teuersten zu stehen!«

Jetzt konnte er die Wahrheit dieser Worte feststellen. Aber er machte sich nichts daraus. Die Aunays waren reich, und ihre Lehen Vémars und d'Aunay-les-Bondy, zwischen Pontoise und Luzarches gelegen, warfen großen Gewinn ab. Philipp sagte sich, daß diese glänzenden Beziehungen ihm später ein Vermögen einbringen würden. Und im Augenblick war nichts zu teuer, um seine Leidenschaft zu befriedigen.

Nun hatte er einen Vorwand, einen reichlich kostspieligen Vorwand allerdings, um zum Hôtel de Nesle zu eilen, dem Wohnsitz des Königs und der Königin von Navarra auf dem anderen Seineufer. Über die Brücke von Saint-Michel würde er in wenigen Minuten dorthin gelangen. Er verabschiedete sich von den beiden Prinzessinnen und verließ die Galerie Mercière.

Draußen war die große Glocke von Notre-Dame verstummt, und über der Ile de la Cité lag eine ungewöhnliche, fast unheimliche Stille. Was geschah auf dem Platz vor Notre-Dame?

Notre-Dame war weiß

Die Bogenschützen hatten einen Kordon gebildet, um der Menge den Zugang zum Vorplatz der Kathedrale zu verwehren. An allen Fenstern drängten sich neugierige Köpfe.

Der Nebel hatte sich verzogen, und blasses Sonnenlicht lag auf den weißen Steinen von Notre-Dame de Paris. Die Kathedrale stand damals erst seit siebzig Jahren, und unaufhörlich wurde an ihrer Vervollkommnung und Verschönerung gearbeitet. Sie sah noch immer strahlend neu aus, das Licht unterstrich die Linien ihrer Spitzbogen, drang durch das Maßwerk der mächtigen Fensterrose, ließ die steingehauenen Szenen und Figuren über den Portalen plastisch aus rosigen Schatten hervortreten.

Für diese eine Stunde waren die Geflügelhändler, die jeden Morgen vor der Kirche ihre Hühnchen feilboten, an die Hauswände zurückgedrängt worden.

Das Geschrei des Federviehs, das in engen Käfigen am Ersticken war, zerriß die Stille, diese feierliche Stille, die Philipp d'Aunay so beeindruckt hatte, als er aus der Galerie Mercière gekommen war. Federn wirbelten durch die Luft und flogen den Leuten um die Nasen. Hauptmann Alain de Pareilles saß vor seinen Bogenschützen zu Pferd, unbeweglich wie ein Standbild.

Oben auf der Treppe, die vom Vorplatz emporführte, standen die vier Templer, mit dem Rücken zur Menge und dem Gesicht zum geistlichen Tribunal gewandt, das sich zwischen den offenen Türflügeln des Hauptportales niedergelassen hatte. Bischöfe, Domherren und Geistliche saßen auf den Stuhlreihen, die für sie aufgestellt worden waren.

Neugierig zeigte das Volk sich die drei Kardinallegaten, die eigens vom Papst gesandt worden waren, um darzutun, daß es gegen das Urteil keine Berufung beim Heiligen Stuhl geben würde. Die Zuschauer betrachteten interessiert Jean de Marigny, den jungen Erzbischof von Sens und Bruder des Koadjutors, der die ganze Untersuchung geleitet hatte, und Bruder Renaud, den Beichtvater des Königs und Großinquisitor von Frankreich.

Etwa dreißig Mönche, die einen in braunen, die anderen in weißen Kutten, standen hinter den Mitgliedern des Tribunals. Als einzige Zivilperson in dieser Versammlung sah man den Profos von Paris, Jean Ployebouche, einen fünfzigjährigen Mann von untersetzter Gestalt und verschlossenen Zügen, der sich in seiner Haut gar nicht wohl zu fühlen schien. Er repräsentierte die königliche Autorität und war für die Aufrechterhaltung der Ordnung verantwortlich. Seine Augen wanderten ohne Unterlaß von der Menge zum Hauptmann der Bogenschützen und vom Hauptmann zu dem jungen Erzbischof von Sens; es war leicht zu erraten, daß ihn nur der eine Gedanke beschäftigte: ›Wenn nur alles gutgeht.‹

Die Sonne tanzte auf den Mitren, den Krummstäben, dem Purpur der Kardinalsroben, dem dunklen Violett der Bischöfe, dem Samt und Hermelin der Cappas, dem Gold der Halskreuze, dem Stahl der Panzerhemden und den Waffen der Soldaten. Dieses Funkeln, diese Farben, diese Prachtentfaltung verschärften noch den Kontrast zu den armseligen Angeklagten, deretwegen dieser ganze Apparat aufgeboten war, den vier greisen, zerlumpten Tempelherren, die, dicht aneinandergedrängt, einer aus Schlacke modellierten Gruppe glichen.

Der Kardinalerzbischof d'Albano verlas stehend die einzelnen Punkte der Anklageschrift. Er las langsam und nachdrücklich, genoß den Klang seiner eigenen Stimme und war offensichtlich davon angetan, sich vor einem fremden Publikum produzieren zu können. Manchmal tat er so, als sei er entsetzt über die bloßen Namen der Verbrechen, die er aufzählen mußte, dann wieder legte er eine salbungsvolle Majestät an den Tag und brachte eine neue Anklage, eine weitere Freveltat und neue, erdrückende Zeugenaussagen vor.

»Es wurden gehört die Brüder Gérard du Passage und Jean de Cugny, die wie viele andere versichern, daß sie bei ihrem Eintritt in den Orden gezwungen wurden, auf das Kruzifix zu spucken, weil dies angeblich nur ein Stück Holz sei und der wahre Gott im Himmel wohne . . . Gehört wurde der Bruder Guy Dauphin, dem ausdrücklich befohlen worden war, jedem Bruder von höherem Rang, den fleischliche Gelüste plagten und der sich an ihm gütlich tun wollte, zu Willen zu sein . . . Gehört wurde über diesen Punkt Sire de Molay, der bei der Vernehmung zugegeben und gestanden hat . . .«

Die Menge mußte die Ohren spitzen, um die Worte, die durch den Akzent und den pathetischen Tonfall des Italieners entstellt waren, zu verstehen. Der Legat tat des Guten zuviel und zog die Lesung zu sehr in die Länge. Das Volk begann ungeduldig zu werden.

Bei der Aufzählung der Anschuldigungen, der falschen Zeugenaussagen, der in Folter erpreßten Geständnisse, murmelte Jacques de Molay vor sich hin: »Lüge . . . Lüge . . . Lüge . . .«

Und dieses ständig wiederholte Wort, das er zwischen den Lippen hervorpreßte, drang als dumpfes Grollen zu seinen Leidensgenossen. Der Zorn, der den Großmeister während der Fahrt auf dem Karren ergriffen hatte, wollte nicht abklingen, er wuchs im Gegenteil immer mehr an. Das Blut hämmerte immer stärker in den ausgemergelten Schläfen.

Nichts hatte sich ereignet, was ihn aus diesem Alptraum geweckt hätte. Kein Trupp ehemaliger Templer war aus der Menge aufgetaucht. Sein Geschick schien besiegelt zu sein.

». . . Gehört wurde der Bruder Hugues de Payraud, der zugab, die Neueintretenden zur dreimaligen Verleugnung Christi gezwungen zu haben . . .«

Hugues de Payraud, das war der Generalvisitator. Er wandte Jacques de Molay sein angstentstelltes Gesicht zu und flüsterte:

»Mein Bruder, mein Bruder, soll ich das gesagt haben?«

Die vier Würdenträger waren allein, verlassen von Gott und den Menschen, wie in einer riesigen Zange eingeklemmt zwischen den Soldaten und dem Gerichtshof, zwischen der königlichen und der kirchlichen Gewalt. Jedes Wort des Kardinallegaten zog die Schraube enger an, und der Alpdruck konnte nicht anders enden als mit dem Tode.

Warum hatten die Untersuchungskommissionen, denen man es hundertmal erklärt hatte, nicht begriffen, daß die Neueintretenden dieser Probe des Gottesleugnens nur unterworfen wurden, damit man ihres Verhaltens sicher sein konne, wenn sie den Muselmännern in die Hände fallen und aufgefordert werden sollten, ihrem Gott abzuschwören?

Der Großmeister wurde von einem wütenden Verlangen gepackt, dem Prälaten an die Kehle zu springen, ihn zu ohrfeigen, seine Mitra zu Boden zu schleudern, ihn zu erwürgen, und nur die Gewißheit, daß er keine zwei Schritte weit kommen würde, hielt ihn davor zurück. Und außerdem wollte er nicht nur dem Legaten die Gedärme herausreißen, sondern auch dem jungen Marigny, diesem goldbemützten Laffen, der eine so blasierte Miene zur Schau trug. Aber vor allem hätte er seine drei Erzfeinde treffen mögen, die drei, die nicht anwesend waren: den König, den Großsiegelbewahrer, den Papst.

Der Zorn über seine Ohnmacht, die schwerer wog als alle Ketten, trübte seinen Blick, ließ rote Schleier vor seinen Augen tanzen. Und dennoch, etwas mußte geschehen . . . Schwindel ergriff ihn so heftig, daß er fürchtete, auf dem Pflaster zusammenzubrechen. Er sah nicht einmal mehr, daß Charnay von der gleichen Wut ergriffen und die Narbe mitten auf seiner feuerroten Stirn schneeweiß geworden war.

Der Legat hielt in seiner Deklamation inne, senkte das große Pergament, das er in der Hand hielt, und hob es dann wieder vor die Augen. Er zog das Schauspiel in die Länge. Die Anklagepunkte waren verlesen; jetzt kam das eigentliche Urteil. Der Legat begann von neuem:

»Sintemalen die Angeklagten gestanden und zugegeben haben, verurteilen Wir sie zu Kerker und Ketten und zum Schweigen für den Rest ihrer Tage, damit sie Vergebung ihrer Sünden erlangen durch die Tränen der Reue. *In nomine patris* . . .«

Der Legat hatte zu Ende gelesen. Nun brauchte er sich nur noch zu setzen und das Pergament aufzurollen, das er an einen Geistlichen weiterreichte.

Die Menge blieb zunächst wie erstarrt. Nach einer derartigen Liste von Verbrechen wäre das Todesurteil so selbstverständlich gewesen, daß die Haft – das heißt lebenslängliche Gefängnis, Kerker, Ketten, Wasser und Brot – wie eine Begnadigung erschien.

Philipp der Schöne hatte die Wirkung richtig berechnet. Die öffentliche Meinung würde, völlig überrumpelt, mühelos, beinahe stillschweigend diesen Ausgang einer Tragödie hinnehmen, die sie sieben Jahre lang in Atem gehalten hatte. Der Erste Legat und der junge Erzbischof von Sens tauschten ein unmerkliches Lächeln des Einverständnisses.

»Meine Brüder, meine Brüder«, stammelte der Generalvisitator, »habe ich richtig gehört? Wir werden nicht getötet! Wir sind begnadigt!«

Seine Augen standen voll Tränen. Seine geschwollenen Hände zitterten, und sein Mund mit den ausgeschlagenen Zähnen öffnete sich wie zu einem Lachen.

Der Anblick dieser grausigen Freude löste alles Folgende aus. Einen

Augenblick lang betrachtete Jacques de Molay dieses vom Irrsinn gezeichnete Gesicht eines Mannes, der einst mutig und stark gewesen war.

Und plötzlich hörte man von den Kirchenstufen eine Stimme donnern:

»Ich protestiere!«

Und diese Stimme war so mächtig, daß man zunächst nicht glauben konnte, daß sie dem Großmeister gehörte.

»Ich protestiere gegen ein ungerechtes Urteil, und ich beschwöre, daß die Verbrechen, denen man uns bezichtigt, erfundene Verbrechen sind!« schrie Jacques de Molay.

Etwas wie ein ungeheurer Seufzer entrang sich der Menge. Das Tribunal wurde unruhig. Die Kardinäle sahen einander voll Bestürzung an. Niemand hatte etwas Derartiges erwartet. Jean de Marigny war mit einem Satz aufgesprungen. Wie weggeblasen die blasierte Haltung! Er war leichenblaß, zum Bersten gespannt und zitterte vor Wut.

»Ihr lügt!« brüllte er. »Ihr habt vor der Kommission ein Geständnis abgelegt!«

Die Bogenschützen hatten sich instinktiv näher zusammengedrängt und warteten auf einen Befehl.

»Meine einzige Schuld besteht darin«, fuhr Jacques de Molay fort, »daß ich Euren Schmeicheleien, Drohungen und Foltern nachgegeben habe. Ich schwöre vor Gott, der uns hört, daß der Orden, dessen Großmeister ich bin, unschuldig ist!«

Und Gott schien wirklich seine Worte zu hören, denn die Stimme des Großmeisters, die ins Innere der Kathedrale hallte, kam, von den Gewölben abprallend, als Echo zurück, als habe eine zweite, noch tiefere Stimme im Hintergrund des Kirchenschiffes die Worte aufgenommen.

»Ihr habt die Sodomie eingestanden!« brüllte Jean de Marigny.

»Unter der Folter!« erwiderte Molay.

». . . unter der Folter . . .«, gab die Stimme zurück, die aus dem Tabernakel zu tönen schien.

»Ihr habt die Ketzerei zugegeben!«

»Unter der Folter!«

». . . unter der Folter«, wiederholte das Tabernakel.

»Ich widerrufe alles!« rief der Großmeister.

». . . alles . . .«, antwortete grollend die ganze Kathedrale.

Eine weitere Stimme erhob sich. Auch Geoffroy de Charnay, Großpräzeptor der Normandie, wandte sich jetzt gegen den Erzbischof von Sens.

»Man hat unsere Schwäche ausgenützt!« sagte er. »Wir sind Opfer

Eurer Verschwörungen und falschen Versprechen. Nur Euer Haß und Eure Rachsucht waren unser Verderben! Auch ich schwöre vor Gott: Wir sind unschuldig, und die etwas anderes behaupten, lügen in ihren Hals!«

Jetzt brach der Tumult los. Die Mönche, die sich hinter dem Gerichtshof drängten, fingen an zu zetern:

»Ketzer! Auf den Scheiterhaufen! Auf den Scheiterhaufen mit den Ketzern!«

Aber ihre Stimmen wurden schnell übertönt. Mit jener großherzigen Sympathie, die das Volk für die Schwachen und für den Mut der Unglücklichen hegt, ergriff die Mehrzahl der Menge die Partei der Templer.

Man schüttelte die Faust gegen die Richter. Getümmel brach an allen Ecken des Platzes los. Aus den Fenstern ertönte Geschrei.

Auf einen Befehl Alain de Pareilles' hatte die Hälfte der Bogenschützen eine Kette gebildet. Sie hatten einander untergehakt, um der Sturmwelle standzuhalten, die den Vorplatz der Kathedrale zu überfluten und die Treppe fortzuspülen drohte. Die übrigen Soldaten machten mit gezückten Piken Front gegen die Menge.

Die königlichen Leibwächter schlugen blindlings mit ihren Stöcken mit dem Lilienwappen ins Gedränge. Die Käfige der Geflügelhändler waren umgeworfen worden, und das getretene Federvieh kreischte jämmerlich.

Die Mitglieder des Gerichtshofes waren aufgesprungen und starrten verstört in den Tumult. Jean de Marigny besprach sich mit dem Profos von Paris.

»Befehlt irgend etwas, Monseigneur, ganz gleich was«, sagte der Profos; »wir dürfen die Gefangenen nicht länger hier lassen. Das Volk wird uns alle überrennen. Ihr kennt die Pariser nicht, wenn sie aufgebracht sind.«

Jean de Marigny breitete die Arme aus und hob seinen Bischofsstab zum Zeichen, daß er sprechen wollte. Aber niemand wollte ihn hören. Er wurde mit Beleidigungen überschüttet.

»Folterknecht! Falscher Bischof! Gott wird dich strafen!«

»Sprecht, Monseigneur, sprecht!« drängte der Profos.

Er fürchtete für sein Amt und für seine Haut; er dachte an die Aufstände von 1306, als man das Haus seines Vorgängers, des Profosen Barbet, geplündert hatte.

»Zwei der Verurteilten sind der Rückfälligkeit schuldig befunden!« schrie der Erzbischof und strengte vergeblich seine Stimme an. »Sie sind in die Ketzerei zurückgefallen. Sie haben die Gerichtsbarkeit der Kirche verworfen; nun verwirft die Kirche sie und übergibt sie der Gerichtsbarkeit des Königs.«

Seine Worte gingen im Lärm unter. Dann zog sich das ganze Tribunal wie eine Schar kopfloser Perlhühner in Notre-Dame zurück, und das Portal wurde hinter ihm geschlossen.

Auf ein Zeichen Alain de Pareilles' hin stürzte eine Abteilung der Bogenschützen auf die Treppe zu; der Karren wurde vorgefahren und die Verurteilten mit den Pikenschäften hineingestoßen. Sie ließen mit großer Geduld alles über sich ergehen. Der Großmeister und der Großpräzeptor fühlten sich erschöpft und entspannt zugleich. Endlich hatten sie mit sich selbst Frieden geschlossen. Die beiden anderen begriffen nicht mehr, was vorging.

Die Bogenschützen bahnten dem Karren einen Weg, während der Profos Ployebouche seinen Schergen Anweisung gab, den Platz so schnell! wie möglich räumen zu lassen. Er drehte sich dauernd um seine eigene Achse und war völlig aus dem Häuschen.

»Bringt die Gefangenen in den Tempel zurück!« schrie er Alain de Pareilles zu. »Ich werde dem König Meldung erstatten.«

Er nahm zu seinem Schutz vier Büttel mit auf den Weg.

Margarete von Burgund, Königin von Navarra

Inzwischen war Philipp d'Aunay im Hôtel de Nesle angekommen. Er wurde gebeten, im Vorzimmer zu den Gemächern der Königin von Navarra zu warten. Die Minuten dehnten sich endlos. Philipp fragte sich, ob Margarete wirklich von unliebsamen Besuchern oder Geschäften aufgehalten wurde oder ob sie sich einfach ein Vergnügen daraus machte, ihn schmachten zu lassen. Es würde gut zu ihrem Wesen passen. Und womöglich würde sie ihm nach einer Stunde vielleicht mitteilen lassen, daß sie nicht zu sprechen sei. Er schäumte vor Wut.

Vor drei Jahren, als ihre Liaison begonnen hatte, hätte sie das nicht getan. Oder vielleicht doch. Er konnte sich nicht mehr genau erinnern. Damals war er so völlig verzaubert gewesen von dem Abenteuer, das da für ihn begann und bei dem die Eitelkeit eine ebenso große Rolle spielte wie die Liebe, daß er auch gerne fünf Stunden lang auf einem Fleck gestanden hätte, nur um seine Geliebte flüchtig zu sehen, ihre Fingerspitzen zu berühren oder von ihr durch ein geflüstertes Wort zu einem Rendezvous bestellt zu werden.

Die Zeiten hatten sich geändert. Die Widerstände, die einer keimenden Liebe besondere Süßigkeit verleihen, werden unerträglich für eine Bindung, die bereits drei Jahre gedauert hat, und oft stirbt eine Leidenschaft an den gleichen Gründen, aus denen sie entstanden ist. Die dauernde Ungewißheit ihrer Zusammenkünfte, immer wieder abgesagte und verschobene Rendezvous, die Verpflichtungen des Hofes, dazu der bizarre Charakter Margaretes hatten Philipp schließlich in eine Verzweiflung getrieben, die kaum noch eine andere Reaktion zeitigte als Zorn oder eigensinniges Begehren.

Margarete schien alles viel leichter zu nehmen. Sie genoß das doppelte Vergnügen, ihren Mann zu betrügen und ihren Liebhaber zu quälen. Sie gehörte zu den Frauen, deren Begierden nur durch das Schauspiel der Leiden, die sie anderen auferlegen, wachgehalten werden, bis schließlich auch dieses Schauspiel seinen Reiz für sie verliert.

Es verging kein Tag, an dem Philipp sich nicht selbst vorhielt, daß eine echte Liebe ihr Heil nicht im Ehebruch finden könne, kein Tag, an dem er sich nicht schwor, mit Margarete zu brechen.

Aber er war schwach, willenlos, verfallen. Wie ein Spieler, der seinen Einsatz wieder herausholen will und dabei immer tiefer in Verlust gerät, so wollte auch er seine einstigen Träume, seine vergeblichen Geschenke, seine verschwendete Zeit, sein vergangenes Glück wieder zurückgewinnen. Er fand nicht den Mut, vom Spieltisch aufzustehen und zu sagen: »Ich habe genug verloren!«

Und so stand er auch jetzt, in eine Fensternische gelehnt, und wartete, daß man ihn gnädigst vorlassen würde.

Um sich ein wenig die Zeit zu vertreiben, schaute er den Stallburschen zu, wie sie die Pferde aus dem Schloßhof auf die kleine Wiese nebenan zum Auslauf führten, und den Lastträgern, die riesige Fleischstücke und ganze Körbe Gemüse herbeischleppten.

Das Hôtel de Nesle bestand aus zwei deutlich abgetrennten Gebäudeteilen: dem eigentlichen Schloß, das erst vor kurzer Zeit erbaut worden war, und dem Turm, den Philipp August hatte errichten lassen, als die Stadtmauer noch an dieser Stelle verlaufen war; er bildete das Gegenstück zum Turm des Louvre auf dem anderen Seineufer. Vor sechs Jahren hatte Philipp der Schöne den ganzen Komplex vom Grafen Amaury de Nesle erworben und seinem ältesten Sohn, dem König von Navarra, als Wohnsitz zugewiesen.

Bis dahin hatte der Turm als Wachstube und Gefängnis gedient. Margarete hatte ihn dann für sich wohnlich einrichten lassen, um sich gelegentlich hierher zurückzuziehen und, wie sie vorgab, beim Anblick des dahinziehenden Flusses über ihren Stundenbüchern zu meditieren. Sie behauptete, Einsamkeit zu brauchen, und da ihre phantastischen Einfälle bekannt waren, hatte sich Ludwig von Navarra nicht weiter darüber gewundert. In Wahrheit hatte sie den Umbau nur gewünscht, um in Ruhe den schönen d'Aunay empfangen zu können.

Dem war darüber vor unbändigem Hochmut der Kamm geschwollen. Für ihn hatte eine Königin eine Feste in ein Liebesnest verwandeln lassen. Und als dann sein älterer Bruder Gautier d'Aunay Blanches

Geliebter geworden war, hatte der Turm auch dem zweiten Paar als Zufluchtsstätte gedient. Ein Vorwand war leicht gefunden: Blanche stattete ihrer Cousine und Schwägerin Besuche ab; und Margarete kam es sehr gelegen, daß sie der anderen einen Gefallen erweisen konnte.

Jetzt jedoch, als Philipp diesen großen düsteren Turm, der über dem Fluß aufragte, betrachtete, das spitze Dach, die schmalen, hochliegenden Fensteröffnungen, fragte er sich unwillkürlich, ob nicht auch andere Männer dort die gleichen flüchtigen Umarmungen, die gleichen stürmischen Liebesnächte genossen hatten . . . Selbst dem Menschen, der sie am besten zu kennen glaubte, blieb Margarete ein Rätsel. Und diese fünf Tage ohne ein Lebenszeichen, während doch alles für eine Zusammenkunft so günstig gewesen wäre, sprachen sie nicht deutlich dafür, daß sein Verdacht begründet war?

Die Tür ging auf, und eine Kammerfrau bat Philipp, ihr zu folgen. Seine Kehle war wie zugeschnürt, seine Lippen trocken, dennoch war er entschlossen, sich diesmal keinen Sand in die Augen streuen zu lassen. Es ging durch einen langen Gang, dann verschwand die Kammerfrau, und Philipp betrat ein niedriges, überladen ausgestattetes Gemach, über dem ein verwirrender Duft lag, den er nur zu gut kannte, ein Jasminparfüm, das die Händler aus dem Morgenland brachten.

Philipp mußte sich erst an das Halbdunkel und die Hitze gewöhnen, die in dem Zimmer herrschten. Ein Baumstamm loderte auf einer Schicht glühender Holzkohle im großen Kamin.

»Madame . . .«, begann er.

Eine Stimme kam aus dem Hintergrund des Gemaches, eine etwas heisere, schläfrige Stimme.

»Tretet näher, Messire.«

War Margarete allein? Wagte sie es, ihn ohne Zeugen in ihrem Zimmer zu empfangen, obgleich ihr Gemahl in der Nähe sein konnte? Aber Philipp wurde sogleich beruhigt und zugleich enttäuscht: Die Königin von Navarra war nicht allein. Sie lag ausgestreckt auf ihrem Bett; neben ihr auf einem Taburett saß eine ältliche Hofdame und feilte ihr sorgfältig die Zehennägel.

Philipp trat näher und meldete in höfischem Ton, den allerdings sein Gesichtsausdruck Lügen strafte, daß die Gräfin von Poitiers ihn schicke, um sich nach dem Befinden der Königin von Navarra zu erkundigen und ihr ein Geschenk überreichen zu lassen. Er stand nun vor ihr.

Margarete hörte ihn reglos an. Die schönen, nackten Arme hatte sie im Nacken verschränkt, die Augen hielt sie halb geschlossen.

Sie war klein, hatte schwarzes Haar und eine bernsteinfarbene Haut.

Es hieß, sie besitze den schönsten Körper der Welt, und nicht zuletzt sie selbst sorgte dafür, daß diese Tatsache bekannt wurde.

Philipp betrachtete den vollen, sinnlichen Mund, das kleine Kinn, die halb entblößte Brust, die feingliedrigen, wohlgeformten Beine, die die Hofdame aufgedeckt hatte.

»Legt das Geschenk nur auf den Tisch; ich will es mir später ansehen«, sagte Margarete.

Sie rekelte sich, gähnte, und Philipp sah ihre rosige Zunge, ihren Gaumen und die kleinen, weißen Zähne; sie gähnte wie eine Katze.

Noch nicht ein einziges Mal hatte sie ihn angesehen. Er mußte sich Gewalt antun, um nicht loszubrechen. Die Hofdame beobachtete Philipp heimlich, voll Neugier. Er fürchtete, daß sein Zorn allzu offenkundig sein könnte. Diese Gesellschafterin hatte er noch nie gesehen. War sie neu in Margaretes Diensten?

»Darf ich«, fragte er, »der Gräfin eine Antwort . . .?«

»Au!« schrie Margarete und richtete sich auf. »Sie haben mir weh getan, meine Liebe!«

Die Hofdame flüsterte eine Entschuldigung. Margarete ließ sich endlich herbei, Philipp anzusehen. Sie hatte wundervolle dunkle, samtige Augen, die Menschen und Gegenstände zu liebkosen schienen.

»Sagt meiner Schwägerin von Poitiers . . .«, begann sie.

Philipp war auf die andere Seite gegangen, um sich den Blicken der Hofdame zu entziehen. Mit nervöser Handbewegung gab er Margarete Zeichen, sie zu entfernen. Aber Margarete schien nicht zu begreifen; sie lächelte, aber es galt nicht Philipp. Sie lächelte ins Leere.

»Oder nein«, fuhr sie fort, »ich werde ihr ein Billett schreiben, das Ihr mitnehmen könnt.«

Dann, zu der Hofdame gewandt:

»Es ist gut jetzt. Es wird Zeit, mich anzukleiden. Legt meine Kleider für den heutigen Tag zurecht!«

Die alte Dame ging in das angrenzende Zimmer, ließ jedoch die Tür offen, und Philipp sah, daß sie in seine Richtung spähte.

Margarete hatte sich erhoben, war an ihm vorbeigegangen, und fast ohne die Lippen zu bewegen hauchte sie:

»Ich liebe dich.«

»Warum habe ich dich seit fünf Tagen nicht zu Gesicht bekommen?« gab er ebenso leise zurück.

»Oh! Wie wunderschön!« rief sie aus und hielt den Gürtel vor sich hin. »Johanna hat wirklich Geschmack, ein entzückendes Geschenk!«

»Warum habe ich dich nicht zu sehen bekommen?« wiederholte Philipp im Flüsterton.

»Genau das richtige, um meine neue Börse daranzuhängen«, fuhr

Margarete mit lauter Stimme fort. »Messire d'Aunay, könnt Ihr warten, bis ich ein kurzes Dankwort geschrieben habe?«

Sie ließ sich an einem Tisch nieder, ergriff einen Gänsekiel und ein Blatt Papier[8] und winkte Philipp, näher zu kommen.

Sie schrieb in einer Haltung, daß er ihr über die Schulter sehen konnte, das Wort »Vorsicht«.

Dann rief sie der Hofdame, die man im anderen Zimmer hörte, zu: »Madame de Comminges, bringt meine Tochter zu mir. Sie hat heute ihren Morgenkuß noch nicht bekommen.«

Die Hofdame verschwand.

»Du lügst«, sagte Philipp jetzt. »Die Vorsicht ist ein trefflicher Vorwand, um den einen Geliebten fernzuhalten und einen anderen empfangen zu können.«

Margarete hatte jedoch nicht völlig die Unwahrheit gesprochen. Immer wenn eine Verbindung ihrem Ende zugeht, wenn die Liebenden anfangen, sich zu zanken und einander überdrüssig zu werden, dann verraten sie sich vor ihrer Umgebung, und die Welt entdeckt als Neuigkeit, was in Wahrheit schon nicht mehr besteht. Hatte Margarete sich ein paar unvorsichtige Worte entschlüpfen lassen? Waren Philipps Wutausbrüche über den kleinen Kreis von Blanche und Johanna hinausgedrungen? Des Türhüters und der Kammerfrau im Turm, zweier Bediensteter, die sie aus Burgund mitgebracht hatte und die sie in Furcht und Schrecken hielt, während sie sie zugleich mit Gold überschüttete, glaubte Margarete so sicher sein zu dürfen wie ihrer selbst. Aber kann man Genaues wissen? Sie fühlte einen unbestimmten Verdacht auf sich lasten. Der König von Navarra hatte ihr gegenüber Anspielungen auf ihre Erfolge gemacht, einen jener Ehemännerscherze, bei denen das Lachen einen falschen Unterton hat. Und dann war da diese neue Hofdame, diese Madame de Comminges, die man ihr vor einigen Tagen aufgenötigt hatte, um einen Wunsch des Monseigneur von Valois zu erfüllen, und die in ihren Witwenschleiern überall herumschlich . . . Margarete war weniger als in früheren Tagen geneigt, sich einer Gefahr auszusetzen.

»Ihr seid unausstehlich«, erklärte sie. »Ich liebe Euch, und Ihr findet immer etwas an mir auszusetzen!«

»Nun, heute abend werde ich keine Gelegenheit haben, unausstehlich zu sein!« erwiderte Philipp. »Es wird keine Ratssitzung stattfinden, der König hat es uns selbst gesagt, und so habt Ihr die beste Gelegenheit, Euren Gemahl von Eurer unwandelbaren Liebe zu überzeugen!«

Hätte der Zorn ihn nicht so blind gemacht, so hätte Philipp aus ihrem Gesichtsausdruck ablesen können, daß er sich zumindest in dieser Hinsicht keine Sorgen zu machen brauchte.

»Und ich gehe inzwischen zu den Dirnen!« stieß er hervor.

»Ausgezeichnet!« antwortete Margarete. »Dann könnt Ihr mir ja erzählen, wie es diese Weiber machen. Das wollte ich schon immer gern wissen.«

Ihre Augen glitzerten, spöttisch leckte sie sich mit der Zungenspitze die Lippen.

›Du Aas‹, dachte Philipp. Man konnte sie nicht fassen; alles lief von ihr ab wie Regentropfen von einer Fensterscheibe.

Margarete trat zu einer geöffneten Truhe und entnahm ihr eine neue Börse aus Goldgewebe, deren Verschluß aus drei riesigen Edelsteinen bestand und die Philipp noch nie an ihr gesehen hatte.

Margarete hatte dieses Geschenk ihrer Schwägerin Isabella von England zwei Tage vorher durch einen Boten überbracht hatte. Isabella bat sie, zu niemandem darüber zu sprechen, denn, so schrieb die Königin von England, »mein Gemahl überwacht mit Strenge meine Ausgaben, und er könnte darüber böse sein«. Die drei Prinzessinnen waren höchlichst überrascht von dieser ungewohnten Freundlichkeit ihrer Schwägerin. »Sie hat Verdruß in ihrer Ehe«, sagten sie sich, »sie möchte sich enger an uns anschließen.«

»Das wird wunderbar aussehen«, sagte Margarete und zog den Gürtel durch die goldenen Ringe. Die Börse an der Taille, stellte sie sich vor einen großen Zimmerspiegel.

»Von wem hast du diese Börse?« wollte Philipp wissen.

»Von . . .«

Unbefangen wollte sie die Wahrheit sagen. Aber als sie sah, wie verbissen, wie mißtrauisch er dastand, bekam sie Lust, ihn ein wenig zappeln zu lassen.

»Von . . . jemandem«, sagte sie.

»Von wem?«

»Rate!«

»Ludwig?«

»Mein Gemahl ist nicht so großzügig.«

»Von wem denn?«

»Rate nur weiter!«

»Ich will es wissen, ich habe ein Recht darauf!« beharrte Philipp und ließ sich immer mehr von seinem Zorn hinreißen. »Das ist das Geschenk eines Mannes, und zwar eines reichen Mannes und eines verliebten Mannes . . ., der guten Grund hat, sich Hoffnungen zu machen, stelle ich mir vor!«

Margarete betrachtete unentwegt ihr Spiegelbild, schob die Börse erst auf die eine Hüfte, dann auf die andere, dann in die Mitte des Gürtels.

»Robert von Artois!« rief Philipp aus.

»Oh! Welch einen schlechten Geschmack traut Ihr mir zu, Messire!«
sagte sie. »Dieser grobschlächtige Kerl, der immer nach Wildbret
riecht . . .«

Weder Margarete noch Philipp ahnten, wie nahe sie der Wahrheit gekommen waren und welche Rolle Robert von Artois bei der Übersen-
dung dieser Börsen gespielt hatte.

»Dann ist es Gaucher de Châtillon. Er macht ja jeder Frau den Hof
und scharwenzelt auch um Euch herum«, begann Philipp wieder.

Margarete legte den Kopf auf die Seite und stellte sich nachdenklich.

»Der Konnetabel?« sagte sie. »Ich habe noch gar nicht bemerkt, daß
er sich für mich interessiert. Aber wenn Ihr es sagt . . . danke, daß Ihr
mich darauf aufmerksam macht.«

»Ich bringe es schon noch heraus!«

»Wenn Ihr den ganzen Hof von Frankreich aufgezählt habt . . .«

Sie wollte weiterfahren: ». . . fällt Euch vielleicht auch noch der Hof
von England ein«, aber sie wurde durch die Rückkehr von Madame
de Comminges unterbrochen, die das kleine Prinzeßchen Johanna vor
sich herschob. Die Kleine schritt steif daher, ihr Köpfchen guckte gerade noch aus dem perlenbestickten Samtkleidchen hervor. Von der
Mutter hatte sie nur die runde, gewölbte, eigensinnige Stirn. Sie war
blond, hatte eine schmale Nase und lange Wimpern über hellen
Augen. Sie konnte ebensogut die Tochter des Königs von Navarra wie
das Kind Philipp d'Aunays sein. Aber auch darüber hatte Philipp nie
die Wahrheit erfahren können, und Margarete war zu schlau, um sich
in einer so schwerwiegenden Angelegenheit zu verraten. Sooft Philipp die kleine Johanna sah, fragte er sich: »Ist sie mein Kind?« Und
er dachte, daß er später einmal vor dieser Prinzessin, die womöglich
seine Tochter war, das Knie beugen und ihre Befehle entgegenneh-
men müßte und daß sie vielleicht dereinst zwei Throne besteigen
würde. Denn Ludwig von Navarra, Erbe der französischen Krone, und
Margarete, seine Frau, hatten bisher nur dieses eine Kind.

Margarete hob die kleine Johanna hoch, küßte sie auf die Stirn, stellte
fest, daß sie gesund aussah, und gab sie der Hofdame zurück:

»So, jetzt hat sie ihren Kuß, Ihr könnt sie wieder wegbringen.«

Wie Margarete im Blick der Madame de Comminges lesen konnte,
hatte diese Frau genau begriffen, daß sie das Kind nur hatte holen
müssen, um eine Zeitlang aus dem Weg zu sein. ›Ich muß diese Alte
loswerden‹, dachte Margarete.

Eine zweite Dame trat im Sturmschritt ein und fragte, ob der König
von Navarra anwesend sei.

»Bei mir ist er um diese Stunde bestimmt nicht anzutreffen«, erwiderte Margarete.

»Man sucht ihn überall«, sagte die zweite Dame. »Der König schickt nach ihm. Er soll sich unverzüglich im Schloß einfinden, wo eine dringende Sitzung stattfindet.«

»Und weiß man, worum es geht?« fragte Margarete.

»Ich glaube, verstanden zu haben, daß die Tempelherren das Urteil nicht angenommen haben. Das Volk rottet sich um Notre-Dame zusammen, und überall sind die Wachen verdoppelt worden.«

Margarete und Philipp tauschten einen Blick. Der gleiche Gedanke, der nichts mit den Staatsgeschäften zu tun hatte, ging ihnen durch den Kopf. Die Ereignisse würden Ludwig von Navarra vielleicht zwingen, einen Teil der Nacht im Schloß zu verbringen.

»Mag sein, daß der Tag anders endet, als wir dachten«, sagte Philipp.

Margarete sah ihn prüfend an und fand, daß sie ihn genug hatte leiden lassen. Er hatte wieder eine respektvolle und unpersönliche Haltung angenommen; aber seine Augen bettelten um Glück. Sie war gerührt und fühlte sich wieder zu ihm hingezogen, wie in den ersten Tagen ihrer Liebe.

»Mag sein, Messire«, erwiderte sie.

Und dabei ging es ihr durch den Sinn, daß wohl nie wieder ein Mann sie so sehr lieben würde.

Sie nahm das Papier, auf das sie »Vorsicht« geschrieben hatte, warf es ins Feuer und sagte: »Dieser Brief ist nicht richtig gelungen. Ich werde später an die Gräfin von Poitiers einen neuen abfassen. Hoffentlich kann ich ihr dann bessere Nachricht geben. Adieu Messire.«

Der Philipp, der das Hôtel de Nesle verließ, war ein anderer als der, der es betreten hatte. Durch ein einziges Wort der Ermutigung hatte er das Vertrauen zu seiner Geliebten, zu sich selbst, zum ganzen Land wiedergewonnen, und für ihn endete dieser Morgen in strahlendem Glanz.

›Sie liebt mich wirklich; ich habe ihr unrecht getan‹, dachte er.

Als er durch die Wachstube schritt, stieß er mit dem Grafen von Artois zusammen, der eben eintrat. Es sah aus, als sei der Riese Philipps Spuren gefolgt. Das war jedoch nicht der Fall. Im Augenblick war Artois zu sehr von anderen Geschäften in Anspruch genommen.

»Ist Monseigneur, der König von Navarra, in seinen Gemächern?« fragte er Philipp.

»Ich weiß, daß man ihn für die Ratssitzung sucht«, erwiderte Philipp.

»Wart Ihr hier, um ihn zu benachrichtigen?«

»Ja«, antwortete Philipp unüberlegt.

Und sogleich dachte er, daß diese leicht durchschaubare Lüge eine Dummheit gewesen war.

»Ich suche ihn aus dem gleichen Grunde«, sagte Artois. »Monseigneur von Valois möchte ihn noch vor Beginn der Sitzung sprechen.«

Sie trennten sich. Aber dieses zufällige Zusammentreffen gab dem Riesen zu denken. ›Sollte es dieser sein?‹ fiel ihm plötzlich ein, als er über den Hof schritt. Vor einer Stunde hatte er Philipp in Gesellschaft von Jeanne und Blanche in der Galerie Mercière beobachtet. Jetzt begegnete er ihm vor Margaretes Tür wieder . . . ›Dient ihnen dieser Stutzer als Bote oder ist eine von den dreien seine Geliebte? Wenn das zutrifft, so werde ich in Kürze Bescheid wissen.‹

Denn er hatte seit seiner Rückkehr aus England keine Zeit verloren. Madame de Comminges erstattete ihm, seit sie in Margaretes Dienste getreten war, täglich Bericht. Er hatte einen seiner Leute damit beauftragt, nachts den Abhang beim Turm von Nesle zu bewachen. Die Netze waren ausgelegt. Wehe diesem Vogel mit den schönen Federn, wenn er sich darin fangen ließ!

Die Sitzung des königlichen Rates

Als der Profos von Paris atemlos ins Schloß geeilt kam, fand er den König in guter Laune vor. Philipp der Schöne bewunderte gerade drei große Windhunde, die soeben mit folgendem Begleitbrief zu ihm gebracht worden waren:

»Sire,

mein Neffe hat mir, ganz beschämt ob seines Frevels, gestanden, daß diese drei Windhunde Euch auf Eurem Spaziergang belästigten. Wenn sie auch unwürdig sind, Euch zum Geschenk angeboten zu werden, so fühle ich mich doch nicht länger berechtigt, sie zu behalten, nun, da sie mit einem so hohen und mächtigen Herrn wie Euch in Berührung gekommen sind. Ich habe sie vorgestern aus England erhalten. Ich bitte Euch, sie von mir anzunehmen, damit sie Euch die Ergebenheit und den unterwürfigen Respekt überbringen Eures Dieners

Spinello Tolomei.«

»Ein schlauer Bursche, dieser Tolomei«, hatte Philipp der Schöne gesagt. Er, der jedes Geschenk zurückwies, zögerte nicht, diese Hunde anzunehmen. Er besaß die schönsten Meuten der Welt, und es hieß seiner einzigen Leidenschaft schmeicheln, wenn man ihm so prächtige Tiere wie diese Windhunde zum Geschenk machte.

Während der Profos berichtete, was in Notre-Dame vorgefallen war, hatte Philipp seine drei Hunde gestreichelt, ihre Lefzen zurückgezogen, um die spitzen Eckzähne und die schwarzen Kehlen zu prüfen, ihre hochgewölbten Brustkästen beklopft.

Zwischen dem König und den Tieren, vor allem den Hunden, bestand eine unmittelbare, geheime und stillschweigende Sympathie. Zum Unterschied von den Menschen hatten die Hunde keine Angst vor Philipp. Und schon war der größte der drei Windhunde unaufgefordert zu ihm gekommen, hatte den Kopf auf des Königs Knie gelegt und sah seinen neuen Herrn an.

»Bouville!« hatte Philipp der Schöne gerufen.

Hugues de Bouville, der Erste Kämmerer des Königs, war ein Mann von etwa fünfzig Jahren mit sonderbar schwarzweiß melierten Locken, die ihm das Aussehen eines Apfelschimmels verliehen.

»Bouville, laßt unverzüglich den Engsten Rat einberufen!« hatte der König befohlen.

Dann hatte Philipp der Schöne den Profos verabschiedet, ihm zu verstehen gegeben, daß sein Leben verwirkt wäre, wenn sich die mindeste Unruhe in Paris bemerkbar mache, und war in Gedanken versunken mit seinen Hunden allein geblieben.

Er hatte beschlossen, den großen Windhund, der sich schon ganz an ihn gewöhnt zu haben schien, »Lombard« zu nennen, weil er von einem italienischen Bankier stammte.

Nun war der Engste Rat versammelt, nicht im großen Gerichtssaal, der hundert Personen faßte und der nur für die Sitzungen des Großen Rates benutzt wurde, sondern in einem kleinen Nebengemach, wo ein Feuer im Kamin brannte.

Die Mitglieder dieser kleinen Versammlung hatten um einen langen Tisch Platz genommen, um über das Los der Templer zu entscheiden. Der König thronte am Kopfende, die Ellbogen auf die Armlehnen seines Sessels und das Kinn in die Hand gestützt. Zu seiner Rechten saßen Enguerrand de Marigny, der Koadjutor und Erste Minister des Reiches, Nogaret, der Siegelbewahrer, Raoul de Presles, der oberste Richter, und zwei weitere Legisten, die als Schriftführer fungierten; zur Linken Philipps sein ältester Sohn, König Ludwig von Navarra, den man endlich gefunden hatte, und Hugues de Bouville, der Großkämmerer. Zwei Plätze blieben leer: der des Grafen von Poitiers, der in Staatsgeschäften unterwegs war, und der des Prinzen Karl, des jüngsten Sohnes des Königs, der am Morgen zur Jagd aufgebrochen war und den man nicht hatte erreichen können. Es fehlte noch Monseigneur Valois, dem man Nachricht in sein Palais geschickt hatte und der vermutlich dort noch seine Ränke schmiedete wie vor jeder Sitzung. Der König hatte entschieden, nicht auf ihn zu warten.

Enguerrand de Marigny ergriff als erster das Wort. Er war sechs Jahre älter als Philipp der Schöne, etwas kleiner als der König, aber ebenfalls eine imponierende Erscheinung. Dieser hohe Würdenträger war nicht von adeliger Geburt. Er war ein normannischer Bürger gewesen, der sich Enguerrand Le Portier nannte, ehe er der Herr de Marigny geworden war; er hatte eine märchenhafte Karriere durchlaufen, die ihm ebensoviel Neid wie Hochachtung eingetragen hatte, und der Titel des Koadjutors, der eigens für ihn geschaffen worden war, hatte ihn zum *alter ego* des Königs gemacht. Er war zweiundfünfzig Jahre alt, stämmig, mit breitem Kinn, rauher Haut und lebte glanzvoll von dem ungeheuren Vermögen, das er sich erworben hatte. Er galt als der geschickteste Redner im Reiche und besaß einen Grad politischer Einsicht, der zu seiner Zeit nicht seinesgleichen fand.

In wenigen Minuten entwarf er aus dem Bericht, den ihm sein Bruder, der Erzbischof von Sens, geliefert hatte, ein vollständiges und anschauliches Bild der Situation.

»Die Kirche hat den Großmeister und den Großpräzeptor wieder Eurer Macht überantwortet, Sire«, sagte er. »Ihr könnt mit ihnen tun, was Ihr wollt. Konnten wir Besseres erhoffen?«

Er wurde unterbrochen, als die Tür mit einem Schlag aufflog. Monseigneur von Valois, Bruder des Königs und Titularkaiser von Konstantinopel, trat ein. Ohne sich zu erkundigen, wovon die Rede sei, rief der Neuankömmling:

»Was höre ich, mein Bruder? Messire Le Portier de Marigny« – er betonte ausdrücklich das Le Portier – »findet, daß alles zum besten steht? Fürwahr, mein Bruder, Eure Räte sind bescheiden. Ich frage mich, was passieren muß, damit sie finden, daß alles schiefgeht!«

Mit dem Eintritt Karls von Valois schien die ganze Luft in Bewegung geraten zu sein. Eine Art Wirbelsturm begleitete seine Schritte. Er war zwei Jahre jünger als Philipp der Schöne, dem er wenig glich, da er ebenso aufgeregt war wie der andere besonnen.

Er hatte eine Glatze, eine fette Knollennase, seine Wangen waren vom Leben im Feldlager und von den Ausschweifungen der Tafel stark gerötet; er trug einen stattlichen Wanst vor sich her und kleidete sich mit orientalischer Pracht, die bei jedem anderen lächerlich gewirkt hätte. Dieser wirrköpfige Königssohn war so nahe am Throne Frankreichs geboren und so untröstlich darüber, ihn nicht besteigen zu dürfen, daß er unermüdlich die ganze Welt ablief, um einen anderen Thron zu finden, auf dem er sich niederlassen könnte. Er war vorübergehend König von Aragonien gewesen, hatte dann auf dieses Reich verzichtet, um dem deutschen Kaiser die Krone streitig zu machen, war jedoch bei der Wahl unterlegen. Durch seine zweite Heirat mit Catherine de Courtenay war er Titularkaiser von Kontantinopel geworden, aber ein echter Kaiser, Andronikus II. Paläologos, herrschte damals über Byzanz.

Seine größten Ruhmestaten waren sein Blitzkrieg gegen Aquitanien im Jahre 1297 gewesen – denn er war ein geschickter Heerführer –

und sein Feldzug in die Toskana, wo er die Guelfen gegen die Ghibellinen unterstützt, Florenz geplündert und einen politisierenden Verseschmied namens Dante in die Verbannung geschickt hatte. Dafür hatte ihn der verstorbene Papst zum Grafen der Romagna ernannt. Valois führte einen königlichen Haushalt, hielt Hof, hatte seinen eigenen Kanzler und verabscheute Enguerrand de Marigny aus zwanzig Gründen: wegen seiner niedrigen Abkunft, wegen seiner Würde als Koadjutor, wegen seiner Statue, die zwischen den Standbildern der Könige in der Galerie Mercière stand, wegen seiner adelsfeindlichen Politik, wegen allem und jedem. Valois, der ein Enkel Ludwigs des Heiligen war, konnte es nicht verwinden, daß das Reich von einem Manne regiert wurde, der aus dem Volk stammte. Heute war der Graf übrigens von Kopf bis Fuß in Blau und Gold gekleidet.

»Vier halbtote Greise«, fuhr er fort, »deren Los angeblich entschieden war – allerdings wie! –, bieten der königlichen Autorität Trotz, und alles steht zum besten. Das Volk spuckt auf das bischöfliche Tribunal – allerdings welch ein Tribunal! Aber immerhin, es handelt sich schließlich um die Kirche! – und alles steht zum besten. Der Mob heult: zum Tode! Aber Ihr, mein Bruder, seid gemeint – und alles steht zum besten. Nun gut! Sei's drum, mein Bruder: Alles steht zum besten!«

Er hob die schönen, mit Ringen beladenen Hände und setzte sich dann auf den nächsten Stuhl am unteren Ende des Tisches, wie um zu demonstrieren, daß er wenn schon nicht zur Rechten des Königs so doch wenigstens ihm gegenüber seinen Platz hatte.

Enguerrand de Marigny war stehen geblieben, eine spöttische Falte lag um seine Mundwinkel, als er sich zum Bruder des Königs wandte.

»Monseigneur de Valois dürfte schlecht unterrichtet sein«, sagte er ruhig. »Von den vier Greisen, von denen er spricht, haben nur zwei gegen das Urteil protestiert. Was das Volk anbelangt, so versichern mir alle Berichte, daß es sehr geteilter Meinung ist.«

»Geteilt!« schrie Karl von Valois. »Aber wer heißt es denn, geteilter Meinung zu sein? Wer verlangt denn vom Volk, daß es eine Meinung hat? Ihr, Messire de Marigny, und man weiß recht gut, warum. Da habt Ihr das Resultat Eurer gloriosen Erfindung, die Bürger, Freigelassenen und Bauernlümmel zu versammeln und die Entscheidungen des Königs von ihnen gutheißen zu lassen. Jetzt glaubt das Volk natürlich, sich alles erlauben zu können!«

Zu jeder Zeit und in jedem Land hat es immer zwei Parteien gegeben: die reaktionäre und die fortschrittliche. Diese beiden Tendenzen standen einander auch im königlichen Rat gegenüber. Karl von Valois betrachtete sich als natürlichen Anführer der großen Vasallen. Er verkörperte die Tradition, und sein politisches Evangelium bestand aus

gewissen Prinzipien, die er fanatisch verteidigte: das Recht der priva-
ten Kriegführung unter den Adeligen, das Recht der großen Feudal-
herren, in ihrem Gebiet Münzen zu schlagen, die Rückkehr zur mora-
lischen Ordnung des Rittertums, die Unterwerfung unter den
Heiligen Stuhl als oberste schiedsrichterliche Instanz und die unver-
änderte Aufrechterhaltung der feudalen Sozialordnung. Lauter Ein-
richtungen, die von der Gesellschaft verflossener Jahrhunderte geschaffen worden waren, die jedoch Philipp der Schöne unter dem
Einfluß Marignys abgeschafft hatte oder bekämpfte.

Enguerrand de Marigny verkörperte den Fortschritt. Seine großen
Ideen waren: Zentralisation der Staatsgewalt, Einheit des Münzwe-
sens und der Verwaltung, Unabhängigkeit der weltlichen Gewalt von
der kirchlichen Autorität, Friede nach außen durch Befestigung der
Grenzstädte und Errichtung stehender Garnisonen; Friede im Inneren durch Unterwerfung aller unter die königliche Gewalt; Steige-
rung der Produktion und Förderung des Handels, Sicherung der Han-
delswege. Seine Vorhaben nannte man die »Neuerungen«. Diese
Medaillen hatten ihre Kehrseiten: der Polizeiapparat, der immer
kostspieliger wurde, verschlang Unsummen und der Bau der Festun-
gen ebenfalls.

Während die Adelspartei unablässig gegen ihn Sturm lief, hatte
Enguerrand de Marigny sich bemüht, dem König die Unterstützung
eines aufstrebenden Standes zu sichern, der sich immer mehr seiner
Bedeutung bewußt wurde: des Bürgertums. Bei mehr als einer Gelegenheit, zum Beispiel bei der Steuerfestsetzung und im Falle der
Tempelherren, hatte Marigny die Bürger von Paris vor dem Palais de
la Cité zusammengerufen. Das gleiche hatte er in verschiedenen Pro-
vinzstädten getan. Er hatte dabei das Beispiel Englands im Sinn, wo
es bereits die parlamentarische Volksvertretung, das Unterhaus, gab.

Bei den kleinen französischen Volksvertretungen war allerdings noch
keine Rede davon, daß sie selbständig Beschlüsse fassen konnten. Sie
hörten lediglich die Gründe für königliche Maßnahmen an und billig-
ten sie.[9]

Trotz seiner kuriosen Einfälle war Valois durchaus kein Dummkopf.
Er versäumte keine Gelegenheit, um Marigny in Mißkredit zu brin-
gen. Nach langjähriger, stummer Gegnerschaft war seit einigen
Monaten ein offener Kampf zwischen ihnen entbrannt, in dem diese
Ratssitzung vom 18. März nur eine Episode darstellte.

Die Auseinandersetzung hatte heftige Formen angenommen, und die
Vorwürfe sausten wie Peitschenhiebe nieder.

»Wenn die großen Barone, deren höchster Ihr seid, Monseigneur«,
sagte Marigny, »sich gutwillig den königlichen Anordnungen gefügt
hätten, so brauchten wir uns jetzt nicht auf das Volk zu stützen.«

»Eine schöne Stütze!« rief Valois. »Die Aufstände von 1306, als der König und Ihr selbst vor dem aufgebrachten Paris in den Temple flüchten mußten, haben Euch also nicht zur Lehre gedient! Ich prophezeie Euch, daß sich, wenn es so weitergeht, die Bürger binnen kurzem des Königs entledigen und allein regieren werden, und Eure Generalstände werden dann die Gesetze machen.«

Der König schwieg, das Kinn in die Hand gestützt, die großen Augen unbeweglich geradeaus gerichtet. Seine Lider bewegten sich niemals, was seinem Blick jene Starrheit verlieh, vor der sich jedermann fürchtete.

Marigny wandte sich ihm zu, als wolle er ihn auffordern, von seiner Autorität Gebrauch zu machen und eine Diskussion zu beenden, die vom Thema abzuschweifen drohte.

Philipp der Schöne hob leicht das Kinn und sprach:

»Mein Bruder, wir beschäftigen uns heute mit den Templern.«

»Gut«, sagte Valois und trommelte auf den Tisch, »beschäftigen wir uns mit den Templern.«

»Nogaret!« murmelte der König.

Der Siegelbewahrer erhob sich. Seit Beginn der Sitzung brannte ein Zorn in ihm, der nur darauf wartete, losbrechen zu dürfen. Als fanatischer Wächter über das öffentliche Wohl und die Staatsräson hatte er den Prozeß gegen die Templer zu *seinem* Prozeß gemacht und ihn mit einer Leidenschaft geführt, die weder Grenzen noch Rast kannte. Außerdem verdankte er diesem Prozeß sein hohes Amt. In der dramatischen Ratssitzung von 1307 hatte der Erzbischof von Narbonne, dem bis dahin das Siegel anvertraut gewesen war, sich geweigert, es auf den Haftbefehl gegen die Templer zu drücken. Philipp der Schöne hatte daraufhin das Siegel aus den Händen des Bischofs genommen und es Nogaret übergeben. Er war knochig, schwarz, mit langem Gesicht und eng beieinanderstehenden Augen, nestelte unablässig an seiner Kleidung herum oder knabberte an einem Nagel seiner platten Finger. Er verzehrte sich in seinem Amt und war unerbittlich und stahlhart wie die Sense des Todes.

»Sire, das Ungeheuerliche, das Unfaßbare und Unerhörte, das sich soeben ereignet hat«, begann er eindringlich und zugleich überstürzt, »beweist, daß alle Nachsicht, alle Milde, die man Teufelsknechten gewährt, eine Schwäche bedeuten, die sich jetzt gegen Euch kehrt.«

»In der Tat«, sagte Philipp der Schöne und wandte sich an Valois, »die Milde, zu der Ihr mir rietet, mein Bruder, und um die die mich meine Tochter Isabella von England in einem Brief gebeten hat, diese Milde hat keine guten Früchte getragen . . . sprecht weiter, Nogaret.«

»Man läßt diesen verfaulten Hunden ein Leben, das sie verwirkt haben, und anstatt ihre Richter zu segnen, mißbrauchen sie die Gelegenheit, um die Kirche und den König zu schmähen. Die Templer sind Ketzer . . .«

»Waren . . .«, warf Karl von Valois ein.

»Wie meint Ihr, Monseigneur?« sagte Nogaret ungeduldig.

»Ich sagte, *waren*, Messire, denn wenn ich mich recht erinnere, so bleiben Euch von den fünfzehntausend, die es in Frankreich gegeben hat, nur noch vier übrig . . . recht lästige, zugegeben, weil sie nach siebenjähriger Bearbeitung noch immer ihre Unschuld beteuern! Es scheint, Messire Nogaret, daß Ihr früher mit dergleichen schneller fertig wurdet, früher, als Ihr mit einer einzigen Ohrfeige einen Papst verschwinden ließet?«

Nogaret zitterte, und sein Gesicht wurde noch dunkler unter den blauen Schatten seines Bartes. Er war der Mann gewesen, der den alten Papst Bonifaz abgesetzt hatte, indem er den Vierundachtzigjährigen ohrfeigen und am Bart von seinem päpstlichen Stuhl zerren ließ. Die Gegner des Kanzlers ließen sich keine Gelegenheit entgehen, ihm das vorzuhalten. Nogaret war für diesen Übereifer exkommuniziert worden, und Philipp hatte seine ganze Autorität aufbieten müssen, damit Klemens V. den Bann wieder aufhob.

»Wir wissen, Monseigneur«, gab er zurück, »daß Ihr die Templer immer unterstütztet. Ohne Zweifel habt Ihr mit ihrer Waffenhilfe gerechnet, um, und sei es auch um den Preis des Untergangs Frankreichs, jenen Schattenthron von Konstantinopel wiederzuerobern, auf dem Ihr bis zur Stunde wohl noch nicht gesessen seid.«

Er hatte Beleidigung mit Beleidigung vergolten, und sein Gesicht nahm wieder eine gesündere Farbe an.

»Zum Donner!« schrie Valois und sprang so heftig auf, daß sein Stuhl umstürzte.

Lautes Bellen wurde unter dem Tisch hörbar, das die Anwesenden erschreckt hochfahren ließ. Nur Philipp der Schöne blieb ruhig, und Ludwig von Navarra brach in schallendes Gelächter aus. Das Gebell kam von dem großen Windhund, den Philipp der Schöne mitgebracht hatte und der noch nicht an derartige Ausbrüche gewöhnt war.

»Ludwig . . . schweigt!« gebot Philipp der Schöne und maß seinen Sohn mit eisigen Blicken.

Dann schnalzte er mit den Fingern und sagte: »Lombard . . . setz dich!«, zog den Kopf des Hundes zwischen seine Schenkel und streichelte ihn kurz.

Ludwig von Navarra, den man damals schon wegen seiner Nörgelsucht und Unberechenbarkeit den »Zänker« nannte, senkte den Kopf und suchte seinen Lachkrampf zu unterdrücken. Er war achtundzwanzig Jahre alt, aber sein Gehirn war das eines Siebzehnjährigen.

Auch er hatte helle Augen, aber sein Blick war im Gegensatz zu dem seines Vaters flackernd und unstet und sein Haar glanzlos.

»Sire«, sagte Karl von Valois, nachdem Bouville, der Kämmerer, seinen Stuhl aufgehoben hatte, »Sire«, mein Bruder, Gott ist mein Zeuge, daß ich stets nur Eure Interessen und Euren Ruhm im Auge hatte.«

Philipp der Schöne richtete den Blick auf ihn, und Karl von Valois wandte unsicher die Augen ab. Dennoch fuhr er fort:

»Und es erzürnt mich auch nur um Euretwillen, mein Bruder, wenn ich mit ansehen muß, wie mutwillig zerstört wird, was die Stärke des Reiches ausgemacht hat. Ohne die Tempelherren und ohne die Ritterschaft, wie wollt Ihr da einen Kreuzzug unternehmen, wenn es nötig werden sollte?«

Die Antwort kam von Marigny.

»Unter der weisen Regierung unseres Königs«, sagte er, »brauchten wir keinen Kreuzzug, eben weil die Ritterschaft sich ruhig verhielt, Monseigneur, und keine Notwendigkeit vorlag, sie übers Meer zu schicken, damit sie ihre überschüssigen Kräfte austoben konnte.«

»Und der Glaube, Messire?«

»Das Gold, das den Templern abgenommen wurde, hat dem Staatssäckel mehr eingebracht, Monseigneur, als der ganze berühmte Handel, der hinter dem Kreuzesbanner vor sich ging, und der Warenaustausch floriert ohne Kreuzzüge genauso gut.«

»Messire, Ihr sprecht wie ein Ungläubiger!«

»Ich spreche wie ein Diener des Reiches, Monseigneur.«

Der König klopfte leicht auf den Tisch.

»Mein Bruder«, mahnte er noch einmal, »es geht heute um die Templer . . . Ich bitte um Euren Rat.«

»Meinen Rat . . . meinen Rat?« wiederholte Valois, gänzlich aus dem Konzept gebracht.

Er war jederzeit bereit, das Universum zu reformieren, aber niemals einen konkreten Vorschlag zu machen.

»Nun, mein Bruder, sollen diejenigen, die den Fall bisher so gut geführt haben« – und er deutete auf Nogaret und Marigny –, »Euch eine Lösung vorschlagen. Was mich anbelangt . . .«

Und er machte die Geste des Pilatus.

Der Siegelbewahrer und der Koadjutor tauschten einen Blick.

»Ludwig . . . Euren Rat«, sagte der König.

Ludwig von Navarra fuhr erschreckt auf; er zögerte eine Weile mit der Antwort, einmal, weil ihm nichts einfiel, und zum anderen, weil er an einem Bonbon lutschte, das an seinen Zähnen klebte.

»Wenn man die Templer dem Papst überantworten würde?« sagte er schließlich.

»Ludwig, schweigt!« sagte der König achselzuckend.

Und Marigny hob mitleidig die Brauen.

Den Großmeister wieder dem Papst überantworten, das würde bedeuten, alles bisher Erreichte in Frage zu stellen. Alle Hintergründe und Praktiken der Prozeßführung würden wieder zur Sprache kommen. Die Auslieferung an die königliche Jurisdiktion, die man den Konzilen so mühsam abgerungen hatte, würde rückgängig, die Anstrengungen von sieben Jahren zunichte gemacht und allen möglichen Streitigkeiten Tür und Tor geöffnet werden.

›Und dieser Dummkopf wird einmal mein Nachfolger!‹ dachte Philipp der Schöne und betrachtete seinen Sohn. ›Hoffen wir, daß er bis dahin mehr Verstand hat.‹

Ein Märzenschauer prasselte gegen die bleigefaßten Fensterscheiben.

»Bouville!« rief der König.

Hugues de Bouville glaubte, daß der König seinen Rat einhole. Der Großkämmerer war erfüllt von Ergebenheit, Gehorsam, Treue, wollte alles recht machen, besaß aber keine eigene Meinung. Er fragte sich wie immer, welche Antwort Philipp der Schöne wohl zu hören wünsche. »Ich überlege, Sire, ich überlege . . .«, erwiderte er.

»Laßt Kerzen bringen, man sieht die Hand vor den Augen nicht . . .«, sagte der König. »Nogaret, Euren Rat.«

»Wer in die Ketzerei zurückgefallen ist, soll die Strafe der Ketzer erleiden . . . ohne Aufschub«, antwortete der Siegelbewahrer.

»Das Volk?« gab Philipp zu bedenken und sah Marigny an.

»Sein Interesse wird erlöschen, sobald das Leben der Männer erloschen ist, denen es gilt«, antwortete der Koadjutor.

Karl von Valois machte einen letzten Versuch.

»Mein Bruder«, sagte er, »bedenkt, daß der Großmeister den Rang eines regierenden Fürsten bekleidete. An sein Leben rühren, bedeutet an dem Grundsatz rütteln, nach dem gekrönte Häupter unverletzlich sind . . .«

Der Blick des Königs schnitt ihm das Wort ab.

Eine lastende Stille trat ein, dann sprach Philipp der Schöne.

»Jacques de Molay und Geoffroy de Charnay sollen heute abend auf der Judeninsel dem Schloß gegenüber verbrannt werden. Die Auflehnung geschah in der Öffentlichkeit; auch die Strafe soll in der Öffentlichkeit vollstreckt werden. Ich habe gesprochen.«

Er erhob sich und alle Anwesenden mit ihm.

»Ihr werdet das Urteil ausfertigen, Messire de Presles. Ich erwarte, daß alle hier Anwesenden der Vollstreckung beiwohnen und daß auch mein Sohn Karl zugegen sein wird. Ihr werdet ihn benachrichtigen«, sagte er, zu Ludwig von Navarra gewandt.

Dann rief er: »Lombard!«

Und verließ das Zimmer, gefolgt von seinem Hund.

In dieser Ratssitzung, an der zwei Könige, ein Kaiser und ein Vizekönig teilgenommen hatten, waren zwei Männer zum Tode verurteilt worden. Aber nicht einen Augenblick lang war das Gefühl aufgekommen, daß es um zwei Menschenleben ging; es ging ausschließlich um Prinzipien.

»Mein Neffe«, sagte Karl von Valois zu Ludwig dem Zänker, »heute werden wir das Ende der Ritterschaft miterleben.«

Der Liebesturm

Die Nacht war hereingebrochen. Ein schwacher Wind führte den Geruch von feuchter Erde, Schlamm und aufsteigenden Pflanzensäften mit sich und jagte dicke, schwarze Wolken über einen sternenlosen Himmel.

Ein Kahn hatte vom Ufer auf der Höhe des Louvreturms abgestoßen und fuhr in die Seine hinaus, deren Wasser wie ein alter, gut eingefetteter Harnisch glänzte.

Zwei Fahrgäste saßen im Heck des Kahns. Ihre Gesichter waren in den großen Mantelkrägen vergraben.

»Komisches Wetter heut«, sagte der Fährmann, der sich mühsam in die Riemen legte. »Morgens wacht man auf, und es hat einen Nebel, daß man keinen Schritt weit sieht. Und Schlag zehn Uhr kommt die Sonne heraus. Man sagt sich: ›Jetzt ist der Frühling nicht mehr weit.‹ Kaum hat man es gesagt, fängt das Unwetter wieder an und dauert den ganzen Nachmittag. Und jetzt ist auch noch Wind aufgekommen, und er wird todsicher noch stärker werden . . . komisches Wetter.«

»Schneller, Mann«, sagte einer der Passagiere.

»Ich tu mein Bestes. Aber ich bin alt, wie Ihr seht; an Michaeli werde ich dreiundfünfzig. Ich bin nicht mehr so kräftig wie Ihr, meine jungen Herren«, erwiderte der Fährmann.

Er war in Lumpen gehüllt und schien seinen Kunden gern etwas vorzujammern.

»Also zum Turm von Nesle geht die Fahrt?« fragte er dann. »Kann man denn dort anlegen?«

»Aber ja«, antwortete der gleiche Passagier.

»Ich komme nämlich sonst nie dorthin; die Gegend ist wenig besucht.«

In einiger Entfernung sah man auf dem linken Ufer auf der Judeninsel Lichter aufblitzen und dahinter die erleuchteten Fenster des Schlosses. Dort drüben herrschte reger Bootsverkehr.

»Ihr wollt also nicht zuschauen, edle Herren, wie die Templer gebraten werden?« begann der Fährmann wieder. »Der König und seine Söhne sollen auch kommen, stimmt das?«

»Schon möglich«, sagte der Passagier.

»Und die Prinzessinnen, werden sie wohl auch dabeisein?«

»Ich weiß es nicht . . . wahrscheinlich«, erwiderte der Passagier und wandte sich ab, um anzudeuten, daß er keinen Wert auf eine weitere Unterhaltung lege.

Dann flüsterte er, fast ohne die Lippen zu bewegen, seinem Gefährten zu: »Der Kerl gefällt mir nicht; er schwatzt zuviel.«

Der andere zuckte gleichgültig die Achseln. Nach einer Weile flüsterte er zurück:

»Wie bist du benachrichtigt worden?«

»Durch Johanna, wie immer«, erwiderte der erste. »Die liebe Gräfin Johanna, wieviel haben wir ihr zu verdanken!«

Bei jedem Ruderschlag kam der Turm von Nesle näher, eine hohe, schwarze Masse, die gegen den Nachthimmel aufragte.

Der größere der beiden Fahrgäste, derjenige, der als zweiter gesprochen hatte, legte seinem Gefährten die Hand auf den Arm:

»Gautier«, sagte er, »ich bin heute abend so glücklich! Und du?«

»Ich auch, Philipp.«

So sprachen die beiden Brüder Aunay, Gautier und Philipp, die sich zu dem Rendezvous begaben, das ihnen Blanche und Margarete gewährt hatten, sobald entschieden war, daß ihre Ehemänner den ganzen Abend mit dem König zusammen sein würden. Und die Gräfin von Poitiers hatte wieder einmal die Vermittlerin gespielt und die Botschaften überbracht.

Philipp d'Aunay konnte seine Ungeduld und seine Freude kaum noch zügeln. Sein Argwohn und seine Erbitterung vom Vormittag waren verflogen, sein Verdacht erschien ihm jetzt unbegründet. Margarete hatte ihn gerufen; Margarete setzte sich für ein Zusammensein mit ihm allen Gefahren aus; in wenigen Minuten würde er Margarete in seinen Armen halten, und er schwor sich, der zärtlichste, der heiterste, der glühendste Liebhaber zu sein, den man sich denken konnte.

Der Kahn machte an dem Abhang fest, an den sich die ungeheure Masse des Turmes lehnte. Das letzte Hochwasser hatte dort eine Schlammschicht zurückgelassen.

Der Fährmann reichte den beiden jungen Herren den Arm, um ihnen beim Aussteigen behilflich zu sein.

»Also, Alter«, sagte Gautier, »du wartest hier auf uns wie verabredet, rührst dich nicht von der Stelle und läßt dich nicht sehen.«

»Vorausgesetzt, daß Ihr mich dafür bezahlt, junger Herr, warte ich mein ganzes Leben lang«, erwiderte der Fährmann.

»Die halbe Nacht wird genügen«, antwortete Gautier.

Er gab ihm einen Silbersou, zwölfmal soviel, wie die Überfahrt wert war, und versprach ihm die gleiche Summe für den Rückweg. Der Fährmann dankte mit einem tiefen Bückling.

Vorsichtig, um nicht auszugleiten und sich nicht allzu schmutzig zu machen, gingen die beiden Brüder die wenigen Schritte bis zu einem Ausfalltor, wo sie ein verabredetes Klopfzeichen gaben. Das Tor öffnete sich geräuschlos.

»Guten Abend, Messeigneurs«, grüßte sie jene Kammerfrau, die Margarete aus Burgund mitgebracht hatte.

Sie hielt eine Lampe und leuchtete, nachdem sie die Tür wieder fest verschlossen hatte, den beiden auf einer Wendeltreppe voran.

Das große Turmgemach im ersten Stockwerk, in das sie sie eintreten ließ, wurde nur von den rötlichen Reflexen eines gewaltigen Holzfeuers erhellt, das in einem offenen Kamin loderte. Und diese Reflexe verloren sich in den Wölbungen eines hohen, kuppelartigen Plafonds, der von zwölf Spitzbogen getragen wurde.

Auch hier schwebte wie im Zimmer Margaretes ein Duft nach Jasmin in der Luft. Alles war davon durchtränkt, die goldgewirkten Stoffe, mit denen die Wände bespannt waren, die Teppiche, das Pelzwerk, das in üppiger Fülle über die niedrigen, orientalischen Betten gebreitet war.

Das Gemach war leer. Die Kammerfrau ging hinaus, um die Prinzessinnen zu benachrichtigen.

Die beiden jungen Männer hatten ihre weiten Mäntel abgelegt, waren zum Kamin getreten und streckten mechanisch die Hände über die Flammen.

Gautier d'Aunay war zwei Jahre älter als sein Bruder, dem er sehr ähnlich sah, wenn er auch kleiner, stämmiger und blonder war. Er hatte einen kräftigen Hals, rosige Wangen und nahm das Leben auf die leichte Schulter. Er wurde nicht wie sein Bruder von Leidenschaft verzehrt. Er war mit einer Montmorency verheiratet – und gut verheiratet – und hatte bereits drei Kinder.

»Ich frage mich noch immer«, sagte er, während er sich wärmte, »warum Blanche ausgerechnet mich zum Liebhaber genommen hat und warum sie überhaupt einen genommen hat. Bei Margarete erklärt sich das ohne weiteres. Man braucht den König von Navarra nur anzuschauen mit seinem tückischen Blick, dem schlurfenden Gang, der hohlen Burst und dich daneben zu sehen, um sogleich alles zu verstehen. Und dann wissen wir ja auch noch einiges mehr . . .«

Damit spielte er auf Schlafzimmergeheimnisse an, auf die mangelhafte Liebeskraft des Königs von Navarra und auf den dumpfen Haß, der zwischen den Eheleuten schwelte.

»Blanche dagegen verstehe ich nicht«, fuhr Gautier d'Aunay fort, »ihr Mann ist schön, viel schöner als ich . . . doch, doch, Philipp, keine Widerrede, er ist schöner; er sieht dem König, seinem Vater, sehr ähnlich . . . er liebt sie, und ich glaube, was immer sie sagen mag, daß sie ihn auch liebt. Warum also? Ich frage mich, sooft ich zu ihr gehe, wie ich zu diesem Glück komme.«

»Weil sie alles tut, was ihre Cousine tut«, erwiderte Philipp.

Jetzt wurden in dem Gang, der den Turm mit dem Schloß verband, leichte Schritte und Geflüster hörbar, und die beiden Prinzessinnen erschienen.

Philipp stürzte auf Margarete zu – und blieb plötzlich wie angewurzelt stehen. Am Gürtel seiner Geliebten hatte er die goldene Börse mit den Edelsteinen erblickt, die am Morgen seinen Zorn so sehr gereizt hatte.

»Was hast du, mein schöner Philipp?« fragte Margarete, streckte die Arme nach ihm aus und bot ihm ihren Mund.

»Bist du nicht glücklich heute abend?«

»Aber gewiß«, antwortete er kalt.

»Was hast du denn nun wieder? Welche neuen Grillen . . .?«

»Das . . . hast du mir das zum Trotz getan?« fragte Philipp und deutete auf die Börse.

Ein wohltönendes, warmes Lachen perlte aus ihrer Kehle.

»Wie dumm du bist, wie eifersüchtig du bist, wie köstlich du bist! Hast du das Spiel denn noch immer nicht begriffen? Hier, ich schenke sie dir, diese Börse, wenn dich das beruhigt. Jetzt siehst du wohl ein, daß sie kein Liebespfand war.«

Sie löste die Börse von ihrer Taille und befestigte sie an Philipps Gürtel. Philipp war sprachlos. Er protestierte mit einer schwachen Handbewegung.

»Doch, doch, ich bestehe darauf«, sagte sie. »Erst jetzt ist es ein Liebespfand, eines für dich. Nein, keinen Widerspruch. Nichts ist zu schön für meinen schönen Philipp. Aber frage mich nicht mehr, von wem ich diese Börse bekommen habe, sonst wäre ich gezwungen, sie dir wieder wegzunehmen. Ich kann dir nur schwören, daß ich sie nicht von einem Mann bekam. Übrigens, Blanche hat die gleiche. Blanche«, wandte sie sich an ihre Cousine, »zeig Philipp deine Börse. Ich habe ihm die meine geschenkt.«

Blanche hatte sich auf einem der Betten im dunklen Teil des Raumes ausgestreckt; und Gautier kniete neben ihr und bedeckte ihren Busen und ihre Hände mit Küssen.

»Ich wette«, flüsterte Margarete in Philipps Ohr, »noch ehe eine Minute vergeht, wird dein Bruder das gleiche Geschenk erhalten haben.«

Blanche hatte sich halb aufgerichtet und fragte: »Ist es nicht sehr un-
vorsichtig, Margarete, und haben wir überhaupt ein Recht dazu?«
»Aber ja«, erwiderte Margarete. »Niemand außer Johanna hat sie ge-
sehen. Niemand weiß, daß wir sie bekommen haben.«
»Dann«, rief Blanche, »will ich nicht, daß mein schöner Geliebter weniger geliebt und weniger geschmückt werde als der deine.«
Und sie nestelte die Börse los, die Gautier ohne viel Federlesens an-
nahm, weil es ja sein Bruder auch getan hatte.
Margarete sah Philipp an, ihr Blick sprach: ›Habe ich es nicht gesagt?‹
Philipp lächelte ihr zu. ›Rätselhafte Margarete‹, dachte er.
Sie war und blieb unberechenbar, unverständlich. War die Frau, die
am Morgen grausam, kokett, perfide mit ihm gespielt hatte, ihn hatte
schmoren lassen wie einen Fasan auf dem Rost, die gleiche, die jetzt,
nachdem sie ihm ein Geschenk im Wert von einhundertfünfzig Livres
gemacht hatte, schmiegsam, zärtlich, beinahe zitternd in seinen
Armen lag?
»Daß ich dich so sehr liebe«, flüsterte er, »kommt wohl daher, weil
ich dich nicht verstehe.«
Keine Schmeichelei hätte Margarete größeres Vergnügen bereiten
könnten. Sie dankte Philipp, indem sie ihre Lippen in seinen Hals
grub. Plötzlich machte sie sich los und rief erregt:
»Hört ihr? Die Templer! Sie werden zum Scheiterhaufen geführt!«
Funkelnden Auges, das Gesicht von unmenschlicher Neugier belebt,
zog sie Philipp ans Fenster, eine hohe, trichterförmige Schießscharte,
die in die dicke Mauer eingeschnitten war, und öffnete die Scheibe.
Gewaltiger Volkslärm drang in das Gemach.
»Blanche, Gautier, kommt doch, schaut!« rief Margarete.
Aber Blanche erwiderte mit einem Seufzer:
»Ach nein, ich rühre mich nicht von der Stelle. Mir ist so wohl.«
Zwischen den beiden Prinzessinnen und ihren Geliebten waren alle
Schranken des Schamgefühls seit langer Zeit gefallen; sie waren ge-
wohnt, sich voreinander allen Spielen ihrer Leidenschaft hinzugeben.
Während Blanche manchmal die Augen abwandte und ihre Blöße im
Dunkeln verbarg, empfand Margarete noch größere Lust, wenn sie
den Liebesspielen der anderen zusah oder sich deren Blicken darbot.
Jetzt jedoch stand sie dicht am Fenster und war völlig von dem Schauspiel gefangen, das sich inmitten der Seine abspielte. Dort unten auf
der Judeninsel standen hundert Bogenschützen im Kreise und hoben
brennende Fackeln hoch; und die Flammen aller dieser Fackeln, die
im Winde loderten, bildeten eine hell erleuchtete Grotte, in deren
Mitte man deutlich den riesigen Scheiterhaufen sehen konnte und die
Henkersknechte, die auf- und abkletterten und Feuerholz aufschich-
teten. Außer den Bogenschützen war eine große Volksmenge auf die-

ser kleinen Insel, die gewöhnlich nur den Kühen und Ziegen zur Weide diente[10], und ein Schwarm von Booten, beladen mit Leuten, die der Hinrichtung beiwohnen wollten, furchte den Fluß.

Ein Kahn, der schwerer war als die übrigen und mit Bewaffneten besetzt, hatte vom rechten Ufer abgestoßen und war soeben auf der Insel gelandet. Zwei große, graue Gestalten mit sonderbaren Kopfbedekkungen stiegen heraus, vor ihnen her ging ein Mönch, der ein Kreuz trug. Jetzt wuchs der Lärm der Menge, wurde zum Tumult. Beinahe im gleichen Augenblick erhellte sich eine große Loggia im Wasserturm am Ende des Schloßgartens. In dieser Loggia sah man immer deutlicher Schatten sich abzeichnen, und das Geschrei der Menge erstarb mit einem Schlag. Der König und der Hof hatten Platz genommen.

Margarete brach in Lachen aus, ein anhaltendes, schrilles Lachen, das nicht enden wollte.

»Warum lachst du?« fragte Philipp.

»Weil Ludwig dort unten ist«, erwiderte sie, »und wenn es hell wäre, könnte er mich sehen.«

Ihre Augen glänzten; die schwarzen Locken tanzten auf ihrer runden Stirn. Mit einer raschen Bewegung streifte sie das Kleid von den schönen, bernsteinfarbenen Schultern, ließ ihre Gewänder zu Boden gleiten, bis sie völlig nackt dastand, als wolle sie über die nächtliche Entfernung hinweg den Gemahl, den sie haßte, verhöhnen. Sie zog Philipps Hände auf ihre Hüften.

Im Hintergrund des Saales lagen Blanche und Gautier in undeutlicher Umarmung, und Blanches Leib schimmerte wie Perlmutt.

Dort unten auf der Insel hatte der Lärm von neuem eingesetzt. Die Templer wurden auf den Scheiterhaufen gebunden, an den man in wenigen Augenblicken das Feuer legen würde.

Margarete schauderte unter der Nachtluft und trat zum Kamin. Eine Weile blickte sie starr in die Flammen, setzte sich den Gluten aus, bis die Liebkosung der Hitze unerträglich wurde. Das Feuer warf tanzende Lichter auf ihre Haut.

»Sie werden brennen, sie werden braten«, sagte sie mit atemloser, heiserer Stimme, »während wir . . .«

Ihre Augen suchten in dem Flammentanz infernalische Bilder, an denen ihre Phantasie sich erhitzte.

Plötzlich wandte sie sich um, stand vor Philipp und bot sich ihm dar, aufrecht, wie die Nymphen der Sage sich den Gelüsten der Satyrn darboten.

Der Feuerschein warf ihre Schatten gegen die Wand und ließ sie ins Ungeheure anwachsen, bis zu den Spitzbogen des Deckengewölbes.

Nur ein schmaler Flußarm trennte den Schloßgarten von der Judeninsel. Der Scheiterhaufen war der königlichen Loggia gegenüber errichtet worden; von seinem Platz aus konnte Philipp der Schöne alles aufs genaueste beobachten.

Immer noch strömten die Neugierigen auf beiden Ufern des Flusses herbei, die ganze Insel verschwand unter stampfenden, schiebenden Füßen. Die Fährleute hatten an diesem Abend ein Vermögen verdient.

Aber die Bogenschützen standen unerschütterlich, die Zuschauergruppen waren geradezu gespickt mit königlichen Bütteln; geharnischte und bewaffnete Posten standen auf den Brücken und an allen Straßeneinmündungen, die zur Seine führten; es war nichts zu befürchten.

»Marigny, Ihr könnt den Profos beglückwünschen«, sagte der König zu seinem Koadjutor, der sich in seiner Nähe hielt.

Die Erregung, von der man am Morgen hatte fürchten müssen, daß sie in einen Aufstand ausarten könnte, war in ein Volksfest umgeschlagen, einen Jahrmarktsrummel, eine grausige Belustigung, die der König seiner Hauptstadt bot. Es herrschte ein Treiben wie auf der Kirchweih. Bettelvolk mischte sich unter die Bürger, die sich mit der ganzen Familie herbemüht hatten, die »törichten Töchter« waren herbeigeeilt, geschminkt und gefärbt, aus den Gäßchen hinter Notre-Dame, wo sie ihr Gewerbe ausübten. Gassenbuben schlängelten sich zwischen den Beinen der Leute hindurch, um ganz nach vorne zu gelangen. Ein paar Juden, in ängstliche Grüppchen zusammengedrängt, die gelbe Scheibe auf den Mänteln, waren gekommen, um sich eine Hinrichtung anzuschauen, bei der ausnahmsweise einmal nicht einer der Ihrigen das Opfer war. Und schöne Damen in pelzgefütterten Umhängen, die sich einen kräftigen Nervenkitzel verschaffen wollten, schmiegten sich eng an ihre Galane und stießen kleine hysterische Schreie aus.

Es war kühl, und der Wind blies in kurzen, heftigen Stößen. Der Fackelschein warf ein rötliches Streifenmuster über den bewegten Fluß.

Messire Alain de Pareilles saß vor seinen Schützen zu Pferd; das Visier seines Helmes hatte er hochgeschlagen, und seine Miene war so gelangweilt wie immer.

Der Scheiterhaufen war übermannshoch. Der Oberhenker und seine Gehilfen, in rote Mäntel und Kapuzen gehüllt, machten sich daran zu schaffen, schichteten die Hölzer, bündelten Reisig als Reserve, alles mit der Umsicht gewissenhafter Arbeiter, die ein wohlgeratenes Werk verspricht.

Auf dem Scheiterhaufen waren der Großmeister des Templerordens und der Großpräzeptor der Normandie nebeneinander an Pfähle gebunden worden, die Gesichter zur königlichen Loggia gewandt. Man hatte ihnen die schmachvolle Papiermütze der Ketzer aufgesetzt. Der Wind spielte mit ihren Bärten.

Ein Mönch, der gleiche, den Margarete vom Turm von Nesle aus gesehen hatte, hob ein Kreuz zu ihnen empor und erteilte ihnen seine letzten Ermahnungen. Die Umstehenden schwiegen, um zu hören, was er sagte:

»In wenigen Augenblicken werdet ihr vor Gottes Angesicht treten. Noch ist es Zeit, eure Sünden zu bekennen und zu bereuen . . . Ich beschwöre euch zum letztenmal, geht in euch! Tut Buße!«

Die Verurteilten, die dort oben zwischen Himmel und Erde hingen, als gehörten sie schon nicht mehr in diese Welt, antworteten nicht. Ihre Blicke senkten sich mit bitterster Verachtung auf den Mönch.

»Sie verweigern die Beichte; sie wollen nicht Buße tun«, raunten die Zuschauer.

Die Stille wurde noch tiefer, noch beklemmender. Der Mönch war niedergekniet und leierte Gebete. Der Oberhenker nahm aus der Hand eines seiner Gehilfen den lodernden Wergbrand und schwenkte ihn mehrmals im Kreise, um die Flamme anzufachen.

Ein Kind nieste, und gleich darauf hörte man eine Ohrfeige klatschen.

Hauptmann Alain de Pareilles drehte sich zur königlichen Loggia um, als erwarte er einen Befehl, und alle Blicke, alle Köpfe wandten sich nach der gleichen Richtung. Alles hielt den Atem an.

Philipp der Schöne stand aufrecht an der Balkonbrüstung; um ihn herum standen unbeweglich die Mitglieder des Rates. Ihre Gesichter hoben sich im Licht der Fackeln plastisch hervor; sie glichen dem Flachrelief aus rosafarbenem Gestein, das in eine Seite des Turmes eingemeißelt war.

Selbst die Verurteilten hatten die Augen zur königlichen Loggia erhoben. Der Blick des Königs und der des Großmeisters trafen sich, maßen einander, hielten einander fest. Niemand konnte wissen, welche Gedanken, welche Gefühle, welche Erinnerungen hinter den Stirnen der beiden Gegner abrollten. Aber die Menge fühlte instinktiv, daß etwas Grandioses, Schreckliches, Übermenschliches sich vorbereitete in diesem stummen Ringen zwischen dem allmächtigen Fürsten, der von den gehorsamen Dienern seines Willens umgeben war, und dem Großmeister der Ritterschaft, der am Schandpfahl hing; zwischen diesen beiden Männern, die ihre Geburt und die Wechselfälle der Geschichte über ihre Mitmenschen erhoben hatten.

Würde Philipp der Schöne Milde walten lassen und die Verurteilten im letzten Augenblick begnadigen? Würde Jacques de Molay sich endlich unterwerfen und zu Kreuze kriechen?

Der König hob die Hand, an seinem Finger blitzte ein Smaragd auf. Alain de Pareilles gab das Zeichen an den Henker weiter, und der grub die Wergfackel in die Reisigbündel und dürren Zweige des Holzstoßes. Ein ungeheurer Seufzer stieg aus tausend Kehlen auf, ein Seufzer der Erleichterung und des Schreckens, aus dumpfer Lust und Entsetzen, aus Angst, Abscheu und Vergnügen gemischt.

Einige Frauen kreischten auf; Kinder versteckten sich unter den Kleidern ihrer Eltern; eine Männerstimme schrie:

»Ich habe dir ja gleich gesagt, du sollst zu Hause bleiben!«

Rauch stieg in dichten Schwaden auf und wurde von einem Windstoß zur königlichen Loggia getrieben.

Monseigneur von Valois fing ostentativ zu husten an. Er trat zurück zwischen Nogaret und Marigny und sagte maliziös:

»Wenn das so weitergeht, dann sind wir alle erstickt, noch ehe unsere Templer Feuer gefangen haben. Ihr hättet wenigstens trockenes Holz verwenden können.«

Niemand beachtete seine Bemerkung. Nogaret genoß seinen bitteren Triumph mit gespannten Muskeln und glühendem Blick. Dieser Scheiterhaufen bedeutete die Krönung eines siebenjährigen Kampfes und vieler mühsamer Reisen, das Schlußwort zu den Tausenden von Worten, mit denen er zu überzeugen gesucht, zu Tausenden von Seiten, auf denen er seine Beweisführung niedergeschrieben hatte. ›Los, bratet, lodert!‹ dachte er. ›Ihr habt mir lange genug getrotzt. Ich hatte recht, und ihr seid jetzt endgültig besiegt.‹

Enguerrand de Marigny ahmte die Haltung des Königs nach und versuchte, diese Hinrichtung in völliger Teilnahmslosigkeit als eine Notwendigkeit der Staatsräson zu betrachten. »Es mußte sein, es mußte sein«, redete er sich immer wieder ein. Aber sooft er Menschen sterben sah, mußte er wider seinen Willen an den Tod denken. Die beiden Verurteilten, die vor seinen Augen den Flammentod erlitten, waren jetzt nicht mehr abstrakte Objekte der Politik. Wenn sie auch zu Schädlingen der öffentlichen Ordnung erklärt worden waren, so blieben sie doch Wesen aus Fleisch und Blut, von Gedanken, Wünschen und Schmerzen bewegt wie alle anderen Menschen, wie er selbst. ›Würde ich an ihrer Stelle den gleichen Mut aufbringen?‹ dachte Marigny und bewunderte unwillkürlich ihre Haltung. Das ›an ihrer Stelle‹ jagte einen Schauder über seinen Rücken. Er faßte sich wieder. ›Was für ein törichter Einfall!‹ sagte er sich. ›Ich bin ebenso unantastbar wie der König . . .‹

Aber auch der Großmeister war vor sieben Jahren unantastbar gewesen, und niemand war ihm an Macht gleichgekommen . . .

Hugues de Bouville, der wackere Kämmerer mit dem melierten Haar, betete und hielt sich unauffällig im Hintergrund.

Der Wind drehte sich, und der Rauch, der von Sekunde zu Sekunde dichter wurde und höher aufstieg, hüllte die Verurteilten ein, entzog sie beinahe den Blicken der Menge. Man hörte die beiden Männer an ihren Pfählen husten und keuchen.

Ludwig von Navarra fing läppisch zu lachen an und rieb sich die geröteten Augen.

Sein Bruder Karl, der jüngste Sohn Philipps des Schönen, wandte sich ab. Das Schauspiel war ihm offensichtlich zuwider. Er war zwanzig Jahre alt, groß, blond und rosig, und alle, die seinen Vater in diesem Alter gekannt hatten, sagten, daß er ihm verblüffend ähnlich sehe, wenn auch der Sohn weniger kraftvoll und auch weniger respekteinflößend wirkte; eher wie die schwächere Kopie eines großen Vorbildes. Das Aussehen war gleich, aber die Substanz fehlte.

»Gerade habe ich bei dir im Turm Licht gesehen«, sagte Karl leise zu Ludwig von Navarra.

»Das werden wohl die Wachen sein, die auch zuschauen wollen.«

»Ich würde ihnen gern meinen Platz abtreten«, murmelte Karl.

»Wie? Macht es dir keinen Spaß, Isabellas Taufpaten braten zu sehen?« fragte Ludwig von Navarra.

»Ja, richtig, Molay war der Taufpate unserer Schwester«, murmelte Karl.

»Ich finde das komisch«, sagte Ludwig von Navarra.

»Ludwig . . . schweigt!« gebot der König, den das Getuschel störte.

Um der Übelkeit Herr zu werden, die ihn zu befallen drohte, zwang der junge Karl sich, seine Gedanken auf einen erfreulicheren Gegenstand zu konzentrieren. Und er dachte an seine Frau Blanche, an Blanches bezauberndes Lächeln, an Blanches Leib und ihre graziösen Arme, die sich ihm nun bald entgegenstrecken und ihn dieses scheußliche Bild vergessen lassen würden. Wie gut sie zu lieben verstand, wie sehr sie ihn glücklich machte! Wenn nur ihre beiden Kinder nicht schon kurz nach der Geburt gestorben wären . . . aber sie würden wieder welche bekommen, und dann würde kein Schatten mehr über ihrem Leben liegen . . . Zauber und Erfüllung . . . Blanche hatte ihm gesagt, sie wolle heute abend ihrer Cousine Margarete Gesellschaft leisten. Jetzt würde sie wohl schon wieder zu Hause sein. Hoffentlich hatte sie zu ihrem Schutz eine genügend starke Begleitung mitgenommen . . .

Das Geschrei der Menge ließ ihn aufschrecken. Die Flammen schlugen hoch aus dem Scheiterhaufen. Auf ein Kommando Alain de Pareilles' drückten die Bogenschützen ihre Fackeln im Gras aus, und die Nacht wurde nur noch von dem brennenden Holzstoß erhellt.

Der Großpräzeptor der Normandie wurde zuerst von den Flammen ergriffen. Es war herzzerreißend, wie er versuchte, vor den Feuerzungen zurückzuweichen, die an ihm hochleckten. Seine Lippen öffneten sich weit, als versuche er vergeblich, den letzten Atemzug frischer Luft zu erhaschen. Trotz der Stricke bog sein Körper sich fast bis zur Mitte; die Papiermütze fiel herab, und man sah die weiße Narbe über dem blau angelaufenen Gesicht. Das Feuer wirbelte um ihn. Dann verschlang ihn ein Schwall grauen Rauches. Als er sich wieder verzogen hatte, stand Geoffroy de Charnay in hellen Flammen, brüllend und keuchend, und versuchte, sich von dem Todespfahl loszureißen, der unter seinen Anstrengungen schwankte. Man sah, daß der Großmeister ihm etwas zurief, aber die Menge lärmte jetzt so stark, um ihr Grausen im Geschrei zu ersticken, daß man nur das zweimal ausgestoßene Wort »Bruder« verstehen konnte.

Die Henkersknechte liefen geschäftig herum, holten neues Reisig und schürten das Feuer mit langen Eisenhaken.

Ludwig von Navarra, dessen Gehirn stets mit Verzögerung arbeitete, fragte seinen Bruder:

»Im Turm von Nesle brennt Licht, sagst du?«

Und vorübergehend schien ihn ein bestimmter Gedanke zu beunruhigen.

Enguerrand de Marigny hatte die Hand vor die Augen gelegt, als wolle er sie vor dem Flammenschein schützen.

»Ein schönes Bild der Hölle führt Ihr uns vor, Nogaret«, sagte Monseigneur von Valois. »Denkt Ihr an Eure Zukunft?«

Guillaume de Nogaret antwortete nicht.

Der Scheiterhaufen war jetzt ein einziger Feuerofen und Geoffroy de Charnay nur noch ein verkohlendes, knisterndes Etwas, das Blasen trieb, langsam in der Asche versank, selbst zu Asche wurde.

Frauen fielen in Ohnmacht. Andere liefen schleunigst zum Ufer, um sich ins Wasser zu übergeben, beinahe unter der Nase des Königs. Die Menge, die jetzt genug gebrüllt hatte, schien sich zu beruhigen, und einige sprachen bereits von einem Wunder, weil der Wind noch immer nur in einer Richtung blasen wollte, so daß die Flammen den Großmeister noch nicht erfaßt hatten. Wie konnte er sich so lange halten? Selbst der Holzstoß schien auf seiner Seite noch unversehrt zu sein.

Dann plötzlich stürzte ein Haufen Glut in sich zusammen, lodernde Flammen sprangen vor Jacques de Molay hoch und erfaßten ihn.

»Jetzt ist es soweit, es hat ihn erwischt!« schrie Ludwig von Navarra.

Mit langem Gesicht und gestrecktem Hals saß er da, von dem sinnlosen Lachen geschüttelt, das ihn in den tragischsten Situationen überfiel.

Die großen eiskalten Augen Philipps des Schönen blieben selbst in dieser Minute unbeweglich.

Auf einmal drang die Stimme des Großmeisters durch den Feuervorhang, und als sei jeder der Anwesenden gemeint, traf sie jeden wie einen Schlag ins Gesicht. Mit der unwiderstehlichen Kraft einer Stimme, die beinahe schon eine Stimme aus dem Jenseits war, sprach Jacques de Molay noch einmal wie am Morgen vor Notre-Dame.

Er rief: »Schmach und Schande! Unschuldige seht ihr hier sterben! Schande über euch alle! Gott wird euch richten!«

Die Flammen peitschten ihn, verbrannten seinen Bart, verwandelten im Nu seine Papiermütze in Asche und entflammten sein weißes Haar.

Die erstarrte Menge schwieg. Es war, als werde ein wahnsinniger Prophet verbrannt.

Die helllodernde Gestalt des Großmeisters war zur königlichen Loggia gewandt. Und die schreckliche Stimme fuhr fort:

»Papst Klemens . . . Chevalier Guillaume de Nogaret . . . König Philipp . . . ehe ein Jahr vergeht, fordere ich euch vor Gottes Gericht, damit ihr dort eure gerechte Strafe empfangt! Verflucht sollt ihr sein! Verflucht! Alle verflucht bis in die dreizehnte Generation eurer Nachkommen . . .!«

Die Flammen schlugen in seinen Mund und erstickten seinen letzten Schrei. Und dann, scheinbar unendlich lange, kämpfte er gegen den Tod.

Endlich krümmte er sich zusammen, der Strick fiel ab. Jacques de Molay stürzte in die Glut, und man sah nur noch seine Hand aus den Flammen ragen. Sie ragte noch aus der Glut, als sie schon völlig verkohlt war.

Gelähmt vor Entsetzen über diesen Fluch, stand die Menge wie versteinert. Seufzer, Geflüster, Erwartung, Ratlosigkeit, Angst erfüllten die Insel. Das ganze Gewicht der Nacht und des Schreckens senkte sich hernieder; langsam verschlang die Dunkelheit das letzte Aufflammen des Scheiterhaufens.

Die Bogenschützen drängten das Volk zurück; aber das Volk konnte sich noch nicht zum Heimgehen entschließen.

»Er hat nicht uns verflucht, sondern den König, nicht wahr?« flüsterte man.

Und alle Blicke wandten sich nach der königlichen Loggia. Der König stand noch immer an der Brüstung. Er blickte auf die schwarze Hand des Großmeisters inmitten der rotglühenden Asche. Eine verkohlte Hand; alles, was übrigblieb von so viel Macht und Ruhm, alles, was übrigblieb vom glanzvollen Orden der Tempelherren. Aber diese Hand war erstarrt in der Geste der Verfluchung.

»Nun, mein Bruder«, sagte Monseigneur von Valois mit tückischem Lächeln, »jetzt seid Ihr doch zufrieden, denke ich?«

Philipp der Schöne wandte sich um.

»Nein, mein Bruder«, sagte er. »Ich bin nicht zufrieden; ich habe einen Fehler begangen.«

Valois warf sich triumphierend in die Brust.

»Ja, ich habe einen Fehler begangen«, fuhr der König fort, »ich hätte ihnen die Zunge herausreißen lassen sollen, ehe sie verbrannt wurden.«

Und ohne die geringste Gemütsbewegung zu zeigen, entfernte er sich in seine Gemächer, gefolgt von Nogaret, Marigny und seinem Kämmerer.

Jetzt war der Scheiterhaufen grau, nur einzelne Feuerfünkchen sprangen noch hoch und erloschen sogleich wieder. Die Loggia war von Rauch und dem bitteren Geruch verbrannten Fleisches erfüllt.

»Es stinkt«, sagte Ludwig von Navarra. »Ich finde wirklich, es stinkt. Gehen wir.«

Der junge Prinz Karl fragte sich, ob er selbst in den Armen seiner Blanche dies alles wohl jemals würde vergessen können.

Der Überfall

Die Brüder Aunay, die soeben aus dem Turm von Nesle gekommen waren, stapften ratlos im Schlamm herum und versuchten mit ihren Blicken die Dunkelheit zu durchdringen.

Ihr Fährmann war verschwunden.

»Ich habe dir doch gleich gesagt, daß mir dieser Kerl nicht gefällt«, sagte Gautier. »Ich hätte mich vorsehen sollen.«

»Du hast ihn viel zu reichlich entlohnt«, erwiderte Philipp. »Wahrscheinlich fand dieser Lump, daß er für heute genug verdient habe und sich die Hinrichtung anschauen könnte.«

»Ich wäre froh, wenn du recht hättest.«

»Was, glaubst du, sollte sonst passiert sein?«

»Ich weiß nicht. Aber mir ist nicht wohl bei der ganzen Geschichte. Dieser Kerl macht sich erbötig, uns überzusetzen, er winselt, daß er den ganzen Tag noch nichts verdient habe. Wir heißen ihn warten; er macht sich aus dem Staub.«

»Was hätten wir tun sollen? Wir hatten keine Wahl. Er war der einzige Fährmann weit und breit.«

»Eben. Und er stellte allzu viele Fragen.«

Gautier spitzte die Ohren, weil er Ruderschlag zu vernehmen glaubte. Aber nur das Klatschen der Wellen und der verebbende Lärm der

Menge, die ihren Behausungen zuströmte, waren zu hören. Dort unten auf der Judeninsel, die von morgen an »Templerinsel« heißen sollte, war alles dunkel geworden. Rauchgeruch mischte sich mit dem faden Dunst, der von der Seine aufstieg.

»Es bleibt uns nichts anderes übrig, als zu Fuß nach Hause zu gehen«, sagte Gautier. »Wir werden bis zu den Schenkeln im Schlamm waten müssen; aber immerhin, es war der Mühe wert.«

Sie gingen die Mauer des Hôtel de Nesle entlang und hielten sich aneinander, um nicht auszugleiten. Dabei durchforschten ihre Augen die Dunkelheit. Von ihrem Fährmann keine Spur.

»Wenn ich nur herausbrächte, wer sie ihnen geschenkt hat!« begann Philipp plötzlich.

»Was geschenkt?«

»Die Börsen.«

»Ach, das geht dir noch immer im Kopf herum?« erwiderte Gautier. »Ich muß dir gestehen, daß ich mir darüber keine Gedanken mache. Von allen Geschenken, die wir bis jetzt von ihnen bekommen haben, ist dies das schönste.«

Und er streichelte die Börse an seinem Gürtel und fühlte unter seinen Fingern die Form der kostbaren Steine.

»Vom Hofe kann es niemand sein«, beharrte Philipp. »Margarete und Blanche würden es nicht darauf ankommen lassen, daß man diese Schmuckstücke an uns sieht. Also, wer war es? Ein Geschenk ihrer Familie aus Burgund vielleicht . . .? Auf jeden Fall ist es sonderbar, daß sie es nicht sagen will.«

»Was ist dir lieber«, erwiderte Gautier, »wissen oder haben?«

Philipp wollte antworten, als vor ihnen ein leiser Pfiff ertönte. Sie erschraken, und mit der gleichen Bewegung fuhr jeder mit der Hand an seinen Dolch. Sie trugen keine andere Waffe, da sie, um nicht behindert zu sein, ihre Schwerter zu Hause gelassen hatten.

Eine Begegnung zu dieser Stunde und an diesem Ort war höchstwahrscheinlich eine unerfreuliche Begegnung.

»Wer ist da?« rief Gautier.

Sie hörten noch einen Pfiff und hatten nicht einmal mehr Zeit, in Verteidigungsstellung zu gehen.

Sechs Männer brachen aus der Nacht hervor und warfen sich auf sie. Drei der Angreifer hatten Philipp mit dem Rücken an die Mauer gedrängt, sie hielten seine Arme fest, so daß er sich nicht mit dem Dolch wehren konnte. Die drei anderen waren mit Gautier weniger gut fertig geworden. Gautier hatte einen seiner Gegner zu Boden geworfen oder vielmehr der Gegner war zu Boden gefallen, als er einem Dolchstoß auswich. Aber die beiden anderen umschlangen Gautier d'Aunay von hinten, drehten ihm das Handgelenk um und zwangen ihn dadurch, seine Waffe fallen zu lassen. Philipp fühlte, wie man ihm seine Börse stehlen wollte.

Unmöglich, die Wachen des Hôtel de Nesle zu Hilfe zu rufen! Sie hätten die Brüder wahrscheinlich nach dem Grund ihres Hierseins gefragt. Beide schwiegen instinktiv. Sie würden sich entweder allein aus der Patsche ziehen müssen oder darin steckenbleiben.

Philipp, der gegen die Wand gepreßt stand, wehrte sich mit der Kraft der Verzweiflung und stieß mit den Füßen, da er nicht mit dem Dolch zustoßen konnte. Er wollte sich seine Börse nicht wegnehmen lassen. Mit einemmal war dieses Geschenk das Kostbarste geworden, was er auf der Welt besaß, und er war zu allem entschlossen, selbst zum Einsatz seines Lebens, um es zu retten. Gautier war eher zu Verhandlungen bereit. Sollte man ihnen alles stehlen, wenn man ihnen nur das Leben ließ! Wofern man sie überhaupt am Leben lassen wollte und nicht ihre ausgeplünderten Leichen in die Seine werfen würde.

In diesem Augenblick tauchte ein neuer Schatten aus der Nacht auf. Gautier, der ihn nicht hatte kommen sehen, blieb keine Zeit, zu überlegen, ob es sich um einen weiteren Angreifer handle.

Jetzt ging alles blitzschnell.

Einer der Angreifer stieß einen Schrei aus:

»Vorsicht, Kameraden, Vorsicht!«

Wie ein Löwe hatte sich der Neuankömmling mitten in das Getümmel geworfen, und man sah sein blitzendes Schwert wirbeln.

»Ah! Lumpenpack! Kanaillen! Gesindel!« schrie er mit gewaltiger Stimme und teilte nach allen Seiten Hiebe aus.

Die Strauchdiebe stoben wie Fliegen vor seinem Schwertwirbel auseinander. Als einer von ihnen in Reichweite seiner freien Hand geriet, packte ihn der Unbekannte beim Kragen und warf ihn gegen die Mauer. Die ganze Bande nahm jetzt Hals über Kopf Reißaus. Man hörte hastig laufende Schritte, die sich den Abhang entlang gegen die Petit-Pré-aux-Clercs zu entfernten, und dann war es vollkommen ruhig.

Keuchend und taumelnd, beide Hände auf die Brust gepreßt, ging Philipp auf seinen Bruder zu.

»Verletzt?« fragte er.

»Nein«, antwortete Gautier, noch ganz außer Atem, und rieb sich die Schulter. »Und du?«

»Ich auch nicht. Aber es ist ein Wunder, daß es so abging.«

Beide wandten sich nach dem Manne um, der die Übeltäter einige Schritte weit verfolgt hatte und jetzt zurückkam und sein Schwert wieder einsteckte. Er war hochgewachsen, breit, kräftig.

»Alle Wetter, Messire!« sagte Gautier. »Ihr habt uns aus einer üblen Patsche geholfen. Ohne Euer Dazwischenkommen wären wir wohl bald mit dem Bauch nach oben im Fluß geschwommen. Mit wem haben wir die Ehre, wem dürfen wir für unsere Rettung danken?«

Der Mann lachte ein volles, dröhnendes, wenn auch ein wenig gezwungenes Lachen, man glaubte, sein Raubtiergebiß in der Dunkelheit blitzen zu sehen. Den Brüdern war, als hätten sie dieses Lachen schon einmal gehört. In diesem Augenblick tauchte der Mond aus den Wolken, und sie erkannten ihren Retter.

»Oh! Pardieu! Ihr seid es, Monseigneur!« rief Philipp aus.

»Oh! Pardieu! Meine Herren Junker!« erwiderte der Mann. »Aber ich kenne Euch doch auch!«

Robert von Artois war ihr Retter.

»Die Brüder Aunay!« rief er. »Die hübschesten Jungen bei Hofe. Der Teufel soll mich holen, wenn ich darauf gefaßt war . . . Ich komme am Ufer entlang, höre das Getümmel und sage mir: ›Sicher wird hier einem friedlichen Bürger der Garaus gemacht.‹ Paris wimmelt wirklich von Strauchdieben, und dieser Ployebouche, dieser Arschkriecher von einem Profos, tut nichts, um in der Stadt Ordnung zu schaffen.«

»Monseigneur«, sagte Philipp, »wir wissen gar nicht, wie wir Euch gebührend danken sollen.«

»Nichts zu danken«, sagte Robert von Artois und hieb mit seiner Pranke Philipp auf die Schulter, daß der junge Mann taumelte. »Ein Vergnügen! Für jeden Edelmann ist es doch das Selbstverständlichste auf der Welt, Angegriffenen zu Hilfe zu eilen. Doppelt erfreulich, wenn es sich um Bekannte handelt, und ich bin entzückt, daß ich meinen Vettern Valois und Poitiers ihre besten Schildknappen erhalten konnte. Nur schade, daß es so dunkel war! Ah, verflucht! Wenn der Mond ein wenig früher erschienen wäre, so hätte ich mir einen Spaß daraus gemacht, ein paar von diesen Galgenvögeln zu tranchieren. So wagte ich nicht, richtig zuzustechen, da ich fürchten mußte, einen von Euch zu durchlöchern. Aber sagt doch, Ihr Junker, was zum Teufel habt Ihr denn in dieser windigen Ecke zu suchen, wo Füchse und Hasen einander gute Nacht sagen?«

»Wir . . . wir sind spazierengegangen«, erwiderte Philipp verlegen. Der Riese lachte schallend.

»Ihr seid spazierengegangen! Den rechten Ort und die rechte Stunde habt Ihr Euch ausgesucht! Ihr seid spazierengegangen, bis zum Hintern im Dreck! Das ist mir auch eine Antwort. Ach! Die Jugend! Eine Liebesgeschichte, stimmt's? Eine Weibergeschichte!« sagte er jovial und ließ wieder einen schmetternden Schlag auf Philipps Schulter niedersausen. »Immer Feuer unterm Hosenlatz! So jung wie Ihr müßte man sein!«

Plötzlich bemerkte er die Börsen, die im Mondlicht glänzten.

»Teufelskerle!« rief er. »Feuer unterm Hosenlatz, aber Ihr wißt dabei, was Ihr wollt! Schöne Stücke, meine Herren, schöne Stücke!«

Er wog Gautiers Börse in der Hand.

»Goldgeflecht, schöne Arbeit . . . italienische Arbeit oder vielleicht englische. Von einem Knappenlohn kann man sich eine solche Pracht nicht leisten. Die Beutelschneider hätten einen fetten Fang gemacht!«

Er stand dabei keinen Augenblick ruhig, fuchtelte in der Luft herum und versetzte den jungen Leuten Rippenstöße, daß sie schwankten. Im unbestimmten Mondlicht war er eine riesige, rötliche Gestalt, die aus Leibeskräften lärmte und anstößige Witze riß. Allmählich ging er den beiden Brüdern ernstlich auf die Nerven. Aber wie soll man einen Mann zurechtweisen, der einem soeben das Leben gerettet hat?

»Die Liebe lohnt sich, meine schmucken Herrchen«, fuhr Robert fort und wanderte dauernd zwischen den beiden hin und her. »Es sieht ganz so aus, als wären Eure Geliebten recht vornehme und freigebige Damen. Schau mir einer diese Aunays an! Wer hätte das gedacht . . .!«

»Ihr täuscht Euch, Monseigneur«, erwiderte Gautier ziemlich kühl. »Diese Börsen sind Familienstücke.«

»Genau was ich dachte«, sagte Artois. »Von einer Familie, der man um Mitternacht nahe beim Turm von Nesle einen Besuch abgestattet hat! . . . Schon gut, ich kann schweigen. Die Ehre über alles. Ihr habt recht: Wenn man mit einer Dame schläft, muß man auf ihren Ruf bedacht sein. Adieu denn. Und ich gebe Euch einen guten Rat, tragt in Zukunft nie mehr bei Nacht Euren ganzen Juwelierladen spazieren!«

Unter neuerlichem schallenden Gelächter verabschiedete er sich endlich, indem er die beiden Brüder gleichzeitig umarmte und ihre Köpfe zusammenstieß. Wie festgenagelt standen sie da, zutiefst beunruhigt und sehr ärgerlich. Sie kamen nicht mehr dazu, nochmals zu danken.

Sie waren bei der Porte de Bucy und setzten ihren Weg nach rechts hin fort, während Artois sich über die Felder in Richtung auf Saint-Germain-des-Prés entfernte.

»Wenn er nur nicht dem ganzen Hof erzählt, wo er uns getroffen hat«, sagte Gautier. »Glaubst du, daß er es fertigbringt, sein großes Maul zu halten?«

»Aber ja«, antwortete Philipp. »Er ist kein schlechter Kerl. Der Beweis: Ohne sein großes Maul, wie du sagst, und ohne seine starken Arme wären wir jetzt vielleicht nicht mehr am Leben. Wir sollten nicht undankbar sein, wenigstens nicht so schnell.«

»Du hast recht. Übrigens hätten wir zurückfragen können, was er denn selbst in dieser entlegenen Gegend zu suchen hatte.«

»Der war auf Hurenfang, darauf möchte ich schwören. Und jetzt dürfte er auf dem Weg in ein Bordell sein.«

Philipp irrte. Robert von Artois ging nicht in ein Bordell. Er hatte einen Umweg über die Pré-aux-Clercs gemacht, war dann über den Abhang gegangen und wieder beim Turm von Nesle herausgekommen.

Wieder hatte sich der Mond hinter den Wolken verkrochen. Artois pfiff, den gleichen leisen Pfiff wie vor dem Handgemenge.

Die gleichen sechs Schatten lösten sich von der Mauer, dann tauchte ein siebenter aus einem Boot auf. Und die Schatten verharrten in respektvoller Haltung.

»Alles in Ordnung, ihr habt eure Sache gut gemacht«, sagte Artois, »alles ist nach Wunsch abgelaufen. Hier, Carl-Hans!« rief er dem Anführer der Bande zu. »Teilt euch das!«

Und er warf ihm eine Börse zu.

»Ihr habt mir einen harten Schlag gegen die Schulter versetzt, Monseigneur«, klagte einer der Banditen.

»Bah! Das ist im Preis inbegriffen!« erwiderte Artois lachend. »Verschwindet jetzt! Wenn ich euch wieder brauche, lasse ich euch Nachricht zukommen.«

Dann stieg er in das Boot, das bereitlag und das sich unter seinem Gewicht tief ins Wasser senkte. Der Mann, der die Ruder führte, war der gleiche Fährmann, der die beiden Aunays übergesetzt hatte.

»Nun, Monseigneur, seid Ihr zufrieden?« fragte er.

Er hatte seinen weinerlichen Ton abgelegt, schien um zehn Jahre jünger geworden zu sein und sparte nicht mehr mit seiner Kraft.

»Ausgezeichnet, alter Lormet! Du hast deine Rolle großartig gespielt«, sagte der Riese. »Jetzt weiß ich, was ich wissen wollte.«

Er warf sich im Boot zurück, streckte die gewaltigen Beine aus und ließ seine große Pranke in das schwarze Wasser hängen.

2
Die Ehebrecherinnen

Das Bankhaus Tolomei

Messer Spinello Tolomei setzte eine recht nachdenkliche Miene auf, dann senkte er die Stimme, als fürchte er, es könne jemand an der Tür lauschen, und sagte:

»Zweitausend Livres Vorschuß? Seid Ihr mit diesem Sümmchen einverstanden, Monseigneur?«

Sein linkes Auge war geschlossen; das rechte leuchtete unschuldig und ruhig.

Obgleich seit vielen Jahren in Frankreich ansässig, hatte er seinen italienischen Akzent nicht ablegen können. Er war ein schwerer Mann mit Doppelkinn und bräunlicher Hautfarbe. Sein sorgfältig geschnittenes ergrauendes Haar fiel auf den Kragen seines pelzverbrämten Gewandes von feinstem Tuch herab, das über seinem birnenförmigen Bauch gegürtet war. Beim Sprechen hob er die fetten Hände mit den spitz zulaufenden Fingern und rieb sie leicht gegeneinander. Seine Feinde behaupteten, daß sein offenes Auge sein »Lügenauge« sei und daß er sein »Wahrheitsauge« stets geschlossen halte.

Dieser Bankier, einer der mächtigsten von Paris, trug das Gebaren eines Bischofs zur Schau. Zumindest in diesem Augenblick, da er mit einem Prälaten verhandelte.

Der Prälat war Jean de Marigny, ein schlanker, eleganter, beinahe zierlicher junger Mann, der gleiche, der am Vortag beim bischöflichen Tribunal vor Notre-Dame durch seine affektierten Posen aufgefallen war, ehe er sich so sehr von seinem Zorn gegen den Großmeister hatte hinreißen lassen. Er war der Bruder Enguerrand de Marignys und hatte das Bistum Sens zum Lehen erhalten, dem die Diözese Paris unterstand, damit er den Prozeß gegen die Templer zum gewünschten Ende führe. Er war also aufs engste mit den wichtigsten Staatsgeschäften vertraut.

»Zweitausend Livres?« sagte er.

Er schien ein wenig nervös zu sein und wandte sich ab, um nicht zu zeigen, wie angenehm ihn die von dem Bankier gebotene Summe überraschte. Er hatte bei weitem nicht so viel erwartet.

»Nun gut, ich bin mit dieser Summe einverstanden«, erwiderte er und bemühte sich, gleichgültig auszusehen. »Es wäre mir angenehm, wenn die Sache so schnell wie möglich erledigt würde.«

Der Bankier belauerte ihn, wie eine fette Katze einen schönen Vogel belauert.

»Aber wir können sie an Ort und Stelle erledigen«, antwortete er.

»Sehr gut«, sagte der junge Erzbischof. »Und wann soll ich sie Euch schicken, die . . .«

Er unterbrach sich, weil er hinter der Tür ein Geräusch gehört zu haben glaubte. Aber nein. Alles war ruhig. Nur die gewohnten Geräusche der morgendlichen Rue de Lombards drangen herauf, die Rufe der Messerschleifer, der Wasserverkäufer, der Händler, die Kräuter, Zwiebel, Brunnenkresse, weißen Käse und Holzkohle feilboten. »Die Milch ist da, Gevatterinnen, die Milch ist da . . . Ich habe guten Käse aus der Champagne! . . . Kohlen! Der Sack einen Heller . . .« Die Fenster, die nach der Bauweise von Siena in drei Spitzbogen ausliefen, ließen mildes Licht über die reichen Wandteppiche mit ihren Schlachtenbildern, die Anrichten aus polierter Eiche, die große, eisenbeschlagene Truhe fallen.

»Die Gegenstände?« ergänzte Tolomei den Satz des Erzbischofs.

»Wann es Euch beliebt, Monseigneur, ganz wann es Euch beliebt.«

Er war zu einem langen Schreibtisch getreten, der mit Gänsekielen, aufgerollten Pergamenten, Schreibtäfelchen und Griffeln bedeckt war. Aus der Schublade holte er zwei Säckel hervor.

»Tausend in jedem«, sagte er. »Nehmt sie gleich mit, wenn Ihr wollt. Sie lagen für Euch bereit. Wollet mir freundlichst, Monseigneur, diese Quittung unterschreiben . . .«

Und er reichte Jean de Marigny ein Blatt, das ebenfalls schon bereitlag.

»Gern«, sagte der Erzbischof und ergriff einen Gänsekiel.

Aber als er unterzeichnen wollte, zögerte er. Auf der Quittung waren die »Gegenstände«, die er Tolomei zum Weiterverkauf liefern sollte, einzeln aufgeführt: Kirchengerät, goldene Kelche, kostbare Kreuze, seltene Waffen, lauter Dinge, die aus dem Besitz stammten, den man bei den Templern der Diözese Sens beschlagnahmt hatte. Das alles hätte daher entweder dem Kronschatz zugeführt oder dem Orden der Hospitaliter übergeben werden müssen. Es war eine Unterschlagung, eine glatte Veruntreuung, was der junge Erzbischof hier beging, ohne Zeit zu verlieren. Seine Unterschrift unter diese Liste zu setzen am Morgen nach der Nacht, in der man den Großmeister verbrannt hatte . . .

»Mir wäre lieber . . .«, begann er.

»Wenn die Gegenstände nicht in Frankreich verkauft würden?« fiel der Mann aus Siena ein. »Das versteht sich von selbst, Monseigneur. *Non sonno pazzo*, ich bin doch kein Dummkopf.«

»Ich wollte sagen . . . diese Quittung.«

»Niemand außer mir wird sie je zu Gesicht bekommen. Sie ist in unserem beiderseitigen Interesse. Nur für den Fall, daß einem von uns ein Unglück zustieße . . . wovor Gott uns bewahren möge.«

Er bekreuzigte sich, dann machte er geschwind hinter seinem Schreibtisch mit den Fingern der rechten Hand das Zeichen der Hörner.

»Werden sie Euch nicht zu schwer sein?« fragte er und wies auf die Säckel, ganz als dulde für ihn diese Angelegenheit keine weitere Diskussion. »Soll ich Euch begleiten lassen?«

»Danke, mein Diener wartet unten«, erwiderte der Erzbischof.

»Also . . . hier, bitte«, sagte Tolomei und zeigte mit dem Finger auf die Stelle, wo der Erzbischof unterschreiben sollte.

Nun konnte dieser nicht mehr zurück. Wenn man gezwungen ist, Mitwisser zu haben, muß man ihnen wohl oder übel vertrauen . . .

»Ihr werdet übrigens selbst zugeben müssen, Monseigneur«, begann der Bankier von neuem, »daß ich Euch bei einer solchen Summe nicht übervorteilen will. Die ganze Angelegenheit wird mir nur Mühe, aber keinen Gewinn einbringen. Aber mir liegt daran, Euch einen Gefallen zu erweisen, denn Ihr seid ein mächtiger Mann, und die Freundschaft der Mächtigen ist mehr wert als Gold.«

Er hatte diese Worte im sanftesten Ton gesprochen, aber sein linkes Auge blieb nach wie vor geschlossen.

›Der Mann hat schließlich recht‹, dachte Jean de Marigny. ›Man hält ihn für verschlagen. Aber seine Verschlagenheit liegt in seiner Aufrichtigkeit . . .‹

Und er unterschrieb die Quittung.

»Übrigens, Monseigneur«, sagte Tolomei, »wißt Ihr, wie der König die englischen Hunde aufgenommen hat, die ich ihm gestern schickte?«

»Ah! Wie? Von Euch stammt also dieser große Windhund, der ihm nicht mehr von der Seite weicht und den er Lombard getauft hat?«

»Er hat ihn Lombard getauft? Ich freue mich, das zu hören. Der König ist ein geistvoller Mann«, sagte Tolomei lachend. »Stellt Euch vor, Monseigneur, gestern morgen . . .«

Er wollte die Geschichte erzählen, als an die Tür geklopft wurde. Ein Gehilfe erschien und meldete den Grafen Robert von Artois.

»Gut. Ich werde ihn sogleich empfangen«, sagte Tolomei und entließ den Gehilfen mit einer Handbewegung.

Jean de Marignys Miene hatte sich umwölkt.

»Ich möchte lieber . . . nicht mit ihm zusammentreffen«, sagte er.

»Gewiß, gewiß«, besänftigte ihn der Bankier. »Monseigneur von Artois ist ein großer Schwätzer. Er würde überall herumerzählen, daß er Euch hier getroffen hat . . .«

Er schwang ein Glöckchen. Sogleich teilte sich eine Portiere, und ein junger Mann in knappem Wams betrat das Zimmer. Es war der junge Mann, der tags zuvor um ein Haar den König von Frankreich umgerannt hätte.

»Lieber Neffe«, wies der Bankier ihn an, »führe Monseigneur hinaus, aber nicht über die Galerie, und achte darauf, daß niemand Euch sieht. Und trag ihm das bis auf die Straße«, fügte er hinzu und reichte ihm die beiden Goldsäckel. »Auf Wiedersehen, Monseigneur!«

Messer Spinello Tolomei neigte sich tief, um den Amethyst am Finger des Prälaten zu küssen. Dann hielt er die Portiere.

Als Jean de Marigny gegangen war, kehrte der Bankier zum Schreibtisch zurück, nahm die Quittung, die der andere unterschrieben hatte, und rollte sie sorgfältig zusammen.

»*Coglione!*« murmelte er. »*Vanesio, ladro, ma pure coglione.*« [»Schuft, eitler Laffe, Dieb und Feigling dazu.«]

Und jetzt war auch sein linkes Auge geöffnet. Er legte das Dokument in die Lade und ging ebenfalls hinaus, um seinen nächsten Besucher zu empfangen.

Er durchschritt die große, von zehn Fenstern erhellte Galerie, wo er seine Kontore eingerichtet hatte. Denn Tolomei war nicht nur Bankier, sondern auch Importeur und handelte mit seltenen Waren aller Art, angefangen von Gewürzen und Lederwaren aus Cordova, über flandrisches Tuch und goldgestickte, zyprische Teppiche bis zu Essenzen aus Arabien.

Zahlreiche Gehilfen fertigten die Kunden ab, die ohne Unterlaß kamen und gingen. Die Buchhalter stellten ihre Rechnungen auf mit Hilfe besonderer Schachbretter, auf deren Feldern sie Kupfermarken aufstapelten; und die ganze Galerie hallte von gedämpften Stimmen wider.

Der dicke Sieneser durchquerte sie mit raschen Schritten, grüßte hier einen Kunden, berichtigte dort eine Zahl, tadelte einen Angestellten oder wies durch ein zwischen den Zähnen gemurmeltes »*niente*« eine Bitte um Kredit zurück.

Robert von Artois lehnte über einem Ladentisch mit orientalischen Waffen und wog einen schweren Damaszenerdolch in der Hand.

Der Riese fuhr herum, als der Bankier ihm die Hand auf den Arm legte, und setzte die einfältige und joviale Miene auf, die er gewöhnlich zur Schau trug.

»Nun«, sagte Tolomei, »Ihr braucht etwas?«

»Jaaah«, sagte der Riese gedehnt. »Zweierlei.«

»Das erste dürfte Geld sein, nehme ich an.«

»Pst!« grollte Artois. Muß denn ganz Paris wissen, alter Halsabschneider, daß ich Euch ganze Vermögen schuldig bin. Gehen wir hinein.«

Sie verließen die Galerie. Als sie in seinem Kabinett hinter verschlossener Tür waren, sagte Tolomei: »Monseigneur, wenn es sich um eine neuerliche Anleihe handelt, muß ich leider bedauern.«

»Warum?«

»Lieber Monseigneur Robert«, erwiderte Tolomei bedächtig, »als Ihr Eurer Tante Mahaut das Erbe des Artois streitig machtet, habe ich die Kosten des Prozesses getragen. Diesen Prozeß habt Ihr verloren.«

»Aber ich habe ihn durch ihre Gemeinheit verloren, Ihr wißt es wohl«, rief Artois. »Ich habe ihn durch die Intrigen dieser Hündin Mahaut verloren . . . Soll sie daran verrecken . . .! Ein schuftiger Handel! Man hat ihr das Artois zugesprochen, damit die Franche-Comté dereinst auch ihre Tochter an die Krone zurückfällt. Aber wenn es eine Gerechtigkeit gibt, dann werde ich Pair von Frankreich und der reichste Baron des Landes. Und das werde ich auch, hört Ihr, Tolomei, das werde ich auch!«

Und seine ungeheure Faust fuhr auf den Tisch hernieder.

»Ich wünsche es Euch, mein Lieber«, sagte Tolomei gelassen. »Aber zunächst einmal habt Ihr Euren Prozeß verloren.«

Jetzt benahm er sich nicht mehr wie ein Kirchenfürst; mit Artois verfuhr er wesentlich familiärer als mit dem Erzbischof.

»Immerhin habe ich die Grafschaft Beaumont-le-Roger erhalten, die fünftausend Livres abwirft, und das Schloß Conches, wo ich wohne«, erwiderte der Riese.

»Richtig«, sagte der Bankier. Aber deswegen habt Ihr mir mein Geld doch nicht zurückgezahlt. Im Gegenteil.«

»Man enthält mir die Gelder vor, die mir zustehen. Der Kronschatz schuldet sie mir seit Jahren . . .«

»Und einen guten Teil davon habt Ihr bereits von mir geborgt. Ihr brauchtet Geld, um die Dächer und Stallungen von Conches reparieren zu lassen . . .«

»Sie waren abgebrannt«, erwiderte Robert.

»Gut. Und dann brauchtet Ihr wieder Geld, um Eure Parteigänger im Artois zu unterstützen.«

»Was würde ich ohne sie tun? Mit ihrer Hilfe, Fiennes' und der übrigen, werde ich mir eines Tages mein Recht verschaffen und mit den Waffen in der Hand, wenn es nötig ist . . . Und dann, sagt doch, Herr Bankier . . .«

Und der Riese sprach jetzt in einem anderen Ton, als habe er genug davon, den Schüler zu spielen, den man abkanzelt. Er ergriff das Gewand des Bankiers zwischen Daumen und Zeigefinger und begann ihn langsam hochzuziehen.

». . . Sagt doch . . . Ihr habt meinen Prozeß bezahlt, meine Ställe und die ganze übrige Wirtschaft, zugegeben, aber habt Ihr mir nicht auch ein paar recht nette kleine Geschäftchen zu verdanken? Wer hat Euch denn hinterbracht, daß die Templer verhaftet werden würden, und Euch geraten, Anleihen bei ihnen zu machen, die Ihr nie mehr zurückzahlen mußtet? Wer hat Euch die Geldentwertung vorausgesagt, so daß Ihr Euer ganzes Gold in Waren anlegen konntet, die Ihr dann zum doppelten Preis verkauft habt? He! Wer denn?«

Denn Tolomei hatte gemäß einer Tradition, die in der Hochfinanz nie erloschen ist, seine Vertrauensmänner in den Staatsräten sitzen. Der wichtigste davon war Robert von Artois, weil er der Freund und Tischgenosse Karls von Valois war, der ihm alles erzählte.

Tolomei machte sich los, glättete die Falten seiner Kleidung, lächelte und sagte, das linke Augenlid noch immer fest geschlossen:

»Ich weiß es zu schätzen, Monseigneur, ich weiß es zu schätzen. Ihr habt mich zuweilen sehr nutzbringend beraten. Aber leider . . .!«

»Was, leider!«

»Leider! Die Gewinne, die ich durch Euch gemacht habe, decken bei weitem nicht die Summen, die ich Euch vorstreckte.«

»Wirklich nicht?«

»Wirklich nicht, Monseigneur«, antwortete Tolomei mit der unschuldigsten Miene. Er log, und er wußte, daß er es ungestraft tun konnte, denn so geschickt Robert von Artois im Ränkespinnen war, so wenig verstand er von Geldgeschäften.

»Ah!« sagte Artois ärgerlich enttäuscht.

Er kratzte sich am Hals und bewegte das Kinn von links nach rechts.

»Immerhin, die Templer . . . Ihr dürftet heute morgen zufrieden sein?« meinte er.

»Ja und nein, Monseigneur; ja und nein. Schon seit langem schaden sie unseren Geschäften nicht mehr. An wen wird man sich jetzt halten. An uns, an die Lombarden, wie man sagt . . . Das Geschäft mit dem Gold ist nicht einfach. Und dennoch, ohne uns wäre nichts zu machen . . . Übrigens«, fügte Tolomei hinzu, »hat Monseigneur von Valois Euch gesagt, daß der Kurs des Pariser Livre neuerdings geändert wird, wie ich gehört habe?«

»Nein«, erwiderte Artois, der nicht von seinem Lieblingsthema abzubringen war. »Aber dieses Mal habe ich Mahaut erwischt. Ich habe sie erwischt, weil ich ihre Töchter und ihre Nichte erwischt habe. Und ich werde ihnen den Hals umdrehen . . . knack . . . genauso!«

Der Haß verhärtete seine Züge und machte sein Gesicht beinahe schön. Wieder trat er nahe an Tolomei heran. Der dachte: ›Dieser Mensch ist so besessen, daß er zu allem fähig ist . . . ich bin jedenfalls bereit, ihm noch einmal fünfhundert Livres zu leihen . . . Er riecht tatsächlich nach Wildbret.‹ Dann sagte er:

»Worum handelt es sich?«

Robert von Artois senkte die Stimme. Seine Augen funkelten.

»Die kleinen Luder haben Liebhaber«, sagte er, »und seit heute nacht weiß ich, wer sie sind. Aber kein Wort darüber, verstanden! Ich will nicht, daß es bekannt wird . . . noch nicht.«

Der Italiener dachte nach. Er hatte schon davon gehört, es aber nicht geglaubt.

»Und was kann Euch das nützen?« fragte er.

»Mir nützen?« rief Artois. »Aber versteht doch, Bankier, stellt Euch vor, welche Schande! Die zukünftige Königin von Frankreich, erwischt wie eine Hure mit einem Schürzenjäger . . . Es wird einen Skandal geben, sie wird verstoßen werden! Die ganze Familie von Burgund steckt bis übers Maul in diesem Dreck, Mahaut verliert jedes Ansehen bei Hofe, die Hoffnungen der Krone auf die Erbschaft schwinden; ich werde meinen Prozeß wiederaufnehmen und ihn gewinnen!«

Er marschierte auf und ab, und seine Schritte ließen den Fußboden, die Möbel und alle Geräte erzittern.

»Und Ihr werdet derjenige sein«, sagte Tolomei, »der die Schande aufdeckt? Ihr werdet zum König gehen . . .«

»Aber nein, Messer, nicht ich. Auf mich würde er nicht hören. Aber auf jemand anderen . . . der viel besser dafür geeignet ist . . . der allerdings nicht in Frankreich ist . . ., und damit kommen wir zu der zweiten Bitte, die ich an Euch richten wollte. Ich brauche einen zuverlässigen und wenig bekannten Mann, der eine Botschaft nach England bringen kann.«

»Zu wem?«

»Zu Königin Isabella.«

»Ah, bah!« murmelte der Bankier.

Eine Stille trat ein, man hörte wieder die Geräusche von der Straße, das Geschrei der Händler, die ihre Waren anboten.

»Es heißt allerdings, daß Madame Isabella nicht viel für ihre französischen Schwägerinnen übrig habe«, sagte endlich Tolomei, der nichts weiter zu hören brauchte, um zu wissen, wie Artois sein Komplott gesponnen hatte. »Ihr seid mit ihr befreundet, soviel ich weiß, und Ihr wart erst vor einigen Tagen drüben?«

»Ich bin vergangenen Freitag zurückgekommen, ich habe schnelle Arbeit geleistet.«

»Aber warum schickt Ihr nicht einen Eurer eigenen Leute zu Madame Isabella oder einen Kurier von Monseigneur von Valois?«

»Meine Leute sind zu bekannt und auch die von Monseigneur von Valois, hier, wo jeder jeden bespitzelt, und im Handumdrehen hätte man mir einen Strich durch die Rechnung gemacht. Ich habe mir überlegt, daß ein Kaufmann, aber ein Kaufmann, auf den man sich verlassen kann, am geeignetsten wäre. Ihr habt viele Gehilfen, die in Eurem Auftrag herumreisen . . . Übrigens enthält die Botschaft nichts, was dem Überbringer schaden könnte . . .«

Tolomei blickte dem Riesen in die Augen, überlegte einen Moment und schwang schließlich sein Bronzeglöckchen.

»Ich will versuchen, Euch noch einmal einen Dienst zu erweisen«, sagte er.

Die Portiere teilte sich, und der gleiche junge Mann, der den Erzbischof hinausbegleitet hatte, trat ein. Der Bankier stellte ihn vor:

»Guccio Baglioni, mein Neffe, erst vor kurzem aus Siena gekommen. Ich glaube kaum, daß ihn die Profose und Büttel unseres Freundes Marigny schon kennen . . . obschon er sich gestern morgen«, fügte Tolomei leise hinzu und betrachtete den jungen Mann mit gespielter Strenge, »durch eine schöne Heldentat vor dem König von Frankreich ausgezeichnet hat . . . Wie gefällt er Euch?«

Robert von Artois musterte Guccio.

»Ein hübscher Junge«, sagte er lachend; »gut gebaut, stramme Waden, schlanke Taille, Minnesängeraugen; und gar nicht wenig Schlauheit in seinem Blick . . . ein hübscher Junge. Wird er Euer Bote sein, Messire Tolomei?«

»Er ist mein zweites Ich«, sagte der Bankier, ». . . nur weniger fett und dafür jünger. Ich war einmal wie er, stellt Euch vor, aber ich bin der einzige, der sich noch daran erinnert.«

»Wenn König Eduard ihn sieht, laufen wir Gefahr, ihn nie mehr wiederzusehen.«

Und darüber brach der Riese in schallendes Gelächter aus, in das Onkel und Neffe mit einstimmten.

»Guccio«, sagte Tolomei wieder ernst, »du wirst England kennenlernen. Du wirst morgen bei Tagesanbruch abreisen, dich nach London zu unserem Vetter Albizzi begeben und von dort aus mit seiner Hilfe nach Westminster und der Königin, aber nur ihr allein, die Botschaft übergeben, die Monseigneur noch schreiben wird. Ich sage dir später ausführlicher, was du zu tun hast.«

»Ich möchte lieber diktieren«, sagte Artois; »ich kann besser mit dem Schwert umgehen als mit Euren verdammten Gänsekielen.«

Tolomei dachte: ›Und mißtrauisch zu alledem, dieser Bursche; er will keinerlei Spuren hinterlassen.‹

»Ganz wie Ihr wünscht, Monseigneur.«

Und er schrieb selbst den folgenden Brief:

»Unsere Vermutungen haben sich bewahrheitet und noch weit schmachvoller als angenommen. Ich kenne die Personen und habe die Falle so gestellt, daß sie nicht entrinnen können, wenn wir uns beeilen. Aber Ihr allein habt genügend Macht, um unser Vorhaben auszuführen und durch Euer Kommen dieser Niedertracht ein Ende zu setzen, welche die Ehre Eurer nächsten Angehörigen so betrüblich in den Schmutz zieht. Ich habe keinen anderen Wunsch, als mit Leib und Seele Euer Diener zu sein.«

»Die Unterschrift, Monseigneur?« fragte Guccio.

»Hier ist sie«, antwortete Artois und reichte dem jungen Mann einen eisernen Ring. »Den wirst du Madame Isabella geben . . . Dann wird sie wissen . . . Aber bist du sicher, daß man dich auch sogleich vorlassen wird?« fügte er hinzu, als quäle ihn noch ein Zweifel.

»Bah! Monseigneur«, sagte Tolomei. »Wir sind den Herrschern von England nicht ganz unbekannt. Als König Eduard mit Madame Isabella im vergangenen Jahr hierherkam, um an dem großen Fest teilzunehmen, auf dem Ihr zugleich mit den Söhnen des Königs den Ritterschlag empfinget, da hat er von uns lombardischen Kaufleuten zwanzigtausend Livres geborgt, die wir ihm gemeinsam zur Verfügung stellten. Diese Summe schuldet uns König Eduard immer noch.«

»Er auch?« rief Artois. »Übrigens, Bankier, wie steht es mit dieser ersten Sache, um die ich Euch gebeten habe?«

»Ah! Ich werde Euch nie etwas abschlagen können, Monseigneur«, seufzte Tolomei.

Und er holte einen Sack mit fünfhundert Livres, den er ihm mit den Worten überreichte: »Wir werden diese Summe auf Euer Konto setzen und auch die Reisekosten Eures Boten.«

»Ah! Bankier, Bankier«, rief Artois mit breitem Lächeln, das sein ganzes Gesicht erhellte, »du bist ein wahrer Freund. Wenn ich meine väterliche Grafschaft zurückbekomme, ernenne ich dich zu meinem Finanzverwalter . . .«

»Das will ich hoffen, Monseigneur«, sagte der andere und verbeugte sich.

»Und wenn nicht, dann nehme ich dich mit in die Hölle. Du würdest mir dort zu sehr fehlen.«

Und der Riese, der viel breiter war als die Tür, ging hinaus und ließ den Goldsack wie einen Ball auf seiner Handfläche hüpfen.

»Ihr habt ihm *wieder* Geld gegeben, Onkel?« sagte Guccio mit vorwurfsvollem Kopfschütteln. »Ihr habt doch ausdrücklich gesagt . . .«

»*Guccio mio, Guccio mio*«, erwiderte der Bankier sanft (und jetzt hatte er beide Augen weit offen), »merke dir stets das eine: Die

Geheimnisse der Großen dieser Welt sind die Zinsen für das Geld, das wir ihnen leihen. Allein heute morgen haben wir Monseigneur Jean de Marigny und Monseigneur von Artois Schuldscheine ausgestellt, die mehr wert sind als das Gold und die wir einlösen werden, wenn die Zeit gekommen ist. Was das Gold anbelangt . . . einen Teil davon werden wir schon wieder einbringen.«

Nach kurzem Nachdenken begann er wieder:

»Bei deiner Rückkehr aus England wirst du einen Umweg machen. Du wirst über Neauphle-le-Vieux reisen.«

»Gut, Onkel«, erwiderte Guccio ohne Begeisterung.

»Unser Gehilfe dort unten bringt es nicht fertig, eine Summe einzutreiben, die uns die Schloßherren von Cressay schulden. Der Vater ist vor kurzem gestorben, und die Erben weigern sich zu bezahlen. Es scheint, daß sie kein Geld mehr haben.«

»Und was soll man machen, wenn sie kein Geld mehr haben?«

»Bah! Sie haben Mauern, sie haben Ländereien, sie haben vielleicht Verwandte. Sie brauchen nur anderswo zu borgen, was sie uns schulden. Sonst gehst du zum Profos, du läßt pfänden, du läßt verkaufen. Das ist hart, das ist traurig, ich weiß es. Aber ein Bankier muß sich daran gewöhnen, hart zu sein. Kein Mitleid mit den kleinen Kunden, oder wir können die großen nicht mehr bedienen. Nicht unser Geld allein steht auf dem Spiel. Woran denkst du, *figlio mio?*«

»An England, Onkel«, erwiderte Guccio.

Der Rückweg über Neauphle war ihm lästig, aber er willigte guten Mutes ein. Seine ganze Neugier, alle seine jugendlichen Träume waren bereits auf London gerichtet. Er würde zum erstenmal übers Meer fahren . . . Das Leben eines lombardischen Handelsherrn war entschieden ein angenehmes Leben, das die schönsten Überraschungen bereithielt. Reisen, Länder kennenlernen, schönen Prinzessinnen geheime Botschaften überbringen . . .

Der alte Mann betrachtete seinen Neffen mit tiefer Zärtlichkeit. Guccio war die einzige Liebe dieses listigen und verbrauchten Herzens.

»Du wirst eine schöne Reise machen, und ich beneide dich«, sagte er. »Wenige junge Leute deines Alters haben Gelegenheit, so viel von der Welt zu sehen. Lerne, wühle, schnüffle überall herum, steck deine Nase in alles, bringe die Leute zum Reden und rede selber wenig. Sei auf der Hut, wenn man dir zu trinken anbietet; gib den Weibern nicht mehr Geld, als sie wert sind, und achte darauf, daß du die Mütze abnimmst, wenn eine Prozession vorüberkommt. Und wenn du den Weg eines Königs kreuzt, dann benimm dich so, daß es mich diesmal nicht ein Pferd oder einen Elefanten kostet . . .«

»Onkel«, fragte Guccio lächelnd, »ist Madame Isabella wirklich so schön, wie man sagt?«

Es gibt Leute, die unaufhörlich von Reisen und Abenteuern träumen, um in ihren eigenen Augen und in denen ihrer Mitmenschen als Helden dazustehen. Angenommen jedoch, ihre Träume gehen in Erfüllung und es taucht die geringste Gefahr auf, so fragen sie sich: ›Welche Torheit hat mich denn dazu getrieben, wie bin ich denn dazu gekommen, mich in diese Zwickmühle zu bringen?‹ Genau das war der Fall des jungen Guccio Baglioni. Er hatte nichts so sehr gewünscht, als das Meer kennenzulernen. Aber als er jetzt wirklich auf hoher See war, hätte er alles darum gegeben, wieder auf festem Boden zu sein.

Die Äquinoktialstürme wüteten, und nur wenige Schiffe waren an jenem Tag in See gestochen. Guccio, der auf den Kaianlagen von Calais herumstolziert war, das kurze Schwert an der Seite, den Mantel über die Schulter zurückgeschlagen, hatte endlich einen Schiffsherrn gefunden, der bereit war, ihn überzusetzen. Sie waren am Abend abgefahren; kaum hatten sie jedoch den Hafen verlassen, als sich auch schon der Sturm erhob. In einem Verschlag unter Deck, nahe am großen Mast eingeschlossen – »hier schaukelt es am wenigsten«, hatte der Kapitän erklärt –, wo ihm eine Holzpritsche als Lagerstatt diente, sollte Guccio die schlimmste Nacht seines Lebens verbringen.

Die Wogen liefen in heftigen Rammstößten gegen das Schiff an, und Guccio fühlte, wie alles um ihn herum durcheinanderpurzelte. Er rollte von der Pritsche auf den Boden und schlug sich lange in völliger Dunkelheit herum, stieß bald an das Sparrenwerk, bald an Taurollen, die vom Wasser steinhart geworden waren, oder an schlecht verstaute Kisten, die unter großem Gepolter von einer Seite zur anderen rutschten; er versuchte, sich an unsichtbare Gegenstände anzuklammern, die ihm unter den Händen entglitten. Das kleine Fahrzeug schien jeden Augenblick zu bersten. Sooft der Sturm ein wenig aussetzte, hörte Guccio die Segel knattern und Wassermassen über dem Deck zusammenschlagen. Er fragte sich, ob nicht die ganze Besatzung weggeschwemmt worden sei und er sich als einziger Überlebender an Bord eines steuerlosen Schiffes befinde, das die See hoch emporschleuderte, um es sogleich wieder in die tiefsten Abgründe zu stürzen in unaufhörlichem Wechsel.

›Ganz bestimmt muß ich sterben‹, dachte Guccio. ›Wie sinnlos, auf diese Weise und in meinem Alter zu sterben, von der See verschlungen zu werden. Niemals werde ich meinen Onkel wiedersehen, niemals mehr die Sonne. Hätte ich doch ein oder zwei Tage in Calais gewartet! Aber wenn ich mit heiler Haut davonkomme, *per la Madonna*, dann bleibe ich in London, ich werde Wasserträger oder irgend etwas anderes, aber nie wieder setze ich den Fuß auf ein Schiff.‹

Schließlich umklammerte er den Fuß des Hauptmastes mit beiden Armen, erwartete auf den Knien, im Dunkeln, verkrampft, zitternd und seekrank, mit durchnäßten Kleidern sein Ende und versprach, Votivtäfelchen in Santa Maria delle Nevi, Santa Maria della Scala, Santa Maria dei Servi, Santa Maria del Carmine aufzuhängen – also in allen Kirchen von Siena, die er kannte.

Bei Tagesanbruch legte sich der Sturm plötzlich. Guccio sah sich erschöpft um: Die Kisten, die Segel, die Planen, die Anker und Taue lagen in wüster Unordnung durcheinander, und im Heck des Schiffes gluckste unter den aufgerissenen Deckplanken eine große Wasserlache.

Die Falltür, die auf Deck führte, öffnete sich, und eine rauhe Stimme schrie:

»Holla, Signore! Habt Ihr gut geschlafen?«

»Geschlafen?« erwiderte Guccio voll Erbitterung. »Ich könnte ebensogut tot sein!«

Man warf ihm eine Strickleiter zu und half ihm, sich hochzuziehen. Ein eisiger Wind schlug ihm entgegen und ließ ihn in seinen durchnäßten Kleidern erzittern.

»Ihr hättet mich doch darauf aufmerksam machen können, daß ein Sturm kommt!« sagte Guccio zum Kapitän.

»Bah! Gewiß, edler Herr, wir haben eine schlimme Nacht hinter uns. Aber Ihr schient es so eilig zu haben . . . Und dann, seht Ihr, für uns ist das etwas ganz Alltägliches«, erwiderte der Schiffsherr. »Jetzt sind wir schon nahe an der Küste.«

Er war ein alter, robuster Mann mit winzigen, schwarzen Äuglein, die Guccio ein wenig spöttisch anblickten.

Der alte Seemann deutete mit ausgestrecktem Arm auf eine weiße Linie, die aus dem Nebel auftauchte:

»Dort drüben liegt Dover.«

Guccio seufzte und zog seinen Mantel enger um sich.

»Wann werden wir dort sein?«

Der andere zuckte die Achseln und antwortete: »In spätestens vier bis fünf Stunden, denn der Wind bläst von Osten.«

Auf dem Deck lagen drei Matrosen, von Müdigkeit überwältigt. Ein anderer, ans Steuerruder geklammert, biß von einem Stück Pökelfleisch ab, ohne den Schiffsbug und die Küste von England aus den Augen zu lassen.

Guccio setzte sich neben den Kapitän hinter eine Holzwand, die den Wind abhielt, und trotz des Tageslichtes, der Kälte und des hohen Seeganges fiel er in Schlaf.

Als er erwachte, lag vor seinen Augen das rechteckige Hafenbecken von Dover, gesäumt von langen Reihen niedriger, grobgemauerter Häuser mit steinbeschwerten Dächern. Zur Rechten der Einfahrt sah man das Haus des Sheriffs, vor dem bewaffnete Wachen standen. Der Kai lag voller Waren, die durch Zeltplanen vor dem Wetter geschützt waren; es wimmelte von lärmendem Volk. Die Brise trug den Geruch von Fischen, Teer und verfaultem Holz herüber. Fischer gingen hin und her, zogen ihre Netze nach und trugen schwere Ruder auf den Schultern. Kinder stießen Säcke über das Pflaster, die größer waren als sie selbst.

Das Schiff hatte die Segel eingezogen und ruderte in den Hafen. Die Jugend braucht nie lang, um ihre Kräfte und ihre Illusionen zurückzugewinnen. Überstandene Gefahren sind nur dazu angetan, ihr Selbstvertrauen zu stärken und sie zu weiteren Abenteuern zu verleiten. Die wenigen Stunden Schlaf hatten genügt, Guccio die Schrecken der Nacht vergessen zu lassen. Es hätte nicht viel gefehlt, und er hätte sich allein das Verdienst zugeschrieben, den Sturm bezwungen zu haben; er sah darin ein Zeichen seines guten Sterns und den Beweis, daß er mit sicherem Instinkt die geschicktesten Seeleute ausgesucht hatte. Aufrecht auf Deck stehend in der Pose eines Eroberers, die Hand um eine Taurolle geklammert, sah er mit leidenschaftlicher Neugier das Königreich Isabellas näher kommen.

Die Botschaft Roberts von Artois, die in sein Kleid eingenäht war, und der Eisenring, den er sich an den Zeigefinger gesteckt hatte, erschienen ihm wie Unterpfänder einer großen Zukunft. Er würde das Geheimnis der Macht erfahren, Könige und Königinnen kennenlernen, vom Inhalt der geheimsten Verträge Kenntnis erhalten. Berauscht eilte er der Zeit voraus: Schon sah er sich als geschickten Diplomaten, als Vertrauensperson, der die Mächtigen der Erde ihr Ohr liehen, vor der die höchsten Persönlichkeiten sich verneigten. Er würde den fürstlichen Räten angehören . . . Hatte er nicht das Beispiel seiner Landsleute Biccio und Musciato Guardi vor Augen, jener beiden berühmten toskanischen Finanzleute, die von den Franzosen Biche und Mouche genannt wurden und die mehr als zehn Jahre lang die Schatzmeister, die Gesandten, die Vertrauten des gestrengen Königs Philipp des Schönen gewesen waren? Er würde es noch weiter bringen als sie, und eines Tages würde man sich die Geschichte erzählen, wie der hochberühmte Guccio Baglioni zum erstenmal von sich reden machte, indem er an einer Straßenecke um ein Haar den König von Frankreich umgerannt hätte . . .

Der Lärm des Hafens klang ihm bereits wie Willkommensgeschrei. Der alte Seemann warf eine Planke aus, die das Schiff mit dem Ufer verband. Guccio bezahlte die Überfahrt und betrat festen Boden; aber seine Beine hatten sich daran gewöhnt, jedem Schlingern des Schiffes nachzugeben, und er schwankte so sehr, daß er beinahe auf dem schlüpfrigen Boden ausgeglitten wäre.

Da er keine Waren mitführte, brauchte er nicht durch die »Einfuhr«, das heißt den Zoll zu gehen. Vom ersten Gassenjungen, der sich anbot, sein Gepäck zu tragen, ließ er sich zum Lombarden des Ortes führen.

Die italienischen Bankiers und Kaufleute jener Zeit besaßen ihr eigenes Post- und Transportnetz. Sie waren in großen »Kompanien« zusammengeschlossen, die jeweils den Namen ihres Gründers trugen, sie hatten Kontore in allen bedeutenden Städten und Häfen; diese Kontore glichen modernen Bankfilialen, denen jedoch ein privates Postbüro und eine Abfertigungsstelle für Güter und Reisende angeschlossen waren.

Der Agent des Kontors von Dover gehörte der »Kompanie« Albizzi an. Er schätzte sich glücklich, den Neffen des Oberhauptes der »Kompanie« Tolomei bei sich begrüßen zu dürfen, und behandelte ihn mit ausgesuchter Zuvorkommenheit. Bei ihm konnte Guccio sich waschen, seine Kleider wurden getrocknet und gebügelt, sein französisches Gold in englisches umgewechselt. Während ein Pferd gesattelt wurde, servierte man Guccio ein kräftiges Mahl.

Bei Tische erzählte Guccio von dem überstandenen Sturm, und in seiner Erzählung spielte er eine weit vorteilhaftere Rolle, als dies in Wahrheit der Fall gewesen war.

Am Vorabend war ein Mann angekommen, der sich Boccaccio nannte und im Auftrag der »Kompanie« Bardi reiste. Vor vier Tagen hatte er der Hinrichtung Jacques de Molays beigewohnt; er hatte mit eigenen Ohren den Fluch vernommen, und er bediente sich bei der Schilderung dieser Tragödie einer schneidenden und makabren Ironie, an der die italienische Tafelrunde ihr helles Vergnügen hatte. Er war ein Mann von etwa dreißig Jahren – das heißt, daß er Guccio als ein Mann reiferen Alters erschien – mit intelligenten und lebhaften Zügen, schmalen Lippen und einem Blick, der nichts ernst zu nehmen schien. Da er gleichfalls nach London wollte, beschlossen Guccio und er, gemeinsam zu reisen.

Um die Tagesmitte brachen sie auf, von einem Diener begleitet.

Guccio erinnerte sich der Ratschläge seines Onkels und ließ seinen Gefährten reden, der im übrigen nichts lieber tat als das. Signor Boccaccio schien viel gesehen zu haben. Er war überall gewesen, in Sizilien, Venetien, Spanien, Flandern, Deutschland, sogar im Orient, und hatte mit großem Geschick allerlei Abenteuer glänzend bestanden. Er kannte die Sitten all dieser Länder, hatte eine persönliche Meinung über ihre jeweiligen Religionen, verachtete die Mönche und verabscheute die Inquisition. Er schien sich sehr für die Frauen zu interessieren. Er deutete an, daß er eine stattliche Anzahl davon ausprobiert hatte, und wußte über viele, berühmte und unbekannte, die kuriosesten Anekdoten zu erzählen. Von ihrer Tugend hielt er nicht viel, und wenn er von ihnen erzählte, würzte seine Sprache sich mit Bildern, die Guccio nicht mehr aus dem Kopf gingen. Dabei schien er ebensoviel Kühnheit wie Schläue zu besitzen. Ein Freigeist, dieser Signor Boccaccio, und weit über dem Durchschnitt seiner Mitmenschen stehend.

»Ich hätte das alles gern aufgeschrieben, wenn ich Zeit gehabt hätte«, sagte er zu Guccio, »diese ganze Ernte von Geschichten und Gedanken, die ich so am Wegesrand aufgelesen habe.«

»Und warum tut Ihr es nicht jetzt, Signor?« fragte Guccio.

»*Troppo tardi*, in meinem Alter wird man kein Schreiber mehr«, sagte er. »Wenn man das Goldverdienen dreißig Jahre lang als Beruf ausgeübt hat, so kommt man nicht mehr davon los. Und bedenkt, wenn ich alles niederschriebe, was ich weiß, würde ich womöglich auf dem Scheiterhaufen enden.«

Der Ritt Seite an Seite mit einem interessanten Weggefährten durch eine schöne grüne Landschaft entzückte Guccio. Wohlig atmete er die Vorfrühlingsluft; die Pferdehufe schienen ein lustiges Reiselied zu klappern, und er gewann eine so vorteilhafte Meinung von sich selbst, als sei er bei allen Abenteuern seines Begleiters dabeigewesen.

Abends machten sie in einer Herberge halt. Eine Rast unterwegs lädt zu Vertraulichkeiten ein. Während sie vor dem Kamin saßen und aus Humpen starkes Bier tranken, das mit Wacholder, spanischem Pfeffer und Nelken gewürzt war, während man ihre Mahlzeit und ihr Bett bereitete, erzählte Signor Boccaccio, daß er eine französische Geliebte habe, die ihm im vergangenen Jahr einen Sohn namens Giovanni geschenkt habe.[11]

»Es heißt, die unehelich geborenen Kinder seien lebhafter und kräftiger als die legitimen«, bemerkte Guccio altklug. Er hatte stets einige Banalitäten auf Lager, um die Unterhaltung nicht einschlafen zu lassen.

»Zweifellos hat Gott ihnen geistige und leibliche Gaben verliehen, um sie für das zu entschädigen, was man ihnen an Erbschaft und Ansehen vorenthält. Oder es kommt einfach daher, daß sie sich ein wenig härter im Leben herumschlagen müssen als die anderen und wissen, daß sie es nur aus eigener Kraft zu etwas bringen können«, erwiderte Signor Boccaccio.

»Euer Sohn hat jedenfalls einen Vater, der ihn vieles lehren kann.«

»Vorausgesetzt, daß er seinem Vater nicht grollt, der ihn unter so ungünstigen Bedingungen in die Welt gesetzt hat«, sagte der reisende Kaufmann und zuckte die Achseln.

Sie schliefen im selben Zimmer und teilten die gleiche schlechte Lagerstatt. Um fünf Uhr morgens machten sie sich wieder auf den Weg. Nebelfetzen klebten noch an der Erde. Signor Boccaccio schwieg; er war kein Frühaufsteher.

Das Wetter war frisch, und der Himmel erhellte sich bald. Guccio entdeckte um sich eine Landschaft, deren Anmut ihn entzückte. Die Bäume waren noch kahl, aber schon roch es nach den aufsteigenden Säften, und die Erde bedeckte sich mit frischem, zartem Grün. Efeu wucherte an den Mauern der niedrigen Häuser und der Landsitze, die alle mit den gleichen Türmchen geschmückt waren. Unzählige Hekken zogen sich durch die Felder und über die Anhöhen. Die hügelige, von Wäldern umsäumte Landschaft, der Blick von einer Uferböschung auf die grünblaue Themse, eine Gruppe von Jägern mit ihrer Meute, denen sie an einem Dorfausgang begegneten, alles bezauberte Guccio. ›Königin Isabella besitzt ein wunderschönes Reich‹, sagte er sich immer wieder.

Meile um Meile legten sie zurück, und immer lebhafter kreisten Guccios Gedanken um die Königin, vor die er nun bald hintreten würde. Warum sollte er nicht, während er seinen Auftrag ausführte, versuchen, ihr Gefallen zu finden? Vielleicht würde gerade Isabellas Anteilnahme Guccio zu jener stolzen Karriere verhelfen, für die er sich bestimmt fühlte. Die Geschichte der Fürsten und der Reiche bot so manches weit erstaunlichere Beispiel. ›Wenn sie auch Königin ist, so ist sie deswegen doch eine Frau‹, sagte sich Guccio; ›sie ist zweiundzwanzig Jahre alt, und ihr Gemahl vernachlässigt sie. Die englischen Kavaliere werden wohl nicht wagen, ihr den Hof zu machen, aus Furcht, dem König zu mißfallen. Ich dagegen komme von weit her, bin ein geheimer Bote; um sie zu sehen, habe ich dem Sturm getrotzt . . . ich beuge ein Knie, ziehe zum Gruß meine Mütze bis zum Boden, ich küsse den Saum ihres Kleides . . .‹

Schon wählte er sorgfältig die Worte, mit denen er sein Herz, seine Geschicklichkeit und seinen Arm in den Dienst der jungen blonden Königin stellen würde . . . »Madame, ich bin nicht von adeliger Abkunft, aber ich bin ein freier Bürger von Siena und ebensoviel wert wie ein Edelmann. Ich bin achtzehn Jahre und kenne keinen heißeren Wunsch, als Eure Schönheit zu betrachten und Euch meine Seele und mein Blut zu weihen . . .«

»Jetzt werden wir bald da sein«, sagte Signor Boccaccio.

Sie hatten die Vorstädte von London erreicht, ohne daß Guccio es gewahr geworden war. Die Straße wurde enger, dicht drängten sich die Häuser an dem Weg; von der frischen Waldluft war nichts mehr zu spüren; es roch nach verbranntem Torf. Guccio schaute sich erstaunt um. Sein Onkel Tolomei hatte ihm eine außergewöhnliche Stadt versprochen, und nun sah er nichts als eine endlose Kette verwahrloster Dörfer mit verräucherten Häusern und schmutzigen Gäßchen, magere Frauen, die schwere Lasten schleppten, zerlumpte Kinder und schlecht genährte Soldaten.

Plötzlich befanden sich die Reisenden in einem dichten Getümmel von Menschen, Pferden und Karren vor der Brücke von London. Der Zugang war von zwei eckigen Türmen flankiert, zwischen denen des Nachts Ketten gespannt und ungeheure Tore geschlossen wurden. Das erste, was Guccio erblickte, war ein noch blutiger Menschenkopf, der auf einer der Piken steckte, von denen diese Tore starrten. Die Raben kreisten um dieses Gesicht mit den leeren Augenhöhlen.

»Die Justiz des Königs von England hat heute morgen ihres Amtes gewaltet«, sagte Signor Boccaccio. »So enden hier die Verbrecher oder diejenigen, die man eines Verbrechens bezichtigt, um sich ihrer entledigen zu können.«

»Ein sonderbares Aushängeschild, mit dem man hier die Fremden empfängt«, meinte Guccio.

»Man will sie warnen, daß sie hier nicht in eine Stadt des höfischen Getändels und der Liebelei kommen.«

Diese Brücke war die einzige, die damals über die Themse führte; sie war wie eine richtige Straße über dem Wasser angelegt, deren eng aneinandergedrängte Holzhäuser alle Arten von Geschäften beherbergten.

Zwanzig Pfeiler von sechzig Fuß Höhe trugen dieses ungewöhnliche Bauwerk. Mehr als hundert Jahre waren zu seiner Fertigstellung nötig gewesen, und die Londoner waren sehr stolz darauf.

Eine trübe Flut umspülte die Pfeiler, Wäsche trocknete vor den Fenstern, Frauen leerten Eimer in den Fluß.

Verglichen mit dieser Londoner Brücke kam Guccio der Ponte Vecchio in Florenz wie ein Spielzeug vor, und der Arno war neben der Themse nur ein Bächlein. Guccio teilte diesen Gedanken seinem Gefährten mit.

»Und dennoch sind wir in allem ihre Lehrmeister«, erwiderte der.

Sie brauchten beinahe eine Viertelstunde, um auf die andere Seite zu gelangen, so dicht war das Gedränge und so zäh klammerten sich die Bettler an ihre Stiefel.

Als sie am anderen Ufer ankamen, bemerkte Guccio zur Rechten den Tower, dessen ungeheure, düstere Masse sich vom grauen Himmel abhob. Dann folgte er seinem Reisegefährten, Signor Boccaccio, in die Innenstadt. Der Lärm und das Getümmel, das in den Straßen herrschte, diese ungewohnten Laute unter einem bleiernen Himmel, der stickige Torfgeruch, der über der Stadt lag, das Geschrei, das aus den Schenken drang, die Dreistigkeit der aufdringlichen Dirnen, die Roheit der großmäuligen Soldaten, all diese neuen Eindrücke berührten Guccio sonderbar und bedrückend zugleich. Paris erschien ihm in der Erinnerung als eine helle, lichtvolle Stadt, während man in London am hellen Mittag glaubte, die Nacht müsse jeden Augenblick hereinbrechen.

Nach dreihundert Schritten bogen die Reisenden nach links in die Lombard Street ein, wo alle italienischen Banken ihre Niederlassungen hatten, vor denen gemalte oder geschmiedete Schilder hingen. Äußerlich unscheinbare, ein- oder höchstens zweistöckige, aber gut instand gehaltene Häuser mit polierten Türen und vergitterten Fenstern. Vor dem Bankhaus Albizzi verabschiedete sich Signor Boccaccio von Guccio. Die beiden Reisegefährten trennten sich mit großer Herzlichkeit und versicherten einander, wie sehr jeder sich glücklich schätze, die Bekanntschaft des anderen gemacht zu haben, und verabredeten ein baldiges Wiedersehen in Paris. Zusagen, wie man sie so oft auf Reisen gibt, um sie dann doch nicht einzuhalten . . .

In Westminster

Master Albizzi war ein großer, hagerer Mann mit langem, bräunlichem Gesicht, dichten Augenbrauen und schwarzen Haarbüscheln, die unter seiner Mütze hervorquollen. Er empfing Guccio mit gelassener Würde und der Leutseligkeit eines Grandseigneurs. Er sprach von seinem »Haus« mit einer lässigen Handbewegung, als gelte ihm der Reichtum nichts, den seine Wohnung doch so deutlich zur Schau stellte. Wie er vor seinem Arbeitstisch stand, die magere Gestalt in ein enganliegendes dunkelblaues Samtgewand mit Silberknöpfen gehüllt, hätte man ihn für einen toskanischen Fürsten halten können. Während sie die üblichen Höflichkeiten austauschten, wanderte Guccios Blick von den hohen, damastbezogenen Eichensesseln, den niedrigen, elfenbeineingelegten Stühlchen aus Edelholz zu den kostbaren Teppichen, die den ganzen Fußboden bedeckten; von dem ungeheuren Kamin zu den massiven Silberleuchtern. Und unwillkürlich stellte der junge Mann eine schnelle Schätzung des Inventars auf: ›Diese Teppiche . . . jeder bestimmt sechzig Livres . . . die Leuchter das Doppelte . . . Das Haus, wenn jedes Zimmer so eingerichtet ist wie dieses, ist dreimal soviel wert wie das meines Onkels.‹ Denn wenn Guccio auch davon träumte, geheimer Botschafter einer Königin zu werden und als Ritter ihre Farben zu tragen, so blieb er dabei doch ein Kaufmann, der Sohn, Enkel und Urenkel von Kaufleuten.

»Ihr hättet auf einem meiner Schiffe reisen sollen – wir sind nämlich auch Reeder – und über Boulogne«, sagte Master Albizzi, »dann, lieber Vetter, hättet Ihr eine bequemere Überfahrt gehabt.«

Er ließ Hippokras servieren, einen Würzwein, zu dem man Konfekt naschte. Guccio erklärte nun den Zweck seiner Reise.

»Ihr wollt eine Audienz bei der Königin?« sagte Albizzi und spielte mit dem großen Rubin an seiner rechten Hand. »Euer Onkel Tolomei, den ich sehr schätze, hat recht getan, Euch zu mir zu schicken. Ich will Euch nicht länger verhehlen, daß die Sache, die für jeden anderen unmöglich wäre, für mich ein Kinderspiel ist. Einer meiner Hauptkunden und Hauptschuldner nennt sich Hugh le Despenser.«

»Der Herzensfreund König Eduards?« fragte Guccio.

»Nein, der Vater. Sein Einfluß ist weniger bekannt, aber bedeutend. Er weiß die Gunst, die sein Sohn genießt, geschickt zu nützen, und wenn sich alles so weiterentwickelt, wie es den Anschein hat, so wird er bald das Reich regieren. Er ist also nicht eigentlich ein Anhänger der Königin . . .«

»Aber ist er dann der geeignete Mann, den ich um Beistand bitten soll?« sagte Guccio.

»Lieber Vetter«, tat Albizzi seinen Einwand ab und lächelte, »Ihr scheint mir noch recht jung zu sein. Hier wie anderswo gibt es Leute, die weder der einen noch der anderen Partei angehören, aber aus beiden ihren Nutzen ziehen, indem sie eine gegen die andere ausspielen. Um das zu erreichen, genügt es, Lächeln und Worte wohl abzuwägen, zu wissen, wie man aus der Schwäche der Großen Gewinn schlagen kann, kurz, sie besser zu kennen, als sie selbst sich kennen. Ich weiß, was ich mir zutrauen kann.«

Er rief seinen Sekretär und warf schnell einige Zeilen auf ein Blatt Papier, das er versiegelte.

»Ihr werdet noch heute nach Tisch in Westminster sein, lieber Vetter«, sagte er, nachdem er den Sekretär weggeschickt hatte, »und die Königin wird Euch Audienz gewähren. Ihr werdet als Edelstein- und Goldwarenhändler auftreten, der eigens aus Italien hergekommen und von mir empfohlen ist. Wie alle Frauen liebt Isabella schöne Dinge. Während Ihr Eure Preziosen vorlegt, könnt Ihr Euch Eurer Botschaft entledigen.«

Er ging zu einer großen Truhe, öffnete sie und nahm eine rote Samtschatulle mit goldenen Beschlägen heraus.

»Hier sind Eure Beglaubigungsschreiben«, sagte er.

Guccio hob den Deckel ab: Ringe mit funkelnden Steinen, schwere Perlenhalsbänder, ein von Smaragden und Brillanten umrahmter Spiegel ruhten auf dem Grund der Schatulle.

»Was soll ich tun, wenn die Königin eines dieser Stücke möchte?«

Albizzi lächelte.

»Die Königin wird Euch nichts direkt abkaufen, denn sie hat offiziell kein Geld, und ihre Ausgaben werden überwacht. Wenn sie etwas gerne haben möchte, wird sie es mich wissen lassen. Im vergangenen Monat habe ich für sie drei Börsen anfertigen lassen, die sie mir noch schuldig ist.«

Nach dem Mahle, ob dessen Einfachheit Albizzi sich entschuldigte, das jedoch der erlesensten Tafelrunde würdig gewesen wäre, stieg Guccio wieder zu Pferde, um sich nach Westminster zu begeben. Als eine Art Leibwache begleitete ihn ein Diener der Bank, ein bärenstarker Mensch im Panzerhemd, an dessen Gürtel die Schatulle mit einer Kette befestigt war.

Guccios Herz klopfte vor Stolz, er saß hocherhobenen Hauptes mit selbstsicherer Miene zu Pferd und betrachtete die Stadt, als würde sie schon morgen ihm gehören.

Das Schloß, eindrucksvoll durch seine gigantischen Ausmaße, aber mit gotischem Zierat überladen, schien ihm reichlich geschmacklos im Vergleich zu dem, was zu jener Zeit in der Toskana und besonders in Siena gebaut wurde. ›Diesen Leuten fehlte es ohnehin schon an Sonne, und dabei scheinen sie ihr möglichstes zu tun, um das bißchen Sonne, das sie haben, auch noch auszusperren‹, dachte er.

Er ritt durch den Ehrenhof ein und stieg unter einem Torbogen ab, wo die Wachen sich an einem Feuer aus groben Scheitern wärmten. Ein Page näherte sich.

»Signor Baglioni? Ihr werdet erwartet. Ich führe Euch«, sagte er in französischer Sprache.

Noch immer von dem Diener begleitet, der die Schmuckkassette trug, folgte Guccio dem Pagen. Sie durchquerten einen Hof, der von Arkaden gesäumt war, dann noch einen, stiegen dann eine breite Steintreppe hinauf und traten in die Gemächer. Die Deckengewölbe waren sehr hoch und sonderbar hallend; das Licht war spärlich. Auf dem Wege durch die eiskalten Zimmerfluchten und düsteren Galerien schwand Guccios schöne Selbstsicherheit zusehends dahin, er hatte das Gefühl, als werde er immer kleiner. An diesem Ort konnte man ohne weiteres sterben, ohne daß ein Hahn nach einem krähte. Endlich sah Guccio am Ende eines zwanzig Klafter langen Ganges eine Gruppe von Männern. Sie waren reich gekleidet, ihre Gewänder waren mit Pelz verbrämt, und jedem hing ein funkelnder Schwertgriff an der Linken. Es war die Leibwache der Königin.

Der Page bat Guccio zu warten. Da stand er nun unter den Edelleuten, die ihn spöttisch musterten und in englischer Sprache Bemerkungen tauschten, die er nicht verstand. Plötzlich wurde Guccio von dumpfer Angst erfaßt. Wie wenn irgend etwas Unvorhergesehenes sich ereignete? Wenn er an diesem Hofe, von dem er wußte, daß er in feindliche Lager gespalten und von Intrigen zerrissen war, Verdacht erregen würde? Wenn man ihn, noch ehe er die Königin gesehen hatte, festnähme, durchsuchte, die Botschaft entdeckte? Alle Ängste, die eine verwirrte Phantasie hervorzubringen vermag, krochen in ihm hoch und wurden noch verstärkt durch die Sorge, daß die Verwirrung sich auf seinen Zügen spiegeln und ihn verraten könnte.

Als der Page, der zurückkam, um ihn abzuholen, seinen Ärmel berührte, fuhr er erschreckt hoch. Er nahm die Kassette aus der Hand des Dieners. In seiner Aufregung vergaß er jedoch, daß sie an dem Gürtel des Mannes angekettet war, so daß dieser vorwärtsgerissen wurde, als Guccio plötzlich anzog. Die Kette verwickelte sich; das Schloß hielt stand. Gelächter erscholl, und Guccio fühlte, daß er sich lächerlich gemacht hatte. So trat er bei der Königin ein, gedemütigt, verwirrt, beschämt, und stand vor ihr, ehe er sie noch gesehen hatte.

Isabella saß kerzengerade auf einem Stuhl, der Guccio wie ein Thron erschien, in demselben Saale, wo sie vor einiger Zeit Robert von Artois empfangen hatte. Eine junge Frau mit verschlossenen Zügen saß in steifer Haltung neben ihr auf einem Taburett. Guccio beugte ein Knie zur Erde und suchte nach einem Begrüßungswort, das ihm nicht einfallen wollte. Er hatte sich eingebildet – welche Torheit! –, daß die Königin allein sein würde. Die Gegenwart einer dritten Person machte seine schönen Hoffnungen vollends zunichte.

Die Königin sprach zuerst.

»Lady le Despenser«, sagte sie, »wir wollen uns die Schmuckstücke ansehen, die uns dieser junge Italiener bringt. Man hat mir gesagt, daß sie wundervoll seien.«

Der Name Despenser trieb Guccios Verwirrung und Beunruhigung auf die Spitze. Welche Rolle konnte eine Despenser bei der Königin spielen?

Auf einen Wink Isabellas hin hatte er sich erhoben. Er öffnete die Kassette und wies ihren Inhalt vor. Lady Despenser, die kaum einen Blick hineingeworfen hatte, sagte kurz und entschieden:

»Die Juwelen sind wirklich wunderbar; aber was sollen wir damit? Wir können sie nicht kaufen, Madame.«

Die Königin machte eine ungehaltene Bewegung, versuchte jedoch, die Aufwallung des Unmuts zu unterdrücken, und erwiderte:

»Ich weiß, Madame, Ihr, Euer Gemahl und alle Eure Verwandten seid so sehr um jeden Heller des Reiches besorgt, daß man glauben könnte, es handle sich um Euer Geld. Hier jedoch werdet Ihr zugeben müssen, daß ich allein über meine Kasse verfüge . . . Ich bewundere im übrigen, Madame, wie man stets meine französischen Damen wie durch

Zufall zu entfernen weiß, wenn ein Fremder oder ein Kaufmann in das Schloß kommt, damit Eure Schwiegermutter oder Ihr selbst mir Gesellschaft leisten könnt, die eher eine Bewachung ist. Ich kann mir gut vorstellen, daß mein Gemahl oder der Eurige, wenn man ihnen diese Juwelen vorlegte, sehr wohl Verwendung dafür fänden, um sich gegenseitig damit zu schmücken, wie eine Frau es nie wagte.«

Sosehr sie auch um Beherrschung rang, so klang doch durch Isabellas Worte ihr ganzer Groll gegen diese abscheuliche Familie, die die Krone lächerlich machte und den Staatsschatz plünderte. Denn nicht nur Vater und Mutter Despenser bereicherten sich in der verwerflichsten Art an der Liebe des Königs zu ihrem Sohn; selbst dessen Ehefrau willigte gern in dieses Ärgernis ein und leistete ihm noch Vorschub. Diese junge Lady Despenser, eine geborene Eleanor de Clare, war übrigens die Schwägerin des verstorbenen Chevalier de Gabaston, das heißt, daß König Eduard II. die nächste Verwandte seines hingerichteten Geliebten mit seinem jetzigen Favoriten verheiratet hatte.

Ärgerlich über den Ausbruch der Königin erhob sich Eleanor de Despenser und machte sich in einer Ecke des weitläufigen Gemaches zu schaffen, allerdings ohne die Königin und den jungen Italiener aus den Augen zu lassen.

Guccio, der ein wenig von dem Selbstvertrauen zurückgewonnen hatte, das in seiner Natur lag und das ihn heute so schmählich im Stich gelassen hatte, wagte endlich, Isabella anzusehen. Jetzt oder nie war der Augenblick, der jungen Königin zu verstehen zu geben, daß er auf ihrer Seite war, ihr Unglück beklagte und nichts sehnlicher wünschte, als ihr zu dienen. Aber er stieß auf so viel Kälte, so viel Gleichgültigkeit seiner Person gegenüber, daß sein Herz zu Eis erstarrte. Gewiß, sie war schön, aber von einer Schönheit, die in Guccio jede Spur von Begehren, von Zärtlichkeit oder auch nur Hilfsbereitschaft erstickte. Man glaubte, vor einer Heiligenstatue zu stehen, nicht vor einem lebenden Wesen. Ihre wundervollen blauen Augen besaßen die gleiche eisige Starrheit wie die Philipps des Schönen. Wie sollte man einer solchen Frau erklären: »Madame, wir sind beinahe gleichaltrig, wir sind beide jung, und ich will Euch lieben?« Es schien, als habe die lange Ahnenreihe, die Königswürde und die Salbung aus ihr ein Wesen gemacht, das mit der übrigen Menschheit nichts gemein hatte, über das die Zeit und die irdischen Gelüste keine Macht besaßen.

Guccio, der weiter nichts tun konnte, als den Eisenring Roberts von Artois vom Finger zu ziehen und achtzugeben, daß die Despenser ihn nicht sah, sagte:

»Madame, erweist mir die Gunst, diesen Ring und seine Gravierung zu betrachten.«

Die Königin prüfte den Ring, ohne eine Miene zu verziehen.

»Er gefällt mir«, erwiderte sie, »ich nehme an, Ihr habt noch mehr Gegenstände, die von der gleichen Hand gefertigt sind?«

Guccio tat, als wühle er in der Kassette, ließ Perlen durch seine Finger gleiten, zog dann den Brief hervor und sagte: »Die Preise sind hier aufgeführt.«

»Gehen wir ans Licht, damit ich die Perlen besser ansehen kann«, entgegnete Isabella.

Sie erhob sich und ging mit Guccio zu einer Fensternische, wo sie die Botschaft in Ruhe lesen konnte.

»Kehrt Ihr nach Frankreich zurück?« flüsterte sie.

»Sobald Ihr zu befehlen geruht, Madame«, erwiderte Guccio leise.

»Dann bestellt Monseigneur von Artois, daß ich alsbald in Frankreich sein werde und daß alles so ablaufen soll, wie wir vereinbart haben.«

Ihre Züge hatten sich ein wenig belebt, ihre ganze Aufmerksamkeit galt der Botschaft, nicht dem Boten. Dennoch fügte sie in wahrhaft königlichem Bestreben, einen Dienst gebührend zu belohnen, hinzu: »Ich werde Monseigneur von Artois bitten, Euch für Eure Mühe besser zu belohnen, als ich es im Augenblick tun könnte.«

»Die Ehre, Euch zu sehen und Euch zu gehorchen, Madame, ist mein schönster Lohn.«

Isabella dankte mit einer Kopfbewegung, wie man für den Gruß eines Dieners dankt, und Guccio begriff, daß zwischen einer Urenkelin des heiligen Ludwig und dem Neffen eines toskanischen Bankiers ein unüberbrückbarer Abgrund klaffte.

Mit lauter Stimme, so daß die Despenser es hörte, sprach Isabelle: »Wegen der Perlen werde ich Euch über Albizzi Nachricht zukommen lassen. Adieu, Messer.«

Und sie entließ ihn mit einer Handbewegung.

Wieder beugte er ein Knie zur Erde und zog sich zurück, erleichtert, weil er seinen Auftrag erfüllt hatte, aber bitter enttäuscht in seinen Träumen.

Die Schuld

Obgleich Albizzi ihn höflich aufforderte, ein paar Tage zu bleiben, verließ Guccio London am nächsten Morgen zu früher Stunde, höchst unzufrieden mit sich selbst. Er verzieh es sich nicht, daß er, ein freier Bürger von Siena, der sich jedem Edelmanne auf der Welt ebenbürtig fühlte, sich so sehr von der Gegenwart einer Königin hatte beeindrukken lassen. Denn wie sehr er es auch drehte und wendete, er konnte nicht leugnen, daß ihm die Worte im Hals steckengeblieben waren, sein Herz wie rasend gepocht und seine Beine gezittert hatten, als er vor der Königin von England gestanden war, die ihn nicht einmal eines Lächelns gewürdigt hatte. ›Dabei ist sie doch eine Frau wie jede andere! Welchen Grund hatte ich denn, so sehr zu zittern?‹ dachte er immer wieder voller Ärger. Aber selbst diesen Gedanken gestattete er sich erst, als er schon ein ganzes Stück von Westminster entfernt war.

Da er nicht wie auf der Hinreise einen Gefährten gefunden hatte, ritt er allein und hatte Gelegenheit, seinen Groll gegen sich und alle anderen endlos wiederzukauen. Diese Stimmung hielt während der ganzen Rückreise an und verschärfte sich noch mit jeder Meile, die er zurücklegte.

Weil man ihm am Hofe von England nicht den erhofften Empfang bereitet, ihm nicht nur auf sein hübsches Gesicht hin fürstliche Ehren erwiesen hatte, war er, sobald er sich wieder auf französischem Boden befand, zu der Überzeugung gelangt, daß die Engländer Barbaren seien. Was Königin Isabella betraf, wenn sie unglücklich war, wenn ihr Gemahl sie mißachtete, so bekam sie nur, was sie verdiente. ›Wie? Man fährt übers Meer, setzt sein Leben aufs Spiel und wird dafür behandelt wie ein Dienstbote? Diese Leute tragen eine angelernte Würde zur Schau, besitzen aber keine Herzensbildung und stoßen ihre ergebensten Freunde vor den Kopf. Sie brauchen sich nicht zu wundern, daß sie so wenig geliebt und so viel betrogen werden.‹

Auf den gleichen Straßen, auf denen er sich in der vergangenen Woche bereits als Gesandter und Geliebter einer Königin gesehen hatte, begann Guccio zu begreifen, daß das Glück den jungen Leuten nicht wie im Märchen in den Schoß fällt. Aber er würde sich rächen. An wem, woran, er wußte es noch nicht, aber diese Rache war er sich schuldig. Wenn das Schicksal und die Geringschätzung der Könige es wollten, daß er ein lombardischer Bankier blieb, würde er sich eben als ein Bankier erweisen, wie man selten einen gesehen hatte. Sein Onkel Tolomei hatte ihn beauftragt, das Kontor von Neauphle-le-Vieux aufzusuchen, um eine Schuld einzutreiben? Nun gut! Die Schuldner ahnten nicht, welcher Blitzschlag auf ihre Häupter herniederfahren würde!

Der Weg führte über Pontoise und zweigte dann in die Ile-de-France ab. Guccio, der sich selbst immer irgendeine Rolle vorspielen mußte, lebte sich jetzt ganz in die des unerbittlichen Geldverleihers ein. Im Vergleich zu ihm würde jener Jude aus Venedig, der, wie die Sage ging, ein Pfund Menschenfleisch für ein Pfund Gold verlangte, geradezu weichherzig erscheinen.

So kam er am Tage des heiligen Hugo in Neauphle an. Das Kontor Tolomei befand sich in einem Haus in der Nähe der Kirche auf dem Marktplatz des Städtchens, das am Fuße einer Anhöhe lag.

Guccio schikanierte die Angestellten der Bank, ließ sich die Bücher zeigen, tadelte alles und jeden. Was tat der Vorsteher eigentlich den ganzen Tag? Würde er, Guccio, Neffe des Chefs, sich jedesmal hierherbemühen müssen, sooft eine Schuld von dreihundert Livres einzutreiben war? *Primo*: Wer waren die Schloßherren von Cressay, die das Geld schuldeten? Man sagte es ihm. Der Vater war tot, ja, das wußte Guccio bereits. Und weiter? Da waren zwei Söhne von zwanzig und zweiundzwanzig Jahren. Was taten sie? Sie gingen auf die Jagd . . . Nichtsnutze offenbar. Da war auch noch eine Tochter, sechzehn Jahre . . . Bestimmt grundhäßlich, entschied Guccio . . . Und die Mutter, die seit dem Ableben des Herrn de Cressay das Gut verwaltete, alter Adel, aber total verarmt. Wieviel waren ihr Schloß und ihre Felder wert? Etwa fünfzehnhundert Livres. Sie besaßen eine Mühle und etwa hundert Leibeigene auf ihren Ländereien.

»Und bei alldem bringt Ihr sie nicht zum Zahlen?« rief Guccio. »Ihr sollt einmal sehen, wie schnell das bei mir geht. Wo wohnt der Profos? . . . In Montfort-l'Amaury? Gut. Wie heißt er? . . . Portefruit? Ausgezeichnet. Wenn sie bis heute abend nicht bezahlt haben, gehe ich zum Profos und lasse sie pfänden. So macht man das!«

Er stieg wieder zu Pferd und ritt nach Cressay, als wollte er allein eine Festung erstürmen. »Mein Gold oder die Pfändung . . . mein Gold her oder die Pfändung«, sagte er immer wieder vor sich hin. »Sollen sie Gott und alle Heiligen um Beistand bitten.«

Leider hatte schon vor ihm jemand den gleichen Einfall gehabt, und dieser jemand war ausgerechnet der Profos Portefruit.

Cressay, eine halbe Stunde von Neauphle entfernt, ist ein Weiler im Tal der Mauldre, eines Flüßchens, das man leicht zu Pferd überspringen kann.

Das Schloß, das vor Guccio auftauchte, war eigentlich nur ein großes verwahrlostes Herrenhaus, ohne Burggraben, da ihm der Fluß als Schutz diente, mit niedrigen Türmchen und einer schmutzigen Umgebung. Armut und Verfall kennzeichneten die Stätte. Das Dach hing an mehreren Stellen durch; der Taubenschlag schien wenig bevölkert zu sein. Das bemooste Mauerwerk war von tiefen Rissen durchzogen, und im angrenzenden Wald gähnten tiefe Kahlschläge mit Hunderten von Baumstümpfen, die ganz nahe am Boden abgesägt waren.

Im Hof herrschte lebhaftes Hin und Her, als der junge Mann aus Siena einritt. Drei königliche Büttel, den Lilienstock in der Hand, kommandierten einige zerlumpte, völlig verstörte Leibeigene herum, ließen das Vieh aus den Ställen treiben, die Ochsen paarweise zusammenbinden und Kornsäcke aus der Mühle schaffen und auf einen Wagen des Profosen werfen. Das Geschrei der Büttel, das Gerenne der verängstigten Bauern, das Blöken von etwa zwanzig Lämmern, das Gekreisch des Federviehs, das alles ergab einen Höllenlärm.

Niemand kümmerte sich um Guccio; niemand versorgte sein Pferd, dessen Zügel er selbst um einen Haltering geschlungen hatte. Ein alter Bauer sagte nur im Vorübergehen:

»Das Unglück verfolgt dieses Haus. Wenn der Herr das sehen müßte, würde er sofort wieder in die Grube fahren. Es gibt keine Gerechtigkeit!«

Die Tür zum Wohnhaus stand offen, und der Lärm einer heftigen Auseinandersetzung scholl heraus.

›Mir scheint, ich komme ungelegen‹, dachte Guccio, dessen üble Laune sich noch mehr verschlechterte.

Er stieg die Treppe zum Eingang hinauf, folgte den Stimmen und kam in einen langgestreckten, düsteren Saal mit Steinmauern und einer Balkendecke.

Ein junges Mädchen, das er keines Blickes würdigte, kam ihm entgegen.

»Ich komme in Geschäften und möchte jemanden vom Hause sprechen«, erklärte er.

»Ich bin Marie de Cressay. Meine Brüder sind hier und meine Mutter ebenfalls«, erwiderte das junge Mädchen mit zögernder Stimme und zeigte in den Saal. »Aber sie sind im Augenblick sehr beschäftigt . . .«

»Macht nichts«, sagte Guccio, »ich warte.« Und um seine Absicht zu bekräftigen, pflanzte er sich vor dem Kamin auf und streckte seinen Stiefel ans Feuer, obgleich ihn keineswegs fror.

Im Hintergrund des Saales wurde heftig geschrien. Madame de Cressay, flankiert von ihren beiden großen, grobschlächtigen Söhnen, von denen der eine bärtig, der andere glattrasiert war, bot alle ihre Kräfte auf, um einer vierten Person Widerpart zu halten. Guccio begriff bald, daß dieser vierte der Profos Portefruit war.

Madame de Cressay – Dame Eliabel, wie man sie weit und breit nannte – hatte lebhaft funkelnde Augen, einen üppigen Busen und trug stattliche vierzig Jahre unter ihren Witwenkleidern.

»Herr Profos«, schrie sie, »mein Gemahl hat sich in Schulden gestürzt, um sich für den Krieg des Königs ausrüsten zu können, aus dem er mehr Wunden als Beute heimgebracht hat. Das herrenlose Gut wurde inzwischen schlecht und recht bewirtschaftet. Wir haben immer alle Personen- und Realsteuern abgeführt und der Kirche Almosen gegeben. Ich möchte wissen, wer in der Provinz pünktlicher bezahlt hat. Und um Leute Eures Schlages zu mästen, Messire Portefruit, Leute, deren Großväter noch barfuß in unseren Bächen wateten, will man uns jetzt ausplündern.«

Guccio schaute sich um. Ein paar gewöhnliche Hocker, zwei Stühle mit Rückenlehnen, Bänke, die an der Mauer befestigt waren, Truhen und hinter einem Vorhang ein riesiger Bettschragen, aus dem der Strohsack hervorquoll, bildeten die Einrichtung. Über dem Kamin hing ein altes, verblaßtes Wappenschild, wohl der Kampfschild des verstorbenen Herrn de Cressay.

»Ich werde beim Grafen de Dreux Klage führen«, fuhr Dame Eliabel fort.

»Der Graf de Dreux ist nicht der König, und ich führe hier die Befehle des Königs aus«, erwiderte der Profos.

»Das glaube ich Euch nicht, Herr Profos. Ich kann nicht glauben, daß der König Befehl gibt, eine Familie von zweihundert Jahre altem Adel wie Verbrecher zu behandeln. Oder es müßte schlimm um das Reich bestellt sein.«

»Gebt uns wenigstens Zeit«, sagte der bärtige Sohn. »Wir werden in kleinen Summen bezahlen. So schnürt man den Leuten doch nicht die Luft ab!«

»Schluß mit dem Palaver. Ich habe Euch schon einmal Zeit gegeben, und Ihr habt trotzdem nicht bezahlt«, fiel ihm der Profos ins Wort.

Er hatte kurze Arme, ein rundes Gesicht und sprach in barschem Ton.

»Meines Amtes ist nicht, Eure Kümmernisse anzuhören, sondern die Schulden einzutreiben«, fuhr er fort. »Ihr schuldet der Staatskasse noch dreihundertzwanzig Livres und acht Sous; wenn Ihr sie nicht habt, um so schlimmer. Ich pfände und verkaufe.«

Guccio dachte: ›Dieser Bursche nimmt mir die ganze Rede vorweg, die ich mir zurechtgelegt habe. Und wenn er hier fertig ist, bleibt für mich nichts mehr zu holen. Entschieden schlechte Reise. Soll ich mich nicht gleich einmischen?‹ Er ärgerte sich über diesen Profos, der ihm in die Quere gekommen war und die Rolle weggeschnappt hatte, die er selbst hatte spielen wollen.

Das junge Mädchen, das ihn empfangen hatte, war in seiner Nähe geblieben. Er betrachtete es genauer. Es hatte schönes blondes Haar, das in Wellen unter seiner Haube hervorquoll, eine durchsichtig zarte Haut, große dunkle Augen und einen schlanken, aufrechten und ebenmäßigen Wuchs. Es schämte sich offensichtlich, daß ein Fremder Zeuge dieser Szene wurde. Es kam nicht alle Tage vor, daß sich ein junger, reich gekleideter Kavalier von angenehmem Äußeren hierher verirrte. Welch ein Mißgeschick, daß es gerade heute sein mußte, da die Familie sich im ungünstigsten Licht zeigte.

Guccios Augen ruhten auf Marie de Cressay. So schwer es ihm fiel, er mußte zugeben, daß er Nachteiliges über sie gesprochen hatte, ohne sie zu kennen. Man war nicht darauf gefaßt, an einem solchen

Ort ein so schönes Mädchen anzutreffen. Guccios Blick glitt vom Gesicht zu den Händen; sie waren weiß, wohlgeformt und geschmeidig und straften das Gesicht nicht Lügen.

Im Hintergrund des Saales ging die Auseinandersetzung weiter.

»Ist es noch nicht genug, wenn man den Gemahl verliert; muß man auch noch sechshundert Livres zahlen, damit man ein Dach über dem Kopf behält? Ich werde beim Grafen de Dreux Klage führen«, wiederholte Dame Eliabel.

»Wir haben doch schon dreihundert Livres bezahlt«, sagte der bärtige Sohn.

»Uns pfänden heißt uns dem Hunger ausliefern, und unsere Habe verkaufen heißt uns töten«, sagte der zweite Sohn.

»Befehl ist Befehl«, erwiderte der Profos; »ich kenne mein Recht, und ich werde den Verkauf durchführen genau wie die Pfändung.«

»Das waren wieder die gleichen Worte, die auch Guccio sich zurechtgelegt hatte.

»Dieser Profos ist mir widerlich. Was will er von Euch?« fragte Guccio leise.

»Ich habe keine Ahnung und meine Brüder wohl auch nicht; wir verstehen nicht viel von diesen Dingen«, erwiderte Marie de Cressay. »Es handelt sich um die Erbschaftssteuer . . .«

»Und dafür verlangt er sechshundert Livres?« sagte Guccio und runzelte die Stirn.

»Ach, Messire, das Unglück ist über uns hereingebrochen«, murmelte sie.

Ihre Blicke trafen sich, tauchten ineinander, und Guccio glaubte schon, daß das junge Mädchen zu weinen anfangen würde. Aber nein: Auch im Unglück bewahrte es seine Haltung, und nur aus Scham wandte es die dunkelblauen Augen ab.

Guccio überlegte. Sein Zorn war auf dem besten Wege, sich auf den Profos zu übertragen, denn dieser Mann gebärdete sich genau als der hartherzige Schurke, den er selbst hatte spielen wollen.

Plötzlich stürmte er mit Riesenschritten durch den Saal, pflanzte sich vor dem Vertreter der Staatsgewalt auf und stieß hervor:

»Erlaubt, Herr Profos! Seid Ihr nicht drauf und dran, so etwas wie einen Diebstahl zu begehen?«

Bestürzt wandte der Profos sich nach ihm um und fragte, wer er sei.

»Das tut nichts zur Sache«, erwiderte Guccio, »und wünscht nicht, es bald zu erfahren, falls Eure Bücher nicht in Ordnung sein sollten. Auch ich habe einigen Grund, mich für die Erbschaft des Herrn de Cressay zu interessieren. Sagt mir gefälligst, wie hoch Ihr den Wert dieses Besitzes einschätzt.«

Da der andere versuchte, ihn von oben herab zu behandeln, und drohte, seine Büttel zu rufen, fuhr Guccio fort:

»Nehmt Euch in acht! Ihr sprecht mit einem Mann, der erst vorgestern bei der Königin von England zu Gast war und der die Macht besitzt, schon morgen Messire Enguerrand de Marigny wissen zu lassen, wie seine Profose vorgehen. Antwortet also, Messire: Was ist das Gut wert?«

Diese Worten machten großen Eindruck. Der Name Marigny beunruhigte den Profos; die Familie schwieg erwartungsvoll und erstaunt; und Guccio war es, als sei er um zwei Zoll gewachsen.

»Cressay ist in der amtlichen Schätzungsliste mit dreitausend Livres aufgeführt«, antwortete der Profos schließlich.

»Dreitausend, wahrhaftig?« rief Guccio. »Dreitausend Livres, dieses Landhaus, während das Hôtel de Nesle, eines der schönsten Palais von Paris und Wohnsitz des Königs von Navarra, mit fünftausend Livres in den Steuerregistern geführt wird? Man schätzt hoch ein in Eurem Amtsbezirk.«

»Es gehören Ländereien dazu.«

»Das Ganze ist höchstens fünfzehnhundert Livres wert, ich weiß es aus sicherer Quelle.«

Der Profos hatte über dem linken Auge seit seiner Geburt ein großes Feuermal, das dunkelblau wurde, wenn er sich aufregte. Und Guccio starrte während seiner ganzen Rede beharrlich auf dieses Feuermal, was den Profos vollends aus dem Konzept brachte.

»Wollt Ihr mir jetzt sagen«, begann Guccio von neuem, »wie hoch sich die Erbschaftssteuer beläuft?«

»Vier Sous pro Livre in diesem Bezirk.«

»Ihr lügt gewaltig, Messire Portefruit. Die Steuer beträgt zwei Sous für die Adeligen in jedem Bezirk. Ihr seid nicht der einzige, der das Gesetz kennt, ich kenne es auch. Dieser Mann nützt Eure Unkenntnis aus, um Euch zu schröpfen wie ein Schuft«, sagte Guccio zur Familie Cressay. »Er will Euch einschüchtern, indem er vorgibt, im Namen des Königs zu sprechen, aber er sagt Euch nicht, daß er die Steuereinnahmen gepachtet hat, daß er der Staatskasse nur die gesetzlich vorgeschriebene Summe abführt und daß alles, was er mehr herausschlägt, in seine eigene Tasche fließt. Und wenn er Euren Besitz verkaufen läßt, wer wird das Schloß Cressay wohl erwerben, und zwar nicht für dreitausend Livres, sondern für fünfzehnhundert oder auch nur für die Schuldsumme? Solltet nicht zufällig Ihr selbst, Herr Profos, Euch mit diesem feinen Plane tragen?«

Guccios ganze Gereiztheit, seine Erbitterung und sein Zorn, der sich unterwegs in ihm angestaut hatte, fanden jetzt ein Ventil. Er erhitze sich beim Sprechen. Endlich hatte er Gelegenheit, sich wichtig zu machen, sich Respekt zu verschaffen und den starken Mann zu spielen. Er merkte selbst nicht, wie er in das Lager überwechselte, das er ursprünglich hatte bekämpfen wollen; er übernahm die Verteidigung der Schwächeren, trat als Anwalt der Verfolgten auf.

Das dicke, runde Gesicht des Profosen war schneeweiß geworden, sein violettes Feuermal über dem Auge bildete einen dunklen Fleck. Er ruderte wie eine Ente mit seinen zu kurzen Armen. Er beteuerte seine Ehrlichkeit. Nicht er hatte die Rechnung aufgestellt. Es konnte ein Irrtum unterlaufen sein . . . seinen Gehilfen vielleicht . . .

»Nun gut! Wir werden sie noch einmal aufstellen, Eure Rechnung«, sagte Guccio.

Im Handumdrehen bewies er ihm, daß die Familie Cressay nicht mehr als hundertfünfzig Livres parisis zu bezahlen hatte.

»Und jetzt gebt Euren Bütteln Befehl, die Ochsen loszubinden, das Korn wieder in die Mühle zu schaffen und anständige Leute in Ruhe zu lassen!«

Und er packte den Profos beim Ärmel und führte ihn zur Tür. Der andere biß in den sauren Apfel und schrie seinen Leuten zu, daß ein Irrtum vorliege, daß man nachprüfen müsse, daß man ein anderes Mal wiederkommen werde und daß alles wieder an seinen Platz gebracht werden müsse. Damit glaubte er, alles hinter sich zu haben.

Guccio führte ihn jedoch in den Saal zurück und sagte zu ihm: »Und jetzt gebt uns die hundertfünfzig Livres zurück.«

Denn Guccio hatte sich bereits so weit mit der Sache der Familie Cressay identifiziert, daß er »uns« sagte, wenn er sie verfocht.

Jetzt erstickte der Profos beinahe vor Wut, aber Guccio beruhigte ihn schnell.

»Habe ich nicht soeben gehört«, fragte er, »daß Ihr bereits früher dreihundert Livres einkassiert habt?«

Die beiden Brüder nickten.

»Nun denn, Herr Profos . . . hundertfünfzig Livres«, sagte Guccio und hielt die Hand hin.

Der dicke Profos sträubte sich aus Leibeskräften. Was bezahlt war, war bezahlt. Man müßte erst die Abrechnungen nachsehen. Außerdem hätte er nicht so viel Gold bei sich. Er würde ein anderes Mal wiederkommen.

»Es wäre besser für Euch, wenn Ihr dieses Gold dabei hättet. Seid Ihr ganz sicher, daß Ihr heute noch nichts eingenommen habt . . .? Die Kommissare Messire de Marignys machen nicht viel Federlesens«, erklärte Guccio, »und Ihr tätet besser daran, diese Angelegenheit auf der Stelle zu erledigen.«

Der Profos schwankte noch. Sollte er seine Büttel rufen? Aber der junge Mann sah äußerst kampflustig aus und trug ein gutes, kurzes

Schwert an der Seite. Und dann waren da die beiden Brüder Cressay, die solide gebaut waren und deren Jagdspeere in Reichweite auf einer Truhe lagen. Die Bauern würden bestimmt die Partei ihrer Herren ergreifen. Eine üble Geschichte, auf die er sich besser nicht einließ, um so weniger, als der Name Marigny im Spiele war. Er gab klein bei, zog eine dicke Börse unter seinem Gewand hervor und zählte die Summe auf den Deckel einer Truhe. Erst jetzt ließ Guccio ihn gehen.

»Wir werden uns Euren Namen merken, Messire Portefruit«, schrie er ihm noch nach.

Und er kam zurück, lachte breit und entblößte dabei eine lückenlose Reihe schöner, weißer Zähne.

Sogleich umringte ihn die ganze Familie, überschüttete ihn mit Segenswünschen und nannte ihn ihren Retter. In der allgemeinen Begeisterung ergriff Marie de Cressay Guccios Hand und führte sie an ihre Lippen; dann schien sie erschreckt über ihre Kühnheit zu sein.

Guccio, der entzückt von sich selbst war, lebte sich aufs trefflichste in seine neue Rolle ein. Diesmal hatte er sich seines Ritterideals würdig erwiesen; er war der fahrende Ritter, der in ein fremdes Schloß kommt, um der bedrängten Unschuld beizustehen, die Witwe und die Waisen vor Bösewichtern zu beschützen.

»Aber sagt nun, wer seid Ihr, Messire, wem schulden wir so viel Dank?« fragte Jean de Cressay, der mit dem Bart.

»Ich heiße Guccio Baglioni; ich bin der Neffe des Bankhauses Tolomei und komme, um die Schuld zu kassieren.«

Schweigen fiel über das Gemach, und die Gesichter erstarrten. Die Familienmitglieder sahen einander voll Angst und Bestürzung an. Und Guccio kam sich vor, als habe er eine schimmernde Rüstung abgelegt.

Dame Eliabel faßte sich zuerst. Hastig strich sie das Gold ein, das der Profos zurückgelassen hatte. Es gelang ihr, zu lächeln und fröhlichen Tones vorzuschlagen, daß man über all das später sprechen wolle; zunächst aber bestehe sie darauf, daß ihr Wohltäter ihnen die Ehre erweise, zum Nachtmahl zu bleiben.

Sie begann, große Geschäftigkeit zu entfalten, schickte ihre Kinder mit verschiedenen Aufträgen hinaus, traf sich dann mit ihnen in der Küche und sagte zu ihnen:

»Aufgepaßt, er ist trotz allem ein Lombarde. Vor diesen Leuten muß man immer auf der Hut sein, vor allem wenn sie einem einen Dienst erwiesen haben. Es ist höchst bedauerlich, daß Euer armer Vater sich mit ihnen einlassen mußte. Zeigen wir diesem da, der im übrigen recht anständig aussieht, daß wir überhaupt kein Geld haben, aber benehmen wir uns dabei so, daß er nicht unseren adeligen Stand vergißt.«

Denn Madame de Cressay war wie alle kleinen Landedelleute äußerst adelsstolz, und sie glaubte, jedem Bürgerlichen eine große Ehre zu erweisen, wenn sie ihn an ihrem Tische sitzen ließ.

Zufällig hatten die beiden Söhne am Vortag reiche Jagdbeute heimgebracht. Man drehte noch einigem Federvieh den Kragen um und konnte so die beiden Gänge zu je vier Gerichten zusammenbringen, wie die Hofetikette sie vorschrieb. Der erste Gang bestand aus einer Fleischbrühe, danach kamen verlorene Eier, eine Gans, ein Kaninchenragout und ein gebratener Hase. Der zweite Gang setzte sich aus Wildschweinschwanz in Sauce, aus einem fetten Kapaun, saurer Milch und einer Süßspeise zusammen.

Eine bescheidene Speisenfolge, die dennoch sehr vorteilhaft von dem Mehlbrei und den Linsen mit Speck abstach, womit die Familie sich nach bäuerlicher Art meist begnügen mußte.

Die Vorbereitungen brauchten Zeit. Wein wurde aus dem Keller geholt, eine Tafel über zwei Böcken vor einer der Bänke im großen Saal aufgestellt. Ein weißes Tischtuch hing bis zum Boden hinab. Die Tafelnden legten es sich auf die Knie, um sich die Hände daran abzuwischen. Je zwei von ihnen bekamen eine zinnerne Fingerschale, Dame Eliabel hatte eine für sich allein, wie es ihrem Rang zukam. Die Schüsseln wurden mitten auf den Tisch gestellt, und jeder nahm sich mit der Hand heraus.

Drei Bauern, die für gewöhnlich wohl im Wirtschaftshof arbeiteten, waren hereinbeordert worden und bedienten bei Tisch. Sie rochen ein wenig nach Schweinetrog und Kaninchenstall.

»Unser Truchseß«, sagte Dame Eliabel mit abbittender Ironie und zeigte auf den Hinkenden, der mühlsteindicke Brotschnitten absäbelte, auf denen man das Fleisch aß. »Ihr müßt wissen, Signor Baglioni, daß er sich vor allem aufs Holzspalten versteht. Das erklärt alles . . .«

Guccio aß und trank reichlich. Der Mundschenk hatte eine schwere Hand, er goß ein, als gelte es, Pferde zu tränken.

Die Familie drängte Guccio, zu erzählen, was auch ohne große Mühe gelang. Er schilderte den Sturm im Ärmelkanal so lebhaft, daß seine Gastgeber den Wildschweinschwanz wieder in die Sauce fallen ließen. Er berichtete über alles, was er erlebt hatte, über den Zustand der Straßen, über die Templer, die Brücke von London, über Italien, über die Verwaltungsarbeit Marignys. Wenn man ihn hörte, so war er der Vertraute der Königin von England, und er kam mit solcher Hartnäckigkeit immer wieder auf seine geheimnisvolle Mission zurück, daß man glauben konnte, es würde jeden Augenblick Krieg zwischen den beiden Ländern ausbrechen. »Ich kann Euch nicht mehr darüber sagen, denn es handelt sich um ein Staatsgeheimnis, das ich nicht ausplaudern darf.« Wenn man sich vor anderen großtut, glaubt man bald selbst an seine Heldentaten. Guccio sah die Dinge jetzt mit anderen Augen als am Vormittag und fand, daß seine Reise ein großer Erfolg gewesen war.

Die beiden Brüder Cressay, wackere, aber ein wenig einfältige junge Leute, die nie weiter herumgekommen waren als zehn Meilen im Umkreis ihres Hauses, bewunderten und beneideten diesen jungen Mann, der noch nicht einmal so alt war wie sie und schon so viel gesehen und erlebt hatte.

Dame Eliabel, die bereits ein wenig aus den Nähten platzte, kam nach der reichlichen Mahlzeit der Wunsch an, sich für die Entbehrungen ihres Witwenstandes zu entschädigen. Ungeniert betrachtete sie den jungen Toskaner mit zärtlichen Blicken; ihr üppiger Busen hob und senkte sich so heftig, daß sie selbst davon überrascht war, und trotz ihrer Voreingenommenheit gegen die Lombarden fand sie vieles an Guccio reizend, sein lockiges Haar, die blitzenden Zähne, den dunklen, feuchten Blick und selbst seinen lispelnden Akzent. Sie machte ihm darüber geschickte Komplimente.

»Hüte dich vor Schmeicheleien«, hatte Tolomei seinen Neffen oft ermahnt. »Die Schmeichelei ist die schlimmste Gefahr für einen Bankier. Wer kann schon widerstehen, wenn man ihn lobt; ein Dieb schadet uns weniger als ein Schmeichler.« Aber an diesem Abend war Guccio weit davon entfernt, an diesen Rat zu denken, und trank die Lobsprüche wie Nektar.

In Wahrheit galten seine Reden vor allem Marie de Cressay, jenem jungen Mädchen, das kein Auge von ihm wandte und die schönen, goldenen Wimpern zu ihm aufschlug. Sie hatte eine besondere Art, ihm zuzuhören: Die halbgeöffneten Lippen schimmerten wie ein reifer Granatapfel, und Guccio hatte nur den Wunsch, zu reden, immer weiterzureden und dann lange in diesen Granatapfel zu beißen.

Einem Unbekannten haftet leicht ein besonderer Nimbus an. Für Marie war Guccio der fremde Prinz, der durch die Lande zog. Er verkörperte das Unvorhergesehene, das Unverhoffte, den allzuoft geträumten Traum, der unerfüllbar schien und plötzlich an die Tür klopfte und ein Gesicht, Schultern, einen Namen besaß.

So viel Bewunderung im Blick und auf den Zügen Marie de Cressays bewirkte, daß sie Guccio bald als das schönste und begehrenswerteste Geschöpf auf Gottes Erdboden vorkam. Im Vergleich zu ihr erschien die Königin von England kalt wie ein Grabstein. ›Wenn sie entsprechend gekleidet bei Hof erschiene‹, sagte sich Guccio, ›so würde sie dort innerhalb einer Woche die gefeiertste Schönheit sein.‹

Die Mahlzeit zog sich lange hin. Als man sich endlich die Hände wusch, war die ganze Tafel ein wenig angeheitert, und die Nacht sank hernieder. Dame Eliabel entschied, daß der junge Mann um diese Stunde nicht mehr zurückreiten könnte, und bat ihn, ein wenn auch bescheidenes Nachtlager im Schloß anzunehmen.

»Ihr werdet hier schlafen«, sagte sie und deutete auf die geräumige Bettstatt, in der sich bequem sechs Personen hätten ausstrecken können.

»In glücklicheren Zeiten schliefen hier die Wachen. Jetzt schlafen meine Söhne hier. Ihr werdet ihr Lager teilen.«

Sie versicherte ihm auch, daß sein Pferd gut versorgt und in den Stall gebracht würde. Das Abenteuer des fahrenden Ritters ging weiter, und Guccio fand dieses Abenteuer aufregend.

Dame Eliabel und ihre Tochter zogen sich bald in ihre Kemenate zurück, und Guccio streckte sich neben den Brüdern Cressay auf dem riesigen Strohsack im Rittersaal aus. Er fiel bald in einen tiefen Schlummer. Noch im Einschlafen sah er einen Mund vor sich, der einem reifen Granatapfel glich und von dem seine Lippen alle Liebe der Welt tranken.

Die Reise nach Neauphle

Guccio erwachte, als eine Hand sich leicht auf seine Schulter legte. Beinahe hätte er diese Hand ergriffen und an seine Lippen gedrückt . . . Als er die Augen aufschlug, sah er über sich die ausladenden Formen und das lächelnde Gesicht Dame Eliabels.

»Habt Ihr gut geschlafen, Messire?«

Es war heller Tag. Guccio versicherte ein wenig verlegen, daß er die beste Nacht seines Lebens verbracht habe und daß er jetzt schleunigst Toilette machen wolle.

»Es ist eine Schande, so vor Euch zu erscheinen«, sagte er.

Dame Eliabel klatschte in die Hände, und der hinkende Bauer, der tags zuvor bei Tisch bedient hatte, trat ein, eine Axt in der Hand. Madame de Cressay befahl ihm, eine Schüssel mit heißem Wasser und »Leinwand«, das heißt Handtücher zu bringen.

»Früher gab es im Schloß eine eigene Badestube«, sagte sie. »Aber die ganze Einrichtung ist in Stücke gegangen. Sie stammte noch vom Großvater meines Seligen, und wir hatten nie genug Geld, um sie instand setzen zu lassen . . . Heute dient sie als Holzschuppen. Ach! Wir Landleute haben es wahrlich nicht leicht!«

›Jetzt fängt sie an, mich wegen der Schuld zu bearbeiten‹, dachte Guc-

Sein Kopf war noch ein wenig weinschwer vom Vorabend, und Dame Eliabel war nicht ganz die Person, die er beim Erwachen zu sehen gehofft hatte. Er fragte, wo Pierre und Jean de Cressay seien; sie waren beim ersten Hahnenschrei zur Jagd aufgebrochen. Dann erkundigte er sich zögernd nach Marie. Dame Eliabel erklärte, ihre Tochter sei nach Neauphle gegangen, wo sie Einkäufe erledigen müsse.

»Ich muß auch hin, und so schnell wie möglich«, sagte Guccio. »Wenn ich es gewußt hätte, so hätte ich sie zu mir aufs Pferd nehmen und ihr den Weg ersparen können.

Dame Eliabel schien nicht übermäßig zu bedauern, daß daraus nichts geworden war, und Guccio fragte sich, ob die Schloßherrin nicht absichtlich ihre ganze Familie weggeschickt hatte, um mit ihm allein zu bleiben. Denn als der Hinkende das Wasser gebracht hatte, wovon er gut den vierten Teil verschüttete, blieb Dame Eliabel ungerührt im Zimmer und machte sich daran, die Handtücher vor dem Feuer zu wärmen. Guccio wartete, daß sie sich zurückzöge.

»Wascht Euch doch, junger Herr«, sagte sie. »Unsere Diener sind so tölpelhaft, sie würden Euch beim Abtrocknen die Haut abziehen. Und das ist wohl das wenigste, daß ich Euch pflege. Los! Geniert Euch nicht; ich könnte Eure Mutter sein.«

Guccio stammelte einen Dank, der ihm nicht von Herzen kam. Er entschloß sich, sich bis zum Gürtel auszuziehen, und besprengte Gesicht und Oberkörper mit lauem Wasser, wobei er den Blick der Dame mied. Er war ziemlich mager, wie man es in seinem Alter ist, aber seine kleine Gestalt war gut gewachsen. ›Ich kann noch von Glück sagen, daß sie keine Bütte hat bringen lassen. Dann hätte ich mich unter ihren Augen völlig entkleiden müssen. Diese Landbewohner haben kuriose Sitten.‹

Als er fertig war, kam sie mit den Handtüchern und fing an, ihn abzureiben. Guccio überlegte, daß er sogleich aufbrechen und einen scharfen Galopp anschlagen müsse. Dann würde er vielleicht Glück haben und Marie auf der Straße nach Neauphle einholen oder sie im Städtchen treffen.

»Was habt Ihr für eine schöne Haut, Messire«, sagte Dame Eliabel plötzlich munteren Tones, aber ihre Stimme zitterte leicht. »Die Frauen könnten Euch um diese zarte Haut beneiden . . . und ich stelle mir vor, daß manch eine Appetit darauf haben dürfte. Dieses schöne Goldbraun muß jeder gefallen.«

Dabei streichelte sie ihn, fuhr mit den Fingerspitzen an seinem Rückgrat entlang. Das kitzelte Guccio, und er drehte sich lachend um.

Dame Eliabels Blick zeigte Verwirrung, ihr Busen wogte, und ein seltsames Lächeln veränderte ihre Züge. Guccio fuhr schleunigst in sein Hemd.

»Ach, wie schön ist doch die Jugend!« begann Dame Eliabel von neuem. »Wenn ich Euch so ansehe, dann möchte ich wetten, daß Ihr sie weidlich nutzt und all ihre Freiheiten bis zur Neige auskostet.«
Guccio kleidete sich so diskret wie möglich an. Madame de Cressay schwieg, und man hörte sie atmen. Dann fragte sie:
»Nun, lieber Herr, was werdet Ihr wegen der Schuld unternehmen?«
›Jetzt wären wir soweit‹, dachte Guccio.
»Ihr könnt von uns alles verlangen, was Ihr wollt«, fuhr sie fort; »Ihr seid unser Wohltäter, und wir segnen Euch dafür. Wenn Ihr das Gold möchtet, das Ihr den Profos zurückzahlen ließet, so gehört es Euch, nehmt es mit; hundert Livres, wenn Ihr wollt. Aber Ihr seht, wie es um uns bestellt ist, und Ihr habt bewiesen, daß Ihr ein gutes Herz besitzt.«
Dabei sah sie ihm zu, wie er seine Reithose festband. Guccio befand sich also in einer Situation, die für geschäftliche Besprechungen nicht gerade günstig war.
»Wer uns eben erst gerettet hat, wird uns jetzt nicht ins Verderben stürzen«, fuhr sie fort. »Ihr Stadtleute habt keine Ahnung, wie schwer es unser Stand hat. Wenn wir Eure Bank noch nicht ausbezahlt haben, so deshalb, weil wir nicht dazu in der Lage waren. Die Leute des Königs schröpfen uns; Ihr konntet es selbst feststellen. Die Leibeigenen arbeiten nicht mehr so wie früher. Seit den neuen Verordnungen[12] spukt ihnen der Gedanke an die Freilassung in den Köpfen; es ist nichts mehr mit ihnen anzufangen; es fehlte nicht viel, und diese Bauernlümmel glaubten, auf gleichem Fuß mit Euch und mir zu stehen. Denn wenn Ihr auch nicht von Adel seid«, bemerkte sie, um zu unterstreichen, welche Ehre sie ihm erwies, indem sie ihn mit ihrem eigenen Stand verglich, »so hättet Ihr doch den Adelstitel verdient . . . Dazu kommt, daß uns das, was wir in dem einen Jahr ernten, durch die Ungunst der Witterung im nächsten wieder verlorengeht und daß unsere Männer das wenige, was wir zurücklegen, für die Kriegszüge ausgeben, wenn sie nicht gar ihr Leben dabei lassen müssen.«
Guccio, der nur einen Gedanken im Kopf hatte: Marie wiederzusehen, versuchte sie abzulenken.
»Darüber habe nicht ich zu entscheiden, sondern mein Onkel«, sagte er. Aber schon wußte er, daß er besiegt war.
»Ihr könnt Eurem Onkel vor Augen führen, daß er sein Geld nicht schlecht anlegt; ich wünsche ihm, daß alle seine Schuldner so ehrlich wären, wie wir es sind. Gebt uns noch ein Jahr Zeit; wir werden gute Zinsen bezahlen. Tut es mir zuliebe; ich werde es Euch zu danken wissen«, sagte Dame Eliabel und ergriff seine Hände.
Leicht verwirrt, aber dennoch Guccio unverwandt ins Auge blickend, fügte sie hinzu:

»Wißt Ihr, lieber Herr, daß ich mich, als Ihr gestern ankamt – eine Dame dürfte so etwas vielleicht niemals aussprechen, aber sei's drum! –, auf den ersten Blick zu Euch hingezogen fühlte? Alles, was in meiner Kraft steht, würde ich Euch zuliebe tun . . .!«

Guccio hatte nicht genug Geistesgegenwart, um zu antworten: Dann bezahlt doch mir zuliebe Eure Schulden.

Ganz offensichtlich war die Witwe willens, mit ihrer Person zu bezahlen, und man konnte darüber im Zweifel sein, ob sie sich opferte, um die Bezahlung der Schuld hinauszuschieben, oder ob sie die Schuld zum Vorwand nahm, um sich opfern zu können.

Als echter Italiener dachte Guccio, daß es eigentlich angenehm sein müßte, Mutter und Tochter zugleich zu besitzen. Für einen Mann, der die reife Fülle liebte, hatte Dame Eliabel noch durchaus ihre Reize. Ihre Hände waren weich, und ihr Busen schien bei aller Üppigkeit seine festen Formen bewahrt zu haben. Aber das konnte immer nur ein zusätzliches Vergnügen sein. Das Spiel würde jeden Reiz verlieren, wenn er Gefahr liefe, die Junge zu verpassen, weil er bei der Alten seine Zeit vertat.

Guccio kam endlich los, indem er vorgab, von Dame Eliabels Gunst tief gerührt zu sein, und versicherte, daß er alles tun werde, um die Angelegenheit für sie zu regeln; aber dazu sei es notwendig, daß er unverzüglich nach Neauphle eile, um den Fall mit den Bankleuten zu besprechen.

Er trat in den Hof hinaus, fand den Hinkenden, dem er gebot, sogleich sein Pferd zu satteln, schwang sich in den Sattel und ritt nach dem Marktflecken. Keine Marie war auf dem Weg zu sehen. Im Dahingaloppieren überlegte er, ob das junge Mädchen wirklich so schön sei, wie er es vom Vortag in Erinnerung hatte, ob er sich nicht getäuscht habe, als er in ihren Augen ein Versprechen zu lesen glaubte, ob nicht alles überhaupt nur der Illusion der fortgeschrittenen Stunde zuzuschreiben und soviel Eile gar nicht wert sei. Denn es gibt Frauen, deren Blick vom ersten Moment an das Angebot völliger Hingabe zu enthalten scheint; dieser Blick ist ihnen jedoch angeboren; sie schauen ein Möbelstück oder einen Baum genauso an; und am Ende bieten sie überhaupt nichts . . .

Guccio sah Marie auch nicht auf dem Marktplatz. Er spähte in die Seitenstraßen, trat in die Kirche und blieb dort nur eben lange genug, um ein Kreuz zu schlagen und festzustellen, daß die Gesuchte auch nicht hier war. Dann begab er sich zum Bankkontor. Dort warf er den drei Angestellten vor, ihm eine falsche Auskunft gegeben zu haben. Der Familie Cressay gebühre der beste Ruf, sie seien ehrenwerte und kreditwürdige Leute. Man müsse ihnen die Forderung weiter stunden. Der Profos dagegen, der sei eine Erzkanaille . . . Guccio zeterte aus Leibeskräften, sah dabei jedoch unablässig aus dem Fenster. Die Angestellten schüttelten die Köpfe. Nachdenklich betrachteten sie diesen jungen Narren, der von heute auf morgen anderen Sinnes wurde, und dachten, wie jammerschade es wäre, wenn die Bank eines Tages ganz in seine Hände übergehen würde.

»Ich werde wahrscheinlich häufig hierherkommen; dieses Kontor bedarf strengster Überwachung«, verkündete er anstatt eines Abschiedsgrußes.

Er schwang sich in den Sattel, und die Kiesel stoben unter den Hufen seines Pferdes. ›Vielleicht hat sie einen kürzeren Pfad eingeschlagen‹, dachte er. ›Dann werde ich sie im Schloß wiedersehen, aber dort wird es nicht so einfach sein, sie allein zu treffen . . .«

Er war kaum aus dem Städtchen, als er eine Gestalt in Richtung auf Cressay sah und Marie erkannte. Mit einem Schlage hörte er, daß die Vögel sangen, sah, daß die Sonne vom Himmel strahlte, daß es Frühling war und zarte Blättchen an allen Bäumen sprossen. Beim Anblick des Kleides, das sich zwischen den grünen Wiesen bewegte, war auch für Guccio, der seit drei Tagen kaum noch aufgeblickt hatte, der Frühling eingekehrt.

Er zügelte sein Pferd und hielt neben Marie an. Sie blickte zu ihm auf, wohl überrascht, ihn hier zu sehen, aber doch so, als habe sie soeben das schönste Geschenk ihres Lebens erhalten. Der Gang hatte ihre Wangen gerötet, und Guccio fand sie noch viel schöner als tags zuvor.

Er bot ihr an, sie hinter sich aufs Pferd zu nehmen. Sie lächelte zustimmend, und wieder öffneten sich ihre Lippen wie eine reife Frucht. Guccio drängte sein Pferd an die Böschung und beugte sich herab, um Marie seinen Arm und seine Schulter anzubieten. Das junge Mädchen war leicht; gewandt zog es sich hoch, und sie ritten im Schritt weiter. Eine Zeitlang schwiegen beide. Guccio fehlten die Worte. Mit einem Mal wußte dieser Aufschneider nicht mehr, was er sagen sollte.

Er fühlte, daß Marie kaum wagte, sich an ihm festzuhalten. Er fragte sie, ob sie es gewohnt sei, so zu Pferde zu sitzen.

»Nur mit meinem Vater oder meinen Brüdern«, erwiderte sie.

Noch nie war sie so geritten, Seite an Rücken mit einem Fremden. Mit der Zeit wurde sie kühner und schlang den Arm fester um die Schultern des jungen Mannes.

»Habt Ihr es eilig, nach Hause zu kommen?« fragte er.

Sie antwortete nicht, und er lenkte sein Pferd in einen Seitenpfad, um auf der Anhöhe bleiben zu können.

»Euer Land ist schön«, begann er nach neuerlichem Schweigen; »so schön wie die Toskana.«

Damit machte er ihr ein großes, verliebtes Kompliment. Und wirklich, nie zuvor hatte er die Lieblichkeit der ländlichen Ile-de-France so stark empfunden. Guccios Blick verlor sich in die blaue Ferne bis zu der im leichten Nebel verschwimmenden Linie der Hügel und Wälder am Horizont, kehrte dann zu dem dichten Gras der umliegenden Wiesen zurück, zu den großen Flecken von milchigem, zarterem Grün der sprossenden Roggenfelder und zu den Weißdornhecken, an denen die klebrigen Knospen aufsprangen.

Guccio wollte wissen, wohin die Türme gehörten, die sich am südlichen Horizont von dem weithin wogenden Grün abhoben. Nur mit Mühe konnte Marie antworten, daß es die Türme von Montfortl'Amaury seien.

Eine Empfindung, aus Angst und Glück gemischt, ließ ihre Worte und Gedanken stocken. Wohin führte dieser Pfad? Sie wußte es nicht mehr. Wohin würde sie der Reiter führen? Auch das wußte sie nicht. Sie gehorchte einem Ruf, der noch keinen Namen hatte, der stärker war als die Furcht vor dem Unbekannten, stärker als alle Zucht, die man sie gelehrt hatte, als die Ermahnungen ihrer Familie und die Warnungen des Beichtvaters. Sie fühlte sich völlig einem fremden Willen ausgeliefert. Ihre Hände klammerten sich fester an diesen Mantel, an diesen Männerrücken, der in diesem Augenblick, da alles um sie ins Wanken geriet, der einzige feste Halt auf der ganzen Welt zu sein schien. Und durch die doppelte Dichte ihrer Kleider hindurch drangen die Herzschläge Maries bis in Guccios Brust.

Das Pferd trottete mit verhängten Zügeln und blieb schließlich stehen, um an einem jungen Trieb zu knabbern.

Guccio stieg ab, streckte die Arme nach Marie aus und hob sie herunter. Aber er ließ sie nicht los, seine Hände blieben um ihren Leib, dessen geschmeidige, straffe Schlankheit ihn erstaunte. Das junge Mädchen stand unbeweglich, eine scheue, aber willige Gefangene dieser Hände, die sie umschlossen hielten. Guccio fühlte, daß er sprechen mußte, aber die Phrasen, mit denen er sonst zu verführen suchte, blieben ihm in der Kehle stecken; und es waren italienische Worte, die sich schließlich über seine Lippen drängten:

»Ti voglio bene, ti voglio tanto bene.«

Sie schien zu verstehen, so sehr gab die Stimme den Sinn wieder.

Als Guccio nun Maries Gesicht im Sonnenlicht und ganz aus der Nähe betrachtete, bemerkte er, daß ihre Wimpern nicht golden waren, wie er am Abend geglaubt hatte. Marie hatte kastanienfarbenes Haar mit rötlichen Lichtern und den Teint einer Blondine. Große, dunkelblaue Augen unter schön geschwungenen Brauen. Woher kam dieser goldene Schimmer, der von ihr ausging? Mit jedem Augenblick wurde Marie für Guccios Blick ausgeprägter, wirklicher, und sie war vollendet schön in dieser Wirklichkeit. Er umschlang sie fester, seine Hand glitt zart an ihrer Hüfte entlang, dann über ihr Mieder.

»Nein . . .«, flüsterte sie und schob seine Hand zurück.

Aber als fürchte sie, ihm weh zu tun, hob sie leicht ihr Gesicht dem seinen entgegen. Ihre Lippen waren halb geöffnet, ihre Augen geschlossen. Guccio neigte sich über diesen Mund, diese schöne Frucht, nach der ihn so sehr gelüstete. Und lange blieben sie reglos aneinandergepreßt inmitten von Vogelgezwitscher und fernem Hundegebell, unter dem großen Atem der Natur, der die Erde unter ihren Füßen emporzuheben schien.

Als sie sich voneinander lösten, sah Guccio den schwarzen, knorrigen Stamm eines großen Apfelbaumes, der hier wuchs, und dieser Baum erschien ihm über alle Maßen schön und lebendig, als hätte er bis zum heutigen Tag nie dergleichen gesehen. Eine Elster hüpfte im jungen Roggen; der Stadtjunker war überwältigt von diesem Kuß inmitten der freien Natur.

Marie, deren Züge das Glück widerstrahlten, das sie erfüllte, blickte Guccio unverwandt in die Augen.

»Ihr seid gekommen: Endlich seid Ihr gekommen«, flüsterte sie.

Man hätte glauben können, daß sie ihn seit Anbeginn aller Zeiten, seit Anbeginn aller Nächte erwartet und sein Gesicht von jeher gekannt habe.

Wieder beugte er sich über ihren Mund, aber diesmal wehrte sie ihm.

»Nein, wir müssen nach Hause«, sagte sie.

Sie hatte die Gewißheit, daß die Liebe in ihr Leben getreten war, und für den Augenblick genügte ihr diese Gewißheit. Mehr wünschte sie nicht.

Als sie wieder hinter Guccio zu Pferd saß, schlang sie die Arme um die Brust des jungen Mannes, lehnte ihren Kopf gegen seine Schulter und überließ sich dem Rhythmus des Pferdes, ganz dem Manne verbunden, den Gott ihr geschickt hatte.

Marie war wundergläubig, sie fragte nicht nach dem Warum, die Gabe der Einbildungskraft jedoch war ihr versagt. Keinen Augenblick kam ihr der Gedanke, daß Guccios seelische Verfassung von der ihrigen verschieden sein, noch daß der Kuß, den sie getauscht hatten, für ihn eine andere Bedeutung haben könnte als die, welche sie ihm zumaß.

Erst als die Dächer von Cressay aus dem Tal auftauchten, richtete sie sich auf und nahm wieder die Haltung ein, die sich für ein Edelfräulein schickte.

Die beiden Brüder waren von der Jagd zurück. Dame Eliabel sah Maries Heimkehr in Guccios Begleitung nicht gern. Sie mißbilligte ihre Tochter mit einer Strenge, die weniger der Sorge um den Anstand entsprang als einem unbewußten Ärger. Obgleich die jungen Leute versuchten, sich nichts anmerken zu lassen, lag auf ihren Gesichtern ein Widerschein des Glücks, der der Schloßherrin mißfiel.

Aber in Gegenwart des jungen Bankiers wagte sie keine Bemerkung.

»Ich habe Fräulein Marie unterwegs getroffen und sie gebeten, mir die Umgebung Eures Gutes zu zeigen«, sagte Guccio. »Ihr besitzt reiche Ländereien.«

Dann fügte er hinzu:

»Ich habe angeordnet, daß Eure Schuld bis zum nächsten Jahr gestundet wird; ich hoffe, daß mein Onkel einverstanden ist. Kann man doch einer so edlen Dame nichts versagen!«

Dabei lächelte er Dame Eliabel an. Die gluckste ein wenig, und ihr Ärger legte sich.

Alle bedankten sich überschwenglich bei Guccio. Dennoch drängte man ihn nicht allzusehr, noch zu bleiben, als er seine Abreise ankündigte. Man hatte alles von ihm bekommen, was man wollte; er war wohl ein artiger Kavalier, dieser junge Lombarde, und hatte ihnen einen großen Dienst erwiesen ... aber schließlich kannte man ihn kaum. Und Dame Eliabel, die daran dachte, wie entgegenkommend sie am Morgen gewesen war und wie Guccio sie einfach hatte stehenlassen, war nicht sehr mit sich zufrieden. Aber die Schuld war gestundet, und nur darauf kam es an. Dame Eliabel fiel es nicht schwer, sich einzureden, daß ihre Reize beträchtlich dazu beigetragen hatten.

Die einzige Person, die aufrichtig wünschte, daß Guccio noch bliebe, wagte nicht, es zu sagen.

Eine gewisse Verlegenheit hatte sich mit einem Male aller bemächtigt. Dennoch drängte man Guccio, ein Viertel eines Rehs mitzunehmen, das die Brüder erlegt hatten, und nahm ihm das Versprechen ab, wiederzukommen. Er versprach es auch, aber diesmal blickte er heimlich zu Marie hinüber.

»Schon wegen der Schuld werde ich wiederkommen, verlaßt Euch darauf«, sagte er mit gespielter Munterkeit.

Sein Gepäck wurde auf das Pferd geschnallt, und er stieg in den Sattel.

Madame de Cressay sah ihm nach, wie er der Mauldre entlang davonritt. Mit einem tiefen Seufzer erklärte sie ihren Söhnen, wobei sie mehr zu sich selbst sprach als zu ihnen:

»Kinder, Eure Mutter weiß immer noch, wie man mit jungen Stutzern sprechen muß. Den hier habe ich richtig herumgekriegt. Er wäre weit unnachgiebiger gewesen, wenn ich ihn mir nicht allein vorgenommen hätte.«

Aus Furcht, sich zu verraten, war Marie bereits ins Haus zurückgegangen.

Guccio, der auf der Straße nach Paris dahingaloppierte, kam sich wie

ein unwiderstehlicher Verführer vor, der auf den Schlössern nur auf-
zutauchen brauchte, um alle Herzen zu brechen. Das Bild Maries am
Rande des Roggenfeldes ging ihm nicht aus dem Sinn. Und er nahm
sich vor, sobald wie möglich wieder nach Neauphle zu reisen, vielleicht schon in einigen Tagen.

Dergleichen Vorhaben faßt man auf Reisen, um sie dann doch nie
auszuführen.

Er traf spätabends in der Rue des Lombards ein und sprach bis tief in
die Nacht hinein mit seinem Onkel Tolomei. Der nahm wider-
spruchslos alle Erklärungen hin, die Guccio ihm in bezug auf die
Schuldverschreibung gab. Er hatte andere Sorgen im Kopf. Aber er
schien sich ganz besonders für die Machenschaften des Profosen Portefruit zu interessieren.

Als Guccio am nächsten Morgen erwachte, glaubte er, die ganze Nacht
von Marie geträumt zu haben. Im Laufe des Tages dachte er bereits
ein bißchen weniger an sie.

Er kannte in Paris zwei Kaufmannsfrauen, hübsche Bürgerinnen von
zwanzig Jahren, die ihm gewogen waren. Nach einigen Tagen hatte
er seine Eroberung von Neauphle vollständig vergessen.

Aber die Geschicke entwickeln sich langsam, und wir wissen nicht, ob
nicht eine Handlung, der wir ursprünglich keinerlei Bedeutung zu-
maßen, sich eines Tages als höchst folgenschwer erweist. Wer hätte
gedacht, daß der Kuß, den Guccio und Marie am Rande des Roggenfeldes tauschten, der Geschichte eine andere Wendung geben und die
schöne Marie bis an die Wiege eines Königs führen würde?

In Cressay begann Marie zu warten.

Die Reise nach Clermont

Zwanzig Tage später war das Städtchen Clermont de l'Oise der
Schauplatz eines ungewöhnlichen Treibens. Vom Schloß bis zu den
Stadttoren, von der Kirche bis zur Vogtei wogte eine große Volksmenge hin und her. In den Straßen und Schenken drängte man sich
in lärmender Fröhlichkeit. Seit dem frühen Morgen flatterten Tücher
vor den Fenstern: Ausrufer hatten verkündet, daß Monseigneur Philipp, Graf von Poitiers, zweitältester Sohn des Königs, und sein Onkel,
Monseigneur von Valois, im Namen des Herrschers hierherkommen
würden, um ihre Schwester und Nichte willkommen zu heißen.

Isabella, die vor zwei Tagen auf französischem Boden gelandet war,
zog jetzt durch die Picardie. Sie hatte am Morgen Amiens verlassen
und würde, wenn alles gutging, am Spätnachmittag in Clermont eintreffen. Sie würde die Nacht hier zubringen und sich am Morgen mit

ihrem Gefolge aus England, zu dem die französische Abordnung gestoßen war, nach Pontoise begeben, wo ihr Vater, Philipp der Schöne,
sie im Schloß Maubuisson erwartete.

Kurz nach dem Vesperläuten wurde die baldige Ankunft der Fürsten
gemeldet. Der Profos, der Stadthauptmann und die Schöffen fanden
sich am Stadttor ein, um die Schlüssel zu überreichen. Philipp von
Poitiers, der an der Spitze des Zuges ritt, nahm ihren Willkommensgruß entgegen und zog als erster in Clermont ein.

Hinter ihm ritten in einer riesigen Staubwolke, die von den Pferdehu-
fen aufgewirbelt wurde, mehr als hundert Edelleute, Schildknappen,
Knechte und Bewaffnete, die teils seinem Gefolge, teils dem Karls von
Valois angehörten.

Ein Haupt überragte alle anderen, das des gewaltigen Robert von
Artois, der, wo immer er vorüberkam, alle Blicke auf sich zog. Dieser
riesige Edelmann, der – wie der Reiter, so das Pferd – einen riesigen,
schweren Apfelschimmel ritt, bot wahrhaftig in seinen roten Stiefeln,
dem roten Mantel und dem rotsamtenen Waffenrock einen furchterregenden Anblick. Während man manchem Reiter die Müdigkeit ansah, saß Artois kerzengerade im Sattel, als sei er eben erst aufgestie-
gen. In Wahrheit hatte ihn seit der Abreise von Pontoise ein heftiges
Triumphgefühl aufrecht gehalten und erfrischt. Er allein kannte den
wahren Grund für die Reise der jungen Königin von England, er allein
wußte, welche Ereignisse, von seinem Rachedurst ins Rollen gebracht, den Hof von Frankreich erschüttern würden. Und dieses Wissen verschaffte ihm im voraus eine bittere und geheime Genugtuung.

Während der ganzen Reise hatte er Gautier und Philipp d'Aunay nicht
aus dem Auge gelassen. Beide Brüder gehörten zum Gefolge, der ältere als Schildknappe des Grafen von Poitiers, der jüngere als Schildknappe Karls von Valois. Sie waren höchst entzückt über die
Abwechslung und über diesen ganzen königlichen Aufzug. Um noch
mehr zu glänzen, hatten sie voll Einfalt und Eitelkeit ihre Galagewän-
der mit den schönen Börsen geschmückt, die ihre Geliebten ihnen geschenkt hatten. Als Robert von Artois diese Börsen an ihren Gürteln
sah, fühlte er eine Woge grausamer Freude sein Herz überfluten, und
nur mit Mühe unterdrückte er ein Lachen. ›Nur zu, meine Herzchen,
meine Vögelchen, meine Jünglechen‹, dachte er, ›lächelt nur, wenn
ihr an die schönen Busen Eurer Geliebten denkt. Denkt nur gut daran,
denn ihr werdet wohl nie mehr Gelegenheit haben, sie zu berühren;
und atmet das Heute in vollen Zügen, denn ich glaube fest, daß euch
nicht mehr viele Tage beschieden sind. Man wird eure hübschen,
hirnlosen Köpfe knacken wie taube Nüsse.‹

Wie ein großer Tiger, der mit eingezogenen Krallen mit seiner Beute spielt, winkte er dabei den Brüdern Aunay herzlich zu oder bedachte sie mit dröhnender Stimme mit einem Scherzwort. Seit er sie aus dem Hinterhalt beim Turm von Nesle gerettet hatte, brachten die beiden ihm Freundschaft entgegen und fühlten sich in seiner Schuld.

Als der Zug auf dem Marktplatz zum Stehen kam, luden sie Artois ein, in ihrer Gesellschaft einen Krug kühlen Weißweins zu leeren. Unter allerhand Späßen tranken sie einander zu. ›Trinkt, Brüderchen, trinkt nur‹, dachte Artois, ›und hütet den Geschmack dieses Krätzers wohl auf euren Zungen.‹

Um sie herum schwirrte die Schenke von leichtlebiger Freude, von Geschrei und hin und her fliegenden Worten.

In der festlichen Stadt waren Verkaufsstände aufgeschlagen wie an Jahrmarktstagen, und vom königlichen Schloß[13] bis zur Kirche drängte sich eine so dichte Menge, daß die Reiter sich kaum noch einen Weg bahnen konnten.

Die großen bunten Stoffahnen, mit denen die Fenster geschmückt waren, flatterten im Wind. Ein Kurier sprengte im Galopp daher und meldete das Nahen der Königin. Eine große Bewegung entstand.

»Spornt unsere Leute zur Eile an«, sagte Philipp von Poitiers zu Gautier d'Aunay, der an seiner Seite ritt.

Dann wandte er sich an Karl von Valois:

»Wir sind pünktlich, mein Onkel. Die Königin wird nicht warten müssen!«

Karl von Valois, ganz in Blau gekleidet und ein wenig schwindelig vor Müdigkeit, beschränkte sich auf ein Kopfnicken. Er hätte gern auf diesen Ritt verzichtet und war in grämlicher Laune.

Die Kirchenglocken begannen zu dröhnen, und ihr Geläute hallte von den Stadtmauern wider. Der Zug bewegte sich auf die Straße von Amiens hinaus.

Robert von Artois näherte sich den Fürsten und hielt sich auf gleicher Höhe mit Philipp von Poitiers. Wenn er auch seines Erbes von Artois verlustig gegangen war, so war Robert deshalb nicht weniger der Vetter des Königs und hatte seinen Platz bei den gekrönten Häuptern Frankreichs. Er betrachtete die Hand Philipps von Poitiers, die sich fest um die Zügel seines Rotfuchses schloß, und dachte: ›Deinetwegen, magerer Vetter, um dir die Franche-Comté zu verschaffen, hat man mir mein Artois weggenommen. Aber noch ehe der morgige Tag zur Neige geht, wirst du eine Wunde empfangen, von der die Ehre eines Mannes sich nicht so leicht wieder erholt.‹

Philipp, Graf von Poitiers und Gemahl der Johanna von Burgund, war einundzwanzig Jahre alt. Sowohl der äußeren Erscheinung als auch dem Wesen nach unterschied er sich von der ganzen übrigen königlichen Familie. Er war weder schön und gebieterisch wie sein Vater noch fett und unbeherrscht wie sein Onkel. Sein Körper und sein Gesicht waren mager, die Gestalt hochgewachsen mit überlangen Gliedmaßen, seine Bewegungen stets gemessen. Er hatte eine autoritäre, beinahe barsche Stimme. Alles an ihm, seine Züge, die Einfachheit der Kleidung, die beherrschte Höflichkeit seiner Reden, war der Ausdruck einer überlegenen, entschlossenen Natur, die dem Kopf stets den Vorrang vor den Gefühlen einräumte. Schon stellte er innerhalb des Reiches eine Kraft dar, mit der man rechnen mußte.

Eine Meile von Clermont entfernt trafen die beiden Gefolge, das der Königin von England und das der Fürsten, zusammen. Acht Herolde des Hauses Frankreich stellten sich auf einer Seite des Weges auf und ließen in langgezogenen, monotonen Stößen ihre Trompeten erschallen. Die englischen Hornisten antworteten auf ähnlichen, aber durchdringender tönenden Instrumenten. Dann lösten sich die Fürsten aus dem Zuge, und Isabella, schmal und aufrecht auf ihrem weißen Zelter, nahm den kurzen Willkommensgruß entgegen, den ihr Bruder, Philipp von Poitiers, ihr bot. Dann küßte Karl von Valois die Hand seiner Nichte; auf ihn folgte Robert von Artois, der mit einer tiefen Verneigung und dem Blick, den er auf die junge Königin richtete, zu verstehen gab, daß alles genau nach Wunsch verlief.

Während Begrüßungen, Fragen und Neuigkeiten getauscht wurden, warteten die beiden Eskorten und betrachteten einander. Die französischen Ritter musterten die Kleidung der Engländer: Diese standen unbeweglich und würdevoll, die Sonne im Gesicht, und trugen stolz die drei Löwen von England auf dem Brustschild. Man sah ihnen an, wie selbstsicher sie waren und wie sehr darauf bedacht, auf fremdem Boden guten Eindruck zu machen.

Aus der großen, blaugoldenen Sänfte, die der Königin folgte, hörte man Kindergeschrei.

»Liebe Schwester«, sagte Philipp, »Ihr habt also unseren kleinen Neffen auf diese Reise mitgenommen? Sie ist sehr anstrengend in so zartem Alter.«

»Ich werde mich hüten, ihn in London allein zu lassen. Ihr wißt doch, von welchen Leuten ich umgeben bin . . .«, erwiderte Isabella.

Philipp von Poitiers und Karl von Valois fragten nach dem Zweck ihres Kommens; sie erwiderte kurz, daß sie ihren Vater sehen wolle, und die beiden Männer begriffen, daß sie nichts weiter erfahren würden, zumindest nicht so bald.

Sie erklärte, ein wenig müde von der Reise zu sein, ließ sich von ihrer Stute heben und nahm in der großen Sänfte Platz, die von zwei Maultieren in Samtschabracken getragen wurde. Eines der Tiere war vor die Sänfte, eines dahinter geschirrt. Die beiden Eskorten setzten sich wieder in Richtung Clermont in Bewegung.

Poitiers und Valois ritten an der Spitze, und Artois benutzte die Gelegenheit, um sein Pferd neben die Sänfte zu lenken.

»Sooft man Euch sieht, seid Ihr schöner geworden, Cousine«, sagte er zu ihr.

»Lügt nicht; wie sollte ich schön sein nach zwölfstündiger Reise auf staubigen Wegen!« erwiderte die Königin.

»Wenn man lange Wochen hindurch Euer geliebtes Bild im Herzen trug, so sieht man den Staub nicht, man sieht nur Eure Augen.«

Isabella lehnte sich leicht in ihre Kissen zurück. Wieder überkam sie jene wunderliche Schwäche, die sich in Westminster ihrer bemächtigt hatte, als sie Robert gegenübergestanden war. ›Liebt er mich also wirklich‹, dachte sie, ›oder macht er mir nur Komplimente wie jeder anderen?‹ Durch die Vorhänge der Sänfte hindurch sah sie an der Flanke des Apfelschimmels den riesigen roten Stiefel und den goldenen Sporn des Grafen von Artois; sie sah diesen gewaltigen Schenkel, an dem die Muskeln spielten; und sie fragte sich, ob sie in Gegenwart dieses Mannes nun stets die gleiche Verwirrung empfinden würde, das gleiche Verlangen nach Hingabe, die gleiche Hoffnung, zu unbekannten Gefilden Zutritt zu erlangen . . . Mit großer Mühe zwang sie ihre Gedanken in andere Bahnen. Sie war nicht um ihrer selbst willen hierhergekommen.

»Mein Vetter«, sagte sie, »setzt mich rasch ins Bild über alles, was Ihr zu berichten habt, solange wir ungestört sprechen können.«

Artois tat, als erkläre er ihr die Landschaft, und erzählte alles, was er erfahren und unternommen hatte: die Überwachung, unter die er die königlichen Prinzessinnen gestellt hatte, den Hinterhalt beim Turm von Nesle.

»Wer sind die Männer, die die Krone Frankreichs entehren?« fragte Isabella.

»Sie reiten zwanzig Schritte hinter Euch. Sie gehören dem Gefolge an, das Euch begleitet.«

Und er berichtete alles Wissenswerte über die Brüder Aunay, über ihre Lehen, ihre Verwandtschaft und ihre Verbindungen.

»Ich will sie sehen«, sagte Isabella.

Artois rief die beiden jungen Leute durch gewaltiges Armeschwenken herbei.

»Die Königin hat Euch bemerkt«, sagte er und zwinkerte ihnen heftig zu, »ich habe ihr von Euch erzählt.«

Die Gesichter der beiden Aunay strahlten vor Stolz und Freude.

Der Riese drängte nun die Brüder zur Sänfte hin, als wolle er ihr Glück machen, und während sich die jungen Leute grüßend über die Hälse ihrer Pferde tief verneigten, sagte er mit falscher Leutseligkeit:

»Madame, ich stelle Euch Gautier und Philipp d'Aunay vor, die getreuesten Schildknappen Eures Bruders und Eures Onkels. Ich empfehle sie Eurem Wohlwollen. Sie sind so etwas wie meine Schützlinge.«

Isabella musterte die jungen Männer und fragte sich, was in ihren Zügen und in ihrer Erscheinung die Töchter des Königs vom Wege der Pflicht abzubringen vermochte. Sie waren schön, zweifellos, und männliche Schönheit setzte Isabella immer ein wenig in Verlegenheit. Dann sah sie die Börsen an den Gürteln der beiden Reiter, und ihr Blick schweifte von diesen Gegenständen zu Robert hinüber. Der lächelte kurz. Von nun an konnte er sich wieder im Hintergrund halten. Er brauchte nicht einmal bei Hofe die Rolle des Verräters zu spielen. Diese zufällige Begegnung würde genügen, um die beiden Schildknappen ins Verderben zu stürzen. ›Gute Arbeit, Robert, gute Arbeit‹, sagte er sich.

Die Brüder Aunay reihten sich wieder in den Zug ein, die Köpfe voll der schönsten Hoffnungen.

Aus dem festlich geschmückten Clermont erschollen bereits laute, lang anhaltende Willkommensrufe der schönen, zweiundzwanzigjährigen Königin entgegen, die den Hof von Frankreich unversehens in tiefstes Unglück stürzen sollte.

Vater und Tochter

Am Abend von Isabellas Ankunft war der König allein mit seiner Tochter in einem Gemach des Schlosses Maubuisson, wohin er sich gern zurückzog.

»Hier gehe ich mit mir selbst zu Rate«, hatte er seinen Angehörigen eröffnet, an einem Tag, da er sich zu Erklärungen herabgelassen hatte.

Der dreiarmige Silberleuchter auf dem Tisch warf sein Licht über einen Stoß von Pergamenten, die der König soeben durchgelesen und unterschrieben hatte. Der Park rauschte in der Dämmerung, und Isabella blickte in die Nacht hinaus und sah zu, wie ein Baum nach dem anderen in der Dunkelheit versank.

Blanca von Kastilien hatte aus Maubuisson eine königliche Residenz gemacht, und Philipp hatte es zu einer seiner Sommerwohnungen gewählt. Er liebte diesen ruhigen Landsitz zwischen den hohen Mauern ganz besonders wegen seines Parks, seiner Gärten und des Klosters, wo Benediktinerinnen ein friedvolles Dasein führten. Das Schloß selbst war nicht groß, aber Philipp der Schöne schätzte die Stille und zog Maubuisson seinen geräumigeren Schlössern vor.

Isabella war ihren drei Schwägerinnen, Margarete, Johanna und

Blanche, lächelnden Gesichtes entgegengetreten und hatte ihre Begrüßungsworte in höfischem Ton erwidert.

Die Abendmahlzeit war kurz gewesen. Und jetzt hatte Isabella sich mit ihrem Vater eingeschlossen, um die grausame und notwendige Aufgabe zu Ende zu führen, die sie sich gestellt hatte. König Philipp sah sie mit dem gleichen eisigen Blick an, mit dem er jedes menschliche Wesen betrachtete, auch seine eigenen Kinder. Er wartete, bis sie sprechen würde; sie wagte es nicht. ›Ich werde ihm bitter weh tun‹, dachte sie. Und plötzlich rief die Gegenwart des Vaters, dieser Park, diese Bäume, dieses Schweigen, eine Woge von Kindheitserinnerungen in Isabella wach, und bitteres Selbstmitleid schnürte ihre Kehle zu.

»Vater«, sagte sie, »Vater, ich bin unglücklich. Ach! Wie fern scheint mir Frankreich, seit ich Königin von England bin! Und wie sehne ich mich nach den vergangenen Tagen!«

Sie mußte gegen einen unerwarteten Feind ankämpfen: die Tränen.

Schweigen. Dann fragte Philipp sanft, aber ohne Wärme und ohne sich ihr zu nähern:

»Und um mir das zu sagen, Isabella, habt Ihr diese weite Reise unternommen?«

»Wem sollte ich es sonst anvertrauen, daß ich nicht glücklich bin, wenn nicht meinem Vater?«

Der König blickte durch die spiegelnden Fensterscheiben in die Nacht hinaus, dann auf die Kerzen, dann ins Feuer.

»Glücklich . . .«, sagte er langsam. »Was heißt glücklich sein, meine Tochter? Es kann nur heißen, die Lebensaufgabe zu erfüllen, die uns gestellt ist, zu lernen, zu Gottes Willen immer ja zu sagen . . . und sehr oft nein zu den Menschen.«

Sie saßen einander auf ungepolsterten Eichenstühlen gegenüber.

»Ja, ich bin Königin«, sagte sie mit leiser Stimme. »Aber werde ich denn dort drüben als Königin behandelt?«

»Tut man Euch Unrecht?«

In seiner Frage lag wenig Überraschung. Er wußte nur zu gut, was sie antworten würde.

»Wißt Ihr denn nicht, mit wem Ihr mich verheiratet habt?« erwiderte sie lebhaft. »Mit einem Mann, der vom ersten Tage an mein Lager mied, dem alle meine Bemühungen, alle meine Aufmerksamkeiten auch nicht ein einziges Wort entreißen können! Der mich flieht, als sei ich krank, und der die Gunst, die er mir entzieht, nicht einmal an Favoritinnen, sondern an Männer, Vater, an Männer, verschenkt!«

Das alles wußte Philipp der Schöne seit langem, und auch seine Antwort war seit langem bereit.

»Ich habe Euch nicht mit einem Mann verheiratet«, sagte er, »sondern mit einem König. Ich habe Euch nicht irrtümlich geopfert. Muß ich Euch, Isabella, erst lehren, was wir unserem Stande schuldig sind, und daß wir nicht geboren sind, um menschlichen Kümmernissen nachzugeben? Wir leben nicht für uns, sondern für unsere Reiche, und nur darin können wir Erfüllung finden, daß wir dem Rufe unserer Pflicht gehorchen.«

Beim Sprechen war er ihr ein wenig näher gerückt, der Flammenschein vertiefte die Schatten auf seinem Gesicht, hob die Schönheit seiner Züge deutlicher hervor, aber auch die Entschlossenheit, allezeit über die eigenen Schwächen zu siegen und auf diese Siege stolz zu sein.

Mehr als alle Worte halfen dieser Gesichtsausdruck des Königs und seine Schönheit Isabella, ihre Schwäche zu besiegen. ›Ich könnte immer nur einen Mann lieben, der ihm ähnlich wäre‹, dachte sie, ›und so werde ich niemals lieben noch selbst geliebt werden, denn niemals werde ich einen Mann finden, der ihm gleichkommt.‹

Dann sagte sie mit lauter Stimme:

»Ich danke Euch, daß Ihr mich daran erinnert, was ich mir schuldig bin. Ich bin nicht nach Frankreich gekommen, um vor Euch zu weinen, Vater. Ich danke Euch auch, daß Ihr mich an jene Selbstachtung erinnert, die königlichem Geblüt geziemt, und daran, daß wir das Glück gering achten müssen. Ich wünschte nur, daß auch Eure ganze Umgebung so dächte.«

»Warum seid Ihr gekommen?«

Sie holte tief Atem:

»Weil meine Brüder Dirnen geheiratet haben, Vater, weil ich davon erfuhr und weil ich ebenso darauf bedacht bin wie Ihr, die Ehre zu schützen.«

Philipp der Schöne seufzte.

»Ich weiß, Ihr liebt sie nicht, Eure Schwägerinnen. Aber was Euch von ihnen trennt . . .«

»Was mich von ihnen trennt, ist das, was eine anständige Frau von einer Hure trennt!« sagte Isabella eisig. »Wartet, Vater! Ich weiß Dinge, die man vor Euch verborgen gehalten hat. Hört mich an, denn ich habe nicht nur Worte vorzubringen. Kennt Ihr den jungen Herrn Gautier d'Aunay?«

»Es sind zwei Brüder, die ich immer verwechsle. Ihr Vater war mit mir in Flandern. Der, von dem Ihr sprecht, hat Agnes de Montmorency geheiratet, nicht wahr? Und er ist bei meinem Sohn, dem Grafen von Poitiers, als Schildknappe . . .«

»Er ist auch bei Eurer Schwiegertochter Blanche, allerdings in anderer Eigenschaft. Sein jüngerer Bruder Philipp, der zur Hofhaltung meines Onkels Valois gehört . . .«

»Ja«, sagte der König, »ja . . .«

Eine tiefe Falte furchte seine Stirn, was nur sehr selten geschah.

»Nun! Er ist der Geliebte Margaretes, die Ihr dazu ausersehen habt, eines Tages Königin von Frankreich zu werden. Was Johanna anbelangt, so weiß man nichts von einem Liebhaber, zweifellos, weil sie sich besser vorsieht als die anderen. Aber man weiß immerhin, daß sie die Vergnügungen ihrer Schwester und ihrer Cousine deckt, die Besuche der Galane im Turm von Nesle vermittelt und mit großer Geschicklichkeit ein Gewerbe betreibt, das einen ganz bestimmten Namen hat . . . Und wißt, daß der ganze Hof darüber spricht, alle außer Euch.«

Philipp der Schöne hob die Hand.

»Eure Beweise, Isabella?«

Isabella enthüllte nun die Geschichte der drei Börsen.

»Ihr werdet sie an den Gürteln der Brüder Aunay wiederfinden. Ich habe sie unterwegs mit eigenen Augen gesehen. Das war alles, was ich Euch zu sagen hatte.«

Philipp der Schöne sah seine Tochter an. Unter seinem Blick schienen ihre Seele und ihr Blick sich plötzlich zu verändern. Sie hatte ihre Anklage vorgetragen, ohne zu zögern, ohne schwach zu werden, und saß nun aufrecht in ihrem Sessel, die Lippen fest zusammengepreßt, und auf dem Grunde ihrer Augen leuchtete es eisig und unnachgiebig. Sie hatte nicht aus niedrigem Beweggrund oder Mißgunst gesprochen, sondern um der Gerechtigkeit willen. Sie war wirklich seine Tochter.

Der König erhob sich wortlos. Lange blieb er am Fenster stehen, und noch immer furchte eine tiefe Falte seine Stirn.

Isabella erwartete regungslos die Wirkung ihrer Eröffnungen, bereit, weitere Einzelheiten vorzubringen.

»Kommt«, sagte der König unvermittelt. »Gehen wir zu ihnen.«

Er öffnete die Tür, schritt einen langen, düsteren Gang entlang, stieß eine zweite Tür auf. Der Nachtwind fuhr ihnen in heftigen Stößen entgegen und ließ die weiten Gewänder hinter ihnen herflattern.

Die drei Schwiegertöchter hielten sich in ihren Gemächern im anderen Flügel des Schlosses Maubuisson auf. Von dem Turm aus, wo sich das Kabinett des Königs befand, erreichte man die Gemächer auf einem überdachten Wehrgang. An jeder Schießscharte döste eine Wache. Kurze Windstöße rüttelten an den Schindeln. Von unten kam der Geruch feuchter Erde herauf.

Wortlos folgten der König und seine Tochter dem Wehrgang. Ihr gleichmäßiger Schritt hallte auf den Fliesen, und alle zehn Mannslängen sprang ein Bogenschütze auf.

Als er vor der Tür zu den Gemächern der Prinzessinnen stand, blieb

Philipp der Schöne stehen. Durch die Tür konnte er Gelächter und kleine Freudenschreie hören. Er sah Isabella an.

»Es muß sein«, sagte er.

Isabella nickte wortlos, und Philipp der Schöne öffnete die Tür. Margarete, Johanna und Blanche schrien überrascht auf, und ihr Gelächter verstummte jäh.

Sie waren mitten in einem Marionettenspiel und vergnügten sich mit der Wiederaufführung eines Stückes, das sie selbst ersonnen hatten und das sie früher einmal, als ein Puppenspieler es in Vincennes vorführte, sehr belustigt hatte. Den König aber hatte es sehr geärgert. Die Marionetten waren den wichtigsten Persönlichkeiten des Hofes nachgebildet. Das kleine Bühnenbild stellte das Schlafzimmer des Königs dar, der in einem Bett mit goldener Decke lag. Monseigneur von Valois klopfte an die Tür und wünschte seinen Bruder zu sprechen. Hugues de Bouville, der Kämmerer, antwortete, daß der König ihn nicht empfangen könne und verboten habe, jemanden vorzulassen. Monseigneur von Valois zog wütend ab. Danach klopften die Marionetten Ludwigs von Navarra und seines Bruders Karl an die verschlossene Tür. Bouville erteilte den beiden Söhnen des Königs den gleichen Bescheid. Schließlich erschien hinter drei bewaffneten Schergen Enguerrand de Marigny; sogleich wurde die Tür weit geöffnet und Marigny mit den Worten empfangen: »Willkommen, Monseigneur. Der König brennt darauf, mit Euch zu sprechen.«

Diese Satire auf die Gepflogenheiten bei Hofe hatte Philipp den Schönen aufs äußerste gereizt, und er hatte das Spiel verboten. Die drei Prinzessinnen jedoch hatten sich über den Befehl hinweggesetzt und amüsierten sich im geheimen nur um so mehr, da es sich um ein verbotenes Spiel handelte. Sie wandelten die Texte ab und überboten einander in Einfällen und Bosheiten, besonders wenn sie die Marionetten handhabten, die ihre Ehemänner vorstellten.

Beim Eintritt des Königs und Isabellas kamen sie sich wie ertappte Schulmädchen vor.

Hastig hob Margarete ein Überkleid auf, das über einem Stuhl lag, um ihren zu weit entblößten schönen Busen zu verhüllen. Blanche ordnete ihr Haar, das sie bei der Darstellung des zornkollernden Onkels Valois zerrauft hatte.

Johanna, die ihre Ruhe noch am besten bewahrte, sagte lebhaft: »Wir sind fertig, Sire, wir sind soeben fertig geworden, und Ihr hättet zuhören können, ohne Euch verletzt zu fühlen. Wir wollen alles wieder wegräumen.«

Sie klatschte in die Hände.

»Holla! Beaumont, Comminges, meine Guten . . .«

»Zwecklos, Eure Damen zu rufen«, sagte der König kurz.

Er hatte kaum einen Blick auf das Spiel geworfen. Er sah sie an, die drei jungen Frauen. Achtzehn Jahre, neunzehneinhalb, dreiundzwanzig. Alle drei hübsch, jede auf ihre Art.

Unter seinen Augen waren sie herangewachsen und immer schöner geworden, seit sie, jede in ihrem zwölften oder dreizehnten Jahr, an den Hof gekommen waren, um einen seiner Söhne zu heiraten. Aber ihr Verstand schien seit damals nicht mitgewachsen zu sein. Sie spielten noch immer mit Puppen wie unartige kleine Mädchen. War es möglich, daß Isabella recht hatte? War es möglich, daß so viel weibliche Verschlagenheit in diesen Geschöpfen wohnte, die ihm noch immer wie Kinder erschienen? ›Vielleicht‹, dachte er, ›verstehe ich nichts von Frauen.‹

»Wo sind meine Söhne?« fragte er.

»Im Waffensaal, Sire«, sagte Johanna.

»Wie Ihr seht, bin ich nicht allein gekommen«, fuhr der König fort, »Ihr sagt so oft, daß Eure Schwägerin Euch nicht liebt. Und dennoch berichtet man mir, daß sie jeder von Euch ein sehr schönes Geschenk gemacht habe . . .«

Isabella sah, wie Margaretes und Blanches Augen erloschen, als habe man das Licht darin ausgeblasen.

»Wollt Ihr mir nicht«, sprach Philipp langsam weiter, »diese Börsen zeigen, die Ihr aus England bekommen habt?«

Das Schweigen, das diesen Worten folgte, teilte die Welt in zwei Hälften. Auf der einen Seite standen Philipp der Schöne, Isabella, der Hof, die Adeligen, die Reiche. Und auf der anderen schritten die drei Schwiegertöchter des Eisernen Königs einem entsetzlichen Alptraum entgegen.

»Nun?« sagte der König. »Warum dieses Schweigen?«

Er blickte sie unverwandt aus seinen großen Augen an, deren Lider immer starr blieben.

»Ich habe die meinige in Paris gelassen«, sagte Johanna.

»Ich auch, ich auch«, sagten sogleich die beiden anderen.

Philipp der Schöne ging langsam zur Tür, die auf den Gang führte; man hörte den Fußboden unter seinen Schritten knarren. Leichenblaß verfolgten die drei jungen Frauen seine Bewegungen.

Niemand beachtete Isabella. Sie hatte sich an die Wand gelehnt, halb verborgen hinter dem Kaminvorsprung, und atmete in kurzen Stößen.

Ohne sich umzudrehen, sagte der König:

»Nachdem Ihr die Börsen in Paris gelassen habt, wollen wir die jungen Aunay bitten, sie auf der Stelle herbeizuschaffen.«

Er öffnete die Tür, rief eine Wache und befahl, die beiden Schildknappen zu holen.

Blanche war zusammengebrochen. Sie ließ sich auf ein Taburett sinken, jeder Blutstropfen war aus ihrem Gesicht gewichen, ihr Herz stand still, und ihr Kopf neigte sich zur Seite, als wolle sie zu Boden gleiten. Johanna ergriff ihren Oberarm an der Stelle der Hauptschlagader und schüttelte Blanche, um sie wieder zu sich zu bringen.

Margarete drehte mechanisch den Hals der Puppe, die Marigny darstellte und mit der sie noch vor kurzer Zeit gespielt hatte, in ihren kleinen braunen Händen.

Isabella stand unbeweglich. Sie fühlte Margaretes und Blanches Blick auf sich gerichtet, haßerfüllte Blicke, die ihr nur zu deutlich ihre Rolle als Denunziantin vorwarfen, und plötzlich überkam sie große Müdigkeit. ›Ich werde es zu Ende führen‹, dachte sie.

Die Brüder Aunay erschienen diensteifrig, verwirrt, und traten einander beinahe auf die Füße in ihrem Bestreben, sich nützlich zu machen und zur Geltung zu bringen.

Ohne sich von der Mauer wegzurühren, an der sie lehnte, streckte Isabella die Hand aus und sagte nur:

»Vater, diese Herren scheinen unseren Wunsch erraten zu haben, denn da bringen sie schon meine Börsen. Sie hängen an ihren Gürteln.«

Philipp der Schöne wandte sich an seine Schwiegertöchter:

»Könnt Ihr mir erklären, wieso diese Schildknappen Geschenke tragen, die Euch Eure Schwägerin gemacht hat?«

Keine antwortete.

Philipp d'Aunay sah Isabella erstaunt an wie ein Hund, der nicht begreift, warum er geschlagen wird. Dann wandte er den Blick wie schutzsuchend seinem älteren Bruder zu. Gautiers Mund stand halb offen.

»Wachen!« rief der König.

Seine Stimme jagte allen Anwesenden einen Schauer über den Rücken, so unheimlich und furchterregend hallte sie durch das Schloß und durch die Nacht. Seit mehr als zehn Jahren, genau gesagt seit der Schlacht von Mons-en-Pévèle, wo er seine Truppen angefeuert und den Sieg erzwungen hatte, hatte man ihn niemals schreien hören, und niemand hätte gedacht, daß noch so viel Kraft in seiner Stimme steckte. Er rief auch jetzt nur dieses eine Wort mit solcher Stimme aus.

»Bogenschützen! Schickt mir Euren Hauptmann«, sagte er zu den Soldaten, die herbeieilten.

Man hörte den Galopp schwerer Schritte, und Messire Alain de Pareilles erschien, barhäuptig, und schnallte im Laufen noch seine Rüstung fest.

»Messire Alain«, gebot der König, »ergreift diese beiden Männer.

Kerker und Eisen. Sie werden sich vor meiner Gerichtsbarkeit für ihren Verrat zu verantworten haben.«

Philipp d'Aunay wollte sich ihm zu Füßen werfen.

»Sire«, stammelte er, »Sire . . .«

»Genug«, sagte Philipp der Schöne. »Messire Nogaret wird Euch sogleich Gelegenheit zum Sprechen geben . . . Messire Alain«, fuhr er fort, »die Prinzessinnen werden hier bis auf weiteres von Euren Leuten bewacht. Sie dürfen das Gemach nicht verlassen. Niemand, wer immer es auch sei, weder ihre Dienerinnen noch ihre Verwandten, auch nicht ihre Ehemänner dürfen herein oder mit ihnen sprechen. Ihr bürgt mir dafür.«

So überraschend diese Befehle auch kamen, Alain de Pareilles nahm sie entgegen, ohne mit der Wimper zu zucken. Den Mann, der den Großmeister des Templerordens festgenommen hatte, setzte nichts mehr in Erstaunen. Der Wille des Königs war sein einziges Gesetz.

»Kommt, Messires«, sagte er zu den Brüdern Aunay und wies zur Tür. Und er gab an seine Bogenschützen die Anweisungen weiter, die er soeben erhalten hatte.

Im Hinausgehen flüsterte Gautier seinem Bruder zu:

»Beten wir zu Gott, Bruder, mit uns ist es zu Ende . . .«

Und dann verklangen ihre Schritte, übertönt von denen der Bewaffneten, auf den Fliesen.

Margarete und Blanche hörten diese Schritte sich entfernen. Mit ihnen gingen ihre Liebe, ihre Ehre, ihr Glück, ihr ganzes Leben dahin. Johanna fragte sich, ob es ihr wohl jemals gelingen würde, sich reinzuwaschen. Margarete warf mit einer plötzlichen Bewegung die Marionette ins Feuer, die sie in der Hand hielt.

Blanche war wiederum einer Ohnmacht nahe.

»Komm, Isabella«, sagte der König.

Sie gingen hinaus. Die Königin von England hatte gewonnen; aber sie fühlte sich matt und wunderlich bewegt, weil ihr Vater zu ihr »Komm, Isabella« gesagt hatte. Seit ihrer frühesten Kindheit war dies das erste Mal, daß er »du« zu ihr gesagt hatte.

Hintereinander gingen sie den Wehrgang zurück. Der Ostwind trieb riesige dunkle Wolken über den Himmel. Philipp verließ Isabella an der Tür zu ihren Gemächern, ergriff einen silbernen Leuchter und machte sich auf die Suche nach seinen Söhnen.

Sein großer Schatten und das Geräusch seiner Schritte weckte die Wachen in den verlassenen Galerien. Sein Herz lag schwer in seiner Brust, und er spürte nicht, wie das heiße Kerzenwachs auf seine Hand tropfte.

Mitten in der Nacht verließen zwei Reiter Schloß Maubuisson: Robert von Artois und sein getreuer Lormet, der ihm zugleich als Diener, Knappe und Vertrauter diente und jeden Auftrag ausführte. Seit jenem Tage, als Artois ihn unter seinen Bauern von Conches auserwählt und zu seinem Leibdiener gemacht hatte, war Lormet ihm nicht mehr von der Seite gewichen. Es war drollig anzusehen, wie dieser kleine, rundliche, untersetzte Mann, dessen Haar bereits ergraute, sich bei jeder Gelegenheit um seinen riesigen jungen Herrn Sorgen machte und sich an seine Fersen heftete, um ihn zu beschützen. Lormets Verschlagenheit kam Artois ebenso zustatten wie seine Treue. Er war damals auch der falsche Fährmann gewesen, der die Brüder Aunay am Abend des Überfalls über die Seine gerudert hatte.

Die beiden Reiter kamen bei Tagesanbruch vor die Stadttore von Paris. Sie ließen ihre dampfenden Pferde in Schritt fallen, und Lormet gähnte wohl ein dutzendmal. Obgleich er die Fünfzig überschritten hatte, hielt er sich auf langen Ritten besser als jeder junge Mann, aber der Mangel an Schlaf machte ihm zu schaffen.

Auf dem Grève-Platz herrschte das übliche Gedränge von Arbeitsuchenden. Vorarbeiter der königlichen Baustellen und Schiffseigner gingen zwischen den Gruppen herum und warben Gehilfen, Lastenträger und Boten an. Robert von Artois ritt über den Platz und bog in die Rue Monconseil ein, wo seine Tante Mahaut von Artois, Gräfin von Burgund, wohnte.

»Siehst du, Lormet«, sagte der Riese, »ich will, daß diese verfettete Hündin ihr Unglück aus meinem Mund erfährt. Einer der großen Tage meines Lebens liegt vor mir. Kein Gesicht eines noch so schönen Freudenmädchens würde ich mit so viel Vergnügen betrachten wie die dreckige Visage meiner Tante, wenn ich ihr erzähle, was sich in Maubuisson begibt. Und ich will, daß sie nach Pontoise geht, um dem König etwas vorzuwinseln und damit ihre Lage noch verschlechtert. Ich will, daß sie vor Wut krepiert.«

Lormet gähnte gewaltig.

»Sie wird schon krepieren, Monseigneur, sie wird verrecken, verlaßt Euch drauf. Ihr tut doch alles, damit es soweit kommt«, sagte er.

Sie kamen vor das prachtvolle Palais der Grafen von Artois.

»Wenn ich denke, daß mein Großvater es erbauen ließ! Und wenn ich denke, daß eigentlich ich hier wohnen müßte!« fuhr Robert fort.

»Ihr werdet hier wohnen, Monseigneur, Ihr werdet hier wohnen.«

»Und dich werde ich zum Hausverwalter mit hundert Livres Jahreslohn ernennen.«

»Danke, Monseigneur«, erwiderte Lormet, als habe er bereits das hohe Amt und das Geld in der Tasche.

Artois sprang von seinem schweren Roß, warf Lormet die Zügel zu und ergriff den Klopfer, mit dem er so heftig gegen die Tür donnerte, als wolle er sie auseinandersprengen.

Der Lärm hallte im ganzen Haus wider. Der eichene Türflügel öffnete sich, und ein hochgewachsener, aufgebrachter Wächter trat heraus, einen Knüppel in der Hand, mit dem man einen Ochsen hätte erschlagen können.

»Wer ist da?« fragte der Diener ungehalten über solchen Spektakel.

Robert von Artois stieß ihn jedoch zur Seite und betrat das Haus. In den Gängen und auf den Treppen fehlte es nicht an Leuten: Ein Dutzend Knechte und Dienerinnen waren mit der Morgentoilette des Hauses beschäftigt. Beunruhigung spiegelte sich auf allen Gesichtern. Robert rempelte sie alle zur Seite, stieg zu Mahauts Gemächern hinauf und stieß ein »Holla« aus, so laut, daß eine Schwadron Pferde davon scheu geworden wäre.

Ein Diener eilte erschrocken herbei, einen Eimer in der Hand.

»Meine Tante, Picard! Ich muß auf der Stelle zu meiner Tante!«

Picard, flachköpfig und fast kahl, setzte den Eimer ab und antwortete:

»Sie frühstückt, Monseigneur!«

»Nun! Das stört mich keineswegs! Melde ihr meine Ankunft und spute dich!«

Robert von Artois, der rasch eine gramzerfurchte und verstörte Miene aufgesetzt hatte, ließ unter seinem Gewicht den Fußboden erzittern, als er dem Diener zu Mahauts Zimmer folgte.

Gräfin Mahaut von Artois, Herrscherin von Burgund und Pair von Frankreich, war eine kräftige Frau von fünfzig Jahren, solide gebaut mit schwerem Körper und starken Hüften. Ihr Gesicht, das einst schön gewesen war, zeigte unter dem Fettpolster noch immer eine stolze Selbstsicherheit. Sie hatte eine hohe, breite und gewölbte Stirn, noch immer schwarzes Haar, leichten Flaum auf der Oberlippe, einen roten Mund und ein schweres Kinn.

Alles an dieser Frau war groß, die Gesichtszüge, die Gliedmaßen, der Appetit, die Wutausbrüche, die Besitzgier, der Ehrgeiz und der Machthunger. Mit der Energie eines Kriegsmannes und der Zähigkeit eines Juristen reiste sie vom Artois nach Burgund, von ihrem Hof in Arras nach ihrem Hof in Dôle, überwachte die Verwaltung ihrer beiden Grafschaften, forderte Gehorsam von ihren Vasallen, wußte fremde Kräfte klug zu nutzen und schlug den entlarvten Feind gnadenlos zu Boden.

In den zwölf Jahren ihres Kampfes mit ihrem Neffen hatte sie Robert gründlich kennengelernt. Sooft eine Schwierigkeit auftauchte, sooft die Adeligen des Artois sich widersetzlich zeigten, sooft eine Stadt gegen die Steuern protestierte, konnte sie sicher sein, daß Robert dahintersteckte.

»Er ist ein wilder Wolf, ein großer grausamer und falscher Wolf«, sagte sie, wenn sie von ihm sprach. »Aber ich bin schlauer als er, und seine Intrigen werden ihm eines Tages das Genick brechen.«

Seit vielen Monaten sprachen sie kaum noch miteinander und sahen einander nur gezwungenermaßen bei Hofe.

An diesem Morgen saß Mahaut vor einem Tischchen, das am Fußende ihres Bettes gedeckt war, und verschlang Scheibe um Scheibe eine Hasenpastete, die den Auftakt zu ihrer Morgenmahlzeit bildete.

Genau wie Robert sich bemühte, Bestürzung und Aufregung zu heucheln, so bemühte sie sich, als sie ihn kommen sah, die Unbefangene und Gleichgültige zu spielen.

»Ah! Ihr seid aber schon munter am frühen Morgen, lieber Neffe!« sagte sie ohne jede Überraschung in der Stimme. »Ihr kommt herein wie ein Sturmwind! Woher diese Eile?«

»Tante, Tante«, rief Robert aus, »alles ist verloren!«

Mahaut befeuchtete seelenruhig und ohne ihre Stellung zu verändern ihre Kehle mit einem vollen Becher rubinroten Weins aus dem Artois, der in ihren Weinbergen wuchs und dessen Geschmack sie jedem anderen vorzog. Nichts schien ihr geeigneter, um ihr Tagewerk gut anzufangen.

»Was habt Ihr verloren, Robert? Noch einen Prozeß?« fragte sie.

»Tante, ich schwöre Euch, jetzt ist wirklich nicht der Augenblick, um einander Bosheiten an den Kopf zu werfen. Das schreckliche Unglück, das über unsere Familie hereingebrochen ist, duldet keine Scherze.«

»Wie könnte denn ein Unglück, das einen von uns trifft, gleichzeitig auch den anderen treffen?« sagte Mahaut mit gelassenem Zynismus.

»Tante, wir sind in der Hand des Königs.«

Mahauts Blick verriet jetzt leichte Unruhe. Sie fragte sich, in welcher Falle sie wohl gefangen werden sollte und was diese ganze Vorrede bedeuten mochte.

Mit einer Bewegung, die ihr zur Gewohnheit geworden war, schob sie ihre Ärmel bis zu den Ellbogen hoch. Dann schlug sie mit der Hand auf den Tisch und rief:

»Thierry!«

»Tante, ich kann nur vor Euch allein sprechen«, rief Robert aus. »Was ich Euch zu berichten habe, rührt an unsere Ehre.«

»Pah! Vor meinem Kanzler habe ich keine Geheimnisse.«

Sie war auf der Hut; sie wollte einen Zeugen haben.

Sie maßen einander mit einem kurzen Blick, sie wachsam, er im

Genuß der Komödie, die er spielte. ›Rufe nur deine Leute‹, dachte er. ›Rufe sie, damit es auch jeder erfährt.‹

Es war merkwürdig anzusehen, wie diese beiden Menschen, die so viele natürliche Anlagen gemeinsam hatten, einander beobachteten, abschätzten, die Stirn boten; diese beiden Büffel aus dem gleichen Stall, die einander so ähnlich waren und sich gegenseitig so sehr verabscheuten.

Die Tür ging auf, und Thierry d'Hirson erschien. Der ehemalige Kanonikus des Domkapitels von Arras verwaltete jetzt als Kanzler Mahauts das Artois und war nebenbei der Geliebte der Gräfin. Der kleine, aufgedunsene Mann mit dem runden Gesicht und der spitzen weißen Nase strahlte eine überraschende Selbstsicherheit und Autorität aus. Seine Lippen waren kaum sichtbar, sein Blick voll Grausamkeit. Er glaubte an die List, die Intelligenz und die Ausdauer.

Er begrüßte Robert von Artois:

»Ihr seid ein seltener Gast, Monseigneur«, sagte er.

»Mein Neffe hat mir, wie es scheint, ein großes Unglück mitzuteilen«, sagte Mahaut.

»Leider!« erwiderte Robert und ließ sich in einen Sessel fallen.

Er nahm sich Zeit. Mahaut verriet bereits leichte Ungeduld.

»Wir haben manchen Strauß miteinander ausgefochten, liebe Tante«, begann er.

»Zu milde ausgedrückt, lieber Neffe; abscheuliche Streitigkeiten, die schlecht für Euch ausgegangen sind.«

»Gewiß, gewiß, sie sind schlecht für mich ausgegangen, und Gott ist mein Zeuge, daß ich Euch von Herzen alles Schlechte gewünscht habe.«

Wieder einmal gebrauchte er seine Lieblingslist, jene biedere, grobe Aufrichtigkeit, das Eingeständnis seiner schlechten Absichten, um darunter die Waffen zu verbergen, die er gezückt hielt.

»Aber niemals hätte ich Euch *das* gewünscht«, fuhr er fort. »Denn Ihr wißt, ich bin ein wahrer Ritter und unerschütterlich, wenn es um die Ehre geht.«

»Aber worauf willst du denn hinaus? So rede doch endlich!« schrie Mahaut.

»Eure Töchter, meine Cousinen, sind des Ehebruchs überführt und auf Befehl des Königs verhaftet worden und Margarete mit ihnen.«

Mahaut reagierte nicht sogleich. Sie glaubte es nicht.

»Wer hat dir diesen Bären aufgebunden?«

»Ich habe es selbst miterlebt, Tante, und der ganze Hof weiß ebenfalls Bescheid. Es hat sich gestern bei Einbruch der Nacht zugetragen.«

Und nun machte er sich ein Vergnügen daraus, der dicken Frau das Gift tropfenweise beizubringen, sie auf dem glühenden Rost der

Angst zu drehen, indem er ihr immer nur so viel erzählte, wie er für angemessen hielt, Stückchen für Stückchen, und ihr berichtete, wie der Zorn des Königs ganz Maubuisson aus dem Schlaf geweckt hatte.

»Haben sie ein Geständnis abgelegt?« fragte Thierry d'Hirson.

»Ich weiß nicht«, erwiderte Robert. »Aber die beiden Aunay sind eben dabei, unter den Händen unseres Freundes Nogaret an ihrer Stelle zu gestehen.«

»Ich mag Nogaret nicht«, sagte Mahaut. »Selbst wenn sie unschuldig wären, so gingen sie aus seinem Verhör schwärzer als Pech hervor.«

»Liebe Tante«, antwortete Robert, »ich bin mitten in der Nacht die zehn Meilen von Pontoise nach Paris geritten, um Euch zu benachrichtigen, denn niemand sonst schien daran zu denken. Glaubt Ihr immer noch, daß mich feindselige Gefühle herführen?«

In der tragischen Situation und der Ungewißheit, in der sie sich befand, blickte Mahaut ihren riesenhaften Neffen an und dachte: ›Vielleicht ist er zuweilen doch einer guten Regung fähig.‹

Dann fragte sie ihn in bärbeißigem Ton:

»Willst du mitessen?«

Und an diesem einzigen Satz merkte Robert, daß sie wirklich schwer getroffen war.

Er nahm einen kalten Fasan vom Tisch, brach ihn mit bloßen Händen auseinander und biß hinein. Plötzlich sah er, wie seine Tante sonderbar die Farbe wechselte. Zuerst wurde ihre Brust über dem hermelingesäumten Dekolleté scharlachrot, dann der Hals, dann der untere Teil ihres Gesichtes. Man sah, wie ihr das Blut zu Kopf stieg, die Stirn erreichte und sie dunkelrot färbte. Gräfin Mahaut drückte die Hand aufs Herz.

›Jetzt ist es soweit‹, dachte Robert. ›Sie krepiert daran. Jetzt krepiert sie.‹

Aber nein. Die Gräfin hatte sich aufgerichtet, und es gab einen gewaltigen Lärm. Mit einer weit ausholenden Armbewegung hatte sie die Hasenpastete, die Becher und die Silberschüsseln vom Tisch auf den Fußboden gefegt.

»Die Dirnen!« zeterte sie. »Nach allem, was ich für sie getan habe, nach den Heiraten, die ich für sie eingefädelt habe . . . Sich erwischen zu lassen wie gemeine Metzen. Nun gut! Sollen sie alles verlieren! Sollen sie eingesperrt werden, sollen sie gepfählt, sollen sie gehenkt werden!«

Der ehemalige Kanonikus rührte sich nicht. Er war an die Wutausbrüche der Gräfin gewöhnt.

»Seht Ihr, genau das habe ich auch gedacht, liebe Tante«, sagte Robert mit vollem Mund. »Eure viele Mühe so schlecht zu lohnen . . .«

»Ich muß unverzüglich nach Pontoise«, sagte Mahaut, ohne ihm zuzuhören. »Ich muß sie sehen und ihnen beibringen, was sie antworten müssen.«

»Ich bezweifle, ob Euch das gelingt, liebe Tante. Sie werden streng bewacht, und niemand darf . . .«

»Dann gehe ich zum König. Béatrice! Béatrice!« rief sie und klatschte in die Hände. Eine Portiere teilte sich, und ein wunderschönes Mädchen von etwa zwanzig Jahren, groß, braun, mit runder, fester Brust und betonten Hüften, trat ohne Eile ein. Auf den ersten Blick verspürte Robert ein Verlangen nach ihr.

»Béatrice, du hast alles gehört, nicht wahr?« fragte Mahaut.

»Ja, Madame«, erwiderte das Mädchen. »Ich stand hinter der Tür wie gewöhnlich.«

Eine seltsame Trägheit lag in ihrer Stimme, in ihren Gesten, in ihrer Art, sich zu bewegen, und in ihrem Blick. Sie machte den Eindruck fließender Geschmeidigkeit und anomaler Ruhe; ein Blitzschlag, der durch das Fenster hereingefahren wäre, hätte weder ihre Bewegungen zu beschleunigen noch das ruhige Lächeln, das um ihre Mundwinkel spielte, auszulöschen vermocht. Aber die Augen unter den langen, dunklen Wimpern leuchteten spöttisch. Das Unglück der anderen, ihre Nöte und ihre Tragödien ergötzten sie sichtlich.

»Sie ist Thierrys Nichte«, sagte Mahaut zu ihrem Neffen und deutete auf Béatrice; »ich habe sie zu meiner Ersten Hofdame ernannt.«

Béatrice d'Hirson musterte Robert von Artois mit naiver Unverschämtheit. Sie war offensichtlich neugierig darauf, diesen Riesen kennenzulernen, von dem sie schon so viel, und zwar nur Schlechtes, gehört hatte.

»Béatrice«, begann Mahaut von neuem, »laß meine Sänfte einspannen und sechs Pferde satteln. Wir reisen nach Pontoise.«

Béatrice blickte Robert unverwandt in die Augen, und man konnte glauben, sie habe nichts gehört. Dieses schöne Mädchen hatte etwas Aufreizendes und Verwirrendes an sich. Sie flößte den Männern vom ersten Augenblick an ein Gefühl unmittelbaren Einverständnisses ein, als würde sie ihnen keinerlei Widerstand entgegensetzen. Und dabei fragte man sich, ob sie wirklich so beschränkt war oder sich in aller Ruhe über die Leute lustig machte.

›Dieses Mädchen‹, dachte Robert, während sie ohne Hast das Gemach verließ, ›dieses Mädchen werde ich mir noch zu Gemüte führen, ich weiß noch nicht wann, aber eines Tages bestimmt.‹

Von dem Fasan war nur noch ein Knochen übrig, den er ins Feuer warf. Nun hatte er Durst. Es war kein Wein mehr gebracht worden. Robert nahm von einer Anrichte die Karaffe, aus der Mahaut sich eingeschenkt hatte – auf diese Weise lief er nicht Gefahr, vergiftet zu werden –, und nahm daraus einen tüchtigen Schluck.

Die Gräfin schritt im Zimmer auf und ab, schob ihre Ärmel hoch und biß sich auf die Lippen.

»Ich werde dich heute nicht allein lassen, Tante«, sagte Artois. »Ich begleite dich. Das ist Verwandtenpflicht.«

Mahaut hob den Blick zu ihm auf, sie war noch immer ein wenig mißtrauisch. Dann entschloß sie sich endlich, ihm die Hand zu reichen.

»Du hast mir vieles angetan, Robert, und ich wette, daß du mir noch mehr antun wirst. Aber heute, das muß ich zugeben, benimmst du dich wie ein anständiger Kerl.«

Das Blut der Könige

In dem Gelaß, einem langen und niedrigen Keller des alten Schlosses von Pontoise, wo Nogaret die Brüder Aunay verhört hatte, begann der Tag zu dämmern. Durch die engen Luken, die man geöffnet hatte, um frische Luft hereinzulassen, strömten weißliche Nebelschwaden. Ein Hahn krähte, dann noch einer, und ein Schwarm von Sperlingen strich dicht über dem Boden dahin. Die Fackel an der Mauer knisterte, und ihr beißender Geruch vereinigte sich mit dem der gefolterten Leiber. Sie verbreitete kaum Helligkeit, und Guillaume de Nogaret befahl mit seiner knappen, unpersönlichen Stimme:

»Eine Fackel!«

Einer der beiden Henker, die an der Mauer lehnten, ging in eine Ecke und holte eine neue Fackel; er entzündete sie an der Kohlenglut, die noch immer die Eisen rötete, die jetzt nicht mehr gebraucht wurden. Dann steckte er sie in den Mauerring.

Der Mann nahm wieder seinen Platz neben seinem Gefährten ein. Die beiden Henker – die »Folterknechte«, wie man sie nannte – hatten die gleichen rohen Züge, die gleichen stumpfsinnigen Gesichter, und ihre Augen waren vor Müdigkeit gerötet. Ihre muskulösen, behaarten Unterarme, an denen noch Blutspuren zu sehen waren, hingen an den Seiten ihrer Lederröcke herunter. Sie stanken.

Nogaret hatte nur einen kurzen Blick für sie; er erhob sich von dem Hocker, auf dem er während des Verhörs gesessen hatte, und seine magere Gestalt warf einen zitternden Schatten gegen die grauen Steine.

Vom anderen Ende des Gelasses kam ein von Schluchzen unterbrochenes Keuchen: Die beiden Brüder Aunay schienen mit einer einzigen Stimme zu stöhnen. Die Henker hatten sie nach getaner Arbeit am Boden liegen lassen. Aber, ohne Nogaret zu fragen, hatten sie Gautiers und Philipps Mäntel genommen und sie über die beiden Körper geworfen, als wollten sie sich diesen Anblick ersparen.

Nogaret beugte sich vor: Die beiden Gesichter waren einander sonderbar ähnlich. Die Haut war vom gleichen Grau, von feuchten Spuren durchzogen, und die Haare, von Schweiß und Blut verklebt, zeichneten die Form der Schädel nach. Ein beständiges Zucken begleitete das Stöhnen, das sich den zerfetzten und zerbissenen Lippen entrang.

Gautier und Philipp d'Aunay waren glückliche Kinder gewesen und später glückliche junge Männer. Sie hatten nur ihren Wünschen und ihren Vergnügungen gelebt, ihrem Ehrgeiz, ihrer Eitelkeit. Sie waren wie alle Knaben ihres Standes im Waffenhandwerk ausgebildet worden; aber niemals hatten sie Schlimmeres ertragen müssen als geringfügige Leiden oder solche, die sie sich selbst einbildeten. Noch gestern waren sie im glanzvollen Zuge der Macht mitgeritten, und ihre geheimsten Wünsche schienen in Erfüllung zu gehen. Eine einzige Nacht war seitdem vergangen: Jetzt waren sie nur noch zerschlagene Tiere, und wenn sie überhaupt noch eines Wunsches fähig waren, so wünschten sie den Tod.

Nogaret richtete sich auf; sein Gesicht war unbewegt. Die Leiden anderer, das Blut anderer, die Schmähungen seiner Feinde, Verzweiflung und Haß glitten an ihm ab wie Wasser an einem Felsen. Seine sagenhafte Härte, jene Gefühllosigkeit, die ihn zum getreuen Diener der geheimsten Pläne des Königs gemacht hatte, vermochte er ohne große Anstrengung zu bewahren. Er war so, weil er sich dazu erzogen hatte, so zu sein: Er hatte die Berufung zu dem, was er für das Allgemeinwohl hielt, wie andere die Berufung zur Liebe haben.

Eine Berufung, das ist der edle Name einer Leidenschaft. In Nogarets Seele aus Blei und Eisen wohnte der gleiche Egoismus, das gleiche wilde Begehren, das den Liebenden für einen Körper, von dem er besessen ist, alles opfern läßt. Nogaret lebte in einer Welt, wo alles nach einer Richtschnur ablief, nach der Richtschnur der Staatsräson. Der einzelne bedeutete ihm nichts, und auch seiner eigenen Person maß er keinerlei Bedeutung bei.

Es gibt in der Geschichte ein eigentümliches Geschlecht, das immer wieder auflebt, das der Fanatiker des öffentlichen Interesses und des geschriebenen Gesetzes. Logisch bis zur Unmenschlichkeit, mitleidlos gegen andere und gegen sich selbst, finden diese Diener abstrakter Gottheiten und absoluter Gesetze sich bereit, das Henkersamt auszüuben, weil sie die letzten Henker sein wollen. Sie irren, denn sobald sie tot sind, gehorcht die Welt ihnen nicht mehr.

Indem Nogaret die Brüder Aunay folterte, glaubte er, der Sache des Reiches zu dienen; er hatte diese beinahe anonymen Gesichter Gautiers und Philipps betrachtet, ohne auf den Gedanken zu kommen, daß es sich um Menschengesichter handelte; unbewußt hatte er über diese entstellten Züge einen Schleier gebreitet; für ihn waren sie nur Ausgeburten der Unordnung; er hatte über sie gesiegt.

›Die Templer waren zäher‹, dachte er nur. Und dabei waren ihm nur die Folterknechte des Städtchens zur Verfügung gestanden und nicht die der Inquisition von Paris.

Als er sich wieder aufrichtete, verzog sich sein Gesicht, denn seine Hüften waren steif geworden, und in seinem Rücken spürte er einen unbestimmten Schmerz. »Es ist die Kälte«, murmelte er. Er ließ die Luken schließen und näherte sich dem Dreifuß, in dem das Feuer noch glühte. Er hielt die Hände darüber, rieb sie gegeneinander und massierte dann mißmutig seine Hüften.

Die beiden Henker standen noch immer nebeneinander an die Wand gelehnt und schienen zu schlafen. Vom Boden, wo die Brüder Aunay lagen, stieg eine Klage auf, die Nogaret nicht mehr hörte.

Als er sich hinlänglich erwärmt hatte, trat er an den Tisch und nahm ein Pergament auf. Dann ging er zur Tür und verschwand.

Nun näherten die Henker sich Gautier und Philipp und versuchten, sie auf die Füße zu bringen. Als es ihnen nicht gelang, nahmen sie die Körper, die sie gemartert hatten, auf die Arme und trugen sie, wie man kranke Kinder trägt, in ihren Kerker.

Das alte Schloß von Pontoise, das nur noch als Garnison und Gefängnis diente, war von der königlichen Residenz Maubuisson nur eine halbe Meile entfernt. Messire Nogaret legte sie zu Fuß zurück; vor ihm gingen zwei Schergen der Vogtei, hinter ihm sein Schreiber, der Pergamente und Schreibgerät trug.

Nogaret ging so schnell, daß sein Mantel hinter seiner großen, mageren Gestalt herflatterte. Er liebte die kalte Morgenluft und den Geruch des feuchten Waldes.

Ohne den Gruß der Wachen zu erwidern, ging er über den Hof von Maubuisson, überschritt die Schwelle und schenkte weder dem Geflüster noch den Leichenbittermienen der im Vestibül und in den Gängen beisammenstehenden Kämmerer und Edelleute die geringste Beachtung. Ein Page stürzte herbei, um ihm eine Tür zu öffnen, und der Siegelbewahrer stand der königlichen Familie gegenüber.

Philipp der Schöne saß hinter einem langen Tisch, über dem eine seidene Decke lag. Sein Gesicht war angespannter als gewöhnlich. Unter den starren Augen lagen blaue Schatten, seine Lippen waren fest aufeinandergepreßt. Zu seiner Rechten saß Isabella aufrecht und würdevoll wie eine Priesterin. Über der gefälteten Haube trug sie ein schmales Diadem, die beiden goldenen Zöpfe, die zu beiden Seiten ihres Gesichtes wie Vasenhenkel aufgesteckt waren, unterstrichen noch die Härte ihrer Züge. Sie war die Urheberin des Unglücks. In den Augen der anderen war sie für die Tragödie mitverantwortlich, und durch jenes seltsame Band, das den Ankläger mit dem Schuldigen verbindet, fühlte sie sich beinahe selbst mit angeklagt.

Monseigneur von Valois saß zur Linken Philipps des Schönen. Er trommelte nervös mit den Fingern auf die Tischplatte und bewegte ruckartig den Kopf, als sei ihm der Kragen zu eng. Der andere Bruder des Königs, Monseigneur Ludwig von Evreux, ein ruhiger, unauffällig gekleideter Mann, war ebenfalls anwesend.

Und dann waren da die drei Söhne des Königs, die drei Ehemänner, über die soeben die Katastrophe und die Lächerlichkeit hereingebrochen waren: Ludwig von Navarra, hohlbrüstig, mit schiefem Blick, konnte keinen Augenblick stillhalten; Philipp von Poitiers' Windhundgesicht schien durch die Anstrengung, mit der er sich zur Ruhe zwang, noch schmaler und länger geworden zu sein; schließlich Karl, dessen schöne, jünglingshafte Züge der erste tiefe Schmerz seines Lebens gezeichnet hatte . . .

Aber Nogaret sah sie nicht an; Nogaret wollte nur den König sehen.

Er entrollte sein Pergament und las auf ein Zeichen des Herrschers hin die Einzelheiten des Verhörs vor. Er tat es mit dem gleichen ruhigen Tonfall, in dem er Gautier und Philipp d'Aunay seine Fragen gestellt hatte. In diesem kalten, von drei Spitzbogenfenstern erhellten Saale nahm seine Stimme einen furchterregenden Klang an; jetzt war die königliche Familie an der Reihe, die Folter zu erleiden. Nichts fehlte, denn Nogaret liebte gewissenhafte Arbeit. Gewiß, die Brüder Aunay hatten als wahre Edelleute anfänglich geleugnet; aber der Siegelbewahrer hatte eine Art zu verhören, der ritterliche Rücksichtnahme und Galanterie nicht lange standhielten. Der Monat, in dem die Abenteuer der Prinzessinnen ihren Anfang genommen, die Tage, an denen sich die Liebenden zu nächtlicher Stunde im Turm von Nesle getroffen hatten, die Namen der gefälligen Diener, alles, was für die Schuldigen Leidenschaft, Fieber, Freude bedeutet hatte, war hier ausgebreitet, durchwühlt, hin und her gedreht und zu gemeinem Schmutz erniedrigt. Und wie viele Leute hatten sich wohl in vertraulichem Getuschel weidlich darüber ausgelassen . . .

Niemand wagte die drei Prinzen anzusehen, von denen jeder die Blicke des anderen mied. Über drei Jahre lang waren sie geprellt, betrogen worden, hatte man ihnen Sand in die Augen gestreut; jedes Wort Nogarets lud neue Schande über sie.

In Ludwig von Navarra formte sich ein neuer, schrecklicher Gedanke, der ihm bei der Aufzählung der Daten gekommen war: ›Während der ersten sechs Jahre unserer Ehe waren wir kinderlos. Und wir bekamen ein Kind, nachdem dieser Philipp d'Aunay Margaretes Geliebter geworden war . . . Also ist die kleine Johanna, meine Tochter . . . womöglich gar nicht mein Kind . . .‹ Und er hörte nicht mehr, was um ihn vorging, weil er sich immer wieder sagte: ›Meine Tochter ist nicht mein Kind . . . meine Tochter ist nicht mein Kind . . .‹ Das Blut war ihm zu Kopfe gestiegen und dröhnte in seinem Schädel.

Im Gegensatz zu ihm strengte der Graf von Poitiers sich an, sich nichts von Nogarets Lesung entgehen zu lassen. Der hatte trotz aller Bemühungen von den Brüdern Aunay nicht erfahren, ob Gräfin Johanna einen Geliebten gehabt habe, und ihnen auch keinen Namen entreißen können. Nach allem, was sie bereits gestanden hatten, hätten sie auch das noch preisgegeben, wenn sie es gewußt hätten. Daß sie eine schmachvolle Rolle gespielt hatte, stand indessen außer Zweifel. Philipp von Poitiers dachte nach.

Als Nogaret geendet hatte, legte er das Protokoll auf den Tisch, und Philipp der Schöne sagte:

»Messire Nogaret, Ihr habt uns eingehend über schmerzliche Dinge unterrichtet. Sobald wir das Urteil gesprochen habe, werdet Ihr dies vernichten – er zeigte auf die Pergamente –, auf daß keine Spur zurückbleibe als die tief in unserem Herzen. Geht, Ihr habt es gut gemacht.«

Nogaret verneigte sich und ging.

Ein langes Schweigen trat ein. Dann hörte man plötzlich einen Aufschrei.

»Nein!«

Karl de la Marche hatte sich erhoben. Noch einmal rief er: »Nein!«, als gehe es über seine Kräfte, die Wahrheit zu ertragen. Sein Kinn bebte; seine Wangen waren marmorbleich, und es gelang ihm nicht, die Tränen zurückzuhalten.

»Die Templer . . .«, sagte er verstört.

»Was soll das?« fragte Philipp der Schöne und runzelte die Stirn. Er liebte es nicht, wenn man diese noch so frische Erinnerung wachrief. Denn schon ging jedem der gleiche Gedanke durch den Sinn . . . ›Verflucht bis in die dreizehnte Generation Eurer Nachkommen . . .‹

Karl dachte jedoch nicht an den Fluch.

»In jener Nacht«, stammelte er, »in jener Nacht waren sie beisammen.«

»Karl«, sagte der König, »Ihr wart ein schwacher Ehemann; versucht wenigstens, ein starker Fürst zu sein.«

Und dies war das einzige Trostwort, das der junge Mann von seinem Vater hörte.

Monseigneur von Valois hatte noch nichts gesprochen, und es war für ihn eine harte Strafe, so lange schweigen zu müssen. Er benützte die Gelegenheit, um loszudonnern.

»Beim Blute Christi«, rief er, »Seltsames ereignet sich im Königreich und selbst unter dem Dach des Königs. Die Ritterschaft liegt im Sterben, mein Herr Bruder, und die Ehre mit ihr.«

Und nun holte er zu einer kritischen Rede aus, unter deren wirrem und schwülstigem Wortlaut sich eine gehörige Portion Perfidie verbarg. Nach Valois' Ansicht griff eins ins andere: Die Ratgeber des Königs (er nannte Marigny nicht mit Namen, aber es war auf ihn gemünzt) vernichteten die Ritterorden, und damit ging gleichzeitig die öffentliche Moral zum Teufel. Die Legisten, dieser Abschaum der Menschheit, erfanden irgendein neues Recht, das vom römischen Recht hergeleitet war, um damit das gute alte Feudalrecht zu ersetzen, das seinen Ahnen so vorzüglich gedient hatte. Das Resultat hatte man vor Augen. Zur Zeit der Kreuzzüge konnte man die Frauen jahrelang allein lassen; sie wußten ihre Ehre zu wahren, und kein Vasall hätte gewagt, sie ihnen zu rauben. Jetzt herrschten nur noch Schändlichkeit und Willkür. Wie? Zwei Schildknappen . . .

»Einer dieser Schildknappen gehört zu Eurem Gefolge, mein Bruder«, warf der König ein.

»Und der andere zum Gefolge Eures Sohnes«, konterte Valois und zeigte auf den Grafen von Poitiers.

Der breitete seine langen Hände aus.

»Jeder von uns«, sagte er, »kann dem Verrat derer zum Opfer fallen, denen er Vertrauen geschenkt hat.«

»Eben deshalb«, rief Valois, der alles zu seinen Gunsten auszulegen verstand, »eben deshalb gibt es kein schlimmeres Verbrechen für einen Vasallen, als die Frau seines Lehnsherrn zu verführen oder ihre Ehre zu rauben, vor allem, wenn es sich um die Gemahlin oder Tochter eines Königs handelt. Die Schildknappen Aunay hätten beinahe . . .«

»Ihr könnt sie als tot betrachten, mein Bruder«, unterbrach der König mit einer zugleich lässigen und abschließenden Handbewegung, die ebensoviel galt wie der längste Urteilsspruch und unwiderruflich zwei Leben auslöschte. »Darauf kommt es nicht an. Wir haben hier über das Los der ehebrecherischen Prinzessinnen zu entscheiden . . . Erlaubt, mein Bruder«, fügte er hinzu und hinderte damit Valois, noch einmal anzufangen, »erlaubt, daß ich diesmal zuerst meine Söhne um ihre Meinung frage . . . Sprecht, Ludwig.«

Als er den Mund aufmachte, wurde Ludwig von Navarra von einem Hustenanfall ergriffen, und zwei rote Flecke erschienen auf seinen Wangen. Der Blutandrang und seine Wut erstickten ihn fast. Man wartete, bis sein Husten sich gelegt hatte.

»Bald wird es heißen, meine Tochter sei ein Bastard«, verkündete er, sobald er wieder Luft bekam. »Genau das wird es heißen! Ein Bastard!«

»Wenn Ihr es als erster aussprengt, Ludwig«, sagte der König ungehalten, »werden sich andere kaum des Vergnügens berauben, es weiterzutragen.«

»In der Tat, in der Tat«, sagte Karl von Valois, der daran noch nicht gedacht hatte und in dessen großen blauen Augen plötzlich ein seltsames Licht aufglomm.

»Und warum soll man es nicht herausschreien, wenn es wahr ist?« fuhr Ludwig fort, der vollständig die Beherrschung verloren hatte.

»Schweigt, Ludwig«, sagte der König von Frankreich und schlug auf den Tisch. »Wir möchten nur Eure Meinung hören über die Strafe, die Eure Gemahlin erleiden soll.«

»Sie soll krepieren!« antwortete der König von Navarra. »Sie und die beiden anderen. Alle drei. Den Tod, den Tod, den Tod.«

Er wiederholte die Worte »den Tod« mit zusammengebissenen Zähnen, und seine Hand machte in der Luft die Bewegung des Kopfabschlagens.

Philipp von Poitiers hatte durch einen Blick von seinem Vater die Erlaubnis zum Sprechen erbeten und sagte nun:

»Der Schmerz läßt Euch irre reden, Ludwig. Johanna hat nicht so große Sünde auf ihre Seele geladen wie Margarete und Blanche. Auch sie ist zutiefst schuldig, gewiß, weil sie den Ausschweifungen der anderen Vorschub geleistet hat, anstatt mir davon zu berichten, und sie ist in meinen Augen tief gesunken. Aber Messire Nogaret, der alles herausbekommt, hätte auch herausbekommen, wenn sie mir untreu gewesen wäre.«

»Laßt sie doch von ihm foltern, und Ihr werdet schon sehen, ob sie nicht gesteht!« schrie Ludwig. »Sie hat geholfen, meine Ehre und die Karls zu besudeln, und wenn Ihr behauptet, uns zu lieben, dann werdet Ihr an sie das gleiche Maß anlegen wie an die beiden anderen Metzen.«

Und nun gab Philipp von Poitiers jene unerwartete Antwort, die seinen Charakter hinlänglich enthüllte:

»Eure Ehre ist mir teuer, Ludwig; aber die Franche-Comté ist es mir nicht minder.«

Die Anwesenden sahen einander an, und Philipp fuhr fort:

»Ihr habt Navarra zu eigen, Ludwig, das Ihr von unserer Mutter geerbt habt, und Euch wird eines Tages – gebe Gott, so spät wie möglich – Frankreich gehören. Ich dagegen besitze nur Poitiers, das ich der Gnade unseres Vaters verdanke, und ich bin nicht einmal Pair von Frankreich. Aber durch Johanna bin ich Pfalzgraf von Burgund, Sire von Salins, aus dessen Bergwerken ich meine Haupteinkünfte beziehe, und nach Mahauts Tod wird mir die ganze Franche-Comté gehören. Das ist alles. Mag man Johanna in ein Kloster sperren, so lange, bis Gras über die Sache gewachsen ist, oder auch für immer, wenn die Ehre der Krone es erfordert, aber man rühre nicht an ihr Leben.«

Monseigneur Ludwig von Evreux, der bis dahin geschwiegen hatte, stimmte Philipp zu.

»Mein Neffe hat recht vor Gott und vor dem Reich«, sagte er. »Der Tod ist eine ernste Sache, jeder von uns wird dereinst seine Bitternis verspüren, und wir dürfen ihn nicht im Zorn über andere verhängen.«

Ludwig von Navarra warf ihm einen scheelen Blick zu.

Die Familie war in zwei Lager gespalten, und zwar schon seit langem. Onkel Valois besaß die Zuneigung seiner Neffen Ludwig und Karl, die schwach und beeinflußbar waren und seine Redegewandtheit, seinen Ruf als Abenteurer, seine verlorenen und wiedergewonnenen Throne anstaunten. Philipp von Poitiers dagegen war auf der Seite seines Onkels Evreux, eines ruhigen, aufrechten, überlegten Mannes, der, wenn das Schicksal es gewollt hätte, ein guter König gewesen wäre, von dem man wenig gesprochen hätte. Er hatte keinen Ehrgeiz und begnügte sich mit seinen Ländereien, die er umsichtig verwaltete. Seine auffallendste Eigenschaft war seine Besessenheit vom Gedanken an den Tod.

Die Anwesenden waren daher nicht überrascht, daß er bei dieser Familienangelegenheit die Partei seines Neffen ergriff; alle wußten, wie sehr beide sich in ihrem innersten Wesen glichen.

Weit erstaunlicher war die Haltung Valois', der nach der wütenden Rede, die er vom Stapel gelassen hatte, nun umschwenkte, dies eine Mal seinen lieben Ludwig von Navarra im Stich ließ und sich ebenfalls gegen eine Hinrichtung der Prinzessinnen aussprach. Das Kloster allerdings wäre eine zu milde Strafe, aber Gefängnis, lebenslängliche Festungshaft (er betonte das »lebenslänglich«), dazu wolle er raten.

Die Milde gehörte nicht zu den angeborenen Eigenschaften des Titularkaisers von Konstantinopel. Sie mußte also das Resultat einer Berechnung sein. Diese Berechnung war von dem Wort »Bastard« aus dem Mund Ludwigs von Navarra ausgelöst worden. In der Tat . . . in der Tat, die drei Söhne Philipps des Schönen hatten keine männlichen Nachkommen. Ludwig und Philipp hatten je eine Tochter; aber schon trug die kleine Johanna den Makel eines ernsten Verdachtes der Illegitimität, was ihre eventuelle Thronfolge in Frage stellen konnte. Karl hatte zwei Töchter gehabt, die tot zur Welt gekommen waren . . . Wenn die schuldigen Ehefrauen hingerichtet wurden, so würden sich die drei Prinzen sogleich wieder verheiraten und hätten alle Aussichten, noch Söhne zu bekommen. Wenn die Prinzessinnen dagegen *lebenslänglich* eingekerkert blieben, würden die Ehen gültig bleiben, und neue Verbindungen und damit die Möglichkeit erbberechtigter

Nachkommen waren ausgeschlossen. Gewiß, Ehen konnten annulliert werden . . . aber Ehebruch war kein Annullierungsgrund. Diese Erwägungen rollten blitzschnell im Kopf dieses phantasievollen Fürsten ab. Ähnlich jenen Hauptleuten, die vor der Schlacht davon träumten, daß alle ihre vorgesetzten Offiziere fallen würden, und sich bereits an der Spitze der Armee sehen, dachte Valois beim Anblick seines hohlbrüstigen Neffen Ludwig, seines spindeldürren Neffen Philipp, daß eine Krankheit dem Königshaus unvorhergesehene Verluste zufügen konnte. Außerdem gab es Jagdunfälle, Lanzen, die beim Turnier abbrachen, Pferde, die ihre Reiter abwarfen; und man hatte schon manchen Onkel gesehen, der seine Neffen überlebte . . .

»Karl!« sagte der Mann mit den unbeweglichen Lidern, der im Augenblick der einzige und wahre König Frankreichs war.

Valois schreckte zusammen, als fürchtete er, man könnte seine Gedanken erraten haben.

Aber der König hatte nicht ihn angesprochen, sondern den jüngsten Prinzen.

Karl nahm die Hände vom Gesicht. Er weinte immer noch.

»Blanche, Blanche, wie ist das möglich, Vater, wie hat sie mir das antun können?« jammerte er. »Sie sagte doch, daß sie mich liebe, und sie hat es mir doch auch bewiesen.«

Isabella machte eine ungeduldige und verächtliche Bewegung. ›Diese Liebe der Männer zu einem Körper, den sie besessen haben‹, dachte sie, ›und die Mühelosigkeit, mit der sie jede Lüge schlucken, wenn sie nur den Leib bekommen, nach dem es sie gelüstet! Ist denn dieser Akt, der mich abstößt und verletzt, für sie von so großer Bedeutung?‹

»Karl«, sagte der König geduldig, als spreche er zu einem Schwachsinnigen, »was soll mit Eurer Gemahlin geschehen?«

»Ich weiß es nicht, Vater, ich weiß es nicht. Ich möchte mich verkriechen, ich will fort von hier, ich gehe in ein Kloster.«

Und doch würde bald er es sein, der auf Bestrafung dringen sollte, weil seine Gemahlin ihn betrogen hatte.

Philipp der Schöne begriff, daß er nichts weiter aus ihm herausbringen würde. Er betrachtete seine Kinder, als sehe er sie zum erstenmal, und dachte über den Wert der Primogenitur-Ordnung nach; er fand, daß die Natur zuweilen der Erbfolge schlechte Dienste leistete. Welche Torheiten würde dieser unbeherrschte und grausame Ludwig, sein Ältester, begehen, wenn er einmal an der Spitze des Reiches stehen würde? Und welche Stütze konnte der Jüngste ihm sein, dieser Jammerlappen, der sich vom ersten großen Schmerz seines Lebens überwältigen ließ? Die ausgeglichenste Herrscherpersönlichkeit wäre ohne Zweifel der Zweitgeborene, Philipp. Aber Ludwig würde kaum auf dessen Rat hören, das war vorauszusehen.

»Dein Rat, Isabella?« fragte er seine Tochter leise und neigte sich ihr zu.

»Einer Frau, die gefehlt hat«, erwiderte sie, »muß für immer die Ehre entzogen werden, das Blut der Könige zu vererben. Und die Strafe soll dem Volk bekanntgegeben werden, damit es erfahre, daß das Verbrechen bei einer Gemahlin oder Tochter eines Königs härter bestraft wird als bei der Frau eines Leibeigenen.«

»Wohlerwogen«, sagte der König.

Von allen seinen Kindern hätte zweifellos sie den besten Herrscher abgegeben. Es war jammerschade, daß sie nicht als Mann und als Erstgeborener zur Welt gekommen war.

»Noch vor Abendläuten wird Recht gesprochen werden«, sagte der König und erhob sich.

Und er zog sich zurück, um seine letzte Entscheidung wie stets zusammen mit Marigny und Nogaret zu treffen.

Das Urteil

Auf dem ganzen Weg von Paris nach Pontoise überlegte Gräfin Mahaut in ihrer Sänfte, wie sie wohl den König erweichen könnte. Sie war jedoch nicht imstande, sich zu konzentrieren. Zu viele Gedanken gingen ihr im Kopfe um, zu viele Ängste, zuviel Wut über die Tollheit ihrer Töchter und deren Base, über die Dummheit ihrer Ehemänner, die Unvorsichtigkeit ihrer Liebhaber, über alle, die, sei es aus Leichtfertigkeit, Blindheit oder Gier nach sinnlicher Befriedigung, darauf und daran waren, Mahauts Machtgebäude zum Einsturz zu bringen. Was würde sie noch gelten als Mutter verstoßener Prinzessinnen? Sie war entschlossen, alle Schuld auf Margarete zu laden, um die beiden anderen zu retten. Margarete war schließlich nicht ihre Tochter. Außerdem war sie die Älteste, und man konnte ihr leicht unterstellen, die Jüngeren durch schlechtes Beispiel verführt zu haben.

Robert von Artois führte den Zug in flotter Gangart an, als wolle er seinen Eifer beweisen. Er hatte seine Freude daran, zu beobachten, wie Béatrice d'Hirsons hübsche Brust sich im Rhythmus des Rittes hob und senkte. Aber noch weit größeres Vergnügen bereitete es ihm, den ehemaligen Kanonikus im Sattel auf und nieder hopsen zu sehen und vor allem die Seufzer seiner Tante zu hören. Sooft sich diesem massigen Körper, der in der Sänfte hin und her geschüttelt wurde, ein Stöhnen entrang, ließ Robert wie zufällig das Tempo beschleunigen. Daher stieß die Gräfin einen Seufzer der Erleichterung aus, als endlich über Baumwipfeln die Türmchen von Maubuisson auftauchten.

Bald darauf rückte der Trupp der Gräfin in den Schloßhof ein. Es herrschte völlige Stille, die nur vom Schritt der Bogenschützen unterbrochen wurde.

Mahaut stieg aus ihrer Sänfte und fragte eine Wache:

»Wo ist der König?«

»Er hält Gericht im Kapitelsaal.«

Gefolgt von Robert, Thierry d'Hirson und Béatrice begab Mahaut sich sogleich in die Abtei. Trotz ihrer Müdigkeit ging sie schnell und mit festem Schritt.

Der Kapitelsaal bot an jenem Tag einen ungewöhnlichen Anblick; keine Nonnen beteten zwischen den grauen Pfeilern unter dem riesigen, kalten Gewölbe; der ganze Hof von Frankreich stand in versteinertem Schweigen seinem König gegenüber.

Beim Eintritt Mahauts wandten sich einige Köpfe zur Tür, und ein Geflüster erhob sich. Eine Stimme, die Nogarets, hörte zu lesen auf, und der König tauschte mit seinem gestrengen Ratgeber einen Blick.

Mahaut hatte wenig Mühe, sich einen Weg zu bahnen; alle wichen vor ihr zurück. Sie sah den König auf seinem Thron sitzen, die Krone auf dem Haupt und das Zepter in der Hand, das Gesicht noch eisiger als gewöhnlich, den Blick noch starrer.

Er schien nicht von dieser Welt zu sein. War er nicht in Ausübung dieses schrecklichen Amtes und ganz erfüllt vom Vorbild seines Großvaters, des heiligen Ludwig, der Repräsentant der göttlichen Gerechtigkeit?

Isabella, Enguerrand de Marigny, Monseigneur von Valois und Monseigneur von Evreux saßen auf Stühlen, ebenso die drei Prinzen und einige hohe Adelige. Vor der Estrade knieten drei junge Mönche mit kahlgeschorenen Schädeln und gesenkten Köpfen auf den Fliesen. Alain de Pareilles, der Mann, der allen Hinrichtungen beiwohnte, stand ein wenig im Hintergrund zu Füßen des Herrschers. ›Gott sei gelobt‹, dachte Mahaut, ›ich bin noch zur rechten Zeit gekommen. Man verhandelt irgendeinen Fall von Hexerei oder Sodomie.‹

Und sie schickte sich an, die Estrade zu erklimmen, wo sie als Pair von Frankreich ihren Platz gehabt hätte. Plötzlich fühlte sie, wie ihre Beine nachgaben; einer der knienden Büßer hob den Kopf: Es war ihre Tochter Blanche. Die drei jungen Mönche waren die drei Prinzessinnen mit geschorenen Köpfen und in härenen Kutten. Mahaut schwankte unter dem Schlag und stieß einen dumpfen Schrei aus, als habe man sie in den Leib getreten. Unwillkürlich klammerte sie sich an den Arm ihres Neffen, der dicht neben ihr stand.

»Zu spät, Tante, leider! Wir kommen zu spät«, sagte Robert von Artois nur und genoß in vollen Zügen seine Rache.

Der König bedeutete dem Siegelbewahrer durch eine Handbewegung, in seiner Lesung fortzufahren.

Die harte Stimme Nogarets goß eine Flut erniedrigender Bilder über die kahlen Köpfe der Prinzessinnen von Burgund. Die Schande traf in gleicher Weise Mahaut, wie sie auch die drei Prinzen traf, die drei betrogenen Ehemänner, die neben ihrem Vater saßen und ebenfalls die Köpfe gesenkt hielten wie Schuldige.

»Sintemalen dadurch und durch Aussage und Geständnisse der obengenannten Gautier und Philipp d'Aunay besagte Damen Margarete und Blanche von Burgund des Ehebruchs überführt sind, sollen sie in der Feste Château-Gaillard gefangengehalten werden, und dies für den Rest der Tage, die es Gott gefällt, ihnen noch zu gewähren.«

»Auf Lebensdauer«, murmelte Mahaut, »sie sind auf Lebensdauer verurteilt.«

»Dame Johanna, Pfalzgräfin von Burgund und Gräfin von Poitiers«, fuhr Nogaret fort, »wird in Anbetracht der Tatsache, daß man ihr keinen Ehebruch nachweisen konnte und sie dieses Verbrechens Rechtens nicht bezichtigt werden kann, daß sie jedoch darum gewußt und sich der Mithilfe schuldig gemacht hat, im Schlosse Dourdan gefangengehalten werden, so lange, wie es zu ihrer Läuterung nötig ist und wie es dem König gefällt.«

Schweigen über dem Saal. Mahaut sah Nogaret an und dachte: ›Er steckt dahinter, dieser Hund steckt hinter alldem mit seiner wütenden Sucht zu spionieren, zu denunzieren, zu foltern. Er soll mir mit seiner Haut dafür bezahlen.‹ Aber der Siegelbewahrer hatte seine Lesung noch nicht beendet:

»Die Herren Gautier und Philipp d'Aunay, die sich gegen die Ehre vergangen und Personen königlichen Geblütes die Lehenstreue gebrochen haben, werden bei lebendigem Leibe geschunden, gerädert, kastriert, enthauptet und am öffentlichen Galgen aufgehängt, und das am Tage nach dem heutigen. So hat es unser sehr weiser, sehr mächtiger, vielgeliebter König beschlossen.«

Die Prinzessinnen schauderten bei der Ankündigung der Todesfoltern, die ihre Geliebten erwarteten. Nogaret rollte sein Pergament zusammen, und der König erhob sich. Der Saal begann sich zu leeren, lang anhaltendes Murmeln erhob sich zwischen diesen Mauern, die sonst nur Gebete hörten. Alle wichen Mahaut aus und mieden ihren Blick. Sie bekam die ganze Feigheit der Männer um sie herum zu spüren. Sie wollte zu ihren Töchtern, aber Alain de Pareilles versperrte ihr den Weg.

»Nein, Madame«, sagte er. »Der König gestattet nur seinen Söhnen, wenn sie es wünschen, den Abschiedsgruß und die Abbitte ihrer Gemahlinnen entgegenzunehmen.«

Nun wollte sie sich an den König wenden, der war jedoch bereits hinausgegangen, gefolgt von Ludwig von Navarra, den Wut und Demütigung fast erstickten, und Philipp von Poitiers, der seiner Frau keinen Blick schenkte.

»Mutter«, rief Blanche, als sie sah, daß Mahaut den Saal verließ, gestützt auf ihren Kanzler und Béatrice. Von den drei betrogenen Ehemännern war nur Karl geblieben. Er trat zu Blanche, wußte jedoch nur zu murmeln:

»Das hast du getan, das hast du getan!«

Blanche erschauerte und schüttelte den kahlen Kopf, auf dem das Rasiermesser kleine rote Spuren zurückgelassen hatte. Sie sah aus wie ein Vogel, der mausert.

»Ich wußte nicht . . . ich wollte nicht . . . Karl«, stammelte sie und brach in Tränen aus.

In diesem Augenblick erhob sich Isabellas harte Stimme:

»Keine Schwäche, Karl. Bleibt ein Fürst«, sagte sie.

Kerzengerade unter ihrer kleinen Krone war auch sie im Saale geblieben, eine verächtliche Falte lag um ihren Mund.

Nun brach der lange zurückgedämmte Zorn Margaretes los.

»Keine Schwäche, Karl! Kein Mitleid!« schrie sie. »Macht es wie Eure Schwester Isabella, die keine Gefahr läuft, die Schwächen der Liebe verstehen zu lernen. In ihrem Herzen wohnen nur Haß und Galle. Ohne sie hättet Ihr niemals etwas erfahren. Aber sie haßt mich, sie haßt Euch, sie haßt uns alle.«

Isabella kreuzte die Hände über ihrem Gewand und betrachtete Margarete mit eisigem Zorn.

»Gott vergebe Euch Eure Sünden«, sagte sie.

»Eher wird er mir meine Sünden vergeben als aus dir eine glückliche Frau machen.«

»Ich bin Königin«, erwiderte Isabella. »Wenn mir auch kein Glück beschieden war, so habe ich doch ein Zepter und eine Krone.«

»Und ich, wenn auch mir kein Glück beschieden war, so waren mir doch die Freuden der Liebe beschieden, die alle Kronen der Welt aufwiegen, und ich bedaure nichts.«

Noch immer besaß diese Frau mit dem glattrasierten Kopf, dem von Müdigkeit und Tränen gezeichneten Gesicht, die jetzt hochaufgerichtet vor der Königin von England stand, die Kraft, zu beleidigen, zu verletzen und ihren Körper zu verteidigen.

»Mir war der Frühling beschieden«, sagte sie mit gepreßter, keuchender Stimme, »die Liebe eines Mannes, die heiße Glut und die Kraft eines Mannes, die Lust, zu nehmen und genommen zu werden . . . alles, was du nicht kennst, wonach du umkommst vor Sehnsucht und was du dennoch niemals kennenlernen wirst. Ah! Du mußt im Bett nicht sehr kurzweilig sein, da dein Gemahl seine Jünglinge dir vorzieht!«

Isabella, die leichenblaß geworden war und kein Wort der Erwiderung hervorbrachte, machte Alain de Pareilles ein Zeichen.

»Nein«, rief Margarete. »Du hast Messire de Pareilles nichts zu gebieten. Ich habe ihn bisher befehligt und werde ihn vielleicht eines Tages wiederum befehligen. Er wird es noch einmal dulden müssen, meiner Anordnung zu gehorchen.«

Sie wandte der Königin und Karl den Rücken und bedeutete Alain de Pareilles, daß sie bereit sei. Die drei Verurteilten gingen hinaus, durchschritten unter Bewachung die Gänge und den Hof und gelangten in das Zimmer, das ihnen als Gefängniszelle diente.

Als Alain de Pareilles die Tür hinter ihnen verschlossen hatte, lief Margarete zum Bett, warf sich darüber und biß in die Linnen.

»Meine Haare, meine schönen Haare«, schluchzte Blanche.

Auf dem Martrai-Platz

Der Tag brach nur zögernd an für diejenigen, welche eine lange Nacht ruhelos und hoffnungslos ohne Vergessen und ohne Illusionen durchwacht hatten.

In einer Gefängniszelle der Vogtei von Pontoise lagen zwei Männer Seite an Seite auf einer Schütte Stroh und erwarteten den Tod. Auf Befehl Guillaume de Nogarets waren die Brüder Aunay sorgfältig gepflegt worden. Nun bluteten ihre Wunden nicht mehr, ihre Herzen schlugen kräftiger, und in ihre zerrissenen Muskeln, ihr zerquetschtes Fleisch war gerade genügend Kraft zurückgekehrt, daß sie imstande waren, weiterzuleiden und die bevorstehenden Schrecken der Hinrichtung besser zu verspüren.

Weder die verurteilten Prinzessinnen noch Mahaut, noch die drei Söhne des Königs, noch der König selbst schliefen in dieser Nacht. Und auch Isabella konnte keinen Schlaf finden; die Worte ihrer Schwägerin Margarete gingen ihr nicht aus dem Sinn. Nur zwei Menschen waren ohne weiteres eingeschlafen: Nogaret, weil er seine Pflicht erfüllt, und Robert von Artois, weil er, um seinen Rachedurst zu stillen, gute zwanzig Meilen zurückgelegt hatte.

Kurz vor dem Frühläuten[14] erklangen schwere Schritte auf den Steinplatten der Gänge: Die Bogenschützen Alain de Pareilles' holten die Prinzessinnen ab. Im Hof warteten drei schwarz ausgeschlagene Karren mit einer Begleitmannschaft von sechzig Reitern in Lederwämsern, Kettenhemden und Eisenhüten. Alain de Pareilles ließ die Prinzessinnen einsteigen; dann gab er das Signal zur Abfahrt, und die Strafkolonne setzte sich im rosigen Morgenlicht in Bewegung.

An einem Fenster des Schlosses stand Gräfin Mahaut, die Stirn gegen die Scheibe gedrückt, ihre schweren Schultern wurden von Zuckungen geschüttelt.

»Ihr weint, Madame?« fragte Béatrice d'Hirson.

»Sogar mir kann das passieren«, antwortete Mahaut mit rauher. Stimme.

Béatrice war bereits vollständig angekleidet.

»Gehst du aus?« sagte Mahaut.

»Ja, Madame; ich möchte zuschauen . . . wenn Ihr erlaubt.«

Inzwischen war der Martrai-Platz in Pontoise, wo die Hinrichtung der Brüder Aunay stattfinden sollte, bereits schwarz vor Menschen. Bürger, Bauern und Soldaten strömten seit dem Morgengrauen unaufhörlich herbei. Die Besitzer der Häuser, deren Vorderseite auf den Platz hinausging, hatten ihre Fenster zu hohen Preisen vermietet. In allen Fensteröffnungen drängten sich die Köpfe. Die Tatsache, daß die Delinquenten jung und von Adel und vor allem daß sie Edelleute aus der Nachbarschaft waren, verzehnfachte die Neugier. Und besonders die Art ihres Verbrechens, dieser ungeheuere Liebesskandal, erregte die Phantasie.

Das Gerüst war über Nacht aufgestellt worden; es erhob sich mannshoch über dem Boden, und die beiden Galgen, die es überragten, zogen alle Blicke auf sich.

Die beiden Henker trafen ein. An ihren roten Kapuzen und den ebenfalls roten Überkleidern konnte man sie schon von weitem erkennen. Ihre Gehilfen trugen ihnen die schwarzen Truhen nach, die ihre Marterwerkzeuge enthielten. Die Henker erstiegen das Gerüst, und plötzliche Stille senkte sich über die Menge. Dann setzte ein Henker eines der Räder in Schwung, das sich knirschend drehte. Und nun fing die Menge zu lachen an, als mache ein Gaukler seine Grimassen. Scherzworte flogen hin und her, man stieß einander mit den Ellbogen, ein Krug Wein wanderte von Hand zu Hand zu den Henkern hinauf, die ihn unter allgemeinem Beifall leerten.

Als der Karren mit den Brüdern Aunay in Sicht kam, erhob sich großes Geschrei, das um so mehr anschwoll, je deutlicher man die beiden jungen Männer sehen konnte. Weder Gautier noch Philipp regten sich. Wenn sie nicht mit Stricken an die Sprossen des Leiterwagens festgebunden gewesen wären, so hätten sie nicht aufrecht stehen können.

Ein Priester hatte sie in ihrem Kerker besucht, um ihre gestammelte Beichte und die letzten Grüße an ihre Familien entgegenzunehmen.[15] Erschöpft, keuchend, abgestumpft, ließen sie alles mit sich geschehen, sie waren kaum noch bei Bewußtsein und wünschten nur noch das möglichst schnelle Ende ihres Alptraumes, den Tod.

Die Henker zerrten sie auf das Gerüst und entkleideten sie vollständig. Als die Menge sie nackt erblickte, gleich zwei großen, rosigen Puppen, erhob sich ein wahrer Jahrmarktslärm. Eine Flut derber Anzüglichkeiten und unanständiger Bemerkungen ergoß sich über den Platz, während die beiden Edelleute auf die Räder gebunden wurden, die Gesichter zum Himmel gewandt. Dann trat erwartungsvolle Stille ein. Die Henker hatten sich mit gekreuzten Armen an die Galgenpfosten gelehnt. So vergingen mehrere Minuten. Die Menge begann ungeduldig zu werden, Fragen zu stellen, erregt zu brodeln. Plötzlich wurde der Grund für die Wartezeit klar. Drei schwarz ausgeschlagene Karren fuhren auf den Platz. Als äußerste Verschärfung der Strafe hatte Nogaret im Einverständnis mit dem König Befehl gegeben, daß die Prinzessinnen der Hinrichtung beiwohnen müßten. Als Blanche die beiden nackten, rosigen Körper mit ausgestreckten Gliedmaßen auf die Räder gekreuzigt sah, wurde sie ohnmächtig.

Johanna hatte sich an den Karrenrand geklammert und schrie tränenüberströmten Gesichtes in die Menge:

»Sagt meinem Gemahl, sagt Monseigneur Philipp, daß ich unschuldig bin.«

Bis dahin hatte sie ihre Haltung bewahrt, aber nun hatte sie die Nerven verloren, und die Menge spottete über ihre Verzweiflung.

Margarete von Burgund besaß als einzige den Mut, auf das Gerüst zu blicken, und alle, die in ihrer Nähe standen, mochten sich fragen, ob sie nicht ein schreckliches, ein schauerliches Vergnügen beim Anblick des Mannes empfand, der, den Augen aller ausgesetzt, rosig unter dem Sonnenlicht, sterben würde, weil er sie besessen hatte.

Als die Henker ihre Keulen hoben, um den Verurteilten die Knochen zu brechen, schrie sie: »Philipp!«, und dieser Ausruf war kein Schrei des Schmerzes.

Dann sausten die Keulen hernieder; man hörte ein Krachen, und für die Brüder Aunay erlosch der Himmel über ihren Augen. Die Henker rissen mit eisernen Haken die Haut von den beiden empfindungslos gewordenen Körpern; das Blut rieselte über das Gerüst.

Eine Woge der Hysterie erfaßte die Zuschauer, als die beiden Oberhenker mit langen Metzgermessern die beiden schuldigen Liebhaber entmannten und gleichzeitig mit einer Bewegung wie geübte Jongleure auf dem Jahrmarkt die Korpora delikti hoch in die Luft warfen.

Die Leute stießen einander zur Seite, um besser sehen zu können. Die Frauen riefen ihren Männern zu:

»Hoffentlich vergeht dir jetzt die Lust, es ihnen nachzumachen, alter Schlappschwanz!«

»Da siehst du, was dir passieren würde!«

»Das hättest du schon längst verdient!«

Die Körper wurden von den Rädern losgemacht, Äxte blitzen in der Sonne, und die Köpfe fielen. Dann wurde das, was von Gautier und Philipp d'Aunay noch übrig war, von den beiden schönen Schildknappen, die noch vor zwei Tagen ihre Pferde auf der Straße von Clermont getummelt hatten, als formlose, blutige Masse am Galgen aufgehängt, um den bereits die Raben vom nahen Kirchturm zu kreisen begannen. Nun setzten die drei schwarzen Karren sich wieder in Bewegung; die Schergen der Vogtei begannen den Platz zu räumen, und jeder kehrte zu seiner Arbeit zurück, in seine Schmiede, seinen Metzgerladen oder seinen Garten mit der befremdlichen Gemütsruhe von Leuten, für die der Tod anderer Menschen nur ein Schauspiel darstellte.

In jenen Jahrhunderten, als zahlreiche Kinder in der Wiege und die Hälfte aller Frauen im Kindbett starben, wo Epidemien die Menschen in der Blüte ihrer Jahre dahinrafften, Verletzungen nur selten heilten und Wunden sich nie mehr schlossen, als die Kirche lehrte, unaufhörlich ans Jenseits zu denken, als die Bildsäulen an den geweihten Stätten würmerzerfressene Leichname zeigten, und als jeder sein ganzes Leben lang das Gefühl hatte, er trage seinen eigenen verwesenden Kadaver mit sich herum, war der Gedanke an den Tod gewohnt, vertraut, natürlich. Dem letzten Atemzug eines Menschen beizuwohnen, bedeutete nicht wie für uns, den tragischen Ruf zu vernehmen, der an das Geschick gemahnt, das allen bevorsteht.

Auf dem Wege in die Normandie rief eine Frau mit rasiertem Kopf unaufhörlich aus einem schwarzen Karren: »Sagt Monseigneur Philipp, daß ich unschuldig bin. Sagt ihm, daß ich ihn nicht betrogen habe!« Zur gleichen Zeit teilten die Henker auf dem Martrai-Platz vor einigen hartnäckigen Gaffern die Kleider ihrer Opfer unter sich auf. Es war damals der Brauch, daß die Henker für sich behalten durften, was sie »unterhalb des Gürtels« bei den Verurteilten fanden. Auf diese Weise fielen die schönen Börsen der Königin von England in ihre Hände. Jeder der Oberhenker nahm sich eine; eine seltene Beute, wie sie ihnen nur einmal in ihrer Henkerslaufbahn beschieden war.

Sie waren mit dieser Teilung beschäftigt, als ein hübsches brünettes Geschöpf, dessen Kleidung mehr die eines adeligen Mädchens als einer Bürgerstochter war, zu ihnen trat und sie mit leiser Stimme und in schleppendem Tonfall um die Zunge eines der Hingerichteten bat. Das schöne Mädchen war Béatrice d'Hirson.

»Man sagt, das sei gut gegen Leibschmerzen«, erklärte sie. »Die Zunge eines der beiden, welche, ist mir gleichgültig.«

Die Henker musterten sie mißtrauisch, sie überlegten, ob nicht Hexerei dahintersteckte. Denn jedermann wußte, daß die Zunge eines

Gehenkten, ganz besonders eines Gehenkten vom Freitag, dazu diente, den Teufel zu beschwören. Aber die Zunge eines Geköpften, konnte sie dem gleichen Zweck dienen?

Da Béatrice ein schönes, funkelndes Goldstück in der Hand hielt, willigten sie ein und steckten ihr unauffällig das Gewünschte zu.

Der Kurier

Während das Blut der Brüder Aunay auf dem Lehmboden des Martrai-Platzes trocknete, wo noch tagelang die Hunde knurrend herumschnüffeln würden, erwachte Schloß Maubuisson langsam aus dem Alptraum.

Die drei Söhne des Königs blieben bis zum Abend in ihren Gemächern. Niemand durfte sich ihnen nähern, mit Ausnahme der Edelleute ihrer persönlichen Bedienung; jedermann vermied es, auch nur an den Türen vorbeizugehen, hinter denen Zorn, Demütigung und Schmerz dieser drei Männer für immer ihr Siegel aufprägten.

Mahaut war um die Tagesmitte wieder mit ihrem kleinen Gefolge nach Paris abgereist. Von Haß und Kummer getrieben, hatte sie versucht, sich den Eintritt beim König zu erzwingen; Nogaret hatte sie mit der Erklärung abgewiesen, daß der König arbeite und nicht gestört zu werden wünsche. »Nur er ist schuld daran, dieser Wachhund versperrt mir den Weg und läßt mich nicht zu seinem Herrn.« Alles bestärkte Gräfin Mahaut in dem Gedanken, daß der Siegelbewahrer allein ihre Töchter ins Verderben und sie selbst in Ungnade gestürzt hatte. Alles schien darauf hinzuweisen; Nogaret kam es auf eine Schurkerei mehr oder weniger nicht an.

»Wir sind alle in Gottes Hand, Messire Nogaret«, sagte sie in drohendem Ton zu ihm und ging.

Andere Leidenschaften, andere Interessen regten sich bereits in Maubuisson. Schon versuchten die einstigen Freunde und Vertrauten der verbannten Prinzessinnen die unsichtbaren Fäden der Macht und der Intrige neu zu spinnen, die Freundschaft zu leugnen, mit der sie sich noch tags zuvor gebrüstet hatten. Die Weberschiffchen Angst, Eitelkeit und Ehrgeiz flitzten hin und her, um nach einem neuen Muster das brutal zerrissene Gespinst neu zu wirken.

Der vorsichtige Robert von Artois war geschickt genug, seinen Triumph nicht zur Schau zu tragen; er wartete, bis die Früchte ihm in den Schoß fielen. Aber schon richtete sich die Aufmerksamkeit, die einst der burgundischen Sippe gegolten hatte, auf seine Person.

An der Abendtafel des Königs saß außer den beiden Brüdern und der Tochter des Herrschers, außer Marigny, Nogaret und Bouville auch

Robert von Artois, ein Zeichen, wie sehr er in der Gunst gestiegen war.

Es war ein kleines Mahl; beinahe ein Trauermahl. Über dem langen, schmalen Saal neben dem Schlafzimmer des Königs, wo die Mahlzeit serviert wurde, lastete tiefe Stille. Selbst Monseigneur von Valois schwieg, und der Windhund Lombard hatte seinen Platz zu Füßen seines Herrn verlassen, als spüre er die bedrückte Stimmung der Tafelrunde, und sich vor dem Kamin ausgestreckt.

Als zwischen zwei Gängen die Brotschnitten gewechselt wurden, trat Lady Mortimer ein, den kleinen Prinzen Eduard auf den Armen, damit er seiner Mutter den Gutenachtkuß gebe.

»Madame de Joinville«, redete der König Lady Mortimer mit ihrem ruhmvollen Mädchennamen an, »bringt mir meinen Enkel.«

›Meinen *einzigen* Enkel . . .‹, fügte er in Gedanken hinzu.

Er nahm das Kind und betrachtete es lange, studierte das runde unschuldige Gesichtchen mit den dunklen Grübchen. ›Nach wem wirst du geraten?‹ hätte Philipp der Schöne gern gefragt. ›Nach deinem wankelmütigen, beeinflußbaren und lasterhaften Vater oder nach meiner Tochter Isabella? Um der Ehre meines Blutes willen wünschte ich, du würdest deiner Mutter gleichen; aber um der glücklichen Zukunft Frankreichs willen gebe Gott, daß du nur der Sohn deines schwachen Vaters wirst!‹

»Eduard! Lächelt Eurem Herrn Großvater zu«, sagte Isabella.

Der Kleine schien sich nicht vor dem unbewegten Blick zu fürchten, der starr auf ihn gerichtet war. Plötzlich streckte er das Händchen aus, fuhr damit in die goldenen Haare des Herrschers und zog an einer Haarsträhne, die sich lockte.

Nun lächelte Philipp der Schöne. Und die Tafelrunde seufzte erleichtert auf, jeder beeilte sich, ebenfalls zu lachen, und endlich wagte man zu sprechen.

Als das Kind weggebracht und die Mahlzeit beendet war, verabschiedete der König alle außer Marigny und Nogaret, denen er bedeutete zu bleiben. Lange Zeit sprach er kein Wort, und seine Räte achteten sein Schweigen.

»Ist auch ein Hund ein Geschöpf Gottes?« fragte der König unvermittelt. Es war unverständlich, welcher Ideenverbindung diese Frage entsprang.

Er hatte sich erhoben und seine Hand auf den warmen Nacken des Windhundes gelegt, der bei seinem Näherkommen aufgestanden war und sich vor dem Feuer streckte.

»Sire«, erwiderte Nogaret, »wir wissen vieles über Menschen, weil wir selbst Menschen sind, aber nur wenig über die Erscheinungen der übrigen Natur . . .«

Philipp der Schöne trat an ein Fenster und schaute lange hinaus. Nur undeutliche Umrisse von Mauern und Blattwerk waren zu sehen. Es erging ihm, wie es den Mächtigen dieser Erde häufig ergeht: Am Abend eines Tages, an dem er eine tragische Verantwortung hatte auf sich nehmen müssen, irrte sein Geist um geheimnisvolle und unbestimmte Probleme, auf der Suche nach einer gültigen Weltordnung, die sein Leben, seine Stellung und Taten rechtfertigen würden.

Endlich wandte er sich um und sagte:

»Enguerrand, die Dinge sind geschehen, die Spuren von Eisen und Feuer kann niemand mehr tilgen. Die Schuldigen sind nun bei Gott. Aber wohin geht das Reich? Meine Söhne haben keine Erben.«

Marigny antwortete, ohne den Kopf zu heben:

»Sie werden welche bekommen, wenn sie sich wieder verheiraten.«

»Vor Gott sind sie verheiratet.«

»Gott kann lösen . . .«, sagte Marigny.

»Gott gehorcht den irdischen Herrschern nicht. Gott sieht nicht mein Reich, sondern nur das seine. Durch Gebete werde ich also meine Söhne nicht von ihren Fesseln befreien können!«

»Der Papst kann sie lossprechen«, sagte Marigny.

Des Königs Blick wandte sich Nogaret zu.

»Ehebruch ist kein Annullierungsgrund für eine Ehe«, sagte der Siegelbewahrer mit seiner harten Stimme.

»Demnach ist Papst Klemens heute unsere einzige Hoffnung«, sagte Philipp der Schöne. »Und vor allem darf ich keineswegs auf das allgemein geltende Gesetz Rücksicht nehmen, selbst dann nicht, wenn es in der Hand des Papstes liegt. Ein König muß immer daran denken, daß er zu jeder Stunde sterben kann. Wem würdet Ihr, Nogaret, und Ihr, Marigny, zuerst die Nachricht von meiner Rückkehr in den Schoß Gottes bringen, wenn sie jetzt einträte? Ludwig. Er ist der erste. Also muß er auch als erster frei werden.«

Nogaret hob seine große, dürre und flache Hand, die das Kaminfeuer beleuchtete.

»Ich kann mir in der Tat kaum vorstellen, daß Monseigneur von Navarra seine Gemahlin jemals wieder zu sich nehmen möchte, noch daß dies für das Reich wünschenswert sein könnte.«

»So werdet Ihr Euch bemühen«, sagte Philipp der Schöne, »die Kurie und Papst Klemens davon zu überzeugen, daß die Gründe eines Königs nicht die Gründe eines gewöhnlichen Menschen sind, sondern absolute Gründe, über die es keine Diskussion gibt.«

»Ich werde meinen ganzen Eifer daransetzen«, erwiderte Nogaret.

Man hörte den Galopp eines Pferdes. Marigny erhob sich und trat ans Fenster, während Nogaret zum König sagte:

»Die Herzogin von Burgund[16] wird bestimmt alle Hebel in Bewegung setzen, um uns beim Heiligen Stuhl Schwierigkeiten zu machen. Man muß Monseigneur Ludwig ins Gewissen reden, daß er nicht durch seine üblichen Überspanntheiten seine eigene Sache verdirbt.«

»Ja«, sagte Philipp der Schöne. »Ich werde schon morgen mit ihm darüber sprechen, und Ihr werdet Euch umgehend auf den Weg zum Papst machen.«

Das Hufgeklapper, das Marigny ans Fenster gelockt hatte, kam auf dem Pflaster des Hofes zum Verstummen.

»Ein Kurier, Sire«, sagte Marigny. »Er scheint einen langen Weg hinter sich zu haben, denn seine Kleider sind voll Staub, und sein Pferd hält sich kaum noch auf den Beinen.«

»Woher kommt er?« fragte der König.

»Ich weiß es nicht; ich kann sein Wappen[17] nicht genau sehen.« Denn inzwischen war die Nacht vollends hereingebrochen, der Schloßhof lag im Dunkel. Marigny wandte sich vom Fenster ab.

Kurz darauf näherten sich draußen eilige Schritte, und Bouville, der Erste Kämmerer, trat ein.

»Sire, ein Kurier aus Carpentras bittet, empfangen zu werden.«

»Laßt ihn herein.«

Der Eintretende war ein hochgewachsener, breitschultriger junger Mensch von etwa fünfundzwanzig Jahren. Sein gelb-schwarzes Wams war staubbedeckt; auf seiner Brust leuchtete das gestickte Kreuz der päpstlichen Kuriere. In der linken Hand hielt er eine ebenfalls über und über staubige und schmutzige Kopfbedeckung und den geschnitzten Stab, das Zeichen seines Amtes. Er näherte sich dem König, beugte das rechte Knie zur Erde und löste von seinem Gürtel den Behälter aus Ebenholz und Silber, der die Botschaft enthielt.

»Sire«, sagte er, »Papst Klemens ist tot.«

Der König und Nogaret wichen gleichzeitig zurück, als wollten sie einen Schlag abwehren, und ihre Gesichter erbleichten. Der König öffnete den Ebenholzbehälter, zog ein Pergament heraus, erbrach die Siegel und las aufmerksam, als wolle er ganz sichergehen, daß die Meldung auf Wahrheit beruhte.

»Der Papst, den wir eingesetzt haben, ist jetzt bei Gott«, murmelte er und reichte Marigny das Pergament.

»Wann ist er verschieden?« fragte Nogaret.

»Vor genau sechs Tagen in der Nacht vom Neunzehnten auf den Zwanzigsten«, antwortete der Kurier.

»Vierzig Tage . . .«, sagte der König.

Er brauchte sich nicht deutlicher auszudrücken, denn seine drei Minister stellten bereits die gleiche Rechnung auf. Vierzig Tage waren es her, seit auf der Judeninsel die Stimme des Großmeisters der Templer aus den Flammen gerufen hatte: »Papst Klemens, Chevalier de Nogaret, König Philipp, ehe ein Jahr vergeht, fordere ich Euch vor Gottes Gericht . . .« Noch waren keine sechs Wochen verstrichen, und schon hatte der Fluch den ersten getroffen.

»Sage mir«, wandte der König sich wieder an den Kurier und bedeutete ihm aufzustehen, »wie ist unser Heiliger Vater gestorben, und was tat er in Carpentras?«

»Sire, er wollte nach Cahors und konnte nicht mehr weiter. Tagelang litt er an Fieber und Angstzuständen. Er sagte, er wolle an den Ort seiner Geburt zurückkehren, um dort zu sterben. Die Ärzte haben alles versucht, um ihn zu heilen, sie ließen ihn sogar das Pulver zerstoßener Smaragde einnehmen, das, wie es heißt, das beste Mittel gegen diese Krankheit sei. Aber nichts half. Er erstickte. Die Kardinäle waren um ihn. Mehr weiß ich nicht.«

»Geh«, sagte der König.

Der Kurier entfernte sich. Kein Geräusch war mehr im Saal zu hören als das Atmen der vier Männer, die noch immer reglos an derselben Stelle standen, an der sie die Botschaft vernommen hatten, und die Atemzüge eines großen Windhundes, der, von der Wärme müde geworden, vor dem Feuer eingeschlafen war.

Der König und Nogaret sahen einander an. ›Welcher von uns wird der nächste sein?‹ dachten sie. Die Augen Philipps des Schönen schienen noch größer, noch unbeweglicher zu sein als gewöhnlich. Sein Gesicht trug eine erschreckende Blässe, und seine Gestalt, reglos im langen Königsgewand, sah aus, als sei das Leben in ihr bereits der eisigen Starre des Todes gewichen.

3
Gottes Hand schlägt zu

In der Rue des Bourdonnais

Acht Tage nach der Hinrichtung der Brüder Aunay und der Verstoßung der Prinzessinnen hatte sich im Volk von Paris bereits eine Legende gebildet, in der Grausamkeit, Schande und Liebe die Hauptrolle spielten.

Durch eine unbewußte Vereinfachung war Margarete von Navarra zur Zentralfigur dieser Legende geworden. Nicht ein Liebhaber wurde ihr angedichtet, sondern zehn, fünfzig. Und man warf furchtsame Blicke zum Turm von Nesle hinüber, wo nach Einbruch der Nacht Wachen aufzogen, die Pike in der Faust, um jeden von diesen Mauern zu verjagen, der sich durch unvorsichtige Neugier hinreißen ließe, diesen Ort der Verdammnis aufzusuchen. Denn die Geschichte war noch nicht zu Ende. Sonderbare Dinge tuschelte man an den Straßenecken. Auffallend viele Leichen waren in den letzten Tagen in dieser Gegend aus dem Fluß gefischt worden, und es hieß, Monseigneur Ludwig der Zänker habe sich in seinem Palais eingeschlossen, foltere dort alle jene Diener, die dem Ehebruch seiner Gemahlin Vorschub geleistet haben könnten, und lasse ihre Leichen in die Seine werfen.

An diesem Morgen hatte die schöne Béatrice d'Hirson schon sehr früh das Palais der Gräfin Mahaut verlassen. Es war Anfang Mai, und die Sonne spiegelte sich in allen Fensterscheiben der Häuser. Béatrice schritt ohne Hast dahin und ließ sich voll Behagen den lauen Wind um die Stirn streichen. Ihr ganzer Körper liebte die Wärme; sie genoß den Duft des jungen Frühlings und machte sich ein Vergnügen daraus, die Blicke der Männer herauszufordern, besonders der Männer niedrigen Standes. ›Wenn sie wüßten, was ich vorhabe! Wenn sie wüßten, was ich in meinem Täschchen trage!‹ dachte sie belustigt. Sie kam in das Stadtviertel Saint-Eustache und war bald in der Rue des Bourdonnais, einer wunderlichen, von geheimnisvollem Leben erfüllten Gegend. Die öffentlichen Schreiber hatten hier ihre Buden, und auch die Wachszieher, weil sie außer Kerzen, Lichten und

Wachspasten auch Schreibtäfelchen herstellen. Aber in den Hinterstübchen vieler Läden der Rue des Bourdonnais wurden seltsame Geschäfte abgewickelt. Dort wurden um schweres Gold und unter unendlichen Vorsichtsmaßnahmen die geheimnisvollen Mittel verkauft, von denen alle diejenigen lebten, die irgendeinen Zweig der Zauberei ausübten: Schlangenpulver, zerstoßene Kröten, Katzenhirne, Zungen von Gehenkten, Haar von Ehebrecherinnen sowie alle Sorten von Kräutern, aus denen Liebestränke oder die Gifte hergestellt wurden, mit denen man seine Feinde »einkräuterte«. Dieses enge Sträßchen hieß daher nicht zu Unrecht auch »Hexengasse«; der Teufel hielt dort Markt inmitten von Wachs, dem Grundstoff für viele Zaubermittel.

Mit hocherhobenem Näschen, gleichgültiger Miene und hintergründigem Blick betrat Béatrice d'Hirson einen Laden, über dem ein gemaltes Schild hing:

ENGELBERT
Meine Kerzen und Lichte erhellen
Des Königs Hof
Und viele Kirchen und Kapellen.

Der Laden, hingeduckt zwischen zwei Häusern, war lang, niedrig und düster. Von der Decke hingen Kerzen aller Größen, und auf Wandbrettern lagen, zum Dutzend gebündelt, Talglichte und braune, rote oder grüne Wachslaibchen, aus denen man die Siegel fertigte. Es roch stark nach Wachs, und alle Gegenstände fühlten sich ein wenig glitschig an. Der Händler, ein kleiner alter Mann mit einem großen Barett aus ungebleichtem Wollstoff, schürte die Glut eines Ofens und überwachte seine Gießformen. Als Béatrice eintrat, öffnete sich sein zahnloser Mund zu einem breiten Grinsen.

»Meister Engelbert«, sagte Béatrice, »ich bin gekommen, um die Rechnung für das Palais Artois zu begleichen.«

»Ein gutes Werk, mein schönes Fräulein, denn die Geschäfte gehen schlecht. Die Verkaufssteuer, diese Erfindung des Teufels, bringt uns um. Ich weiß wahrhaftig nicht, wie lange ich meinen Laden noch offenhalten kann!« sagte Meister Engelbert und wischte sich die schwarzen Hände an der Schürze ab.

Er ging in eine Ecke des Ladens und brachte ein Täfelchen zum Vorschein, das er mit gerunzelter Stirn studierte.

»Schauen wir einmal, ob es stimmt!«

»Es stimmt sicherlich«, sagte Béatrice sanft und legte mehrere Silberstücke in die Hand des Wachsziehers.

»Ah! Ah! Das lasse ich mir gefallen! Wenn ich nur mehr Kunden hätte, die es so machten!« lachte der Mann, nachdem er die Münzen gezählt hatte. Dann fügte er mit Verschwörermiene hinzu: »Ich werde Euren Schützling rufen. Ich bin sehr mit ihm zufrieden. Keine Arbeit ist ihm zuviel, und er redet wenig . . . Meister Evrard!«

Der Mann, der aus der Hinterstube hereinkam, war etwa dreißig Jahre alt, mager, aber kräftig gebaut. Er hatte ein knochiges Gesicht, tiefliegende, umschattete Augen und schmale Lippen.

Er hinkte, und dabei verzog er in kurzen Abständen nervös das Gesicht.

Er war ein ehemaliger Tempelherr der Komturei Artois. Nach zwölfstündiger Folter war er seinen Henkern entflohen, aber die unmenschlichen Martern jener Nacht, an die sein zerschmetterter Fuß ihn ständig erinnerte, hatten seinen Verstand ein wenig verwirrt. In jener Nacht hatte er den Glauben verloren und das Hassen gelernt. Er lebte nur noch den Racheplänen, die er unaufhörlich schmiedete.

Ohne die Grimassen, die plötzlich seine Züge verzerrten, und ohne den beängstigend flackernden Blick hätte man ihm eine gewisse Anziehungskraft nicht absprechen können. Eines Tages hatte er sich wie ein verfolgtes Tier in die Stallungen des Palais Artois geflüchtet. Béatrice hatte ihn bei Engelbert untergebracht, der ihm Kost und Wohnung gab und ihm vor allem ein Alibi der Vogtei gegenüber verschaffte. Dafür verrichtete der ehemalige Templer die groben Arbeiten und kümmerte sich um die Abrechnungen und die Außenstände.

Sooft Béatrice kam, schützte Meister Engelbert eine dringende Erledigung vor und verschwand. Er konnte unbesorgt weggehen, falls weitere Kunden kommen sollten, würde Evrard ihnen niemals Ware ohne Bezahlung aushändigen. Was den Handel mit Zauberwachsen betraf, so war es Engelbert ohnehin lieber, wenn er dabei nicht zugegen war und ein anderer dafür die Verantwortung trug. Er wollte von nichts wissen und begnügte sich damit, das Geld einzustecken.

Sobald sie allein waren, ergriff der ehemalige Templer Béatrices Handgelenke:

»Kommt«, sagte er.

Das junge Mädchen folgte ihm hinter einen Vorhang, den er hochhielt, und befand sich in dem Verschlag, wo Meister Engelbert das Rohwachs, die Talgfäßchen und die Pakete mit Dochten lagerte. Evrard schlief hier auf einem schmalen Strohsack in der Ecke zwischen einer alten Truhe und der abbröckelnden Mauer.

»Mein Schloß, meine Güter, die Komturei des Ritters Evrard«, sagte er mit bitterer Ironie und deutete mit weitausholender Geste auf die düstere und schmutzige Behausung. »Aber es ist mir immer noch lieber als der Tod«, fügte er hinzu.

Dann nahm er Béatrice an den Schultern und zog sie an sich.

»Und du«, flüsterte er, »du bist mir lieber als das ewige Leben.«

So gelassen und ruhig Béatrices Stimme war, so überstürzt redete Evrard.

Béatrice lächelte vage, wie sie es immer tat, wenn sie sich über Menschen und Dinge lustig machte. Sie betrachtete die Stirn des ehemaligen Tempelherrn. Sie empfand ein perverses Vergnügen bei dem Gedanken, daß andere von ihr abhingen. Dieser Mann war ihrer Gnade doppelt ausgeliefert, einmal, weil er flüchtig war und sich verborgen halten mußte und sie ihn jederzeit verraten konnte; und zum anderen, weil er ihr in erotischer Besessenheit verfallen war. Während seine Hände fieberhaft über ihren Körper strichen und sie ihn in aller Ruhe gewähren ließ, sagte sie:

»Du kannst dich freuen. Der Papst ist tot.«

»Ja . . . ja . . .«, sagte Evrard, und wilde Freude leuchtete aus seinem Blick. »Seine Ärzte haben ihn gemahlene Smaragde schlucken lassen. Ein feines Mittel, das die Gedärme zerschneidet. Wer sie auch sein mögen, diese Ärzte sind meine Freunde. Der Fluch beginnt sich zu erfüllen, Béatrice. Einer ist schon krepiert. Gottes Hand schlägt schnell zu, besonders wenn die Hand eines Menschen ein wenig nachhilft.«

»Und die des Teufels dazu«, sagte sie lächelnd.

Sie schien nicht zu bemerken, daß er ihren Rock hochgeschoben hatte. Die wachsglänzenden Finger des ehemaligen Templers liebkosten die Glätte und Wärme eines wohlgeformten, festen Schenkels.

»Willst du zu einem weiteren Schlag die Hand leihen?« begann sie von neuem.

»Gegen wen?«

»Gegen den Mann, dem du deinen zerschmetterten Fuß verdankst.«

»Nogaret . . .«, murmelte Evrard.

Er wich einen Schritt zurück, und dreimal nacheinander entstellte das krampfhafte Zucken seine Züge.

Nun trat sie dicht an ihn heran.

»Du kannst dich rächen, wenn du willst«, sagte sie. »Bezieht er nicht von euch seine Lichte?«

Evrard sah sie verständnislos an.

»Ihr stellt doch für ihn Kerzen her?« beharrte sie.

»Ja«, sagte er, »die gleichen, wie wir sie auch für das Kabinett des Königs liefern.«

»Wie sind sie beschaffen?«

»Es sind sehr lange, weiße Wachskerzen mit besonders präparierten Dochten, die nur wenig Rauch verursachen. Er benützt in seinem Palais auch große, gelbliche Kirchenkerzen. Die weißen brennt er nur, wenn er bei Nacht schreibt; er verbraucht jede Woche zwei Dutzend davon!«

»Weißt du das ganz genau?«

»Ich weiß es von seinem Hausverwalter, der jeweils zwölf Dutzend hier holt. Denn wir liefern sie ihm nicht ins Haus; so leicht kommt man dort nicht hinein. Dieser Hund ist mißtrauisch und gibt gut auf sich acht.«

Er wies auf Bündel, die in einem Fach lagen.

»Schau, die nächste Lieferung für ihn liegt schon bereit und die für den König daneben . . . Und wenn ich bedenke, daß ich«, fügte er mit plötzlichem Zorn hinzu und schlug sich auf die Brust, »ausgerechnet ich das Licht herstelle, das ihm zu all den Verbrechen leuchtet, die sein Hirn ausbrütet. Sooft ich seine Pakete aushändige, möchte ich am liebsten das Gift des Teufels darüberspucken.«

Béatrice lächelte noch immer.

»Ich kann dir etwas ebenso Gutes geben«, sagte sie. »Es ist nicht einmal nötig, in Nogarets Haus einzudringen, wenn du ihn erwischen willst. Ich weiß, wie man eine Kerze vergiften kann.«

»Wie ist das möglich?« fragte Evrard.

»Wer eine Stunde lang ihre Flamme eingeatmet hat, sieht niemals mehr eine andere, es sei denn die Flamme des höllischen Feuers. Es ist ein Gift, das keine Spuren hinterläßt und gegen das es kein Heilmittel gibt.«

»Woher kennst du es?«

»Ach . . . ich kenne es eben«, zierte sich Béatrice, rundete die Schultern und schlug die Augen nieder, als handle es sich um ein kokettes Geheimnis. »Es ist ein Pulver, das man nur unter das Wachs zu mischen braucht . . .«

»Und warum möchtest du . . .?« fragte Evrard.

Sie legte ihm die Hand auf die Schulter, näherte ihren Mund seinem Ohr wie zu einer Liebkosung.

»Du bist nicht der einzige, der sich an ihm rächen will«, flüsterte sie. »Glaube mir, du hast nichts zu fürchten.«

Evrard überlegte. Sein Atem ging schnell und heftig. Sein Blick wurde stechender, glitzernder.

»Dann haben wir keine Zeit zu verlieren«, sagte er, und seine Worte überstürzten sich. »Es kann sein, daß ich bald von hier weg muß. Sage es aber nicht weiter . . . Der Neffe des Großmeisters, Messire Jean de Longwy, hat begonnen, uns zu zählen. Auch er hat geschworen, Messire de Molay zu rächen. Wir sind nicht alle tot, trotz dieses Hundes von Nogaret. Unlängst war einer meiner früheren Mitbrüder hier, Jean du Pré, und überbrachte mir eine Botschaft, daß ich mich bereithalten solle, nach Langres zu gehen. Es wäre schön, wenn ich Messire de Longwy die Seele Nogarets als Gastgeschenk mitbringen könnte . . . Wann kann ich das Pulver bekommen?«

»Hier ist es«, sagte Béatrice und öffnete ihr Täschchen.

Sie reichte Evrard ein Säckchen, das er vorsichtig öffnete. Es enthielt zwei schlecht gemischte Pulver, das eine grau, das andere weißlich.

»Das ist Asche«, sagte Evrard und zeigte auf das graue Pulver.

»Ja«, erwiderte sie, »Asche aus der Zunge eines Mannes, den Nogaret getötet hat . . . um den Teufel auf ihn aufmerksam zu machen und um zu verhindern, daß irrtümlich ein anderer sterben muß.« Sie zeigte auf das weiße Pulver: »Dies ist von der *Pharaoschlange*[18]. Du brauchst keine Angst zu haben, es tötet nur, wenn es verbrennt. Wann wirst du die Kerze herstellen?«

»Sofort«, sagte Evrard.

»Hast du genügend Zeit? Wird Engelbert nicht zurückkommen?«

»Nicht vor einer guten Stunde. Du wirst aufpassen, falls Kundschaft kommen sollte.«

Er nahm das Öfchen, trug es in den Verschlag und schürte die Glut. Dann zog er eine Kerze aus dem Paket, das für den Siegelbewahrer bereitlag, legte sie in eine Gießform und ließ sie weich werden. Schließlich spaltete er sie der Länge nach mit einer Klinge und schüttete den Inhalt des Säckchens hinein.

Béatrice war wie eine Kundin, die auf Bedienung wartet, im Laden geblieben, aber durch die Vorhangspalte beobachtete sie Evrard, der geschäftig, das Gesicht von der Kohlenglut beleuchtet, um das Öfchen hinkte. Dabei murmelte sie Beschwörungsformeln, in denen dreimal der Name Guillaume vorkam. Dann ließ Evrard die Kerze in einem wassergefüllten Becken wieder erkalten.

»Fertig«, sagte er, »du kannst hereinkommen.«

Die Kerze sah wieder aus wie zuvor und trug keine Spur der Behandlung.

»Für einen Mann, der eigentlich das Schwerthandwerk erlernt hat, ist das eine saubere Arbeit«, sagte Evrard mit grausamer Genugtuung.

Er steckte die Kerze in das Paket zurück, dem er sie entnommen hatte, und fügte hinzu:

»Wir wollen hoffen, daß sie ihm sicher in die Ewigkeit hinüberhilft.«

Die vergiftete Kerze, die sich in nichts von den gewöhnlichen Kerzen des Bündels unterschied, war nun wie das große Los einer Lotterie. An welchem Tag würde der Diener, der die Leuchter des Siegelbewahrers zu bestecken hatte, sie ziehen? Béatrice lachte leise, als sie daneben den Kerzenvorrat für den König sah. Aber schon war Evrard wieder bei ihr und nahm sie in die Arme.

»Vielleicht sehe ich dich heute zum letztenmal . . .«

»Vielleicht . . . vielleicht auch nicht«, erwiderte sie mit schmalen Augen.

Ohne daß sie den geringsten Widerstand leistete, trug er sie auf den Strohsack.

»Wie hast du es fertiggebracht, die Keuschheit zu wahren, als du noch Templer warst?« fragte sie.

»Ich habe es überhaupt nie fertiggebracht«, erwiderte er dumpf.

Und nun schloß die schöne Béatrice die Augen. Ihre Oberlippe war seltsam zurückgezogen und entblößte die kleinen, weißen Zähne. Und sie ließ sich von der Illusion durchdringen, sich dem Teufel hinzugeben.

Hatte Evrard nicht auch einen Hinkefuß?

Das Tribunal der Schatten

Nach wie vor arbeitete Nogaret jede Nacht, wie er es sein ganzes Leben lang getan hatte. Und jeden Morgen lauerte Gräfin Mahaut auf die Nachricht, die sie erhoffte und die ihr die Tür des Königs wieder öffnen konnte. Vergeblich. Messire Nogaret war bei bester Gesundheit, und Béatrice mußte die Wutausbrüche der schrecklichen Gräfin über sich ergehen lassen. Wieder suchte sie Meister Engelbert auf. Wie sie erwartet hatte, war Evrard plötzlich verschwunden. Sie begann an ihm zu zweifeln und auch an der Zauberkraft der »Pharaoschlange«. Vielleicht hatte der Dämon aber auch trotz der pulverisierten Zunge eines der Brüder Aunay oder gerade ihretwegen seinen Streich gegen einen anderen gerichtet.

Eines Morgens in der dritten Maiwoche kam Nogaret gegen seine Gewohnheit mit Verspätung zur Sitzung des Engsten Rates. Er betrat unmittelbar hinter dem König den Saal und streifte Lombard im Vorübergehen.

Die Mitglieder des Rates waren wie üblich versammelt, und überdies waren ausnahmsweise auch die beiden Brüder und die drei Söhne des Königs gleichzeitig anwesend.

Das dringendste Staatsgeschäft war die Wahl eines Papstes. Marigny hatte soeben einen Bericht aus Carpentras erhalten, wo die Kardinäle, die seit dem Tode Klemens' V. dort ein Konklave abhielten, sich eine Schlacht lieferten, deren Ende nicht abzusehen war.

Der päpstliche Thron stand nun seit vier Wochen leer, und die Lage erforderte, daß der König von Frankreich unverzüglich seine Absichten kundtat.

Alle Anwesenden kannten den Wunsch des Königs: Er wollte, daß der Papst in Avignon, in seiner Reichweite, bleibe; er wollte, wenn auch nicht offiziell, so doch de facto, das Oberhaupt der Christenheit wählen und durch eben diese Wahl an sich binden. Er wollte, daß die Kirche ihre ungeheure politische Organisation nicht mehr wie schon so oft gegen das französische Reich ausspielen konnte.

Die dreiundzwanzig Kardinäle indessen, die in Carpentras versammelt waren, diese Kardinäle, die von überallher kamen, aus Italien, Frankreich, Spanien, Sizilien und Deutschland, und die ihre Würde den unterschiedlichsten Verdiensten verdankten, waren in beinahe ebenso viele Lager gespalten, wie es Kardinalshüte gab.

Theologische Streitgespräche, Gegnerschaften, Interessengegensätze, Familienzwiste gaben ihren Kämpfen Nahrung. Vor allem bei den italienischen Kardinälen herrschte zwischen den Caetani, den Colonna und den Orsini unversöhnlicher Haß.

»Diese acht italienischen Kardinäle«, sagte Marigny, »sind nur über einen Punkt einig, nämlich, daß der Sitz des Papstes in Rom sein müsse. Glücklicherweise sind sie nicht darüber einig, wen sie zum Papst machen wollen.«

»Mit der Zeit können sie einig werden«, bemerkte Monseigneur von Valois.

»Deshalb darf man ihnen keine Zeit mehr lassen«, erwiderte Marigny.

Ein kurzes Schweigen trat ein, und in diesem Augenblick fühlte Nogaret, wie eine schwere Übelkeit aus seinem Magen aufstieg und ihm die Kehle zuschnürte. Er wollte sich aus seiner zusammengekauerten Haltung aufrichten, aber seine Muskeln gehorchten ihm kaum. Dann verschwand seine Müdigkeit mit einem Schlage; er atmete einige Male tief und trocknete sich mit zitternder Hand die Stirn.

»Für viele Christen ist Rom die Papststadt«, sagte Karl von Valois, ». . . in ihren Augen ist Rom der Mittelpunkt der Welt.«

»Was dem Kaiser von Konstantinopel zweifellos sehr zustatten kommt, aber nicht dem König von Frankreich«, sagte Marigny.

»Dennoch könnt Ihr nicht ändern, was Jahrhunderte geschaffen haben, Messire Enguerrand, und nicht verhindern, daß der Thron des heiligen Petrus da steht, wo er ihn aufgerichtet hat.«

»Selbst wenn der Papst nach Rom gehen will, kann er sich niemals lange dort halten«, rief Marigny. »Er muß vor den Parteien fliehen, die einander die Stadt streitig machen, muß sich in ein Schloß, unter den Schutz irgendeiner Stadt flüchten, mit Truppen, die nicht ihm gehören. Er ist viel sicherer im Schutz unserer Besatzung von Villeneuve auf dem anderen Rhoneufer.«

»Der Papst wird in Avignon bleiben«, sagte der König.

»Ich kenne Francesco Caetani gut«, begann Karl von Valois wieder. »Er ist ein Mann von großer Gelehrsamkeit und großem Verdienst, und ich kann einigen Einfluß auf ihn ausüben.«

»Ich will von diesem Caetani nichts wissen«, sagte der König. »Er gehört der Familie des Papstes Bonifaz an und wird wieder an die Irrtümer der Bulle *Unam Sanctam*[19] anknüpfen.«

Philipp von Poitiers, der noch nichts gesagt hatte, schaltete sich jetzt ein. Er beugte seinen langen Oberkörper vor.

»In dieser Sache«, sagte er, »gibt es so viele Intrigen, daß sie einander aufheben können. Wenn wir nicht Ordnung schaffen, können wir uns auf ein Konklave von einem Jahr gefaßt machen. Messire Nogaret hat schon unter schwierigeren Umständen bewiesen, wozu er fähig ist. Es ist an uns, die größere Ausdauer und Festigkeit zu zeigen.«

Nach kurzem Schweigen wandte Philipp der Schöne sich an Nogaret. Der war totenbleich und atmete mühsam.

»Euren Rat, Nogaret?«

»Ja, Sire«, sagte der Siegelbewahrer mit großer Anstrengung. Er fuhr sich mit zitternder Hand über die Stirn.

»Ich bitte um Entschuldigung. Diese schreckliche Hitze . . .«

»Aber es ist doch nicht heiß«, sagte Hugues de Bouville.

Nogaret nahm sich aufs äußerste zusammen und sagte mit einer Stimme, die von weither zu kommen schien:

»Das Interesse des Reiches und das des Glaubens gebietet, in diesem Sinne zu handeln.«

Dann schwieg er, und niemand begriff, warum er so wenig gesprochen hatte.

»Euren Rat, Marigny?«

»Ich schlage vor, daß man die sterbliche Hülle des verstorbenen Papstes, wie es dessen Wunsch war, nach Cahors überführt und damit dem Konklave deutlich zu verstehen gibt, daß es sich beeilen soll. Bertrand de Got, Klemens' Neffe, könnte mit dieser frommen Mission betraut werden. Messire Nogaret würde mit ihm reisen, mit den notwendigen Vollmachten und einer starken bewaffneten Begleitung ausgestattet, wie es der Brauch ist. Die Eskorte würde den Vollmachten den nötigen Nachruck verleihen.«

Karl von Valois wandte den Kopf ab; er mißbilligte diese Machtprobe.

»Und wo bleibt meine Annullierung?« fragte Ludwig von Navarra.

»Schweigt, Ludwig«, sagte der König. »Gerade darauf arbeiten wir doch hin.«

»Ja, Sire«, sagte Nogaret, ohne zu wissen, daß er gesprochen hatte. Seine Stimme war rauh und leise. Er fühlte, wie sein Geist sich verwirrte und die Gegenstände vor seinen Augen verschwammen. Das Deckengewölbe des Saales schien ihm so hoch zu sein wie das der Sainte-Chapelle. Dann senkte es sich plötzlich, bis es so niedrig war wie das der Verliese, wo er seine Gefangenen zu verhören pflegte.

»Was geht hier vor?« fragte er und versuchte, seinen Überrock zu öffnen.

Unversehens war er zusammengesunken, die Knie an den Leib gezogen, den Kopf gesenkt, die Hände über der Brust verkrampft. Der König erhob sich und alle Anwesenden mit ihm ... Nogaret stieß einen erstickten Schrei aus, stürzte zu Boden und erbrach sich.

Hugues de Bouville, der Großkämmerer, brachte ihn in sein Palais, wo ihn sogleich die Ärzte des Königs untersuchten.

Die Ärzte berieten sich lange miteinander, ehe sie dem Herrscher das Ergebnis mitteilten. Kein Wort dieses Berichtes wurde bekanntgegeben. Dennoch sprach man bald bei Hofe und in der ganzen Stadt von einer unbekannten Krankheit. Gift? Es hieß, die stärksten Gegengifte seien verabreicht worden. An diesem Tage ruhten die Staatsgeschäfte.

Als Gräfin Mahaut die Neuigkeit aus dem Munde Béatrices erfuhr, sagte sie nur: »Er büßt«, und setzte sich zu Tisch.

Nogaret büßte. Seit Stunden erkannte er niemanden mehr. Er lag auf der Seite in seinem zerwühlten Bett, von Krämpfen geschüttelt, und spuckte Blut.

Anfangs hatte er noch versucht, sich über ein Becken zu beugen. Jetzt hatte er dazu nicht mehr die Kraft. Das Blut floß aus seinem Mund auf ein grobes Tuch, das ein Diener von Zeit zu Zeit wechseln mußte.

Das Zimmer war voll Menschen; Boten lösten einander ab, um dem König Bericht zu erstatten, Diener, Haushofmeister, Sekretäre und in einer Ecke als verschlagenes und schwatzendes Grüppchen die Verwandtschaft Nogarets, die überlegte, was wohl für sie abfallen würde, und das Mobiliar abschätzte.

Für Nogaret waren sie alle nur unkenntliche Schemen, die sich in weiter Ferne bewegten ohne Sinn und Zweck und einen verworrenen Lärm verursachten. Aber andere Besucher, die nur für ihn allein sichtbar waren, stürzten sich auf ihn.

Denn in dieser Stunde, da ihn die Todesangst überfiel, dachte er zum erstenmal an den Tod anderer und fühlte sich als Bruder all derer, die er verfolgt, gejagt, gemartert, hingerichtet hatte. Sie waren gestorben im peinlichen Verhör, gestorben im Kerker, gestorben auf dem Scheiterhaufen, gestorben auf dem Rade, und nun tauchten sie aus seinem fiebernden Gedächtnis empor und kamen ihm so nahe, als wollten sie ihn berühren.

»Zurück, zurück«, brüllte er mit schreckerfüllter Stimme.

Die Ärzte stürzten herbei. Nogaret wand sich verstört mit weit aufgerissenen Augen auf seinem Lager und versuchte, die Schatten zurückzustoßen ... Und der Geruch des Blutes, das er ausspie, schien ihm der Geruch des Blutes seiner Opfer zu sein.

Er bäumte sich auf und fiel zurück. Die Umstehenden waren zurückgewichen und sahen zu, wie der Mann, der einer der Ersten des Reiches gewesen war, in die Nacht versank.

Er hielt die Hände vor die Brust und mühte sich, die rotglühenden Eisen abzuwehren, die vor ihm so viele nackte Brüste verbrannt hatten. Seine Beine wurden von fürchterlichen Krämpfen gepackt, und man hörte ihn schreien:

»Die Zangen! Nehmt sie weg! Habt Mitleid!«

Es war der Schrei, den die Brüder Aunay in ihrem Kerker von Pontoise ausgestoßen hatten ...

Das Schreckensbild, gegen das Nogaret sich wehrte, stellte nur sein eigenes Leben dar, so wie es auf den anderen gelastet hatte.

»Ich habe nichts aus eigenem Antrieb getan! Der König allein ... ich habe dem König gedient ...«

Noch vor dem Tribunal des Todes versuchte dieser Hüter des Gesetzes einen letzten Prozeß anzustrengen.

Um elf Uhr abends leerte sich das Gemach. Nur ein Arzt, ein Barbier und ein alter Diener blieben bei Nogaret. Die Boten des Königs schliefen, in ihre Mäntel gehüllt, auf dem Boden des Vorzimmers. Auch die Verwandtschaft war, nicht ohne Bedauern, abgezogen. Jemand hatte einem Diener eine Börse zugesteckt mit den Worten:

»Wenn alles vorüber ist, benachrichtigst du mich.«

Bouville, der sich nach dem Kranken erkundigte, befragte den Arzt.

»Nichts hat geholfen«, sagte der Arzt leise, »er erbricht nicht mehr so oft, aber er deliriert unaufhörlich. Wir können nur noch warten, bis Gott ihn zu sich nimmt. Wenn nicht ein Wunder ...«

Nogaret allein, der röchelnd auf seinem Bett lag, wußte, daß am Ende der dunklen Straße die Templer auf ihn warteten.

Sie zogen an ihm vorüber, die einen zu Pferd in voller Rüstung, die anderen mühsam ihre entstellten, gemarterten Leiber aufrecht haltend. Sie zogen einen langen, kahlen Weg entlang, der von Abgründen gesäumt und von den Flammen der Scheiterhaufen erhellt war.

»Aymon de Barbonne ... Jean de Furne ... Pierre Suffet ... Brintinhiac ... Guillaume Bocelli ... Ponsard de Gizy ...«

Schleuderten die Schatten ihm ihre Namen entgegen, oder war es der Sterbende selbst, der nicht mehr wußte, was er sagte?

»Sohn eines Katharers[20]!« rief eine Stimme, die plötzlich alle anderen übertönte.

Und die große Gestalt Bonifaz' VIII. tauchte aus noch schwärzerer Nacht, richtete sich hoch auf in dem gewaltigen Raum, den Nogaret in sich trug, dieser Landschaft aus Bergen und Tälern, durch die ein endloser Zug dem letzten Gericht entgegenging.

»Sohn eines Katharers!«

Die Stimme Bonifaz' ließ das große Drama im Leben Nogarets wieder aufleben. Er sah sich wieder, wie er an einem Septembertag unter der strahlenden Sonne Italiens an der Spitze von sechshundert Reitern und tausend Mann Fußvolk auf den Felsen von Anagni zu ritt. An seiner Seite ritt Sciarra Colonna, der Todfeind Bonifaz', der Mann, der lieber drei Jahre lang in Ketten auf einer nordafrikanischen Galeere gerudert hatte, als sich zu erkennen geben und damit Gefahr zu laufen, an den Papst ausgeliefert zu werden. Auch Thierry d'Hirson war dabei. Die kleine Stadt öffnete freiwillig ihre Tore; das Palais Caetani wurde eingenommen, und die Angreifer drangen durch das Innere der Kathedrale bis in die Priestergemächer vor. Dort fanden sie den sechsundachtzigjährigen Papst, die Tiara auf dem Haupt, das Kreuz in der Hand. Allein in einem riesigen, verlassenen Saal, blickte er der bewaffneten Schar entgegen. Auf die Aufforderung, abzudanken, antwortete er: »Hier ist mein Hals, hier ist mein Kopf; ich werde sterben, aber ich werde als Papst sterben.« Sciarra Colonna ohrfeigte ihn mit seinem Eisenhandschuh.

»Ich habe verhindert, daß er ihn tötete«, schrie Nogaret aus den Tiefen des Todeskampfes.

Die Stadt war geplündert worden. Am übernächsten Tage waren die Einwohner zum feindlichen Lager übergegangen. Sie fielen über die französischen Truppen her; Nogaret wurde verwundet und mußte fliehen. Aber sein Ziel hatte er dennoch erreicht. Der Verstand des greisen Papstes hatte der Furcht, dem Zorn und der erlittenen Schmach nicht standgehalten. Als er befreit wurde, weinte Bonifaz wie ein Kind. Er wurde nach Rom zurückgebracht und fiel dort in geistige Umnachtung, beschimpfte alle, die sich ihm näherten, verweigerte die Nahrung und kroch auf allen vieren durch das Zimmer, in dem er unter ständiger Bewachung lebte. Einen Monat später war der Triumph des Königs von Frankreich vollständig: Der Papst war mit einer Gotteslästerung auf den Lippen gestorben, in einem Wutanfall hatte er die Sterbesakramente zurückgewiesen.

Der Arzt beugte sich über Nogaret und beobachtete die fast unmerklichen Abwehrbewegungen gegen eine Exkommunikation, die seit langem aufgehoben war.

»Papst Klemens . . . Chevalier Guillaume de Nogaret . . . König Philipp.«

Nogarets Lippen formten schwach das Echo der Stimme des Großmeisters, die in seinem Schädel dröhnte.

»Ich verbrenne«, sagte er noch.

Um vier Uhr morgens kam der Erzbischof von Paris, um dem Siegelbewahrer die Sterbesakramente zu verabreichen. Die Zeremonie war schlicht. Ein Gebet wurde über dem hingestreckten Körper gesprochen, die Anwesenden knieten um das Lager, schaudernd vor Kälte und dumpfer Angst.

Der Erzbischof verweilte kurze Zeit betend am Fußende des Bettes.

Nogaret lag unbeweglich in die Bettücher gepreßt, als laste schon jetzt ein schwerer Stein auf ihm. Als der Erzbischof gegangen war, glaubte man, es sei vorüber; der Arzt trat ans Bett: Nogaret lebte noch immer.

Die Fenster wurden grau im zögernden Morgenlicht, und ein dünnes Glöckchen bimmelte vom anderen Ufer der Seine, vom anderen Ufer der Welt, herüber. Der alte Diener öffnete einen Fensterflügel und atmete gierig die frische Luft. Paris roch nach Frühling und jungem Laub. Die Stadt erwachte, die Geräusche des Alltags setzten ein.

Da hörte man ein Flüstern:

»Gnade!«

Alle drehten sich um. Nogaret war tot, ein Blutfaden trocknete unter seinen Nasenflügeln. Der Arzt sagte:

»Gott hat ihn zu sich genommen!«

Der alte Diener entnahm der letzten Lieferung Meister Engelberts zwei lange, weiße Kerzen und steckte sie auf die Leuchter, die er neben dem Bett aufstellte, damit sie dem Siegelbewahrer von Frankreich zu seiner letzten Nachtwache leuchteten.

Die Dokumente einer Regierung

Der Siegelbewahrer hatte kaum den Geist aufgegeben, als auch schon Messire Alain de Pareilles im Palais Nogaret erschien und alle Dokumente, Schriftstücke und Akten beschlagnahmte, die sich im Hause befanden. Er ließ sich Truhen und Laden öffnen. Einige Möbelstücke, deren Schlüssel Nogaret an einem geheimen Ort verwahrte, wurden aufgebrochen.

Nach Ablauf einer Stunde war Alain de Pareilles wieder im Schloß; er brachte eine Fülle von Urkunden, Papieren und Pergamenten, die auf Anweisung Hugues de Bouvilles in der Mitte des großen Eichentisches gestapelt wurden, der eine ganze Seite des königlichen Kabinetts einnahm.

Dann stattete der König Nogaret einen letzten Besuch ab. Nur kurze Zeit blieb er bei der Leiche. Er betete schweigend. Seine Augen forschten in den Zügen des Toten, als habe er noch eine Frage an den Mann, der alle seine Geheimnisse geteilt und ihm so treu gedient hatte.

Auf dem Rückweg ins Schloß ging Philipp der Schöne, dem drei Wachen folgten, leicht gebeugt. In der klaren Morgenluft hörte man, wie die Badeknechte die Bürger in die Badestuben riefen. In Paris begann das Leben, und sorglose Kinder liefen durch die Straßen und haschten einander.

Philipp der Schöne durchschritt die Galerie Mercière und betrat das Schloß. In Gesellschaft seines Privatsekretärs Maillard machte er sich sogleich an die Überprüfung der Dokumente Nogarets: Durch den plötzlichen Tod des Siegelbewahrers war eine Anzahl von Staatsgeschäften unerledigt geblieben.

Um sieben Uhr trat Enguerrand de Marigny beim König ein. Die beiden Männer sahen einander wortlos an. Der Sekretär ging hinaus.

»Der Papst«, sagte der König unvermittelt. »Und jetzt Nogaret . . .«

Der Ton, in dem er diese Worte gesprochen hatte, verriet Angst, ja beinahe Hoffnungslosigkeit. Marigny trat an den Tisch und setzte sich auf den Platz, den der Herrscher ihm anwies. Nach kurzem Schweigen sagte er:

»Ein seltsames Zusammentreffen, Sire, weiter nichts. Dergleichen ereignet sich täglich; aber wir erschrecken nicht, weil wir nichts davon erfahren.«

»Wir werden älter, Marigny.«

Er war sechsundvierzig Jahre, Marigny neunundvierzig. Wenige Menschen erreichten damals die Fünfzig.

»Wir müssen das alles durchsehen«, sagte der König und wies auf die Aktenstöße.

Und ohne ein weiteres Wort machten sie sich an die Arbeit. Sie legten alles beiseite, was vernichtet werden sollte, sortierten, was Marigny behalten oder unter den verschiedenen Rechtsgelehrten verteilen würde.

Das Schweigen im Kabinett wurde nur durch die fernen Rufe der Händler und die Geräusche des arbeitenden Paris unterbrochen. Die bleiche Stirn des Königs war über aufgeschlagene Papierbündel geneigt, deren wichtigste in Lederhüllen steckten, die Nogarets Monogramm trugen. Philipp sah hier seine Regierungszeit an sich vorüberziehen, neunundzwanzig Jahre, in denen er die Geschicke von Millionen Menschen gelenkt und Europa seinen Einfluß aufgezwungen hatte.

Und plötzlich hatte er das Gefühl, als spiegle diese Abfolge von Ereignissen gar nicht sein eigenes Leben, sein eigenes Schicksal. Alles erschien ihm unter einem fremden Licht mit fremden Schatten.

Er entdeckte, was andere über ihn dachten und schrieben, er sah sich mit den Augen eines Außenstehenden. Nogaret hatte Berichte seiner Zuträger aufbewahrt, Protokolle der peinlichen Verhöre, Briefe, Aktennotizen. Aus diesen Zeilen formte sich ein Bild des Königs, das Philipp nicht wiedererkannte, das Bild eines unnahbaren, harten Wesens, verständnislos menschlichem Schmerz gegenüber, unzugänglich dem Mitleid. Voll Erstaunen las er zwei Sätze Bernhard von

Saissets, jenes Bischofs, dessen Machenschaften den Streit mit Bonifaz VIII. ausgelöst hatten ... Zwei schreckliche, eiskalte Sätze:
»Mag er auch der schönste Mann der Welt sein, so kann er doch die Menschen nur wortlos anstarren. Er ist weder Mensch noch Tier, er ist eine Statue.«
Und da waren die Worte eines weiteren Zeugen seiner Regierung: »Nichts wird ihn beugen können, er ist ein eiserner König.«
»Ein eiserner König«, murmelte Philipp der Schöne. »Habe ich denn meine Schwächen so gut zu verbergen gewußt? Wie wenig andere uns kennen, und wie ungerecht wird man dich beurteilen!«
Plötzlich stieß er auf einen Namen, der ihn an eine ungewöhnliche Gesandtschaft erinnerte, deren Besuch er zu Beginn seiner Regierungszeit erhalten hatte. Rabban Kaumas, ein chinesischer Nestorianer-Bischof, war vom Großen Khan von Persien, einem Abkömmling Dschingis Khans, nach Frankreich geschickt worden, um dem König ein Bündnis, eine Armee von hunderttausend Mann und Krieg gegen die Türken anzutragen.
Philipp der Schöne war damals zwanzig Jahre alt gewesen. Welche Verlockung war dieser Traum von einem Kreuzzug, an dem Europa und Asien teilnehmen würden, für einen jungen Mann! Ein Unternehmen, das eines Alexander würdig gewesen wäre. Dennoch hatte er an jenem Tage einen anderen Weg gewählt: keine Kreuzzüge mehr, keine kriegerischen Abenteuer; allein auf Frankreich und auf den Frieden wollte er alle seine Anstrengungen konzentrieren. Hatte er richtig gehandelt? Welche Macht hätte Frankreich wohl erlangt, wenn er das Bündnis mit dem Khan von Persien eingegangen wäre? Er gab sich einem flüchtigen Traum von einer gewaltigen Wiedereroberung aller christlichen Länder hin, die seinen Ruhm weit in zukünftige Jahrhunderte hineingetragen hätte ... Dann kehrte er in die Wirklichkeit zurück und nahm sich einen neuen Stoß verstaubter Pergamente vor.
Und plötzlich beugten sich seine Schultern. Diesmals genügte ein Datum. 1305! Das Todesjahr seiner Gemahlin Johanna, die dem Reich Navarra und ihm die einzige Liebe seines Lebens gebracht hatte. Niemals hatte er eine andere Frau begehrt; und seit ihrem Hinscheiden vor neun Jahren hatte er keine andere angesehen und würde auch keine mehr ansehen. Die Aufstände von 1306 hatten ihn aus seiner tiefen Trauer gerissen. Vor dem aufgebrachten Paris, das sich gegen seine neuen Geldverordnungen auflehnte, hatte er sich in den Temple flüchten müssen. Im folgenden Jahre ließ er die Männer festnehmen, die ihn aufgenommen und verteidigt hatten ... Die Aussagen der Templer lagen hier verwahrt in dicken, verschnürten Pergamentrollen, die Nogaret versiegelt hatte. Der König öffnete sie nicht.

Und nun? Nun war nach so vielen anderen Nogaret selbst an die Reihe gekommen, seine Züge waren erloschen, sein Körper erkaltet. Sein unermüdliches Gehirn, sein Wille, seine harte, ehrgeizige Seele, alles war weggewischt. Nur sein Werk war geblieben. Denn Nogarets Leben war kein gewöhnliches Menschenleben gewesen. Hinter der offiziellen Persönlichkeit kam keine einzige von all den kleinen Intimitäten und rührenden Nichtigkeiten zum Vorschein, die ein Mensch hinterläßt und die die Gedankenlosigkeit der Mitmenschen nicht wahrnimmt . . . Nogaret glich völlig dem Bild, das man sich von ihm machte. Er hatte sein Leben mit dem des Reiches identifiziert. Alle seine Geheimnisse lagen hier aufgezeichnet in den Zeugnissen seines Werkes.

›Wieviel Vergessenes schlummert hier‹, dachte der König. ›Wie viele Prozesse, Foltern, Tote. Ein Strom von Blut . . . Wozu? Welchen Acker hat er fruchtbar gemacht?‹ Starren Blickes hing er seinen Gedanken nach. ›Warum?‹ fragte der König sich immer wieder. ›Zu welchem Zweck? Wo sind meine Siege? Nichts ist geschaffen, was mich überdauern wird . . .‹

Beim Gedanken an den eigenen Tod empfand auch er voll Bitternis die Eitelkeit allen Tuns, dieses Ausgelöschtsein, als habe man nie existiert, es war ihm, als bestehe die Welt nur zum Schein.

Marigny saß unbeweglich, die Schwermut des Königs beunruhigte ihn. Er hatte sich verhältnismäßig leicht in seiner stets wachsenden Arbeit, seinen Ämtern und Würden zurechtgefunden; nur die Schweigsamkeit seines Herrn war ihm immer ein Rätsel geblieben. Er war nie sicher, sie richtig zu deuten.

»Wir haben König Ludwig durch Bonifaz heiligsprechen lassen«, sagte der König unvermittelt mit leiser Stimme, »aber war er wirklich ein Heiliger?«

»Es war vorteilhaft für Frankreich, Sire«, erwiderte Marigny.

»Aber war es nötig, daß wir später gegen Bonifaz Gewalt anwandten?«

»Er beabsichtigte, Euch zu exkommunizieren, Sire, weil Ihr in Euren Ländern nicht die Politik betriebt, die ihm genehm war. Ihr seid zu Eurer Königspflicht gestanden. Ihr seid auf dem Platz geblieben, auf den Gott Euch gestellt hat, und Ihr habt erklärt, daß Ihr Euer Reich von niemanden als von Gott zu Lehen habt.«

Philipp der Schöne deutete auf eine Pergamentrolle:

»Und die Juden? Haben wir nicht einige zuviel verbrannt? Sie sind menschliche Wesen, müssen leiden und sterben wie wir. Gott hat es nicht befohlen.«

»Monseigneur Ludwig der Heilige, Sire, haßte sie, und das Reich brauchte ihre Reichtümer.«

Das Reich, das Reich, für jede Tat: das Erfordernis des Reiches: »Es mußte sein für das Reich . . . Wir sind es dem Reiche schuldig . . .«

»Monseigneur Ludwig der Heilige liebte den Glauben und die Herrlichkeit Gottes! Was aber habe ich geliebt?« sagte Philipp leise.

»Die Gerechtigkeit«, sagte Marigny, »die Gerechtigkeit, die dem Gemeinwohl nottut und alle diejenigen bestraft, die sich dem Gang der Welt widersetzen.«

»Es gab viele, die sich dem Gang der Welt widersetzten während meiner Regierungszeit, und sie werden auch weiterhin zahlreich sein, wenn die zukünftigen Jahrhunderte den vergangenen gleichen.«

Er hob Nogarets Akten auf und ließ sie eine nach der anderen wieder auf den Tisch fallen.

»Die Macht ist ein bitter Ding«, sagte er.

»Es gibt nichts Großes, das nicht auch seinen Teil Galle in sich trüge, Sire«, erwiderte Marigny, »und unser Herr Christus hat es gewußt. Ihr habt mit wahrer Größe regiert. Bedenkt, daß Ihr Chartres, Beaugency, die Champagne, die Bigorre, Angoulême, die Marche, Douai, Montpellier, die Comté-France, Lyon und einen Teil von Guyenne mit der Krone vereinigt habt. Ihr habt Eure Städte befestigt, wie Euer Vater, Monsieur Philipp III., es wünschte, damit sie nicht schutzlos dem Feind ausgeliefert seien . . . Ihr habt die Gesetze nach dem Vorbild des römischen Rechts reformiert. Ihr habt dem Parlament eine Satzung gegeben, so daß es bessere Ratschlüsse zu fassen vermag. Ihr habt vielen Eurer Untertanen die ›Königsbürgerschaft‹[21] verliehen. Ihr habt die Leibeigenen mehrerer Landvogteien und Gerichtssprengel befreit. Nein, Sire, Eure Befürchtung, geirrt zu haben, ist grundlos. Aus einem zerrissenen Reich habt Ihr ein Land gemacht, das nur ein einziges Herz besitzt.«

Philipp der Schöne erhob sich. Die unbeirrbare Überzeugung seines Koadjutors beruhigte ihn und stützte ihn im Kampf gegen eine Schwäche, die nicht seiner Natur entsprach.

»Vielleicht habt Ihr recht, Enguerrand. Aber wenn Ihr mit der Vergangenheit zufrieden seid, was sagt Ihr zur Gegenwart? Gestern mußten Bogenschützen in der Rue Saint-Merry eingreifen, um die Ruhe wiederherzustellen. Lest, was mir die Landvögte der Champagne, von Lyon und Orléans schreiben. Überall Geschrei, überall Klagen über die steigenden Getreidepreise und die sinkenden Löhne. Und die Schreier, Enguerrand, werden niemals wissen, daß das, was sie fordern und was ich ihnen gerne geben möchte, nicht mein Wille, sondern lediglich die Zeit bringen kann. Sie werden meine Siege vergessen und sich nur an meine Steuern erinnern, und man wird mir vorwerfen, daß ich sie zu ihren Lebzeiten nicht ernährt hätte . . .«

Marigny hörte zu, und die Worte des Königs beunruhigten ihn jetzt mehr als sein früheres Schweigen. Niemals hatte er ihn soviel sprechen hören, noch nie hatte er soviel Unsicherheit gezeigt, so tiefe Entmutigung erkennen lassen.

»Sire«, sagte er, »wir müssen in verschiedenen Angelegenheiten Entscheidungen treffen.«

Philipp der Schöne warf noch einen Blick auf die Dokumente seiner Regierung, die auf dem Tisch verstreut lagen. Dann richtete er sich auf, als habe er sich selbst einen Befehl erteilt: Menschenschmerz und Menschenblut zu vergessen und wieder König zu werden.

»Ja, Enguerrand«, sagte er, »wir müssen.«

Der Sommer des Königs

Mit dem Tode Nogarets schien Philipp der Schöne in ein Land vorgedrungen zu sein, wohin niemand ihm folgen konnte. Frühling herrschte über der Erde und über den Häusern der Menschen. Paris lebte auf in der Sonne; aber der König war wie verbannt in den ewigen Winter seines Herzens. Und die Prophezeiung des Großmeisters ging ihm kaum noch aus dem Sinn.

Häufig suchte er eine seiner Residenzen auf, um auf langen Jagden ein wenig Zerstreuung vor den quälenden Gedanken zu finden, die ihn verfolgten. Alarmierende Berichte riefen ihn jedoch bald wieder nach Paris zurück. Die Lage auf dem Lande und in der Stadt war schlecht. Die Lebensmittelpreise stiegen: Die reichen Gegenden gaben ihren Überfluß nicht an die kargen Gebiete ab. Der Spruch kam auf: »Zuviel Verbot, zuwenig Brot.« Das Volk verweigerte die Steuerzahlung und lehnte sich gegen die Profosen und Steuereinnehmer auf. Die Adelsbünde in Burgund und der Champagne benutzten die Krise, um sich zusammenzuschließen und beträchtliche Forderungen anzumelden. Robert machte sich den Skandal um die Prinzessinnen und die allgemeine Unzufriedenheit zunutze, um im Artois Unruhe zu stiften.

»Eine schlechte Zeit für das Reich«, ließ Philipp der Schöne sich hinreißen vor Monseigneur von Valois zu sagen.

»Wir befinden uns im vierzehnten Jahr des Jahrhunderts«, erwiderte Valois, »einem Jahr, welches das Schicksal dazu ausersehen hat, Unglück zu bringen.«

Damit spielte er auf eine beunruhigende Feststellung an, die man in der Erinnerung an vergangene Ereignisse getroffen hatte: 714 Eroberung Spaniens durch die Mauren. 814 Tod Karls des Großen. 914 Ungarn-Einfall und große Hungersnot. 1114 Verlust der Bretagne. 1214 Bouvines . . . ein Sieg am Rande des Zusammenbruchs, ein teuer erkaufter Sieg. Nur das Jahr 1014 fehlte bei der Aufzählung der traurigen und dramatischen Ereignisse.

Philipp der Schöne schaute seinen Bruder an, als sehe er ihn nicht. Er ließ die Hand auf Lombards Nacken fallen und streichelte ihn gegen das Fell.

»Alle Eure Regierungsschwierigkeiten, mein Bruder, kommen von Euren schlechten Ratgebern«, sagte Karl von Valois. »Marigny kennt kein Maßhalten mehr. Das Vertrauen, das Ihr in ihn setzt, nutzt er aus, um Euch zu täuschen und Euch immer weiter auf dem Wege vorwärtszutreiben, der seinen eigenen Zielen dienlich ist. Wenn Ihr in der flandrischen Angelegenheit auf mich gehört hättet . . .

Philipp der Schöne zuckte mit den Achseln, mit einer Bewegung, die ausdrücken wollte: »Dafür kann ich nicht.« Die flandrische Frage tauchte auch in diesem Jahr wieder auf, wie sie schon so oft aufgetaucht war, ähnlich der Flut, die unweigerlich auf die Ebbe folgt. Das unbezähmbare Brügge machte alle Anstrengungen des Königs zunichte: Die Grafschaft Flandern entglitt immer wieder den Händen, die sie umklammern wollten. Verhandlungen und Kämpfe, Verträge und ihre Nichteinhaltung wechselten miteinander ab; die flandrische Frage blieb eine offene Wunde in der Flanke des Reiches. Was nützten noch die Opfer von Furnes und Courtrai, was blieb übrig vom Siege von Mons-en-Pévèle? Noch einmal würde Gewalt nötig sein.

Die Aufstellung einer Armee erforderte jedoch wiederum Gold. Und wenn man diesmal zu Felde zog, so würden die Kriegskosten zweifellos die des Jahres 1299 übersteigen, die noch in Erinnerung waren, weil sie das höchste Budget darstellten, das jemals im Reich aufgestellt worden war: 1 642 649 Livres mit einem Defizit von 70 000 Livres. Dagegen beliefen sich die durchschnittlichen Staatseinnahmen seit Jahren auf etwa 500 000 Livres. Wo sollte man den Fehlbetrag hernehmen?

Gegen den Rat Karls von Valois berief Marigny für den 1. August 1314 eine Volksversammlung ein. Schon zweimal hatte man zu diesem Mittel gegriffen, beide Male aber anläßlich einer Auseinandersetzung mit dem Papsttum; zuerst in dem Streit mit Bonifaz, dann im Falle der Templer. Die Bürgerschaft hatte sich das Mitspracherecht erobert, indem sie der weltlichen Macht half, der kirchlichen Gewalt den Gehorsam aufzukündigen. Diesmal lag der Fall völlig anders: Das Volk sollte in Finanzfragen gehört werden.

Marigny bereitete die Versammlung mit größter Sorgfalt vor. Er schickte Boten und Sekretäre in die Städte und verfielfachte die Unterredungen und Versprechen. Er besaß die Gabe eines wirklich großen Diplomaten: Er konnte sich den verschiedenartigsten Gesprächspartnern verständlich machen.

Die Versammlung fand in der Galerie Mercière statt, wo an diesem Tage die Läden geschlossen blieben. Die vierzig Statuen der Könige und die Statue Marignys schienen über den Pfeilern zu wachen. Eine Tribüne war errichtet worden, auf der der König, die Mitglieder seines Rates und die großen Barone des Reiches Platz nahmen.

Marigny ergriff als erster das Wort. Er sprach stehend, zu Füßen seines Marmorstandbildes, und seine Stimme schien noch sicherer zu sein als gewöhnlich, noch überzeugter für das wahre Wohl des Reiches zu sprechen. Er war auserlesen gekleidet; er besaß Haltung und Geste des geborenen Redners. Unter ihm in der ungeheuren zweischiffigen Halle lauschten mehrere hundert Männer.

Marigny erklärte, daß man sich nicht darüber zu wundern brauche, wenn die Lebensmittel rar und daher teurer seien. Der Friede, den König Philipp aufrechterhalten habe, begünstige das Anwachsen der Bevölkerungszahl. »Wir essen gleich viel Brot, aber wir müssen es in mehr Stücke teilen«, sagte er. Es müsse also mehr angebaut werden. Dann ging er zur Anklage über: Die flandrischen Städte bedrohten den Frieden. Ohne Frieden gebe es jedoch keinen Mehrertrag der Ernten, keine Arme, die unbebautes Land urbar machen könnten. Und ohne die Einkünfte und Reichtümer, die von dort oben kamen, würde die Steuerlast für die übrigen Provinzen noch drückender werden. Flandern müsse nachgeben; es werde mit Waffengewalt dazu gezwungen werden. Dazu sei Geld nötig. Nicht der König brauche es, sondern das Reich, und alle Anwesenden müßten einsehen, daß ihre eigene Sicherheit und ihr Wohlergehen bedroht waren.

»So möge sich also melden«, schloß er, »wer zum Zuge gegen Flandern Hilfe leisten wird.«

Lärm erhob sich, der alsbald von der durchdringenden Stimme Pierre Barbettes zum Schweigen gebracht wurde.

Barbette, Bürger von Paris, galt bei seinesgleichen als der fähigste Redner, wenn es darum ging, Gesetze und Steuern mit der königlichen Behörde zu diskutieren. Er war ein reicher Leinwand- und Pferdehändler und Marignys Kreatur und Verbündeter. Die beiden Männer hatten sein Auftreten abgesprochen. Im Namen der ersten Stadt des Reiches versprach Barbette die verlangte Unterstützung. Er riß die Zuhörer mit sich, und die Abgeordneten der dreiundvierzig »guten Städte« jubelten einstimmig dem König, Marigny und Barbette, deren treuem Diener, zu. Wenn auch die Versammlung erfolgreich verlaufen war, so stellte sich ihr finanzielles Ergebnis doch bald als ungenügend heraus. Die Armee war marschbereit, noch ehe die Hilfsgelder beisammen waren.

Die königlichen Truppen machten einen Einschüchterungsfeldzug nach Flandern, und Marigny, der so schnell wie möglich einen Erfolg erzielen wollte, beeilte sich, in den ersten Septembertagen den Vertrag von Marquette auszuhandeln und abzuschließen. Kaum war die Armee wieder abgezogen, so widerrief Ludwig von Nevers, der Graf von Flandern, das Abkommen, und die Schwierigkeiten begannen von neuem. Monseigneur von Valois und seine Anhänger, die großen Barone, beschuldigten Marigny, er habe sich von den Flamen bestechen lassen. Die Rechnung für den Feldzug war noch immer nicht bezahlt, und die königlichen Beamten trieben weiterhin zum großen Verdruß der Provinzen die Sonderabgabe ein, die nun nicht mehr gerechtfertigt war. Der Staatsschatz war erschöpft, und Marigny sah sich wieder einmal der Aufgabe gegenüber, außergewöhnliche Einnahmequellen zu erschließen.

Die Juden waren bereits zweimal geschoren worden. Bei einer dritten Schur würden sie nur noch wenig Wolle geben. Die Templer existierten nicht mehr, und ihr Gold war seit langem dahingeschmolzen. Blieben noch die Lombarden.

Schon einmal, im Jahre 1311, hatten sie sich von der Austreibung aus dem Reich loskaufen müssen. Diesmal konnte es sich nicht um ein Loskaufen handeln; Marigny bereitete die Einziehung ihres gesamten Vermögens und ihre Ausweisung aus Frankreich vor. Ihr Handel mit Flandern konnte ebenso wie die finanzielle Unterstützung, die sie den aufsässigen Adelsbünden gewährten, als Vorwand dienen.

Ein großer Brocken, den es zu schlucken galt. Die Lombarden waren reichsunmittelbare Bürger und hielten fest zusammen. Sie waren vorzüglich organisiert; an ihrer Spitze stand ein Generalkapitän. Sie saßen überall, beherrschten den Handel, kontrollierten den Kredit. Sie liehen den Baronen, den Städten, dem König. Sie gaben sogar Almosen, wenn es sein mußte.

Marigny brauchte daher mehrere Wochen, um seinen Plan auszuarbeiten und den König zu überzeugen.

Die Notwendigkeit fand in Marigny einen hartnäckigen Anwalt, und um die Oktobermitte war alles für eine umfassende Operation bereit: Das Unternehmen sollte ganz ähnlich ablaufen wie jenes vor sieben Jahren, das den Auftakt zur Vernichtung der Templer gebildet hatte.

Aber die Lombarden von Paris waren gutinformierte Leute: Sie hatten aus den Erfahrungen gelernt und für die Geheimnisse des königlichen Rates große Summen bezahlt.

Tolomeis offenes Auge wachte.

Karl von Valois hatte sich in einen derartigen Haß gegen Marigny hineingesteigert, daß er selbst eine nationale Katastrophe begrüßt hätte, wenn der Koadjutor dabei zu Fall gekommen wäre. Er tat daher sein möglichstes, allen Plänen Marignys entgegenzuarbeiten. Robert von Artois half ihm dabei auf seine Weise: Da er Tolomei um immer größere Beträge anging, verschaffte er sich einen freundlicheren Empfang bei dem Bankier, indem er ihn über Marignys Absichten auf dem laufenden hielt.

Eines Abends um die Oktobermitte waren bei Tolomei etwa dreißig Männer versammelt, die eine der außergewöhnlichsten Mächte der Zeit repräsentierten. Der jüngste, Guccio Baglioni, war achtzehn Jahre alt; der älteste fünfundsiebzig, es war Boccanegra, der Generalkapitän der lombardischen Kompanien. So verschieden auch Alter und Aussehen dieser Männer waren, so herrschte doch eine sonderbare Ähnlichkeit zwischen ihnen: Sie waren alle reich gekleidet, sprachen mit der gleichen Sicherheit, hatten die gleiche Beweglichkeit in Mienenspiel und Geste, und alle lauschten Tolomei in der gleichen, aufmerksam vorgebeugten Haltung, um sich nichts von seinen Erklärungen entgehen zu lassen.

Dicke Kerzen, die an den Wänden entlang aufgesteckt waren, beleuchteten die braunen Gesichter und die ausdrucksvollen Züge dieser Männer, die eine Familie bildeten und eine gemeinsame Sprache redeten. Sie bildeten auch einen Kriegerstamm, dessen Schlagkraft trotz ihrer kleinen Zahl der sämtlicher Adelsbünde und Bürgerversammlungen nicht nachstand. Die Peruzzi waren da, die Albizzi, die Guardi, Bardi, Pucci, Casinelli, alles Florentiner wie der alte Boccanegra und Signor Boccaccio, der erste Reisende der Bardi; die Salimbene hatten sich eingefunden, die Buonsignori, die Allerani und die Zaccaria, die aus Genua stammten; und schließlich die Scotti aus Piacenza und die Sieneser Sippe mit Tolomei an der Spitze. Alle diese Männer wetteiferten miteinander um Macht und Ansehen, trugen Konkurrenzkämpfe aus und endlose Familienzwistigkeiten oder Zerwürfnisse, die Weibergeschichten zum Anlaß hatten. Aber in der Stunde der Gefahr hielten sie brüderlich zusammen.

Tolomei malte ein genaues Bild der Lage, ohne etwas zu beschönigen. Als alle Lombarden so weit waren, die äußersten Konsequenzen zu ziehen: Frankreich zu verlassen, die Kontore aufzulösen, überall gegen die undankbaren Adeligen Inkassoverfahren einzuleiten und die Hauptstadt mittels gewaltiger Bestechungen in die schlimmsten Kämpfe zu verwickeln ... als die Stimmung am Kochen war und jeder zornerfüllt daran dachte, was er würde zurücklassen müssen, dieser seine prächtige Behausung, jener die schlau eingefädelte Heirat und wieder ein anderer seine Mätressen, da sagte Tolomei:

»Ich besitze ein Mittel, dem Koadjutor die Hände zu binden und ihn vielleicht sogar zu stürzen.«

»Nun, so zögert nicht: stürzt ihn!« sagte Buonsignori, das Oberhaupt der Genueser Gruppe. »Wir haben genug davon, den Weg zu ebnen für diese Schweine, die sich an unserer Arbeit mästen.«

»Wir werden nicht noch einmal den Rücken hinhalten, damit sie uns prügeln können«, rief einer der Albizzi.

»Welches Mittel besitzt Ihr?« fragte Scotti.

»Ich kann es Euch nicht sagen . . .«

»Guthaben wahrscheinlich«, sagte Zaccaria. »Was nützt das? Hat das diese Emporkömmlinge je im geringsten bekümmert? Im Gegenteil! Wenn wir fort müssen, haben sie die beste Gelegenheit, die Rückzahlung zu vergessen . . .«

Zaccaria war von Bitterkeit erfüllt: Er vertrat nur eine kleine Kompanie und beneidete alle, die große Kunden hatten. Tolomei wandte sich ihm zu und sagte in einem Ton, der zugleich Vorsicht und Stärke verriet:

»Weit mehr als Guthaben, Zaccaria! Eine vergiftete Waffe, von der Marigny nichts ahnt und die ich geheimhalten muß, Ihr müßt verzeihen . . . Aber um sie anwenden zu können, bedarf ich Eurer Hilfe. Denn wir müssen mit dem Koadjutor von Macht zu Macht verhandeln: Ich halte eine Drohung in der Hand, aber ich möchte ein Angebot danebenstellen . . . Marigny mag selbst wählen zwischen einem Kompromiß oder dem Kampf auf Leben und Tod.«

Er entwickelte seinen Plan. Die Lombarden sollten ausgeplündert werden, weil der König Geld brauchte, um seinen flandrischen Feldzug zu bezahlen. Marigny mußte die Staatskasse um jeden Preis wieder füllen; sein persönliches Schicksal war aufs engste damit verknüpft. Die Lombarden würden sich als gute Untertanen erweisen und von sich aus eine ungeheure Anleihe zu sehr geringem Zins anbieten. Wenn Marigny ablehnte, würde Tolomei die Waffe aus dem Ärmel ziehen.

»Tolomei, Ihr müßt uns einweihen«, sagte Bardi. »Was ist das für eine Waffe, von der Ihr so viel sprecht?«

Nach kurzem Zögern erwiderte Tolomei:

»Wenn Ihr es wünscht, so werde ich Boccanegra einweihen, aber nur ihn allein.«

Ein Gemurmel erhob sich, sie warfen einander fragende Blicke zu.

»Sie . . . *va bene* . . . *faciamo cosi* . . .«, hörte man.

Tolomei zog den Generalkapitän mit sich in eine Ecke des Gemachs und sprach leise mit ihm. Die anderen belauerten die Züge des alten

Florentiners mit der schmalen Nase, den eingezogenen Lippen und den verbrauchten Augen.

Tolomei erzählte ihm alles über Jean de Marignys Veruntreuung des Templerschatzes und über die Quittung, die der junge Erzbischof unterzeichnet hatte.

»Zweitausend gut angelegte Livres«, murmelte Tolomei. »Ich wußte, daß sie mir eines Tages nützen würden.«

Aus Boccanegras alter Kehle drang ein kurzes, gurgelndes Lachen; dann ging er zu seinem Platz zurück und sagte kurz, daß man Tolomei vertrauen dürfe. Nun begann Tolomei, Schreibtafel und Griffel in der Hand, die Summen aufzunehmen, die jeder einzelne gegebenenfalls für eine königliche Anleihe zeichnen würde.

Boccanegra ging mit einer beträchtlichen Ziffer voran: zehntausendunddreizehn Livres.

»Warum die dreizehn Livres?« wollten die anderen wissen.

»Damit sie ihm Unglück bringen.«

»Peruzzi, wie hoch kannst du gehen?« fragte Tolomei.

Peruzzi kritzelte hastige Berechnungen auf sein Täfelchen.

»Ich sage es dir gleich . . . noch einen Augenblick«, antwortete er. »Und du, Guardi?«

Alle sahen aus wie Menschen, denen ein Stück Fleisch aus dem Körper gerissen wird. Die Genueser hatten sich um Salimbene und Zaccaria geschart und hielten Rat. Sie waren als die hartgesottensten Geschäftspartner bekannt, und es hieß von ihnen: »Wenn ein Genueser deine Börse nur anschaut, so ist sie schon leer.« Dennoch rückten auch sie heraus, und einige murmelten: »Wenn er uns aus dieser Klemme herausbringt, wird er eines Tages Boccanegras Nachfolger werden.«

Tolomei trat zu den Bardi, die leise mit Boccaccio sprachen:
»Wieviel, Bardi?«

Der älteste der Bardi lächelte:
»Genausoviel wie du, Tolomei.«

Das linke Auge des Sienesen öffnete sich.

»Dann kostet es dich zweimal soviel, wie du vorhattest.«

»Es wäre immer noch härter, alles zu verlieren«, sagte Bardi achselzuckend. *Non è vero*, Boccaccio?«

Dieser nickte. Dann stand er auf und zog Guccio beiseite. Die gemeinsame Reise nach London hatte sie einander nähergebracht.

»Besitzt dein Onkel wirklich die Möglichkeit, Enguerrand den Kragen umzudrehen?«

Guccio setzte seine gewichtigste Miene auf und erwiderte:

»*Caro Boccaccio*, ich habe nie gehört, daß mein Onkel etwas versprochen hätte, was er nicht halten konnte.«

Als die Sitzung aufgehoben wurde, war bereits das Abendläuten der Kirchen verklungen und die Nacht auf Paris herabgesunken. Die dreißig Bankiers verließen das Haus Tolomeis durch die kleine Tür, die auf das Kloster Saint-Merri hinausführte. Von ihren Fackelträgern begleitet, bildeten sie, wie sie im roten Feuerschein durch die Nacht zogen, eine seltsame Prozession des bedrohten Reichtums, die Prozession der bußfertigen Goldsünder.

Tolomei, der mit Guccio in seinem Arbeitszimmer allein geblieben war, zählte die versprochenen Beträge, wie man die Truppen einer Armee zählt. Als er fertig war, lächelte er. Halbgeschlossenen Auges, die geballten Hände auf den Hüften, blickte er ins Feuer, wo die Scheiter zu Asche zerfielen, und murmelte:

»Messire de Marigny, noch habt Ihr nicht gesiegt.«

Dann, zu Guccio gewandt:

»Wenn unser Plan gelingt, werden wir neue Privilegien in Flandern verlangen.«

Denn Tolomei dachte sogar am Rande der Katastrophe unwillkürlich an den Vorteil, den ihm seine Angst und das eingegangene Risiko einbringen könnten. Den dicken Bauch vor sich herschiebend, ging er zu einer Truhe, öffnete sie und nahm ein Lederetui heraus.

»Die Quittung mit der Unterschrift des Erzbischofs«, sagte er. »Der Haß, den Monseigneur von Valois gegen sie hegt, das, was man bereits über die Brüder Marigny erzählt, und das Gerücht, Enguerrand habe sich von den Flamen bestechen lassen, müßten zusammen mit der Quittung eigentlich genügen, um den einen wie den anderen an den Galgen zu bringen . . . Du wirst das beste Pferd nehmen und unverzüglich nach Neauphle reiten, wo du dies in Sicherheit bringst . . .«

Er blickte Guccio gerade in die Augen und fügte ernst hinzu:

»Falls mir etwas zustoßen sollte, Guccio mio, wirst du dieses Pergament Monseigneur von Artois übergeben. Er wird es schon zu verwenden wissen . . . Sei vorsichtig, auch das Kontor in Neauphle ist nicht mehr vor den königlichen Bogenschützen sicher . . .«

In der Gefahr, die ihm bevorstand, erinnerte Guccio sich plötzlich an Cressay, an die schöne Marie und den Kuß am Rande des Roggenfeldes.

»Onkel, Onkel«, sagte er eifrig, »ich habe eine Idee. Ich werde Euren Auftrag ausführen. Aber ich reise nicht nach Neauphle, sondern nach Cressay, dessen Besitzer uns zu Dank verpflichtet sind. Ich habe ihnen einmal einen großen Dienst erwiesen, und die Schuld ist ein starkes Druckmittel. Und ich glaube, daß die Tochter, wenn sich inzwischen nichts geändert hat, mir kaum ihre Hilfe versagen wird.«

»Gut überlegt!« sagte Tolomei herzlich. »Du machst dich, mein

Sohn! Bei einem Bankier muß auch die Gutherzigkeit noch Zinsen tragen ... Mach es, wie du gesagt hast. Aber da du diese Leute um eine Gefälligkeit bitten willst, mußt du Geschenke mitbringen. Nimm für die Frauen einige Ellen von dem goldbestickten Stoff und die Spitzen, die gestern aus Brüssel gekommen sind. Es sind zwei Söhne da, sagst du?«

»Ja«, antwortete Guccio. »Sie lieben die Jagd, sonst nichts.«

»Ausgezeichnet! So bring ihnen die beiden Falken, die ich für Artois besorgt habe ... Er kann warten ... *A proposito* ...«

Er lachte kurz und hielt sogleich wieder inne; ein Einfall war ihm gekommen.

Noch einmal beugte er sich über die Truhe und zog ein weiteres Pergament heraus.

»Hier sind die Abrechnungen Monseigneurs von Artois«, sagte er. »Er wird dir zwar seine Hilfe nicht verweigern, wenn es nötig sein sollte. Aber ich bin seines Beistandes noch sicherer, wenn du ihm mit einer Hand deine Bitte und mit der anderen sein Konto präsentierst ... Und hier ist auch der Schuldschein König Eduards ... Ich weiß nicht, mein Neffe, ob dir dies alles großen Reichtum bringen wird, aber du wirst immerhin imstande sein, allerhand Unglück anzurichten! Los! Halte dich nun nicht länger auf. Laß dein Pferd satteln.«

Er legte dem jungen Mann die Hand auf die Schulter und schloß:

»Das Schicksal unserer Kompanien liegt in deinen Händen, Guccio, vergiß das nicht. Bewaffne dich und nimm zwei Männer mit. Nimm auch diesen Beutel mit tausend Livres; diese Waffe wiegt manches Schwert auf.«

Guccio umarmte seinen Onkel mit einer Rührung, die ihm sonst fremd war. Dieses Mal handelte es sich nicht darum, sich ein Traumbild von der eigenen Person zu schaffen oder in die Rolle des gejagten Verschwörers zu schlüpfen; die Rolle war ihm jetzt wirklich zugefallen. Der Mensch wächst an den Gefahren, denen er ausgesetzt ist, und Guccio war auf dem besten Wege, erwachsen zu werden.

Kaum eine Stunde später trabte er in Begleitung zweier Diener in Richtung der Porte Saint-Honoré davon.

Nun zog Messer Spinello Tolomei seinen pelzgefütterten Mantel an, denn die Oktobernacht war kalt, rief zwei Bedienstete mit Fackeln und Dolchen und begab sich in ihrer Begleitung zum Palais Enguerrand de Marignys, um dort die große Schlacht zu liefern.

»Meldet Monseigneur de Marigny, der Bankier Tolomei wolle ihn dringend sprechen«, gebot er dem Türhüter.

Beim Koadjutor ging es zu wie bei Hofe, und Tolomei mußte lange in einem prächtigen Vorzimmer warten. Dann holte ihn ein Sekretär.

»Kommt, Messire«, sagte er und öffnete eine Tür.

Tolomei durchschritt drei große Säle und stand Enguerrand de Marigny gegenüber, der allein in seinem Arbeitszimmer bei der Abendmahlzeit saß und nebenbei arbeitete.

»Ein unerwarteter Besuch«, sagte Marigny kalt und bedeutete dem Bankier, Platz zu nehmen. »Und in welcher Sache?«

Tolomei neigte leicht den Kopf, setzte sich und antwortete ebenso kühl: »In Sachen des Reiches, Messire. Seit einigen Tagen geht das Gerücht, der königliche Rat habe eine Maßnahme vorbereitet, die mein Gewerbe berührt und, wie ich sagen muß, sehr schmerzlich berührt. Das Vertrauen ist gestört, die Käufer machen sich rar, die Lieferanten fordern Bezahlung, und die Kunden, die andere Geschäfte mit uns abwickeln – Anleihen zum Beispiel –, schieben die Zahlungstermine hinaus. Das bringt großes Ungemach.«

»Was keineswegs Sache des Reiches ist«, erwiderte Marigny.

»Je nachdem«, sagte Tolomei, »je nachdem. Wenn es sich nur um mich allein handelte, so würde ich dennoch ruhig schlafen. Aber die Frage betrifft viele Leute hier und anderwärts. In allen meinen Kontoren herrscht größte Aufregung . . .«

Marigny rieb sich sein breites, grobes Kinn.

»Ihr seid ein verständiger Mann, Messer Tolomei, und solltet solchen Gerüchten keinen Glauben schenken, ich gebe Euch hier mein Wort darauf«, sagte er und blickte ruhig einem der Männer ins Auge, deren Vernichtung er vorbereitet hatte.

»Gewiß, gewiß, Euer Wort . . . Aber der Krieg hat dem Reich viel Geld gekostet«, erwiderte Tolomei. »Die Hilfsgelder fließen vielleicht auch nicht so reichlich, wie man gehofft hatte, und die Staatskasse könnte neues Gold nötig haben. Daher haben wir Lombarden, Messire, einen Plan ausgearbeitet . . .«

»Welchen Plan? Euer Gewerbe, ich wiederhole es, geht mich nichts an . . .«

Tolomei hob die Hand, als wolle er sagen: »Geduld, Herr Koadjutor, Ihr wißt nicht alles . . .«, und fuhr fort: »Wir haben den Wunsch, alles zu tun, um unserem vielgeliebten König zu Hilfe zu kommen. Wir sind in der Lage, der Staatskasse eine Anleihe von beträchtlicher Höhe anzubieten, an der sich alle lombardischen Kompanien beteiligen und die wir zum niedrigsten Zinssatz berechnen würden. Ich bin hier, um Euch diesen Vorschlag zu unterbreiten.«

Dann beugte sich Tolomei über das Feuer und murmelte eine so schwindelerregende Zahl, daß Marigny zusammenzuckte. Aber sogleich überlegte der Koadjutor: ›Wenn sie bereit sind, sich diese Summe vom Herzen zu reißen, dann kann man ihnen das Zwanzigfache abnehmen.‹

Vom vielen Lesen und den häufigen Nachtwachen waren seine Augen müde und die Lider gerötet.

»Ein guter Gedanke und eine lobenswerte Absicht, für die ich Euch Dank weiß«, sagte er nach kurzem Schweigen. »Erlaubt dennoch, daß ich Euch mein Erstaunen ausdrücke . . . Es ist mir zu Ohren gekommen, daß gewisse Kompanien Goldtransporte größten Umfangs nach Italien geschickt haben . . . Dieses Gold kann doch nicht gleichzeitig hier und dort unten sein.«

Tolomei schloß das linke Auge vollständig.

»Ihr seid ein verständiger Mann, Monseigneur, und solltet derartigen Gerüchten keinen Glauben schenken, ich gebe Euch mein Wort darauf«, sagte er mit spöttischer Betonung der letzten Phrase. »Ist das Angebot, das ich Euch mache, nicht der Beweis unserer Aufrichtigkeit?«

»Es ist ein Glück«, erwiderte der Koadjutor eisig, »daß ich Euren Versicherungen glaube. Anderenfalls könnte der König nicht dulden, daß solche Lücken in das Vermögen Frankreichs gerissen werden, er müßte dem ein Ende setzen . . .«

Tolomei widersprach nicht. Die Abwanderung der lombardischen Gelder hatte der drohenden Enteignung wegen eingesetzt, und gerade diese Abwanderung würde Marigny zum Vorwand dienen, um seine Maßnahmen zu rechtfertigen. Es war ein Circulus vitiosus.

»Ich glaube, wir haben einander nichts mehr zu sagen, Messire Tolomei«, sagte Marigny.

»Gewiß, Monseigneur«, erwiderte der Bankier und erhob sich. »Aber vergeßt unser Angebot nicht . . . falls Euch doch noch damit gedient sein sollte.«

Er wandte sich zur Tür, plötzlich sagte er, als sei es ihm soeben noch eingefallen: »Man sagt mir, daß Euer Bruder, der Erzbischof, zur Zeit in Paris weilt . . .«

»Ja, das stimmt.«

Tolomei wackelte nachdenklich mit dem Kopf.

»Ich wage es nicht«, sagte er, »einen so hohen Kirchenfürsten zu belästigen, auch dann nicht, wenn er mir verpflichtet ist. Aber ich möchte ihn zu gerne wissen lassen, daß ich zu seiner Verfügung stehe, noch heute, wenn es ihm gefällig ist, und zu jeder beliebigen Stunde. Was ich ihm zu sagen habe, ist wichtig für ihn.«

»Was habt Ihr ihm zu sagen?«

»Monseigneur«, sagte Tolomei lächelnd, »die erste Tugend eines Bankiers ist seine Verschwiegenheit.«

Und im Hinausgehen wiederholte er sehr bestimmt:

»Noch heute, wenn es ihm gefällig ist.«

Tolomei tat in dieser Nacht kaum ein Auge zu. Er fragte sich, ob ihm überhaupt Zeit bleiben würde, das Druckmittel, das er gegen die Brüder Marigny in der Hand hatte, anzuwenden.

Philipp der Schöne brauchte nur seine Unterschrift auf ein Pergament zu setzen, das Enguerrand de Marigny ihm vorlegte, und es war um die Lombarden geschehen. Würde Enguerrand nicht die Dinge beschleunigen? ›Hat er mit seinem Bruder gesprochen?‹ dachte Tolomei. ›Und hat ihm der Erzbischof gestanden, welche Waffe er in meine Hand gegeben hat? Wird er sich nicht noch heute das Signum des Königs verschaffen, um mir zuvorzukommen? Oder werden sich die Brüder darauf einigen, mich ermorden zu lassen?‹

Tolomei wälzte sich schlaflos auf seinem Lager und war von Bitterkeit gegen dieses zweite Vaterland erfüllt, dem er seiner Ansicht nach mit seiner Arbeit und mit seinem Geld so gute Dienste geleistet hatte. Da er hier reich geworden war, hing er an Frankreich mehr als an seiner toskanischen Heimat. Und auf seine Weise liebte er Frankreich wirklich. Es brach ihm das Herz, wenn er an alles dachte, worauf er von nun an verzichten müßte: Nie mehr würde er unter seinen Sohlen das Pflaster der Rue des Lombards spüren, nie mehr die große Glocke von Notre-Dame hören, sich nie mehr zu den Zusammenkünften der Schöffen begeben, nie mehr den Geruch der Seine und des Pariser Frühlings atmen. Ohne es zu merken, war er ein echter Pariser geworden, einer von denen, die weitab von Frankreich geboren wurden und für die es nur noch diese eine Stadt gab. »Anderswo noch einmal ein Vermögen erwerben, in meinem Alter . . . vorausgesetzt, daß ich am Leben bleibe!«

Er schlief erst beim Morgengrauen ein. Kurz darauf rissen ihn Schritte auf dem Hof und die Schläge des Türklopfers wieder aus dem Schlaf. Tolomei glaubte, daß er verhaftet werden sollte, und warf sich in die Kleider. Ein völlig verstörter Bediensteter erschien:

»Der Erzbischof verlangt Euch dringend zu sprechen«, meldete der.

»Was soll dieses Gepolter?« fragte Tolomei. »Ist der Erzbischof denn nicht allein?«

»Er hat sechs Wachen bei sich, Signor«, erwiderte der Diener.

Tolomei zog ein schiefes Gesicht; sein Blick wurde hart.

»Öffne die Fensterläden meines Arbeitszimmers«, gebot er.

Monseigneur Jean de Marigny kam bereits die Treppe herauf. Tolomei erwartete ihn auf dem Treppenabsatz. Auf der schmalen Brust des Erzbischofs hing ein goldenes Kreuz. Er herrschte Tolomei sogleich an: »Was bedeutet die sonderbare Botschaft, Messer, die mein Bruder mir mitten in der Nacht überbringen ließ?«

Tolomei hob beschwichtigend die fetten, spitz zulaufenden Hände.
»Nichts, was Euch beunruhigen könnte, Monseigneur, Ihr hättet
Euch deswegen nicht hierher bemühen brauchen. Ich wäre ins bischöfliche Palais gekommen, wann immer es Euch angenehm gewesen wäre . . . Tretet doch in mein Kabinett, dort läßt es sich besser
über unsere Geschäfte sprechen.«
Die beiden Männer betraten das Gemach, in dem Tolomei zu arbeiten
pflegte. Der Diener schlug soeben den letzten der mit Malereien geschmückten Innenläden zurück. Dann warf er kleingehacktes Holz auf
die noch rote Glut im Kamin, und bald stiegen knisternde Flammen
auf. Tolomei entließ den Bediensteten.
»Ihr seid in Begleitung bekommen, Monseigneur«, sagte er. »War das
notwendig? Habt Ihr kein Vertrauen zu mir? Glaubt Ihr Euch hier in
Gefahr? Früher hattet Ihr, mit Verlaub, andere Gepflogenheiten . . .«
Er zwang sich zu einem verbindlichen Tonfall, aber sein toskanischer Akzent war ausgeprägter als gewöhnlich, ein Zeichen seiner
Unruhe.
Jean de Marigny setzte sich vor den Kamin und hielt die beringte
Hand über das Feuer.
›Dieser Mann ist seiner Sache nicht sicher und weiß nicht, wie er vorgehen soll. Er kommt unter größtem Getöse mit bewaffneten Leuten,
als wolle er alles in Stücke schlagen, und jetzt sitzt er da und starrt
auf seine Fingernägel.‹
»Die Dringlichkeit Eurer Botschaft hat mich beunruhigt«, sagte der
Erzbischof schließlich. »Ich hatte ohnehin vor, Euch aufzusuchen,
aber ich hätte den Zeitpunkt dafür lieber selbst bestimmt.«
»Aber Ihr habt ihn selbst bestimmt, Monseigneur, Ihr habt ihn selbst
bestimmt . . . Was ich zu Monseigneur Enguerrand gesagt habe, war
eine reine Höflichkeitsfloskel . . . Glaubt mir . . .«
Der Erzbischof warf einen schnellen Blick auf Tolomei. Der Bankier
zeigte unerschütterliche Ruhe und starrte ihn aus einem Auge an.
»Messire Tolomei, ich wollte Euch tatsächlich um eine Gefälligkeit
ersuchen . . .«, fuhr der Erzbischof fort.
»Ich stehe Euer Eminenz stets zu Diensten«, erwiderte Tolomei
sanft.
»Diese . . . Gegenstände, die ich Euch . . . anvertraut habe . . .?« sagte
Jean de Marigny.
». . . die sehr wertvoll sind und aus dem Templerschatz stammen«,
ergänzte Tolomei, immer noch im gleichen Tonfall.
»Sind sie schon verkauft?«
»Ich weiß es nicht, Monseigneur, ich weiß es nicht. Sie sind außer
Landes gebracht worden wie vereinbart, weil wir sie hier nicht abset-

zen können . . . Ich nehme an, daß ein Teil davon bereits Käufer gefunden hat. Ich bekomme die Abrechnung zum Jahresende.«

Tolomeis stattliche Gestalt stand wie ein Baum, er hatte die Hände über dem Bauch gefaltet und wackelte bieder mit dem Kopf.

»Und diese Quittung, die ich Euch unterschrieben habe? Braucht Ihr sie noch?« fragte Jean de Marigny.

Er verbarg seine Angst, aber er verbarg sie schlecht.

»Friert Ihr, Monseigneur? Euer Gesicht ist ganz weiß«, sagte Tolomei und bückte sich, um Holz nachzulegen.

Dann fuhr er fort, als habe er die Frage des Erzbischofs vergessen:

»Was haltet Ihr von der Sache, über die der königliche Rat in dieser Woche mehrmals diskutiert hat, Monseigneur? Hat man wirklich vor, uns zu enteignen, uns ins Elend zu stoßen, in die Verbannung, in den Tod . . .?«

»Ich bin nicht im Bilde«, sagte der Erzbischof. »Das sind Staatsangelegenheiten.«

Tolomei schüttelte den Kopf.

»Gestern, Monseigneur, habe ich Eurem Bruder einen Vorschlag unterbreitet, dessen Sinn er, wie mir scheint, nicht erfaßte. Das ist bedauerlich. Es heißt, wir sollten im Interesse des Reiches enteignet werden. Nun, wir stellen dem Reich eine enorme Summe zur Verfügung, Monseigneur, und Euer Bruder bleibt stumm. Hat er nicht mit Euch darüber gesprochen? Das ist bedauerlich, wirklich höchst bedauerlich!«

Jean de Marigny erhob sich.

»Es steht mir nicht zu, Messer, die Entscheidungen des Königs zu kritisieren«, sagte er barsch.

»Noch liegt keine Entscheidung des Königs vor«, erwiderte Tolomei. »Könntet Ihr dem Koadjutor nicht noch einmal bestellen: Wenn die Lombarden aufgefordert werden, ihr Leben zu geben, das, glaubt mir, ganz und gar dem König gehört, und ihr Gold zu geben, das ebenfalls ihm gehört, so möchten sie gerne, wenn es sich machen läßt, das Leben behalten. Sie bieten ihr Gold aus freien Stücken an, und trotzdem will man es ihnen mit Gewalt rauben. Warum hört man sie nicht an?«

Stille trat ein. Jean de Marigny stand unbeweglich und schien durch die Wand hindurchzublicken.

»Was werdet Ihr mit dem Pergament anfangen, das ich Euch unterzeichnet habe?« fragte er.

Tolomei leckte sich die Lippen.

»Was würdet Ihr damit anfangen, Monseigneur, wenn Ihr an meiner Stelle wäret? Stellt Euch einmal vor . . . eine wunderliche Vorstellung, gewiß . . . aber stellt Euch vor, Euch drohte das Verderben, und

Ihr besäßet . . . irgend etwas . . . einen Talisman, ja, einen Talisman, mit dessen Hilfe Ihr dem Verderben entgehen könntet . . .«

Er trat an ein Fenster, weil er Lärm im Hofe hörte. Träger kamen herein, beladen mit Kisten und Stoffballen. Tolomei überschlug mechanisch den Wert der Sendung und seufzte.

»Ja . . . einen Talisman gegen das drohende Verderben«, murmelte er.

»Ihr wollt doch nicht sagen, daß diese Quittung . . .«

»Doch, Monseigneur, das will ich sagen und sage es auch«, erklärte Tolomei hart. »Diese Quittung beweist, daß Ihr Templergut verschachert habt, das unter königlicher Beschlagnahme stand. Sie beweist, daß Ihr gestohlen habt, und zwar den König bestohlen.«

Er sah dem Erzbischof direkt ins Gesicht. ›Dieses Mal‹, dachte er, ›steht es auf Messers Schneide. Alles hängt davon ab, wer zuerst nachgibt.‹

»Man wird Euch für meinen Komplizen halten!« sagte Jean de Marigny.

»Nun, dann baumeln wir gemeinsam in Montfaucon wie zwei Strauchdiebe«, erwiderte Tolomei ungerührt. »Aber ich werde nicht allein baumeln . . .«

»Ihr seid ein abscheulicher Schurke!« schrie Marigny.

Tolomei zuckte die Achseln.

»Ich bin nicht Erzbischof, Monseigneur, und nicht ich habe die goldenen Monstranzen entwendet, in denen die Templer den Gläubigen den Leib Christi zeigten. Ich bin nur ein Händler, und jetzt haben wir beide ein Geschäft auszuhandeln, ob Euch das behagt oder nicht. Der einzige Sinn aller unserer Worte ist der: keine Enteignung der Lombarden und kein Skandal um Euch. Wenn ich aber falle, Monseigneur, werdet auch Ihr fallen. Und von weiter oben. Und der Koadjutor, der zu viel Glück hat, als daß er nur Freunde besitzen könnte, wird in Euren Fall mitgerissen.«

Jean de Marigny ergriff Tolomeis Arm.

»Gebt mir die Quittung zurück«, sagte er.

Tolomei sah den Erzbischof an. Dessen Lippen waren weiß; sein Kinn, seine Hände, sein ganzer Körper zitterte.

Tolomei machte sich sanft von den Fingern los, die sich an ihn klammerten.

»Nein«, sagte er.

»Ich zahle Euch die zweitausend Livres zurück, die Ihr mir gegeben habt«, sagte Jean de Marigny, »und Ihr werdet den gesamten Erlös behalten.«

»Nein.«

»Fünftausend.«

»Nein.«

»Zehntausend! Zehntausend Livres für die Quittung!«

Tolomei lächelte.

»Und woher würdet Ihr sie nehmen? Ich kenne Euer Vermögen besser als Ihr selbst. Ich müßte sie Euch erst leihen!«

Jean de Marigny wiederholte mit geballten Fäusten:

»Zehntausend Livres! Ich werde sie auftreiben. Mein Bruder wird mir helfen.«

»Monseigneur, allein mein Anteil an unserem Angebot an die Staatskasse beträgt siebzehntausend Livres!«

Der Erzbischof begriff, daß er so nicht weiterkam.

»Und wenn ich bei meinem Bruder durchsetze, daß Ihr von den Maßnahmen ausgenommen bleibt? Ihr dürftet Euer gesamtes Vermögen mitnehmen und könntet anderswo neu beginnen . . .«

Tolomei überlegte. Man bot ihm die Möglichkeit, sich allein in Sicherheit zu bringen. Sollte er dieses Angebot durch einen gewagten Wurf aufs Spiel setzen?

»Nein, Monseigneur«, antwortete er. »Ich werde das Schicksal der übrigen Lombarden teilen. Ich will nicht anderwärts neu beginnen, und ich hätte auch keinen Grund dazu. Ich bin jetzt Franzose, so gut wie Ihr. Ich bin unabhängiger Bürger. Ich will in Paris bleiben, in diesem Haus, das ich gebaut habe. Hier habe ich zweiunddreißig Jahre meines Lebens verbracht und werde es, so Gott will, hier beschließen.«

In seinem Ton und seiner Entschlossenheit lag eine gewisse Größe.

»Übrigens«, fuhr er fort, »selbst wenn ich wollte, könnte ich Euch die Quittung nicht aushändigen; sie ist nicht mehr hier.«

»Ihr lügt!« schrie der Erzbischof.

»Sie ist in Siena, Monseigneur, bei meinem Vetter Tolomei, mit dem ich manches Geschäft gemeinsam mache.«

Jean de Marigny antwortete nicht. Er ging schnellen Schrittes zur Tür und rief:

»Souillard! Chauvelot!«

Tolomei dachte: ›Jetzt heißt es Haltung bewahren!‹

Zwei Kerle erschienen mit Piken in der Hand, jeder sechs Fuß groß.

»Bewacht diesen Mann; er darf sich nicht vom Fleck rühren!« befahl der Erzbischof. »Und schließt die Tür . . . Tolomei, Ihr zwingt mich dazu, und Ihr werdet es noch bereuen! Ich werde hier alles durchsuchen, bis ich dieses Blatt finde. Ich gehe nicht ohne die Quittung!«

»Ich werde nichts bereuen, Monseigneur, und Ihr werdet nichts finden. Ihr werdet gehen, wie Ihr gekommen seid, mag ich tot sein oder lebendig. Aber sollte ich zufällig tot sein, so wißt, daß Euch das auch nichts einbringt. Mein Vetter in Siena ist angewiesen, im Falle meines allzu überraschenden Hinscheidens diese Quittung König Philipp zur Kenntnis zu bringen«, sagte Tolomei.

Das Herz in seinem fetten Körper schlug wie rasend, und er war mit kaltem Schweiß bedeckt; aber er zwang sich zur Gleichgültigkeit und stand unerschütterlich wie an eine unsichtbare Mauer gelehnt.

Der Erzbischof durchwühlte die Truhen, leerte die Schubladen der Schränke auf den Fußboden, streute Papiere und Pergamentrollen umher. Von Zeit zu Zeit schaute er den Bankier heimlich an, um festzustellen, ob sein Einschüchterungsmanöver Erfolg habe. Er ging in Tolomeis Schlafzimmer, und man hörte ihn in den Schränken rumoren.

›Ein Glück, daß Nogaret tot ist‹, dachte Tolomei. ›Er hätte es anders angefangen und unweigerlich etwas Belastendes gefunden.‹

Der Erzbischof kam zurück.

»Geht!« sagte er zu den beiden Wachen.

Er war besiegt. Tolomei hatte der Angst nicht nachgegeben. Nun galt es, genau zu überlegen.

»Nun?« fragte Marigny.

»Nun, Monseigneur«, sagte Tolomei gelassen, »ich habe Euch nichts anderes zu sagen, als was ich Euch vorhin schon gesagt habe. Dieser ganze Umtrieb war überflüssig. Sprecht mit dem Koadjutor und legt ihm nahe, mein Angebot anzunehmen, solange es noch Zeit ist. Andernfalls . . .«

Ohne den Satz zu beenden, ging der Bankier zur Tür und öffnete sie. Jean de Marigny ging wortlos hinaus.

Der Auftritt, der sich an diesem Tage zwischen dem Erzbischof und seinem Bruder abspielte, war fürchterlich, die beiden Marigny, die bisher immer gleiche Wege gegangen waren, zerfleischten einander, als jeder sich plötzlich der wahren Natur des anderen gegenübersah.

Der Koadjutor überhäufte seinen jüngeren Bruder mit Vorwürfen und Verachtung, und der Jüngere verteidigte sich, wie es seiner Art entsprach, mit feiger Tücke.

»Ihr habt allen Grund, mich zu verurteilen!« schrie er. »Woher stammt denn Euer Reichtum? Von welchen geschundenen Juden? Von welchen gebratenen Templern? Ich habe es nur Euch nachgemacht. Ich habe Euch bei Euren Machenschaften recht gute Dienste geleistet. Jetzt leistet einmal mir einen Dienst.«

»Wenn ich Euren wahren Charakter gekannt hätte, hätte ich Euch niemals zum Erzbischof gemacht«, sagte Enguerrand.

»Ihr hättet keinen anderen gefunden, um die Templer verurteilen zu lassen, das wißt Ihr ganz genau.«

Ja, der Koadjutor wußte: Wer Macht ausüben wollte, war gezwungen, manchen unwürdigen Pakt einzugehen. Einem Manne, der sein Gewissen für eine Bischofsmütze verkaufte, konnte man auch zutrauen, daß er ein Dieb und ein Verräter war. Und solch ein Mann war sein Bruder . . .

Enguerrand de Marigny nahm den Stoß von Papieren, auf denen er die Maßnahmen gegen die Lombarden vorbereitet hatte, und warf sie mit ärgerlicher Bewegung ins Feuer.

»So viel Arbeit und alles vergebens«, sagte er, »so viel Arbeit!«

Guccios Geheimnisse

Cressay im Frühlingslicht mit seinen zartbelaubten Bäumen und der silbrig glitzernden Mauldre war Guccio wie eine glückliche Vision im Gedächtnis geblieben. Als der junge Italiener, der sich ständig im Sattel umdrehte, um zu sehen, ob keine Bogenschützen hinter ihm her seien, an jenem Oktobermorgen auf den Hügeln von Cressay ankam, glaubte er, sich verirrt zu haben. In dem trüben Herbstwetter schien das Herrenhaus viel kleiner, als ducke es sich tief in den Boden. ›Waren die Türmchen denn so niedrig gewesen?‹ dachte Guccio. ›Und genügt ein halbes Jahr, um das Gedächtnis so zu täuschen?‹ Der Regen hatte den Hof in einen schlammigen Sumpf verwandelt, in dem die Pferde bis zu den Knöcheln einsanken. ›Wenigstens‹, dachte Guccio, ›wird man wohl kaum auf den Gedanken kommen, mich hier zu suchen.‹ Er warf dem hinkenden Knecht, der herbeieilte, die Zügel zu und gebot:

»Reib die Pferde trocken und füttere sie!«

Die Tür des Wohnhauses öffnete sich, und Marie de Cressay erschien.

»Messire Guccio!« rief sie.

Ihr Gesicht wurde schneeweiß vor Überraschung, und sie mußte sich an den Türpfosten lehnen.

›Wie schön sie ist‹, dachte Guccio; ›und sie liebt mich noch immer.‹ Plötzlich sah er nicht mehr die Risse in den Mauern, und die Türme wurden wieder so stattlich, wie sie es in seiner Erinnerung waren. Schon rief Marie ins Haus:

»Mutter! Messire Guccio ist wieder da!«

Dame Eliabel bereitete dem jungen Mann einen überschwenglichen Empfang, küßte ihn auf beide Wangen und drückte ihn an ihren üppigen Busen. Guccios Bild hatte sie oft bis in ihre Witwenträume verfolgt. Sie nahm ihn bei der Hand, führte ihn zum Tisch und ließ Wein und Pasteten auftragen.

Guccio ließ sich diesen Empfang nur zu gern gefallen. Er hatte sich auch einen Grund für sein Kommen zurechtgelegt: Er reiste nach Neauphle, um in der schlechtgeführten Bankfiliale Ordnung zu schaffen. Die Gehilfen brachten es nie fertig, die Guthaben rechtzeitig einzutreiben . . . Sogleich wurde Dame Eliabel unruhig: »Ihr habt uns ein Jahr eingeräumt«, sagte sie. »Der Winter kommt nach einer recht kümmerlichen Ernte, und wir haben noch nicht . . .«

Guccio äußerte sich nur unbestimmt, ließ durchblicken, daß die Schloßherren von Cressay seine Freunde seien und daß er nicht zulassen werde, daß man sie belästige. Dame Eliabel lud Guccio ein, im Schloß zu wohnen. Nirgendwo in der Stadt, so versicherte sie, werde er mehr Bequemlichkeit und bessere Gesellschaft finden. Guccio nahm an und ließ sein Gepäck hereinbringen.

»Ich habe Stoffe mitgebracht«, sagte er, »und Spitzen, die Euch hoffentlich gefallen werden . . . Für Pierre und Jean habe ich zwei abgerichtete Falken, die ihnen bei der Jagd helfen sollen.«

Die Stoffe, der Putz, die Falken erregen im ganzen Haus Staunen und Bewunderung und wurden mit Freudenschreien in Empfang genommen. Pierre und Jean waren von ihrer täglichen Jagd zurück. Der Geruch nach Erde und Blut haftete an ihnen wie ein Kleidungsstück. Sie stellten Guccio hundert Fragen. Dieser Gast, der in dem Augenblick auftauchte, als sie sich auf lange, trübselige Wintermonate gefaßt machten, erschien ihnen heute noch liebenswerter als bei seinem ersten Besuch. Es war, als seien sie schon ihr Leben lang befreundet.

»Und unser lieber Profos Portefruit, was treibt er?« fragte Guccio.

»Er plündert noch immer, was er erwischen kann, aber nicht mehr bei uns, Gott sei's gedankt . . . und Euch.«

Marie glitt in den Saal, beugte sich über das Feuer, um es zu schüren, oder schüttete frisches Stroh auf die Lagerstatt hinter dem Vorhang. Sie sprach nicht, aber sie ließ Guccio nicht aus den Augen. Als die beiden gegen Abend allein im Gemach waren, ergriff Guccio zart ihre Hand und zog sie an sich.

»Seht Ihr nichts in meinen Augen, was Euch an unser Glück erinnert?« fragte er. Diese Wendung entstammte einem Ritterroman, den er unlängst gelesen hatte.

»O doch, Messire«, erwiderte Marie mit bebender Stimme und weit geöffneten Augen. »Für mich wart Ihr immer hier, wo immer Ihr auch gewesen sein mögt. Ich habe nichts vergessen, und nichts hat sich geändert.«

Er suchte nach einer Entschuldigung, weil er seit sechs Monaten nicht hier gewesen war und auch nichts von sich hatte hören lassen. Zu seiner Überraschung dachte Marie gar nicht daran, ihm Vorwürfe zu machen. Im Gegenteil, sie dankte ihm dafür, daß er eher wiedergekommen war, als sie zu hoffen gewagt habe.

»Ihr sagtet, Ihr würdet nach Ablauf eines Jahres wiederkommen, der Zinsen wegen«, sagte sie. »Ich habe Euch nicht früher erwartet. Aber selbst wenn Ihr nie mehr wiedergekommen wärt, so hätte ich doch mein ganzes Leben lang auf Euch gewartet.«

Guccio hatte aus Cressay die Erinnerung an ein schönes und sanftes junges Mädchen und das Bedauern über ein unvollendetes Abenteuer mitgenommen. Um die Wahrheit zu sagen, er hatte während der letzten Monate kaum noch daran gedacht. Und nun fand er eine vollerblühte, köstliche Liebe, die während des Frühlings und Sommers gewachsen war wie eine Pflanze. ›Ich bin ein Glückspilz‹, dachte er, ›sie könnte mich vergessen haben oder verheiratet sein . . .‹

Wie viele treulose Männer, so war auch dieser sonst so selbstgefällige junge Mann im Grunde bescheiden in der Liebe, weil er andere Menschen nach seinem eigenen Maßstab einschätzte. Er hatte nicht geglaubt, daß er in so kurzer Zeit ein so mächtiges und seltenes Gefühl erwecken konnte.

»Marie«, sagte er mit ungewollter Herzlichkeit, mit der er im voraus die gängigste aller Männerlügen überdecken wollte, »ich habe unablässig an Euch gedacht, nichts hat die Erinnerung an Euch verdrängen können.«

Sie standen einander gegenüber, beide gleich bewegt, gleich gehemmt in ihren Worten und Gesten.

»Das Roggenfeld . . .«, flüsterte Guccio.

Und er näherte seinen Mund den Lippen Maries, die sich öffneten wie eine schöne Frucht. Nun hielt er den richtigen Augenblick für gekommen, um ihre Hilfe zu erbitten.

»Marie«, sagte er, »ich bin nicht wegen des Kontors hierhergekommen, auch nicht wegen einer Schuld. Aber vor Euch will und kann ich nichts verbergen. Es hieße, die Liebe kränken, die ich für Euch fühle. Das Geheimnis, das ich Euch offenbaren werde, soll ein weiteres Band zwischen uns sein. Es ist ein schwerwiegendes Geheimnis, denn das Leben vieler Menschen und auch das meinige hängt davon ab . . . Mein Onkel und einflußreiche Freunde haben mich beauftragt, an einem sicheren Ort gewisse Schriftstücke zu verbergen, die für das Reich und für ihr eigenes Wohl von höchster Bedeutung sind. Zu dieser Stunde sind gewiß die Bogenschützen auf der Suche nach mir«, fuhr Guccio fort, der es nicht lassen konnte, sich wichtig zu machen.

»Ich wüßte zwanzig Stellen, wo ich ein Versteck suchen könnte, aber ich bin zu Euch gekommen, Marie. Von nun an hängt mein Leben von Eurem Schweigen ab.«

»Mein Leben«, sagte Marie, »hängt von Euch ab, Herr. Ich glaube nur an Gott und an den Mann, der mich als erster in den Armen hielt. Mein Leben gehört ihm.«

Guccio hatte sich in eine gewaltige Gefühlsbewegung aus Dankbarkeit, Zärtlichkeit und Begehren hineingeredet. So eingebildet er auch war, es erstaunte ihn dennoch, daß er in Marie eine so dauerhafte, mächtige und hilfsbereite Liebe erweckt hatte.

»Mein Leben ist Euer Leben«, wiederholte das junge Mädchen. »Euer Geheimnis ist das meinige. Ich werde verstecken, was Ihr verstecken wollt, verschweigen, was Ihr verschweigen wollt, und Euer Geheimnis mit mir ins Grab nehmen.«

Aus ihren dunkelblauen Augen stiegen Tränen auf. ›Sie gleicht einem Frühlingsmorgen‹, dachte Guccio, ›an dem es regnet und gleichzeitig die Sonne scheint.‹

Dann kam er wieder auf sein Anliegen zu sprechen:

»Was ich zu verstecken habe, ist in einer Bleikassette eingeschlossen, die nicht größer ist als zwei Hände. Wißt Ihr einen geeigneten Platz?«

Marie dachte nach.

»In der Kapelle«, erwiderte sie. »Wir wollen morgen bei Tagesanbruch hingehen. Meine Brüder reiten vor dem Morgengrauen zur Jagd. Morgen wird meine Mutter bald nach ihnen das Haus verlassen, weil sie in der Stadt Einkäufe machen muß. Hoffentlich will sie mich nicht mitnehmen! Aber dann werde ich über Halsschmerzen klagen.«

Guccio murmelte: »Danke«.

Dame Eliabels Schritt näherte sich.

Da Guccio diesmal länger bleiben wollte, wurde er im oberen Stockwerk in einem großen, sauberen, aber kalten Gemach untergebracht. Er legte sich zu Bett, den Dolch an der Seite, die Bleikassette mit der Quittung des Erzbischofs unter dem Kopf. Er war entschlossen, nicht zu schlafen. Er wußte nicht, daß zur gleichen Stunde die Brüder Marigny bereits ihre schreckliche Auseinandersetzung hinter sich hatten und daß der Erlaß gegen die Lombarden nur noch ein Häuflein Asche war.

In dem Bestreben, wach zu bleiben, zählte er die Frauen, die er besessen hatte (er war noch nicht ganz neunzehn Jahre alt, und die Rechnung war schnell aufgestellt). Er dachte an die beiden jungen Bürgersfrauen, denen er jetzt gerade half, ihren Männern Hörner aufzusetzen. Er fand, daß ihr Äußeres und ihr Charakter bei einem Vergleich mit Marie sehr schlecht wegkamen.

Unversehens war er eingeschlafen. Ein Wiehern riß ihn hoch; er glaubte, seine Häscher seien gekommen, und lief ans Fenster. Aber nur Pierre und Jean de Cressay, begleitet von zwei Bauern, ihre neuen Falken auf der Faust, ritten aus dem Hof. Dann hörte man Türen schlagen; eine altersschwache, graue Stute wurde Dame Eliabel vorgeführt, die in Begleitung des hinkenden Knechtes ebenfalls das Haus verließ. Nun zog Guccio seine Stiefel an und wartete.

Kurz darauf rief ihn Marie vom Erdgeschoß, und Guccio ging hinunter, die Bleischatulle unter dem Mantel verborgen.

Die Kapelle war ein kleines Gewölbe im Ostflügel des Schlosses. Ihre Mauern waren weiß gekalkt.

Marie entzündete eine Kerze an dem Öllämpchen, das vor einer grobgeschnitzten Holzstatue des heiligen Johannes brannte. In der Familie Cressay wurde der älteste Sohn stets nach diesem Heiligen getauft. »Ich habe das Versteck beim Spielen mit meinen Brüdern gefunden, als ich noch ein Kind war«, sagte Marie. »Kommt.«

Sie führte Guccio an die Seite des Altares.

»Hier, drückt auf diesen Stein«, sagte sie und hielt die Kerze tiefer, um die Stelle zu beleuchten.

Guccio stemmte sich gegen den Stein, es rührte sich jedoch nichts.

»Nein, nicht so.«

Marie gab Guccio die Kerze und drückte so auf den Stein, daß er sich wie um eine Achse drehte und eine Höhle unter dem Altar freigab. Beim Kerzenschein sah Guccio einen Schädel und Knochenreste.

»Wer ist das?« wollte er wissen.

Er war abergläubisch und machte hinter dem Rücken mit seinen Fingern das Hörnerzeichen.

»Ich weiß es nicht«, sagte Marie, »niemand weiß es.«

Neben den ausgebleichten Schädel stellte Guccio die Bleischatulle, deren Inhalt den mächtigsten Kirchenfürsten Frankreichs vernichten konnte.

Dann schoben sie den Stein wieder an seinen Platz zurück, und es war keine Spur mehr davon zu sehen, daß er je von der Stelle gerückt worden war.

»Unser Geheimnis ist in Gottes Hut«, sagte Marie.

Guccio nahm sie in die Arme und wollte sie küssen.

»Nein, nicht hier«, wehrte sie furchtsam ab, »nicht in der Kapelle.«

Sie gingen in den Rittersaal zurück, wo eine Dienerin den Tisch mit Milch und Brot zum Frühmahl deckte. Guccio blieb vor dem Fenster stehen, bis die Dienerin hinausgegangen war. Nun trat Marie zu ihm. Ihre Hände fanden sich; Marie legte den Kopf auf Guccios Schulter. So blieb sie lange, als wolle sie den Körper dieses Mannes erfühlen, erraten, den ersten, den sie in ihren Armen gehalten hatte, und den einzigen, den sie jemals umfangen sollte.

»Ich werde Euch immer lieben, auch wenn Ihr mich nicht mehr liebtet«, sagte sie.

Dann goß sie die warme Milch in die Schalen und brockte das Brot hinein. Jede ihrer Bewegungen war eine glückliche Bewegung. Guccio dachte an den Anblick des kreidigen Schädels unter dem Altarstein . . .

Vier Tage vergingen. Guccio begleitete die Brüder auf die Jagd und stellte sich nicht ungeschickt an. Er stattete dem Kontor in Neauphle mehrere Besuche ab, um seinen Aufenthalt zu rechtfertigen. Einmal traf er den Profos Portefruit, der ihn wiedererkannte und unterwürfig grüßte. Der Gruß beruhigte Guccio. Wenn irgendwelche Maßnahmen gegen die Lombarden im Gange gewesen wären, hätte Messire Portefruit nicht so viel Höflichkeit verschwendet. ›Und wenn er eines Tages kommen sollte, um mich zu verhaften, so werde ich ihn mit den tausend Livres, die ich bei mir habe, leicht bestechen können.‹

Dame Eliabel argwöhnte offenbar nichts davon, was sich zwischen ihrer Tochter und dem jungen Mann aus Siena abspielte. Guccio war dessen ganz sicher, nachdem er eines Abends ein Gespräch zwischen der guten Dame und ihrem jüngeren Sohn belauscht hatte. Er war in seinem Zimmer im oberen Stock. Dame Eliabel und Pierre de Cressay unterhielten sich beim Feuer im Rittersaal, und ihre Stimmen stiegen durch den Kamin nach oben:

»Schade, das Guccio nicht adelig ist«, sagte Pierre. »Er würde einen guten Gatten für meine Schwester abgeben. Er ist wohlgebaut und gebildet und hat eine erstrebenswerte Stellung in der Welt . . . Ich frage mich, ob man es nicht in Erwägung ziehen sollte.«

Dame Eliabel nahm den Vorschlag höchst ungnädig auf.

»Niemals!« rief sie. »Das Geld hat dir den Kopf verdreht, mein Sohn. Wir sind gegenwärtig zwar arm, aber unsere Abstammung berechtigt uns zu den höchsten Verbindungen. Ich werde meine Tochter nicht einem hergelaufenen Menschen geben, der zu allem Überfluß noch nicht einmal Franzose ist. Gewiß, der Junge ist angenehm, aber er soll sich nicht einfallen lassen, um meine Tochter zu scharwenzeln. Ich würde schnell Ordnung schaffen . . . Ein Lombarde! Meine Tochter einem Lombarden geben . . .! Übrigens denkt er selbst nicht daran, und wenn das Alter mich nicht bescheiden machte, so würde ich dir gestehen, daß er mehr Augen für mich hat als für sie, und das ist auch der Grund, warum er sich hier festsetzt wie ein Pfropfreis an einem Baum.«

Wenngleich Guccio über die Illusionen der Schloßherrin lächelte, so war er doch verletzt über die Verachtung, die sie seiner bürgerlichen Herkunft und seinem Gewerbe entgegenbrachte. ›Diese Leute borgen von uns ihr tägliches Brot, zahlen uns ihre Schulden nicht zurück und achten uns noch geringer als einen ihrer Bauerntölpel. Und was würdet Ihr anfangen, gute Dame, ohne die Lombarden?‹ dachte Guccio erbittert. ›Nur zu! Versucht doch, Eure Tochter mit einem hohen

Adelingen zu verheiraten, und Ihr werdet sehen, ob sie darauf eingeht!‹

Dabei empfand er großen Stolz darüber, ein adeliges Mädchen so sehr für sich eingenommen zu haben. An diesem Abend beschloß er, sie trotz aller Hindernisse, die man ihnen in den Weg legen mochte, zu heiraten, oder gerade wegen dieser Hindernisse. Er zählte sich alle möglichen Gründe für diesen Entschluß auf, mit Ausnahme des einzig wahren Grundes – daß er sie liebte.

Während der Mahlzeit, die nun folgte, sah er Marie an und dachte: ›Sie ist mein; sie ist mein!‹ Und Maries ganzes Gesicht, die schönen, geschwungenen Wimpern, die goldenen Reflexe in ihren Augen, die halb geöffneten Lippen, schienen ihm zu antworten: »Ich gehöre Euch.« Und Guccio fragte sich: ›Wie ist es nur möglich, daß die anderen es uns nicht ansehen?‹

Am nächsten Tag fand Guccio in Neauphle eine Botschaft seines Onkels vor, daß die Gefahr wenigstens für den Augenblick gebannt sei. Guccio solle unverzüglich nach Hause kommen.

Also mußte der junge Mann in Cressay verkünden, daß wichtige Geschäfte ihn nach Paris zurückriefen. Dame Eliabel, Pierre und Jean zeigten lebhaftes Bedauern. Marie sagte nichts und arbeitete weiter an ihrer Stickerei. Als sie jedoch mit Guccio allein war, ließ sie ihre Angst erkennen. War etwas geschehen? War Guccio von einem Unheil bedroht?

Er beruhigte sie. Im Gegenteil. Mit seiner und ihrer Hilfe, mit Hilfe der in der Kapelle verborgenen Dokumente waren die Männer, die das Verderben der italienischen Bankiers gewünscht hatten, besiegt worden.

Nun brach Marie in Tränen aus, weil Guccio abreisen wollte.

»Ihr verlaßt mich«, sagte sie, »mir ist, als müßte ich sterben.«

»Ich werde so bald wie möglich wiederkommen«, tröstete Guccio. Dabei bedeckte er Maries Gesicht mit Küssen. Ein plötzlicher Zorn gegen die Ereignisse, die seine Wünsche durchkreuzten, stieg in ihm auf. Er konnte sich nicht darüber freuen, daß alle lombardischen Banken gerettet worden waren; im Gegenteil! Er wollte auch weiterhin in Gefahr sein, um mit gutem Grund in Cressay bleiben zu können. Er machte sich Vorwürfe, daß er seine Zeit nicht besser genützt hatte, als dieser schöne, wehrlose Körper so hingegeben in seinen Armen lag. ›Das ist nichts für einen Mann, dieses Warten‹, dachte er.

»Ich komme wieder, schöne Marie«, wiederholte er, »ich schwöre es Euch. Nach nichts auf der Welt trage ich größeres Verlangen als nach Euch.«

Und diesmal war er ehrlich. Er war hierhergekommen, um ein Versteck zu suchen: Er schied mit einer Liebe im Herzen.

In der Botschaft seines Onkels war die Quittung des Erzbischofs nicht erwähnt. Guccio ließ sie daher wohlweislich in der Kapelle von Cressay: So hatte er einen Vorwand zum baldigen Wiederkommen. Aber neue Ereignisse sollten eintreten, die das Schicksal aller Beteiligten in andere Bahnen lenkten.

Die Hirschjagd

Am 4. November wollte der König im Wald von Pont-Sainte-Maxence jagen. Mit seinem Ersten Kämmerer, Hugues de Bouville, seinem Privatsekretär Maillard und einigen Vertrauten hatte er im Schloß von Clermont genächtigt, das nur zwei Meilen vom Sammelplatz entfernt lag.

Der König schien entspannt und so guter Laune zu sein wie schon lange nicht mehr. Die Staatsgeschäfte gönnten ihm eine kleine Ruhepause. Die Anleihe bei den Lombarden hatte den Staatssäckel wieder flottgemacht. Der Winter würde die aufrührerischen Adeligen der Champagne und die flandrischen Bürger zum Stillhalten zwingen.

In der Nacht war, unerwartet früh, der erste Schnee des Jahres gefallen, danach hatte der Morgenfrost den feinen Schnee vereist und die ganze Landschaft in ein ungeheures weißes Meer verwandelt. Wie jedes Jahr einmal erlebte man die Überraschung, alle Farben vertauscht zu finden, das Licht dort, wo sonst der Schatten war, und den Tageshimmel dunkler als die Erde.

Männer, Hunde und Pferde stießen gewaltige Atemwolken aus, die sich in der Luft wie große Watteblumen entfalteten.

Der Hund Lombard trottete neben dem Pferd des Königs. Er war zwar ein Hasenhund, nahm jedoch auch an Hirschjagd und Sauhatz teil, wobei er gelegentlich auf eigene Rechnung vorging und oft die Meute wieder auf die Fährte setzte. Die Windhunde stehen in dem Ruf, scharfe Augen, einen ausdauernden Lauf, aber keine Witterung zu besitzen; Lombard hatte jedoch eine Nase wie ein Schweißhund.

So kalt und unnahbar Philipp der Schöne den Menschen gegenüber war, so liebevoll und mitfühlend war er im Umgang mit Tieren. Er erwies ihnen mehr Freundschaft als seinen nächsten Verwandten. Er war im Grunde seines Herzens wie jeder Kapetinger ein der Erde und der Natur verbundener Mensch. Inmitten von Bäumen, Pflanzen und Tieren empfand König Philipp ein Gefühl der Erfüllung und des Friedens.

Die Lichtung, auf der die Jagdgesellschaft sich sammelte, war vom Stampfen der Pferdehufe und Menschenfüße, von Wiehern und Gebell erfüllt. Lange betrachtete der König seine prächtige Meute, erkundigte sich nach einer Hündin, die nicht dabei war, weil sie Junge geworfen hatte, und *redete* zu seinen Hunden.

»Oh! Meine Getreuen! Oh! Meine Schönen! Holla, meine Schönen!« sagte er zu ihnen.

Der Jagdmeister, von mehreren Pikören begleitet, erstattete dem König Bericht. Im Morgengrauen waren mehrere Hirsche überrascht worden, darunter ein großer Zehnender – nach Aussage der Treiber trug er zwölf Geweihspitzen –, was man einen »Kronenzehnender« nannte, das edelste Tier des Waldes. Dieser Hirsch war überdies ein Einzelgänger, der ohne Rudel von Wald zu Wald wechselte und stärker und wilder war als alle anderen.

»Wir wollen ihn stellen«, sagte der König.

Die Hunde wurden losgekoppelt und auf die Wildbahn geführt. Man setzte sie auf die Fährte, und die Jäger schwärmten zu allen Plätzen aus, an denen der Hirsch überwechseln konnte.

»Horrido! Horrido!« erklang es bald darauf.

Der Hirsch war gesichtet worden. Der Wald hallte wider von Hundegebell und Hörnerschall, von Pferdegetrappel und vom Knacken brechender Zweige.

Gewöhnlich läßt ein Hirsch sich eine Zeitlang in der Umgebung des Platzes herumjagen, wo er aufgestöbert wurde, trollt im Wald herum, täuscht, verwirrt seine Fährte, versucht einen anderen, jüngeren Hirsch zu finden, neben dem er eine Zeitlang hertrabt, um die Hundenasen irrezuführen, und kehrt wieder an die Stelle zurück, wo er angegriffen wurde.

Dieser Hirsch jedoch überraschte seine Verfolger, indem er stracks nach Norden lief. In der Gefahr flüchtete er instinktiv in den fernen Ardennerwald, aus dem er wohl stammte.

Den König hatte das Jagdfieber gepackt. Er sprengte quer durchs Gehölz, um einen Vorsprung zu gewinnen; er wollte den Hirsch am Waldsaum bei seinem Austritt aus dem Holz abfangen.

Nichts verliert sich schneller als eine Jagdgesellschaft. Man glaubt sich nicht mehr als zweihundert Schritte von den Hunden und den übrigen Jägern entfernt; man hört ihre Stimmen. Und im nächsten Augenblick befindet man sich inmitten völligen Schweigens, in absoluter Stille, in einem Waldesdom, und weiß nicht, wohin die lärmende Meute verschwunden ist, welche Fee, welcher Zauber die Gefährten vom Erdboden gefegt hat.

Überdies leitete die eisige Luft die Geräusche schlecht, und die Hunde hatten eine schwierige Jagd, da der Rauhreif, der überall lag, die Fährte abkühlte.

Der König hatte sich verirrt. Bestürzung ergriff ihn beim Anblick dieses weiten, weißen Tales, wo, so weit das Auge blickte, alles von der gleichen makellosen weißen, glitzernden Decke verhüllt war; die Wiesen, die kurzen Hecken, die Stoppelfelder, die Dächer eines Dorfes und das ferne Wogen des Waldes am Horizont. Die Sonne war durch die Wolken gedrungen und ließ die ganze Landschaft aufleuchten; und der König fühlte sich plötzlich sehr müde und wie ein Fremdling in dieser Welt. Er achtete nicht zu sehr darauf, denn seine Gesundheit war vorzüglich, und seine Kräfte hatten ihn noch nie im Stich gelassen. Er glaubte, er habe sich beim Galopp ein wenig zu sehr erhitzt. Seine einzige Sorge war, ob sein Hirsch nun aus dem Holze getreten sei oder nicht. Er ritt langsam am Waldsaum entlang und suchte den Boden nach einer Fährte des Tieres ab. ›Auf diesem Reif dürfte seine Fährte gut zu sehen sein‹, dachte er. In nicht zu weiter Ferne sah er einen Bauern über Land gehen.

»Holla, Mann!«

Der Bauer drehte sich um und kam auf ihn zu. Er war ein Mann von etwa fünfzig Jahren, breitschultrig und kurzbeinig, das braune Gesicht von vielen Runzeln durchzogen. Seine Beine steckten in groben Leinengamaschen, in der rechten Hand hielt er einen Knüppel. Er zog die Mütze von dem ergrauenden Haar.

»Hast du nicht einen flüchtigen Hirsch gesehen?« fragte ihn der König.

Der Mann nickte und antwortete:

»Ja doch, hoher Herr. Er ist vor meiner Nase vorbeigesprungen, es ist nicht länger her, als man braucht, um ein Ave zu beten. Er hatte wohl zwei Stunden Jagd hinter sich, humpelte mit gewölbtem Rücken und ließ die Zunge hängen. Es ist bestimmt Euer Hirsch. Ihr werdet nicht mehr lange hinter ihm her sein müssen, denn in seinem Zustand sucht er Wasser. Und das findet er nur im Teich von la Fontaine.«

»Waren Hunde hinter ihm her?«

»Keine Hunde, hoher Herr. Aber seine Fährte mit weitgespreizten Hufzehen findet Ihr bei der weißen Birke da drüben. Am Teich werdet Ihr ihn erwischen, mit oder ohne Hund.«

Der König war erstaunt.

»Es scheint, du kennst das Land und die Jagd«, sagte er ...

Der Mund in dem braunen Gesicht verzog sich zu einem breiten Lächeln. Schlaue braune Äuglein musterten den König.

»Ich kenne das Land und die Jagd ganz gut«, sagte der Mann, »und ich wünsche einem so großen König wie Euch, daß er noch recht lange sein Vergnügen darin finden möge, das walte Gott.«

»Du hast mich also erkannt?«

Wieder nickte der andere und erwiderte stolz:

»Euch verdanke ich es, Sire, daß ich ein freier Mann bin und nicht mehr ein Leibeigener. Ich kenne meine Zahlen und kann den Griffel führen, wenn es sein muß. Ich habe Monseigneur von Valois einmal gesehen, als er die Leibeigenen der Grafschaft freisprach, und bei Eurem Anblick und bei dem, was man sich von Euch erzählt, habe ich gleich gedacht, daß Ihr sein Bruder seid.«

»Freust du dich, frei zu sein?«

»Freuen . . . sicher freue ich mich. Das heißt, man fühlt sich ganz anders, man ist nicht mehr nur ein lebender Leichnam. Und wir wissen wohl, wir Freigelassenen, daß wir Euch den Erlaß verdanken, den Monseigneur von Valois uns vorlesen ließ und den wir uns oft vorsagen wie ein Gebet über unsere Felder: ›In Erwägung dessen, daß jedes menschliche Wesen, das geschaffen ist nach dem Bild unseres Herrn, gemeinhin frei sein soll, gemäß natürlichem Recht . . .‹ Tut gut, das zu hören, wenn man schon geglaubt hat, sein Leben lang nicht mehr und nicht weniger als ein Tier zu sein.«

»Wieviel hast du für deine Freilassung bezahlt?«

»Fünfundsiebzig Livres.«

»Hattest du denn soviel?«

»Die Arbeit eines Lebens, Sire.«

»Wie heißt du?«

»André . . . der André vom Walde, nennt man mich, weil ich im Wald wohne.«

Der König, der gewöhnlich nicht freigebig war, empfand das Bedürfnis, diesem Mann etwas zu geben. Kein Almosen, ein Geschenk.

»Sei stets ein treuer Diener des Reiches, André vom Walde«, sagte er, »und behalte dies zum Andenken an mich.«

Er löste sein Hifthorn und gab es dem Bauern . . . Der nahm das Horn, ein schönes Stück aus geschnitztem Elfenbein, in Silber gefaßt, das mehr wert war, als er für seine Freiheit bezahlt hatte. Die Hände des Bauern zitterten vor Stolz und Rührung.

»Oh! So etwas . . . Oh! So etwas . . .«, murmelte er. »Ich werde es unter das Bild der allerheiligsten Jungfrau hängen, damit es das Haus beschütze. Wolle Gott Euch behüten, hoher Herr.«

Der König ritt weiter, eine Freude im Herzen, wie er seit Monaten keine empfunden hatte. Ein Mensch hatte in der Einsamkeit des Waldes zu ihm gesprochen, ein Mensch, der ihm seine Freiheit und sein Glück verdankte. Die schwere Bürde der Macht und der Jahre schien ihm mit einem Schlage um vieles leichter geworden zu sein. ›Man weiß immer, wen man bestraft‹, dachte er; ›aber niemals weiß man dort oben auf dem Thron, ob das Gute, das man tun wollte, auch wirklich getan wurde und für wen.‹ Diese Billigung, die ihm so unerwartet aus dem Herzen seines Volkes zuteil geworden war, war ihm wertvoller und tröstlicher als alle Lobsprüche der Höflinge. ›Als mein Bruder Geld brauchte, habe ich ihm gesagt: »Erhebe keine neuen Steuern, ohne etwas dafür zu geben. Lasse deine Leibeigenen frei, wie ich die von Agenais, Rouergue, der Gascogne, der Bezirke Carcassonne und Toulouse freigegeben habe.« Ich hätte die Bauernbefreiung über das ganze Reich ausdehnen sollen . . . Hätte der Mann, mit dem ich eben sprach, in seiner Jugend eine Ausbildung genossen, er würde vielleicht einen besseren Profos oder Stadthauptmann abgeben als mancher andere.‹

Er dachte an alle die Andrés vom Walde, vom Tal oder von der Wiese, die Jean-Louis von den Feldern, die Jacques vom Weiler oder von der Einöde, deren Kinder, aus der Hörigkeit befreit, eine große Menschen- und Kraftreserve für das Reich darstellten. ›Ich werde den Erlaß auch auf die übrigen Landvogteien ausdehnen.‹

Ja, die Begegnung hatte ihn beruhigt und die Gespenster verjagt, die ihn seit dem Tode des Papstes und Nogarets unablässig verfolgten. Ihm war, als habe Gott sich der bescheidensten Stimme seines Reiches bedient, um sein Königswerk gutzuheißen.

In diesem Augenblick hörte er zu seiner Rechten ein kurzes, heiseres »Hau . . . hau« und erkannte Lombard.

»Brav, mein Getreuer, brav! Dort hinauf, dort hinauf!« rief ihm der König zu.

Lombard rannte langgestreckt, die Nase dicht am Boden, auf der Fährte dahin. Nicht der König hatte den Weg verloren, sondern die übrige Jagdgesellschaft; und bei dem Gedanken, daß er allein mit seinem Lieblingshund den mächtigen Zehnender stellen und erlegen würde, freute Philipp der Schöne sich wie ein junger Mann.

Er versetzte sein Pferd in Galopp und folgte Lombard beinahe eine Stunde lang durch Felder und Täler, setzte über Böschungen und Zäune hinweg. Er war erhitzt, und der Schweiß lief ihm über den Rücken. Plötzlich sah er eine schwarze Masse aus einem Wäldchen flüchten.

»Horrido!« rief der König. »Vorwärts, Lombard, vorwärts!«

Es war der gejagte Hirsch, ein großes, schwarzes Tier mit hellem Bauch. Sein Gang war nicht mehr leichtfüßig wie zu Beginn der Jagd; die Läufe bewegten sich schwerfällig, er verhoffte immer wieder, schaute um und flüchtete von neuem in mühsamen Sätzen. Er hielt auf den Teich zu, von dem der Bauer gesprochen hatte. Er suchte Wasser, um sich zu erfrischen, das Wasser, das dem gehetzten Wild den Tod bringt, weil es seine Glieder erstarren läßt, so daß es nicht mehr heraus kann.

Lombard bellte lauter, da er das Wild vor Augen hatte, und gewann immer mehr an Boden. Aber alle, der König, sein Pferd, der Hund und er Hirsch, waren am Ende ihrer Kräfte.

Das Geweih des Hirsches kam dem König seltsam vor: Irgend etwas glänzte darin kurz auf und erlosch wieder. Dennoch war er keineswegs eines jener Fabeltiere, von denen die Legenden berichten, die jedoch niemand je gesehen hat wie den berühmten Hirsch des heiligen Hubertus mit seinem goldenen Kreuz auf der Stirn. Er war nur ein großes, erschöpftes Tier, das eine Jagd ohne alle Finten geliefert hatte, immer geradeaus und querfeldein, und das bald seinen letzten Kampf bestehen würde.

Dicht gefolgt von Lombard verschwand er in einem Buchenwäldchen und kam nicht wieder zum Vorschein. Kurz darauf hörte der König, wie Lombards Bellen durchdringender wurde, langgezogener, gellender, zugleich wütend und herzergreifend, das Kläffen eines Hundes, das anzeigt, daß das gehetzte Wild gestellt ist.

Nun drang auch der König in das Wäldchen vor; ein paar Sonnenstrahlen, die keine Wärme gaben, stahlen sich durch die Zweige und übergossen den knirschenden Reif auf dem Boden mit rötlichem Licht.

Der König hielt an und lockerte seinen Hirschfänger. Lombard heulte unablässig. Der große Hirsch stand abwehrbereit mit dem Rücken gegen einen Baum, mit gesenktem Kopf, die Nüstern beinahe am Boden; das Fell dampfte vor Nässe. Zwischen den gewaltigen Stangen trug er ein glitzerndes Kreuz, so groß wie ein Altarkruzifix. Wenigstens war dies der Eindruck, den der König den Bruchteil eines Augenblicks lang hatte, doch sogleich wandelte sich sein Erstaunen in tödlichen Schrecken: Seine Muskeln gehorchten ihm nicht mehr. Er wollte vom Pferd steigen, aber seine Füße bewegten sich nicht aus den Steigbügeln; seine Beine hingen wie zwei Marmorsäulen von den Flanken des Pferdes. Nun wollte der König in höchster Angst in sein Horn stoßen, um Hilfe herbeizurufen; wo aber war sein Horn? Er hatte es nicht mehr, er wußte nicht mehr, wo er es gelassen hatte, und seine Arme ließen die Zügel sinken und hingen unbeweglich. Er wollte rufen, aber kein Laut drang aus seiner Kehle.

Der Hirsch hatte den Kopf wieder erhoben und stand mit hängender Zunge. Die großen, traurigen Augen waren auf den Reiter gerichtet, von dem er den Tod erwartete und der plötzlich zu Stein geworden war. Wieder blitzte das Kreuz im Geweih. Vor den Augen des Königs verschwammen die Bäume, der Boden, die ganze Welt. Er fühlte eine furchtbare Detonation in seinem Kopf, und dann versank er in die schwärzeste Nacht.

Als wenig später die übrige Jagdgesellschaft in dem Wäldchen eintraf, fand sie den König von Frankreich neben seinem Pferd auf dem Boden liegen. Lombard bellte noch immer den großen Hirsch an, in dessen Geweih das Sonnenlicht zwei gekreuzte dürre Zweige unter ihrer Rauhreifschicht aufblitzen ließ. Sie hatten sich wohl bei der Flucht durch das Unterholz darin verfangen. Aber niemand konnte sich jetzt um das Wild kümmern; während die Piköre die Meute zurückhielten, ergriff es die Flucht. Es hatte ein wenig ausgeruht, und nur wenige Hunde folgten ihm noch. Sie würden es jagen, bis die Nacht hereinbrechen oder es sich in den Teich stürzen würde.

Hugues de Bouville kniete als erster bei Philipp dem Schönen. Er stellte fest, daß der Monarch noch lebte, und rief:

»Der König lebt!«

Zwei Stangen wurden mit Hilfe der Hirschfänger zurechtgeschnitten und aus Gürteln und Mänteln eine behelfsmäßige Bahre gefertigt. Darauf legte man den König, der eine leichte Bewegung machte, aber nur, um sich zu übergeben und sich nach allen Seiten zu entleeren wie eine Ente, der man den Kragen umdreht. Seine Augen waren glasig und halb geschlossen. Wo war der Athlet, der einst zwei Bewaffnete zu Boden drücken konnte, indem er sich auf ihre Schultern stemmte?

Er wurde nach Clermont getragen, wo er während der Nacht wieder einige Worte sprechen konnte. Die Ärzte, die sogleich gerufen worden waren, hatten ihn zur Ader gelassen.

Sein erstes Wort zu Bouville, der bei ihm wachte, war:

»Das Kreuz . . . Das Kreuz . . .«

Und Bouville, der glaubte, der König wolle beten, holte ein Kruzifix. Später sagte Philipp der Schöne:

»Ich bin durstig.«

Beim Morgengrauen bat er stammelnd, nach Fontainebleau gebracht zu werden, wo er geboren war. Jedermann dachte sogleich an Papst Klemens V., der, als er seinen Tod nahen fühlte, an den Ort seiner Geburt hatte zurückkehren wollen und unterwegs verschieden war.

Es wurde beschlossen, den König auf dem Wasserwege zu befördern, damit er weniger geschüttelt würde. Er wurde in einen großen, flachen Kahn gebracht, der am nächsten Tag die Oise hinunterfuhr. Die Vertrauten, die Diener und die Wachen folgten in weiteren Booten oder ritten am Ufer nebenher.

Die Nachricht war schneller als der wunderliche Zug, und die Uferbewohner eilten herbei, um die große, gestürzte Statue zu sehen. Die Bauern nahmen ihre Mützen ab, wie sie es taten, wenn eine Bittprozession an ihren Feldern vorüberkam. In jedem Dorf besorgten die Bogenschützen Glutbecken, mit denen die Luft im Kahn erwärmt wurde. Über dem Blick des Königs hingen schwere Schneewolken am einförmig grauen Himmel.

Der Herr de Vauréal kam von seinem Schloß herab, das hoch über einer Biegung der Oise thronte, um dem König seinen Gruß zu entbieten; er fand das Antlitz des Königs vom Tode gezeichnet. Philipp der Schöne erwiderte den Gruß nur durch eine Bewegung der Lider; allmählich vermochte er jedoch Arme und Beine wieder ein wenig zu bewegen.

Die Nacht brach früh herein. Im Bug der Boote wurden große Fackeln angezündet, deren rötlicher Lichtschein an der Uferböschung entlangtanzte. Der Zug glich einer Flammengrotte, die durch die Nacht glitt.

So kam der Zug zur Einmündung in die Seine und dann nach Poissy. Der König wurde in das Schloß getragen, wo sein Großvater, der heilige Ludwig, geboren war. Die Dominikaner und die beiden königlichen Klöster begannen, um seine Genesung zu beten.

Philipp der Schöne blieb zehn Tage in Poissy. Danach schien er sich ein wenig erholt zu haben. Die Sprache war zurückgekehrt; er konnte sich aufrecht halten, wenn auch seine Bewegungen steif und mühsam waren. Er wollte unbedingt weiter nach Fontainebleau, er schien von dieser Idee besessen zu sein. Mit gewaltiger Willensanstrengung verlangte er, zu Pferd gesetzt zu werden. So ging es vorsichtig bis Essonnes; dort jedoch mußte er trotz äußerster Anspannung seiner Kräfte aufgeben: Der Körper des Königs gehorchte seinem Willen nicht mehr. Er mußte sich in eine Sänfte betten lassen. So legte er den Rest der Reise zurück. Wieder fiel Schnee, der das Hufgeklapper erstickte. Kuriere waren vorausgeschickt worden und hatten in allen Kaminen des Schlosses Feuer anzünden lassen. Und ein großer Teil des Hofes war bereits angekommen.

Als der König in das Schloß getragen wurde, flüsterte er:
»Die Sonne, Bouville, die Sonne . . .«

Tiefer Schatten über dem Reich

Zwölf Tage lang irrte der König im Labyrinth seiner Gedanken umher wie ein Reisender, der den Weg verloren hat. Obgleich er noch immer rasch ermüdete, schien er zeitweise seine Aktivität zurückzugewinnen. Er kümmerte sich um die Staatsgeschäfte, verlangte die Abrechnungen zur Nachprüfung, forderte mit gebieterischer Ungeduld, daß ihm alle Briefe und Verordnungen zur Unterschrift vorgelegt würden: nie hatte er mit solchem Eifer Unterschriften geleistet. Dann verfiel er unvermittelt in seltsamen Stumpfsinn und sagte unzusammenhängende und sinnlose Worte vor sich hin. Er strich sich zuweilen mit kraftloser Hand, deren Finger steif geworden waren, über die Stirn.

Bei Hofe ging das Gerücht, daß er nicht mehr bei Sinnen sei. In Wahrheit begann er, nicht mehr von dieser Welt zu sein.

In kurzer Zeit hatte die Krankheit aus diesem sechsundvierzigjährigen Mann einen Greis mit verfallenen Zügen gemacht, der im Halbdunkel eines riesigen Gemaches in Fontainebleau vor sich hin dämmerte. Und unaufhörlich quälte ihn Durst, verlangte er zu trinken!

Außenstehende, die sich nach ihm erkundigten, erhielten den Bescheid, der König sei vom Pferd gestürzt und von einem Hirsch angegriffen worden. Aber die Wahrheit sickerte durch, und man tuschelte, Gottes Hand habe ihn aufs Haupt geschlagen.[22]

Die Ärzte versicherten, daß er nicht wieder genesen würde. Der Astrologe Martin prophezeite in vorsichtig umschreibenden Ausdrücken, daß ein mächtiger Monarch des Abendlandes gegen Ende des Monats eine schreckliche Prüfung zu bestehen haben werde, eine Prüfung, die mit einer Sonnenfinsternis zusammenfallen werde. »An diesem Tage«, schrieb Meister Martin, »wird sich tiefer Schatten über das Reich senken . . .«

Und eines Abends empfand Philipp der Schöne plötzlich das gleiche schwarze Bersten unter der Schädeldecke, den gleichen furchtbaren Sturz in die Finsternis wie damals im Wald von Pont-Sainte-Maxence. Diesmal war kein Hirsch da und kein Kreuz. Nur die große Gestalt, die hingestreckt auf dem Bett lag und nichts mehr von der Pflege spürte, die man ihr angedeihen ließ.

Als der König aus dieser Umnachtung wieder erwachte, wußte er nicht, ob sie eine Stunde oder zwei Tage gedauert hatte. Das erste, was er wahrnahm, war ein großes, weißes Etwas, das sich über ihn beugte. Er hörte auch, daß eine Stimme zu ihm sprach.

»Ah! Bruder Renaud«, sagte der König schwach, »ich erkenne Euch wohl . . . Aber Nebelschleier scheinen Euch einzuhüllen.«

Und sogleich fügte er hinzu:

»Ich bin durstig.«

Bruder Renaud, Dominikaner aus Poissy, Großinquisitor von Frankreich, benetzte die Lippen des Kranken mit Weihwasser.

»Hat man nach Bischof Pierre geschickt? Ist er gekommen?« fragte der König dann.

Die hin und her jagenden Gedanken der Sterbenden bringen häufig die fernsten Erinnerungen zurück. So bestand auch der König in seinen letzten Tagen hartnäckig darauf, Pierre de Latille, den Bischof von Châlons, einen seiner Kindheitsgespielen, an seinem Totenbett zu sehen. Warum gerade Pierre de Latille? Man rätselte an diesem Wunsch herum, versuchte, verborgene Beweggründe zu entdecken, während es sich doch nur um ein zufälliges Erinnern handelte. Und ausgerechnet auf diesen hartnäckig gehegten Wunsch war der König sogleich zurückgekommen, nachdem er aus der Bewußtlosigkeit des zweiten Anfalls erwacht war.

»Ja, Sire, er ist benachrichtigt worden«, erwiderte Bruder Renaud, »und ich wundere mich selbst, daß er noch nicht hier ist.«
Er log; er hatte zwar einen Boten nach Châlons geschickt, im Einverständnis mit Monseigneur von Valois jedoch erst so spät, daß der Bischof nicht mehr rechtzeitig eintreffen würde.
Bruder Renaud hatte eine Rolle zu spielen, und er konnte nicht dulden, daß er sie mit einem anderen kirchlichen Würdenträger teilen mußte. Als Beichtvater des Königs durfte einzig der Großinquisitor von Frankreich fungieren. Sie hatten zu viele gemeinsame Geheimnisse und durften nicht riskieren, daß sich diese Geheimnisse in der Todesstunde des Herrschers in fremde Ohren verirrten. Daher blieb dem allmächtigen Monarchen der Beistand des erwählten Freundes auf der großen Reise versagt.
»Sprecht Ihr schon lange mit mir, Bruder Renaud?« fragte der König.
Bruder Renauds Kinn lag in einer Fettschicht begraben, er hatte kleine schwarze Augen und einen kahlen Schädel, den nur ein schmaler Kranz struppiger gelblicher Haare umgab. Es war seine Aufgabe, dem König unter dem Deckmantel des göttlichen Willens verständlich zu machen, was die Lebenden noch von ihm erwarteten.
»Sire«, sagte er, »wenn Gott Euch zu sich ruft, wie er jeden von uns in jeder Minute zu sich rufen kann, so würde er Euch Dank wissen, wenn Ihr das Reich wohlgeordnet hinterließet.«
Der König antwortete nicht sogleich.
»Bruder Renaud, habe ich schon gebeichtet?« fragte er.
»Aber ja, Sire, vorgestern«, antwortete der Dominikaner. »Eine schöne Beichte«, fuhr er fort, »die unsere große Bewunderung erregt hat und auch die Eurer Untertanen. Ihr habt gesagt, daß Ihr bereut, Euer Volk und besonders die Kirche mit zu schweren Steuern belastet zu haben, daß Ihr indessen keinen Anlaß habt, von den Toten, die durch Eure Entscheidung starben, Vergebung zu erflehen, denn der Glaube und die Gerechtigkeit müssen einander Beistand leisten.«
Der Großinquisitor hatte die Stimme erhoben, damit alle Anwesenden ihn hören sollten.
»Habe ich das gesagt?« fragte der König. »Habe ich das wirklich gesagt?«
Er wußte es nicht mehr. Hatte er wirklich diese Worte gesprochen, oder erfand Bruder Renaud aus dem Stegreif dieses erbauliche Ende, um eine erhabene Persönlichkeit aus ihm zu machen? Er murmelte nur: »Die Toten . . .«, hatte jedoch nicht mehr die Kraft zum Widerspruch. Er wußte, daß er bald bei ihnen sein würde.
»Ihr solltet Euren Letzten Willen kundtun, Sire«, redete Bruder Renaud ihm geduldig zu.

Er trat ein wenig zur Seite, und plötzlich sah der König, daß das Zimmer voll Menschen war.

»Ah!« sagte er. »Ich erkenne Euch sehr wohl, Euch alle, die Ihr hier seid.«

Er schien selbst überrascht, daß er noch die Fähigkeit besaß, die Gesichter zu erkennen.

Sie waren alle um sein Lager versammelt, seine drei Söhne, seine beiden Brüder, die Ärzte mit ihren Becken und Lanzetten, der Großkämmerer und Enguerrand de Marigny. Im Hintergrund des Zimmers standen die Pairs von Frankreich, die hohen Adeligen sowie Leute von geringerer Bedeutung, die ihr Amt oder die Umstände zufällig hierhergeführt hatten. Alle flüsterten miteinander.

»Ja, ja«, wiederholte er, »ich kenne Euch gut.«

Aber er sah sie nur wie durch einen Nebel.

Wer war dieser Riese, der an der Wand lehnte und alle anderen um Haupteslänge überragte? Ja, richtig, es war Robert von Artois, dieser Wirrkopf, der ihm so viele Sorgen bereitet hatte . . . Und diese stattliche Frau ganz in der Nähe, die wie eine Hebamme ihre Ärmel hochkrempelte? Er erkannte sie ebenfalls: Das war seine Base, die schreckliche Gräfin Mahaut.

Der König dachte an all das, was er unvollendet zurücklassen mußte, an alle die widerstreitenden Interessen, aus denen das Leben eines Volkes besteht.

»Der Papst ist noch nicht gewählt«, murmelte er.

Andere Probleme überstürzten sich, jagten einander in seinem erschöpften Geist. Das Schicksal der Prinzessinnen war nicht entschieden; seine Söhne hatten keine Frauen und konnten sich dennoch nicht wieder verheiraten. Die flandrische Frage war nicht gelöst . . .

Jeder Mensch glaubt im Grunde, daß die Welt zugleich mit ihm geboren worden sei, und leidet im Augenblick des Todes unter dem Gedanken, das Universum unvollendet zurücklassen zu müssen.

Der König wandte den Kopf, um Ludwig von Navarra anzusehen, der mit hängenden Armen und hohler Brust dastand. Scheinbar ließ er seinen Vater nicht aus den Augen, in Wahrheit dachte er jedoch nur an sich selbst.

»Bedenket, Ludwig, bedenket wohl«, murmelte Philipp der Schöne, »was es heißt, König von Frankreich zu sein! Und erforscht so bald wie möglich den Zustand Eures Reiches.«

Der Graf von Poitiers bemühte sich, keine Rührung zu zeigen. Karl, der jüngste Sohn, konnte kaum die Tränen zurückhalten.

Bruder Renaud tauschte mit Monseigneur von Valois einen Blick, der sagen wollte: »Monseigneur, greift jetzt ein, sonst kommen wir zu spät!«

Während der letzten Tage war der Großinquisitor geschickt der Machtverschiebung gefolgt. Philipp der Schöne würde sterben. Ludwig von Navarra würde sein Nachfolger, und der Erbe stand völlig unter dem Einfluß Monseigneurs von Valois. Also holte der Großinquisitor für sein ganzes Verhalten, für alle seine Handlungen den Rat Valois' ein und bewies ihm wachsende Ergebenheit.

Valois trat zu dem Sterbenden und sagte:

»Mein Bruder, glaubt Ihr, daß an Eurem Testament von 1311 nichts zu ändern ist?«

»Nogaret ist tot«, antwortete der König.

Wieder sahen Bruder Renaud und Valois einander an. Sie glaubten, der König sei nicht mehr ganz richtig im Kopfe; hatten sie zu lange gewartet? Aber Philipp der Schöne fuhr fort:

»Er war mein Testamentsvollstrecker.«

Sogleich machte Valois dem Privatsekretär des Königs ein Zeichen, und Maillard kam mit seinem Schreibgerät.

»Es wäre gut, wenn Ihr in einem Kodizill Eure Testamentsvollstrecker neu ernennen würdet, mein Bruder«, sagte Valois.

»Ich bin durstig«, sagte Philipp der Schöne.

Wieder benetzte man seine Lippen mit Weihwasser.

Valois fuhr fort:

»Ihr wünscht, so vermute ich, daß ich über die Erfüllung Eures Letzten Willens wache.«

»Gewiß«, sagte der König. »Und auch Ihr, Bruder Ludwig«, fügte er hinzu und wandte den Kopf nach Monseigneur von Evreux, der nichts fragte, nichts sagte und an den Tod dachte.

Maillard hatte zu schreiben begonnen. Die Lider des Königs bewegten sich nicht. Seine Augen hatten noch immer denselben starren Blick, aber statt des Leuchtens, das seine Mitmenschen so erschreckt hatte, waren die großen blauen Pupillen wie mit einem Schleier überzogen.

Auf den Namen Ludwig von Evreux folgten aus dem Munde des Königs weitere Namen in der Reihenfolge, wie sein Blick sich auf die Gesichter in der Runde heftete. So nannte er einen Kanonikus von Notre-Dame, Philipp le Convers, der hier war, um Bruder Renaud zu assistieren, dann Pierre de Chambly, einen Freund seines ältesten Sohnes, und schließlich Hugues de Bouville, den Großkämmerer.

Nun trat Enguerrand de Marigny so weit vor, daß seine große Gestalt die übrigen Anwesenden dem Blick des Königs entzog.

Marigny wußte, daß Monseigneur von Valois seit vielen Tagen die verminderte Denkfähigkeit des Königs benutzte, um ihn anzuschwärzen. Dem Koadjutor waren die Beschuldigungen hinterbracht worden: »Eure Krankheit, mein Bruder«, hatte Valois gesagt, »ist aus all den Sorgen entstanden, die Euch dieser schlechte Diener verursacht hat. Er hält alle jene von Euch fern, die Euch lieben, er hat um seines Vorteils willen das Reich in die traurige Lage gebracht, in der es sich befindet. Und er war es auch, mein Bruder, der Euch riet, den Großmeister des Templerordens zu verbrennen.«

Würde Philipp der Schöne auch Marigny zum Testamentsvollstrecker bestimmen und ihm so einen letzten Beweis seines Vertrauens geben?

Maillard wartete mit gezückter Feder. Aber Valois sagte schnell:

»Die Zahl ist vollständig, glaube ich, mein Bruder.«

Und er machte Maillard ein Zeichen, die Liste abzuschließen. Nun sagte Marigny:

»Ich habe Euch immer treu gedient, Sire. Ich bitte Euch, mich Eurem Sohne zu empfehlen.«

Zwischen diesen beiden Willenskräften, die einander seinen Geist streitig machten, zwischen Valois und Marigny, zwischen seinem Bruder und seinem Ersten Minister, schwankte der König einen Augenblick. Wie doch jeder in dieser Stunde nur an sich dachte und wie wenig an ihn!

»Ludwig«, sagte er müde. »Marigny soll nicht benachteiligt werden, wenn er sich als treuer Diener erweist.«

Da begriff Marigny, daß die Anschuldigungen ihre Früchte getragen hatten.

Aber er wußte sich stark. Er hatte die gesamte Verwaltung, die Finanzen, die Armee, in der Hand; ja, sogar die Kirche – mit Ausnahme Bruder Renauds. Er war überzeugt, daß man ohne ihn nicht regieren konnte. Er verschränkte die Arme und blickte auf Valois und Ludwig von Navarra auf der anderen Seite des Bettes, auf dem sein Herrscher im Todeskampfe lag. Er schien das künftige Regime in die Schranken zu fordern.

»Sire, habt Ihr noch weitere Wünsche?« fragte Renaud.

In diesem Augenblick richtete Hugues de Bouville eine der Kerzen wieder auf, die von dem hohen, geschmiedeten Kandelaber zu fallen drohte. Das Zimmer sah bereits aus wie eine Totenkapelle.

»Warum ist es so dunkel?« fragte der König. »Ist noch immer Nacht, ist der Tag noch nicht angebrochen?«

Unwillkürlich wandten alle Anwesenden sich zu den Fenstern. Wirklich, die verfinsterte Sonne war nicht erschienen, und es war Nacht über der Erde Frankreichs.

»Ich vermache meiner Tochter Isabella«, sagte der König unvermittelt, »den Ring, den sie mir geschenkt hat, mit dem großen Rubin, den man die Kirsche nennt.«

Er unterbrach sich und fragte:

»Ist Pierre de Latille gekommen?«

Da niemand antwortete, fuhr er fort:

»Ich vermache ihm meinen schönen Smaragd.«

Und dann vermachte er verschiedenen Kirchen, Notre-Dame de Boulogne, weil seine Tochter dort geheiratet hatte, Saint-Martin-de-Tour, Saint-Denis, goldene Lilienwappen »im Wert von tausend Livres«, wie er jedesmal genau festsetzte. Dieser Mann, der sein ganzes Leben so knauserig gewesen war, erwog auch jetzt noch genau den Wert seiner Gaben, als wolle er damit Ablaß erkaufen.

Bruder Renaud beugte sich über ihn und flüsterte ihm ins Ohr:

»Sire, vergeßt auch Eure Abtei Poissy nicht . . .«

Über die erloschenen Züge Philipps flog ein erzürnter Ausdruck.

»Bruder Renaud«, sagte er, »ich vermache Eurem Kloster die schöne Bibel, die Anmerkungen von meiner Hand trägt. Ihr werdet sie gut gebrauchen können. Ihr und alle Beichtväter der Könige von Frankreich.«

Der Großinquisitor hatte dafür, daß er so viele Templer gebraten und immer mit der Macht paktiert hatte, mehr erwartet. Er senkte den Blick, um seinen Ärger zu verbergen.

»Und Euren Schwestern, den Dominikanerinnen von Poissy«, fuhr der König fort, »vermache ich das große Kreuz der Templer.[23] In Eurer Obhut wird es am besten aufgehoben sein.«

Ein Kälteschauer fuhr über alle Anwesenden hin. Valois bedeutete Maillard mit gebieterischer Geste, Schluß zu machen, und befahl, den Nachtrag mit lauter Stimme zu verlesen. Als der Sekretär zu den Worten kam: »im Namen des Königs«, zog Valois seinen Neffen Ludwig zu sich heran, drückte seinen Arm fest und sagte:

»Setzt hinzu: ›und mit Zustimmung des Königs von Navarra‹.«

Philipp der Schöne blickte auf den Sohn, der sein Nachfolger werden sollte, und wußte, daß seine Herrschaft zu Ende gegangen war.

Man mußte seine Hand führen, damit er das Pergament unterschreiben konnte. Dann murmelte er:

»Ist das alles?«

Aber nein, es war noch nicht alles, das letzte Tagwerk eines Königs von Frankreich war noch nicht vollbracht.

»Ihr müßt jetzt, Sire, das Königswunder weitergeben«, sagte Bruder Renaud.

Und er befahl allen Anwesenden, das Zimmer zu verlassen, damit der König, wie es Brauch war, seinem Sohne die geheimnisvolle Kraft, die Skrofulose zu heilen, übertragen könne.

Philipps des Schönen Kopf war zurückgesunken. Er seufzte:

»Bruder Renaud, seht, was die Welt wert ist. Hier seht Ihr den König von Frankreich!«

Noch im Angesicht des Todes forderte man von ihm eine letzte Anstrengung. Er sollte seinen Nachfolger lehren, wie man eine harmlose Krankheit heilt.

Aber nicht Philipp der Schöne gab die geheiligten Gebärden und Worte weiter: Er hatte sie vergessen. Bruder Renaud tat es für ihn. Ludwig von Navarra kniete neben seinem Vater, die glühendheißen Hände in den eiskalten des Königs, und empfing das Geheimnis.

Nach Beendigung der Zeremonie wurde der Hof wieder eingelassen, und Bruder Renaud begann mit den Gebeten, in die alle einfielen.

Man war eben bei dem Bibelvers angelangt: »*In manus tuas, Domine . . .*«, »in Deine Hände, Herr, befehle ich meinen Geist . . .«, als die Tür aufging; Pierre de Latille betrat das Gemach. Alle Blicke richteten sich auf ihn, und während die Lippen mechanisch weitermurmelten, war die Aufmerksamkeit aller nur ihm zugewandt.

»*In manus tuas, Domine*«, nahm der Bischof zusammen mit den übrigen das Gebet wieder auf.

Dann blickte man auf das Bett. Alle Gebete verstummten.

Der Eiserne König war tot.

Bruder Renaud trat herzu, um dem König die Augen zuzudrücken. Aber die Lider, die sich nie bewegt hatten, öffneten sich von selbst wieder. Zweimal versuchte der Großinquisitor vergeblich, sie zu schließen. Man mußte mit einer Binde den Blick dieses Herrschers verhüllen, der mit offenen Augen in die Ewigkeit einging.

Personenverzeichnis

Die Hauptlinie der Kapetinger:

Philipp IV., der Schöne, König von Frankreich, Sohn Philipps III. und Isabellas von Aragonien, Enkel Ludwigs des Heiligen.

Ludwig, König von Navarra, ältester Sohn des vorigen und Johannas von Navarra, später König *Ludwig X., der Zänker*.

Philipp, Graf von Poitiers, jüngerer Bruder des vorigen, Pfalzgraf von Burgund, Herr de Salins, Pair des Königreichs, später Regent von Frankreich und dann König *Philipp V., der Lange*.

Karl, Graf de la Marche, jüngerer Bruder des vorigen, später König *Karl IV., der Schöne*.

Isabella, Königin von England, Tochter Philipps IV., Gemahlin Eduards II. von England.

Johann I., der Posthume, König von Frankreich, Sohn Ludwigs X., des Zänkers, und Klementias von Ungarn.

Die Linie Valois:

Karl, Graf von Valois, jüngerer Bruder Philipps IV., Titularkaiser von Konstantinopel, Graf der Romagna, von Maine, von Anjou, von Alençon, von Chartres, von Perche, Pair von Frankreich.

Die Linie Evreux:

Ludwig von Frankreich, Graf von Evreux und Etampes, Sohn Philipps III. und Marias von Brabant, Halbbruder Philipps des Schönen und Karls von Valois.

Philipp von Evreux, Sohn des vorigen.

Die Linie Artois (von einem Bruder Ludwigs des Heiligen abstammend):

Robert III. von Artois, Graf von Beaumont-le-Roger, Herr von Conches.

Mahaut, Gräfin von Artois, Tante des vorigen, Witwe des Pfalzgrafen Othon IV. von Burgund, Pair von Frankreich, Mutter von Johanna und Blanche von Burgund, Schwiegermutter Philipps von Poitiers und Karls de la Marche, Cousine Margaretes von Burgund.

Die Linie Anjou-Sizilien (von einem anderen Bruder Ludwigs des Heiligen abstammend):

Maria von Ungarn, Königin von Neapel, Witwe des Königs Karl II., des Lahmen,

von Neapel, Mutter der Könige Robert von Neapel und Karl Martell von
Ungarn.

Klementia von Ungarn, Enkelin der vorigen und Karls II., des Lahmen, Tochter
von Karl Martell von Ungarn und Schwester Karl Roberts, König von Ungarn,
Nichte König Roberts von Neapel, zweite Gemahlin Ludwigs X., des Zänkers.

Die herzogliche Linie Burgund:

Agnes von Frankreich, Herzoginwitwe von Burgund, letzte Tochter Ludwigs des
Heiligen, Witwe des Herzogs Robert II., Mutter Margaretes von Burgund.

Margarete von Burgund, Schwester des vorigen, erste Gemahlin Ludwigs von
Navarra, des späteren Königs Ludwig X., des Zänkers, Enkelin des heiligen Ludwig.

Die gräfliche Linie Burgund:

Johanna von Burgund, Tochter des Pfalzgrafen von Burgund und der Gräfin
Mahaut von Artois, Erbin der Grafschaft Burgund, Gemahlin Philipps von Poitiers, des späteren Königs Philipp V., des Langen.

Blanche von Burgund, jüngere Schwester der vorigen, Gemahlin Karls de la
Marche, des späteren Königs Karl IV., des Schönen.

Johanna von Burgund, älteste Tochter Philipps von Poitiers und Johannas von
Burgund.

Margarete, jüngere Schwester der vorigen.

Isabella, jüngere Schwester der vorigen.

Ludwig-Philipp von Frankreich, jüngerer Bruder der vorigen.

Die hohen Beamten der Krone, Hofwürdenträger und Legisten:

Enguerrand le Portier de Marigny, Koadjutor des Königs und Erster Minister des
Königreichs.

Guillaume de Nogaret, Großsiegelbewahrer und Generalsekretär des Königreichs.

Hugues de Bouville, Großkämmerer Philipps des Schönen, später außerordentli-
cher Gesandter an den Hof des Königs von Neapel.

Gaucher de Châtillon, Konnetabel.

Mathieu de Trye, Großkämmerer Ludwigs X.

Seneschall de Joinville, Waffenkamerad Ludwigs des Heiligen, Chronist.

Alain de Pareilles, Hauptmann, später Generalkapitän der Bogenschützen.

Die Familie d'Hirson:

Thierry d'Hirson, Kanonikus, Profos von Ayré, Kanzler der Gräfin Mahaut.

Béatrice d'Hirson, Erstes Hoffräulein der Gräfin Mahaut, Nichte der vorigen.

Die Templer:

Jacques de Molay, letzter Großmeister des Templerordens.

Geoffroy de Charnay, Präzeptor der Normandie.

Evrard, Kleriker, ehemaliger Tempelherr.

Die Lombarden:

Spinello Tolomei, sienesischer Bankier, in Paris ansässig.

Guccio Baglioni, Neffe des vorigen.

Signor Boccaccio, Reisender der Kompanie Bardi, Vater des Dichters Boccaccio.

Die Brüder Aunay:
Gautier d'Aunay, Sohn des Chevaliers d'Aunay, Schildknappe des Grafen von Poitiers.
Philipp d'Aunay, jüngerer Bruder des vorigen, Schildknappe des Grafen von Valois.

Die Familie Cressay:
Dame Eliabel, Witwe des Herrn de Cressay.
Jean de Cressay, ältester Sohn der vorigen.
Pierre de Cressay, jüngerer Bruder des vorigen.
Marie de Cressay, jüngere Schwester des vorigen.

Kardinäle:
Jacques Duèze, Bischof von Porto, Kurienkardinal, später Papst *Johann XXII.*
Francesco Caetani, Neffe des Papstes Bonifaz VIII.

Jean de Marigny, Erzbischof von Sens, jüngerer Bruder von Enguerrand de Marigny.
Robert Bersumée, Burghauptmann von Château-Gaillard.
Roberto Oderisi, neapolitanischer Maler, Schüler Giottos.
Blanche von Bretagne, Mutter Roberts III. von Artois.
Eudeline, Geliebte Ludwigs X., des Zänkers.

Alle hier genannten Personen entstammen der Historie.

Anmerkungen

1 Im Jahre 1314 war König Ludwig der Heilige seit vierundvierzig Jahren tot. Er war 1297, also siebenundzwanzig Jahre nach seinem Tod, von Papst Bonifaz VIII. unter der Regierung seines Enkels, Philipps des Schönen, heiliggesprochen worden.

2 Um die Erbfolge im Artois entbrannte eine der ungewöhnlichsten Erbstreitigkeiten in der Geschichte.

Ludwig der Heilige hatte die Graf- und Pairschaft Artois 1237 seinem Bruder Robert als Erbteil zugesprochen. Dieser Robert I. von Artois hatte einen Sohn, Robert II., der Amititia de Courtenay, Dame de Conches, heiratete. Aus dieser Ehe gingen zwei Kinder hervor: Philipp, der in der Schlacht bei Furnes 1298 tödlich verwundet wurde, und Mahaut, die den Pfalzgrafen von Burgund, Othon, heiratete.

Nach dem Tode Roberts II., der in der Schlacht von Courtrai fiel, »von dreißig Lanzenstichen durchbohrt«, erhob sein Enkel Robert III. (Sohn Philipps) Anspruch auf das Erbe des Artois, aber auch seine Tochter Mahaut, die sich auf das im Artois geltende Gewohnheitsrecht berief.

Philipp der Schöne entschied 1309 zugunsten Mahauts, der nach dem Tod ihres Gatten die Regentschaft über Burgund zugefallen war. Sie hatte ihre beiden Töchter, Johanna und Blanche, mit dem zweiten und dritten Sohn Philipps des Schönen, mit Philipp und Karl, vermählt; daß die Entscheidung des Königs zu ihren Gunsten fiel, war großenteils diesen Verbindungen zuzuschreiben, die der Krone vor allem die Grafschaft Burgund, genannt Comté-France, einbrachten, welche Johanna als Mitgift erhielt.

Robert gab sich nicht geschlagen; zwanzig Jahre lang kämpfte er mit äußerster Erbitterung, sowohl auf juristischem Wege wie durch direktes Vorgehen, gegen seine Tante. In diesem Kampf kamen, wie der Ablauf dieser Erzählung zeigen wird, auf beiden Seiten sämtliche Mittel zur Anwendung: Denunziation, Verleumdung, Fälschung, Hexerei, Giftmorde, politische Aufwiegelung, und er endete verhängnisvoll für Mahaut, verhängnisvoll für Robert und verhängnisvoll für England.

3 Eduard II. war der erste englische König, der vor seiner Thronbesteigung den Titel Prinz von Wales trug. Manche Chronisten berichten, daß, als er gerade drei Tage alt war, die Barone aus Wales von seinem Vater, Eduard I., einen Fürsten verlangten, der sie verstehen könne, aber weder englisch noch französisch

spreche. Eduard I. erwiderte, daß er ihren Wunsch erfüllen werde, und bestimmte seinen Sohn, der überhaupt noch nicht sprechen konnte.

4 Der souveräne Orden der »Ritter vom Tempel von Jerusalem« wurde 1128 zur Bewahrung der heiligen Stätten Palästinas und zum Schutz der Pilgerwege gegründet. Balduin II. von Jerusalem räumte ihnen einen Teil seines Palastes ein, der auf der Stelle des Salomonischen Tempels erbaut sein sollte. Daher nannten sich fortan die Ordensmitglieder »Templer«, und auch ihre Ordenshäuser, zum Beispiel das in Paris, erhielten den Namen »Tempel«.

Die Ordensregel, die der heilige Bernhard aufgestellt hatte, war streng. Die Templer mußten die Gelübde der Keuschheit, der Armut und des Gehorsams ablegen. Es war ihnen verboten, »ein Frauenantlitz allzu genau zu betrachten« oder irgendein weibliches Wesen zu küssen, »sei es Witwe, Jungfrau, Mutter, Schwester, Tante oder irgendeine andere Frau«. Im Kampf mußten sie es mit einer Übermacht von dreien gegen einen aufnehmen und durften sich nicht durch ein Lösegeld freikaufen. Keine andere Jagd als die auf Löwen war ihnen erlaubt.

Da diese Ordensritter damals die einzige gut organisierte militärische Macht darstellten, dienten sie den bunt zusammengewürfelten Scharen der Kreuzfahrerheere als Stamm- und Schutztruppe. Sie bildeten die Spitze bei jedem Angriff, die Nachhut bei jedem Rückzug und hatten durch den Unverstand und die Eifersucht der Fürsten, die diese Abenteurerheere befehligten, viel zu leiden. So verloren sie in zwei Jahrhunderten über 20000 der Ihrigen auf den Schlachtfeldern, eine ungeheure Zahl im Vergleich zum Gesamtbestand des Ordens. Auch sie selbst begingen gegen das Ende der Kreuzzüge strategische Fehler, die ihnen verhängnisvoll wurden.

Aber während dieser ganzen Periode hatten sie sich nicht nur als Kriegsleute, sondern überdies als ausgezeichnete Verwalter erwiesen. Da man ihrer bedurfte und zum Lohn für ihre Dienstleistungen, floß das Gold Europas in ihre Truhen. Ganze Provinzen wurden ihnen zur Verwaltung anvertraut. Hundert Jahre lang sicherten sie die Regierung des Oströmischen Reiches. Sie machten sich von jeder weltlichen Macht unabhängig, mußten weder Steuern noch Abgaben, noch Zölle bezahlen. Sie unterstanden ausschließlich dem Papst. Sie betrieben Bankgeschäfte größten Stils. Der Heilige Stuhl und die mächtigsten Herrscher in Europa hatten bei ihnen ihre laufenden Konten. Sie borgten gegen Sicherheiten und streckten Lösegelder für Gefangene vor. Kaiser Balduin von Jerusalem verpfändete ihnen »das wahre Kreuz«.

Feldzüge, Eroberungen, Vermögen, alles hatte bei den Templern übersteigerte Ausmaße angenommen; selbst die Art ihrer Vernichtung. Die Pergamentrolle mit der Niederschrift der Verhöre von 1307 mißt allein zweiundzwanzig Meter und zwanzig Zentimeter. Die Kontroversen über diesen Monstreprozeß haben niemals ein Ende gefunden. Manche Geschichtsschreiber ergriffen die Partei der Angeklagten, andere die Philipps des Schönen. Es ist unbestreitbar, daß die gegen die Templer vorgebrachten Anschuldigungen zum großen Teil übertrieben oder unwahr waren; es ist jedoch ebenso unbestreitbar, daß sich ihr Orden weitgehender Abweichungen vom Dogma schuldig machte. Ihr langer Aufenthalt im Orient hatte sie bestimmt mit gewissen Riten aus der Zeit des Urchristentums in Berührung gebracht, zum Beispiel mit den esoterischen Überlieferungen des alten Ägypten. Gerade wegen ihrer Aufnahmezeremonien ist durch eine der mittelalterlichen Inquisition höchst eigentümlichen Konfusion die Anklage wegen Götzendienst, Teufelswerk und Hexerei entstanden. Das erklärt, warum Philipp der Schöne, der wie alle mittelalterlichen Herrscher größten Respekt vor der Inquisition und dem katholischen Dogma hatte (unbeschadet seiner Auseinandersetzungen mit dem Papsttum), die Ausrottung einer Ketzerei mit solcher Hartnäckigkeit betrieb. Es erklärt überdies, warum der Papst trotz des Interesses, das er an dem Fortbestand der Macht des Templerordens haben mußte, schließlich seiner Aufhebung zustimmte. Außerdem konnte König Philipp bei dieser Gelegenheit seine Finanzlage gewaltig verbessern.

Die Geschicke der Templer würden uns weniger interessieren, wenn sie nicht bis in die Neuzeit ihre Auswirkungen gehabt hätten. Es ist bekannt, daß der Templerorden sich sogleich nach seiner offiziellen Auflösung in Form einer internationalen Geheimgesellschaft neu konstituierte; bis ins 18. Jahrhundert sind Namen geheimer Großmeister verzeichnet. Die noch heute existierende Institution der *Compagnonnage* (Gesellenverbindung) geht auf die Templer zurück. Sie hatten in ihren entlegenen Komtureien Bedarf an christlichen Arbeitern gehabt, sie nach ihren eigenen Grundsätzen organisiert und ihnen eine Regel *(Devoir)* gegeben. Diese Arbeiter, die keine Waffen trugen, waren weiß gekleidet. Sie machten die Kreuzzüge mit und errichteten im Mittleren Orient gewaltige Burgen. Sie erwarben dort einige aus der Antike überlieferte Arbeitsmethoden, die sie bei der Errichtung der gotischen Kirchen im Abendland anwendeten. In Paris lebten diese *Compagnons* (»Gesellen«) entweder innerhalb des »Temple« oder im angrenzenden Stadtviertel, wo sie gewisse Freiheiten genossen und wo noch fünf Jahrhunderte lang die gelernten Arbeiter wohnten.

Schließlich verschmolz der Templerorden auf dem Umweg über die *Compagnons* mit den Ursprüngen der Freimaurerei: Man findet dort die »Proben« des Aufnahmezeremoniells wieder und sogar noch genau entsprechende Embleme, die nicht nur die Abzeichen der ehemaligen »Arbeiterkompanien« waren, sondern die noch heute auf den Mauern bestimmter Architektengräber des alten Ägypten zu sehen sind; diese Mauern sind wahrhaft Fachbücher.

Alles deutet darauf hin, daß diese Riten, diese Embleme, diese Arbeitsweisen zu jener Zeit des Mittelalters nur von den Templern oder ihren *Compagnons* mitgebracht worden sein konnten.

5 Die im Mittelalter gebräuchliche Zeiteinteilung stimmt mit der heutigen nicht mehr überein. Auch war sie in den einzelnen Ländern verschieden. In Deutschland, der Schweiz, Spanien und Portugal war Weihnachten der offizielle Jahresbeginn; in Venedig der 1. März; in England der 25. März; in Rom der 25. Januar oder der 25. März; in Rußland der Frühlingsanfang.

In Frankreich begann das Jahr zu Pfingsten. Dieser sonderbare Brauch, ein bewegliches Fest als Jahresanfang zu nehmen, führte dazu, daß die Zahl der Tage in einem Jahr zwischen dreihundertdreißig und vierhundert schwankte. In manchen Jahren wurde es zweimal Frühling, einmal zu Jahresbeginn und noch einmal zu Jahresende. Diese alte Zeitrechnung ist der Grund für eine Unzahl von Verwirrungen und für die großen Schwierigkeiten, die heute einer genauen Festsetzung des Datums eines mittelalterlichen Ereignisses entgegenstehen. So tauchen manchmal Sterbedaten auf, die einen Zeitpunkt bezeichnen, der Monate vor dem Datum der Eheschließung lag, oder Zeitangaben für eine Schlacht lange nach Abschluß des Friedensvertrages.

Nach der alten Zeitrechnung hätte sich die Verurteilung der Templer im Jahre 1313 ereignet, da das Jahr 1314 erst am 7. April begann. Erst im Dezember

1564, unter der Regierung Karls IX., des vorletzten Herrschers aus dem Hause Valois, wurde der offizielle Jahresbeginn auf den 1. Januar festgelegt.

Rußland übernahm diese »neue Zeitrechnung« erst 1725, England 1752 und Venedig erst nach der Eroberung durch Napoleon.

Alle Daten dieser Erzählung sind der »neuen Zeitrechnung« angeglichen.

6 Das Gebäude des Temple, alle dazugehörigen Bauten und »Wirtschaften«, bildeten das Stadtviertel *Temple*, das noch heute diesen Namen trägt. Im großen Turm des Temple war Ludwig XVI. während der Französischen Revolution gefangen, und von dort aus wurde er zur Guillotine geführt. Dieser Turm verschwand 1811.

7 Der Brauch, gewissen Handelszweigen zu gestatten, ihre Waren neben oder in der königlichen Residenz zu verkaufen, scheint aus dem Orient zu stammen. In Byzanz durften die Parfümerienhändler vor dem Eingang zum Kaiserpalast ihre Stände aufschlagen, da dem Basileus die Düfte ihrer wohlriechenden Essenzen angenehm war.

Wo einst das Schloß Philipps des Schönen stand, steht heute in Paris der Justizpalast.

8 Das Stoff-Papier, dessen Erfindung den Chinesen zugeschrieben wird, tauchte in Europa etwa im 10. Jahrhundert auf. Es wurde »griechisches Pergament« genannt, weil die Venezianer es zum erstenmal in Griechenland gesehen hatten. Das Leinen- und Hadernpapier kam etwas später aus dem Orient über die spanischen Mauren nach Europa. Die ersten europäischen Papierfabriken wurden im 13. Jahrhundert gegründet. Wegen seiner geringeren Haltbarkeit und Festigkeit wurde niemals Papier für die öffentlichen Urkunden verwendet, da an diesen die »Bullen«, also schwere, herabhängende Siegel, befestigt werden mußten.

9 Aus diesen Versammlungen, die Philipp der Schöne einberufen hatte, entstand bei den Königen von Frankreich der Brauch, sich nationaler konsultativer Körperschaften zu bedienen, die in der Folgezeit den Namen *Etats Généraux* (Generalstände) annahmen. Aus ihnen wiederum gingen nach 1789 die ersten parlamentarischen Institutionen Frankreichs hervor.

10 Dieses Inselchen, an der Spitze der »Ile de la Cité« gelegen, verdankte seinen Namen den zahlreichen Juden, die hier verbrannt worden waren. Zusammen mit einer zweiten kleinen Insel bildet es heute den Park Vert-Galant.

11 Dieses Kind wurde der berühmte Dichter Boccaccio, der Verfasser des *Dekameron*.

12 Die Verordnungen Philipps des Schönen über die Freilassung der Leibeigenen in bestimmten Landvogteien und Gerichtssprengeln. Davon wird später noch die Rede sein.

13 Im Schloß von Clermont war 1294 Prinz Karl, der dritte Sohn Philipps des Schönen und spätere König Karl IV., geboren worden.

14 Die Tageseinteilung war im Mittelalter wesentlich weniger präzise als heute. Man bediente sich zur Bezeichnung der Tageszeiten der kirchlichen Einteilung in Frühmesse, Tertie, Mittagläuten und Abendläuten. Die Frühmesse fand etwa um sechs Uhr morgens statt, die Tertie verwendete man zur Bezeichnung der Vormittagsstunden.

15 Gautier d'Aunay hinterließ zwei Söhne, Philipp und Gautier. Einer seiner Enkel wurde Haushofmeister der Könige Karl V. und Karl VI., und einer seiner Urenkel wurde im Jahre 1413 »Großmeister der Gewässer und Forsten Frankreichs«.

16 Agnes von Frankreich, die Tochter Ludwigs des Heiligen, war Herzogin von Burgund und die Mutter Margaretes von Burgund.

17 Zu jener Zeit, als es noch kein organisiertes Postwesen gab, wurden offizielle Botschaften durch Kuriere befördert. Die regierenden Fürsten, der Papst, die hohen Adeligen und die bedeutendsten kirchlichen Würdenträger unterhielten ihren eigenen Kurierdienst, die Boten trugen die Farben und Wappen ihrer Herren. Die Kuriere des Königs hatten in den Umspannstationen beim Pferdewechsel die Vorhand vor allen anderen Reitern.

18 Es handelte sich bei diesem Gift vermutlich um Rhodanquecksilber. Dieses Salz, das bei der Verbrennung von Schwefelsäure, Quecksilberdämpfen und blausäurehaltigen Stoffen entsteht, vereinigt in sich die vergiftende Wirkung der Blausäure und des Quecksilbers. Beinahe alle mittelalterlichen Gifte wurden auf Quecksilberbasis hergestellt. Der Name »Pharaoschlange« wurde später für eine pyrotechnische Spielerei verwendet.

19 Bonifaz VIII. hatte in der Bulle *Unam Sanctam* erklärt: »... daß jedes menschliche Wesen dem Papst in Rom unterworfen und diese Unterwerfung zu seinem Seelenheil notwendig ist.«
Philipp der Schöne kämpfte ohne Unterlaß für die Unabhängigkeit der weltlichen Gewalt. Sein Bruder Karl von Valois war dagegen entschieden ultramontan eingestellt.

20 Die Eltern Nogarets gehörten der Sekte der Katharer an, die Ende des 12. und anfangs des 13. Jahrhunderts besonders in Südfrankreich weit verbreitet war. Da sie sich gegen Gebote und Dogmen der Römischen Kirche auflehnten, wurden sie zu Ketzern erklärt. Der Verdacht, der auf Guillaume de Nogaret dieser Abstammung wegen lasten mochte, machte ihn nur um so wachsamer und unduldsamer in allen Glaubensdingen. Dennoch wurde er nach dem Vorgehen gegen Bonifaz VIII. von Klemens V. in den Bann getan. Die Exkommunikation wurde später unter der Bedingung wieder aufgehoben, daß Nogaret oder einer seiner Nachkommen eine Bußfahrt nach Rom unternähme. Im Jahre 1870 suchten zwei alte Damen um eine Papstaudienz nach. Sie waren die letzten Nachkommen Guillaume de Nogarets und hatten in Erfahrung gebracht, daß die Buße, die vor fünfhundert Jahren ihrem Vorfahr auferlegt worden war, nie geleistet wurde. Sie baten um Auskunft, was sie tun sollten. Der Papst sprach sie von ihrer Verpflichtung frei.

21 Diese sogenannten *Bourgeois du Roi* (»Königsbürger«) bildeten eine besondere Kategorie von Untertanen, die nur der Gerichtsbarkeit des Königs unterstanden.
Unter Philipp dem Schönen erlebte dieser Stand, der im 12. Jahrhundert geschaffen worden war, einen besonderen Aufschwung. Man darf sagen, daß die *Bourgeois du Roi* die ersten Franzosen waren, deren staatsbürgerlicher Status dem eines Bürgers unserer Tage gleichkam.

22 Aus Dokumenten und Gesandtschaftsberichten geht hervor, daß Philipp der Schöne wahrscheinlich einen Schlaganfall erlitten hatte. Er tat einen tödlichen Sturz am 26. oder 27. November.

23 Dieses Kreuz war mit Perlen, Rubinen und Saphiren eingelegt und ruhte auf einem Fuß aus zieseliertem Silber mit Goldlegierung. Im Mittelpunkt des Kreuzes sah man hinter einer kleinen Kristallscheibe einen Splitter des »wahren Kreuzes«. Dieses Kreuz wurde zusammen mit dem Herzen Philipps des Schönen nach Poissy gebracht. Das Herz des Königs soll nach Angaben von Augenzeugen »so klein gewesen sein wie das eines Kindes«.

Während der Regierungszeit Ludwigs XIV., in der Nacht des 21. Juli 1695, schlug der Blitz in die Klosterkirche ein und zerstörte sie fast völlig. Auch das Kreuz der Templer und das Herz Philipps des Schönen fielen dem Brand zum Opfer.

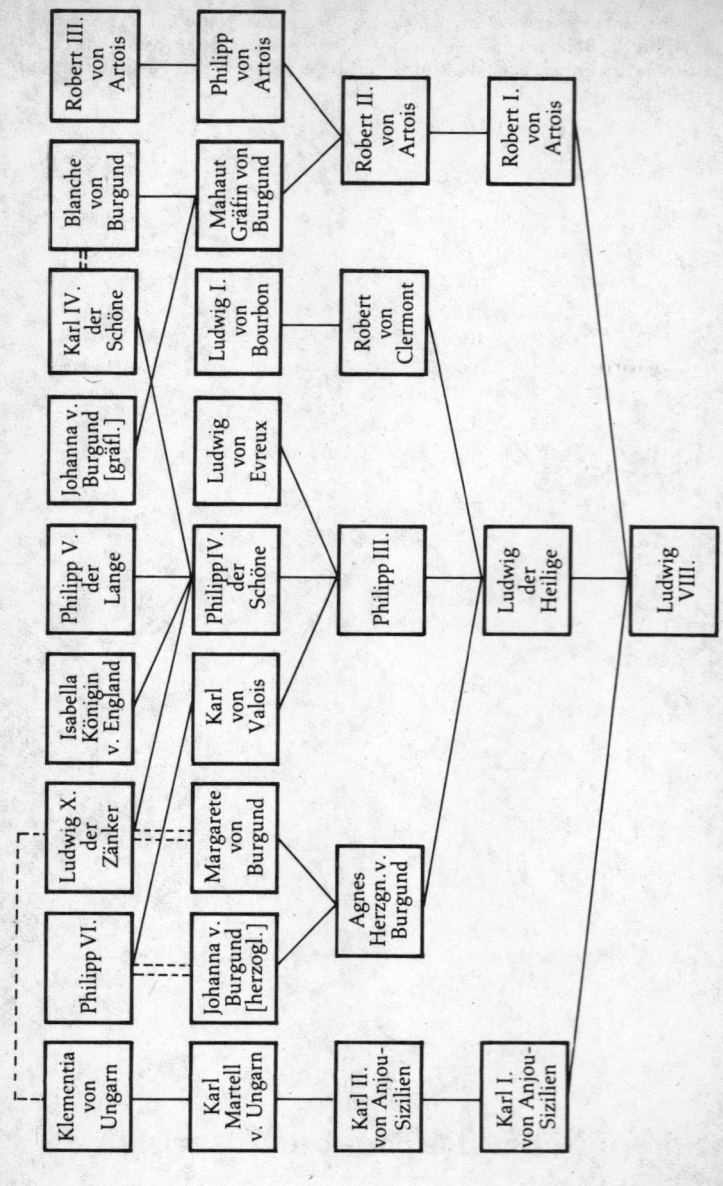

Maurice Druon

Auf dem Scheiterhaufen hatte der Großmeister der Templerritter im Jahre 1314 den Papst, den König und das Haus der Kapetinger verflucht. Wie dieser Fluch sich in nur wenigen Jahrzehnten erfüllte, wie Liebe und Ehebruch, Machtgier und Grausamkeit, Verrat und Mord dabei zusammenwirkten, erzählt Maurice Druon in seiner historischen Romanfolge über die Großen und Mächtigen im Frankreich des 14. Jahrhunderts: Die unseligen Könige

Der Fluch aus den Flammen
Band 8145

Der Mord an der Königin
Band 8146

Das Schicksal der Schwachen
Band 8147

Die Macht des Gesetzes
Band 8148

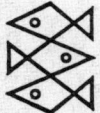

Fischer Taschenbuch Verlag

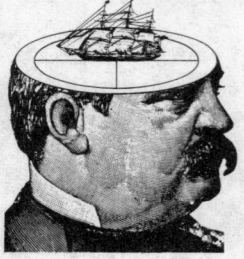